Foto: Brent Herridge

Kate Woodworth lebt mit Mann und drei Söhnen in Salt Lake City, Utah/USA. Sie hat als Werbetexterin gearbeitet, am Medical Center der University of Utah therapeutische Gruppen betreut und Artikel und Kurzgeschichten in verschiedenen Zeitschriften veröffentlicht. ›Flucht ins Dunkel‹ ist ihr erster Roman. Er wurde in Amerika mit dem Utah-Arts-Council-Literaturpreis ausgezeichnet.

Flucht ins Dunkel: Die drei Schwestern Peggy, Beth und Ellen hatten eine behütete Kindheit in einer gutsituierten Bostoner Familie. Doch die jüngste, Ellen, entwickelt sich zum Problemfall. Ihre psychischen Schwierigkeiten erschüttern die gesamte Familie, lasten aber besonders auf Beth, die als mittlere der drei Schwestern die engste Beziehung zu Ellen hat.
Schon als Kind zog sich Ellen in die Welt ihrer Phantasie zurück, wenn sie sich einsam fühlte. Als sie im College John trifft, der Schauspieler werden will, ist sie sicher, mit ihm zusammen ihre Träume verwirklichen zu können. Doch nach der Hochzeit ziehen sie in eine ärmliche Wohnung in New York, John kommt und geht, wie es ihm gefällt, Ellen jobt bei McDonald's und schreibt am Küchentisch Gedichte. Nach der Geburt ihres ersten Kindes erfolgt ihr erster Zusammenbruch.
Erzählt wird die Geschichte im Wechsel von Ellen selbst und von Beth. Und während Ellen in Krisensituationen immer wieder vor der bedrängenden Realität kapituliert und jene Grenze überschreitet, die sie zum Fall werden läßt – dem die Ärzte vor allem medikamentös beizukommen versuchen –, fragen sich Beth, Peggy und ihre Eltern hilflos nach ihrem Anteil an dieser Entwicklung. ›Flucht ins Dunkel‹ ist ein bewegender Roman über weibliche Erlebniswelten aus der Sicht zweier Schwestern. Auf bewundernswerte Weise gelingt es der Autorin dabei, aus der Innenperspektive der begabten, phantasievollen und unangepaßten Ellen deutlich zu machen, wie gleitend und unmerklich der Übergang aus der Welt der Gesunden, Normalen in die Welt des Wahns möglich ist.

Kate Woodworth

FLUCHT INS DUNKEL

Roman

Aus dem Amerikanischen von
Cornelia C. Walter

Fischer Taschenbuch Verlag

Deutsche Erstausgabe
Veröffentlicht im Fischer Taschenbuch Verlag GmbH,
Frankfurt am Main, März 1993

Die Originalausgabe erschien unter dem Titel ›Racing into the Dark‹
im Verlag E. P. Dutton, New York

Umschlaggestaltung: Friederike Simmel, Frankfurt am Main
Gesamtherstellung: Clausen & Bosse, Leck
Printed in Germany
ISBN 3-596-11281-8

Für meine Lehrer
Hilary Andrade Thompson
&
William Youngs

Und meinen Dank an
Betsy Burton
für ihren unschätzbaren Rat
und ihre Unterstützung

PROLOG

ELLEN Manche meinen, daß die Krankenzimmer hier wie Zellen wirken und dieses alte gotische Bauwerk den Eindruck eines altertümlichen Verlieses macht, mit seinen Bleiglasfenstern und den düsteren, muffigen Korridoren. Mit dem neu angefügten Flügel, einem langgestreckten Betonbau, der wie ein Monolith aus den Feldern aufragt, sieht der ganze Komplex noch bedrohlicher aus, sagen sie.

Ich finde das nicht. Nach nur sechs Wochen sind mir die getünchten Leichtbetonwände, die schiefen Fußböden, das Geflecht der Fensterrahmen so vertraut wie die Hand eines Liebhabers. Gleich bei meiner Ankunft habe ich diesen Ort wiedererkannt. Er kam mir so bekannt vor, als hätte ich schon einmal von ihm geträumt oder wäre in einem früheren Leben schon einmal hier gewesen. Nachdem man mich in dieses Zimmer gebracht hatte, habe ich alles eingehend begutachtet, ich habe die Finger in die verborgenen Ritzen des dunklen Wandschranks gesteckt, den schäbigen, nach Shampoo riechenden Teppich zurückgerollt, um die uralten gesprenkelten Fliesen und den an manchen Stellen darunter sichtbaren rissigen Estrich zu untersuchen. Im Nu hatte ich herausgefunden, daß sich die Fenster nur ein Stückchen weit öffnen ließen, daß die Kreuzschrauben, mit denen die Deckenlampe befestigt war, nur mit einem Spezialschraubenzieher entfernt werden konnten und daß das Bett neben dem Sitzplatz am Fenster am Boden festgeschraubt war.

Nichts von alledem störte mich. Ich war einfach glücklich, endlich hier zu sein.

Während ich meine Umgebung begutachtete, stand meine Mutter mit dem Rücken zu mir und räumte meine Kleider in die Schubladen, strich mit der Handkante Röcke und Blusen glatt und schimpfte, es seien zu wenige Kleiderbügel da. Die Kleiderbügel, das hatte ich herausgefunden, waren an der Kleiderstange fixiert wie die Gardinen in Motels. Ich kletterte vom Fußende des Betts auf die Kommode und fuhr mit den Fingerspitzen an der Nahtstelle zwischen Zimmerdecke und Wand entlang. Meine Mutter achtete nicht auf mich und plapperte weiter vor sich hin, über Sauberkeit und wo eigentlich zusätzliches Klopapier sei, während meine Schwester Beth auf dem Stuhl am Schreibtisch saß und mit den Tränen kämpfte. Ich hatte noch nie so einen Ausdruck auf Beths Gesicht gesehen – als wäre sie gerade geohrfeigt worden. Aber ich wußte, daß sie das Gefühl hatte, selbst zugeschlagen zu haben. Weil sie mich hierhergebracht hatte, fühlte sie sich schuldig, unsere Familienbande gelöst, ja zerschlagen zu haben. Sie wußte, genau wie ich, daß wir zu unvorhersehbaren, vernunftwidrigen Handlungen fähig sind, daß aber nicht immer alles so ausgeht, wie wir denken.

»Wart's ab«, wollte ich eigentlich zu ihr sagen. Aber es war ein komplexes Thema, und solange meine Mutter da war, konnten wir darüber nicht sprechen. In Wirklichkeit bin ich Beth dankbar, daß sie meine Einlieferung hierher durchgesetzt hat. Ich bin wirklich froh, erst mal hier zu sein, wo ich mir die Folgen meines Tuns vorher überlegen kann.

Vor ein paar Stunden sind meine Schwestern Peggy und Beth wieder gegangen – mein erster offizieller Besuch, der erste Schritt zurück in die Welt der Gesunden. Seither sitze ich hier zusammengekuschelt am Fenster und beobachte, wie die Mondsichel sich in den dunklen Himmel über den makellosen Schneefeldern einprägt. Der Arzt hier hat mir von Schreibtafeln erzählt – und mir beigebracht, vor einer solchen leeren Fläche Szenen aus meiner weit zurückliegenden oder jüngeren Vergangenheit heraufzubeschwören, als unbeteiligte Beobachterin zuzusehen und sie von allem ungewollten Kraftaufwand zu entschärfen. Seit meine beiden älteren Schwestern weg sind, habe ich diesen elfenbeinfarbenen Himmel und die unberührten Felder nun als Schreibtafel benutzt, die Szenerie mit Leuten besetzt und sie belebt und bin ihnen gefolgt, zurück in die dunkle Höhle meiner Kindheit.

Am frühen Abend habe ich beobachtet, wie Peggy und Beth aus dem Gebäude herauskamen und direkt unter meinem Fenster vorbeigingen. Wäre der Parkplatz nicht vom Schnee geräumt gewesen, wäre die eine direkt in die Fußstapfen der anderen getreten, so präzise war die Linie. Als ich beide so hintereinander hergehen sah, fiel mir das Balancieren auf dem Geländer am Strandhäuschen wieder ein. An einem Holzrahmen befestigt, verlief ein etwa meterhoher Maschendrahtzaun an unserem Bootssteg entlang. Eine der beiden – wahrscheinlich Beth – hatte das Spiel, auf dem Geländer zu balancieren, erfunden, bei dem man vorsichtig immer einen Fuß vor den anderen setzen mußte, das ganze wacklige Holzgeländer entlang. Bei Ebbe ging es bis zu drei Meter tief auf Felsen, Seeigel und Tang hinunter. Bei Flut konnte man etwa anderthalb Meter tief ins kalte Meerwasser fallen.

Dieses Spiel war sehr beliebt in dem Sommer, als ich fünf oder sechs war. Und obwohl Beth nur vierzehn Monate älter war, mußte ich auf Befehl meiner Mutter als einzige auf dem Steg sitzenbleiben. Sogar um den anderen zusehen zu dürfen, mußte ich einen Schwimmring tragen, und ich beobachtete ihre unsicheren Schritte bis zum Ende des Bootsstegs – erst Beth, dann Peggy – mit einer Mischung aus Angst und Neid. Meine Mutter kam nie nach draußen, um diese waghalsigen Balanceakte in Augenschein zu nehmen, obwohl ich sicher bin, daß sie mit griffbereitem Telefon irgendwo am Fenster hockte, um sofort den Krankenwagen zu rufen, sobald eines ihrer Kinder kopfüber vom Geländer stürzte.

Als ich meine Schwestern vor wenigen Stunden weggehen sah, fühlte ich wieder die gleiche Angst und Eifersucht. Als ich damals endlich auch aufs Geländer durfte, beherrschten die beiden anderen das Spiel so gut, daß sie kein Interesse mehr daran hatten. Wenn ich hier wieder rauskomme – falls ich es schaffe, so reif und ausgeglichen zu werden, daß ich hier wieder rauskomme –, dann werde ich kein Publikum, keine Zuschauer mehr brauchen, die mich für meine Leistung loben. Ich soll lernen, hat der Arzt gesagt, Kreide und Schwamm zu benutzen – um meine Erfahrungen und meine Reaktionen selbst zu schaffen und zu löschen, ohne auf Beifall oder Kritik von anderen zu warten. Obwohl ich momentan das Gefühl habe, als klebte alles, was ich in den letzten zehn Jahren getan habe, wie Blutegel an mir, sagt der Arzt, daß meine Vergangenheit bloß noch geordnet werden muß. Es geht darum, meine Zukunft zu entwerfen.

Ich lege die Hand an die beschlagene Fensterscheibe, bis das Eis schmilzt; als ich die Finger wieder wegnehme, füllt sich die Stelle mit einer Schicht aus Eiskristallen. Inzwischen sitzen Beth und Peggy bestimmt wieder bei meinen Eltern im Wohnzimmer.

Jetzt wird das Feuer angezündet, Drinks werden eingeschenkt, und das Haus füllt sich mit dem Duft der Tannennadeln von dem schon aufgestellten, aber noch nicht geschmückten Weihnachtsbaum. Am anderen Ende des Hauses ist schon das Eßzimmer bereitet, mit dem Tafelsilber, den Kristallgläsern, Leinenservietten und den Leuchtern mit frischen, elfenbeinfarbenen Kerzen. Die Standuhr wird die Gedecke wie immer mit monotoner, stetiger Stimme abzählen.

Für mich ist kein Gedeck da, nur ein Stuhl steht neben der Anrichte an der Wand. Aber dieser Stuhl wartet auf mich; er wird an den Tisch gerückt werden, wenn ich soweit bin. Momentan gibt es für ihn keinen anderen Platz.

BETH Als das Telefon klingelt, stehe ich unter der Dusche. Aus meinen Brüsten tropft Flüssigkeit wegen des warmen Wassers; ich bin in Tränen aufgelöst. Die Schwangerschaft ist schon so weit fortgeschritten, daß ich am ganzen Körper Schmerzen habe und die Augen zumache, um die perlmuttfarbenen Schwangerschaftsstreifen nicht sehen zu müssen. Ich richte den Wasserstrahl langsam auf die schmerzenden Stellen an meinem Rücken. Mein Mann klopft an die Duschkabine und sagt: »Deine Mutter ist dran«, und dann mit Fistelstimme: »Ferngespräch.«

Jim findet es witzig, daß meine Mutter anruft, wann es ihr eben paßt. Er ist der Ansicht, sie sollte abwarten, bis es billiger wird, aber in meiner Familie wird nun mal gern geredet. Meine Mutter ruft mich an; ich rufe Ellen an, die Jüngste; und Ellen ruft unsere ältere Schwester Peggy an.

»Ich bin klatschnaß«, sage ich zu meiner Mutter, während ich mich abmühe, meine Körperfülle mit einem Badetuch zu bedekken.

»Ich habe schlechte Nachrichten für dich«, sagt sie mit so gedehnter Stimme, als zöge sich jedes Wort durch die Telefonleitung her. Jim berührt mich zwischen den Schulterblättern, um einen Wassertropfen aufzuhalten. »Ellen ist zu Hause«, fährt meine Mutter fort. »Hier in Boston bei mir und deinem Vater.« Sie hält inne, als wollte sie Luft holen, und fügt dann hinzu: »Sie benimmt sich so merkwürdig, Beth.«

Ellen zu Hause – das ist doch eine gute Nachricht. Ellen und ihr Mann leben inzwischen in New York, John ist auf der Schauspielschule. Sie sind arm – so arm, daß sie meine Eltern nicht oft besuchen können. Und sich merkwürdig benehmen ist ja nicht tot, denke ich mir. Oder krank. Es ist nicht einmal was Neues bei Ellen. Neu daran ist, daß meine Mutter von Ellens Anwesenheit alles andere als begeistert ist.

»Du kennst Ellen doch«, sage ich. Ich verkneife mir die Bemerkung, daß sich Ellen für ihr »merkwürdiges Benehmen« ausgerechnet die Zeit ausgesucht hat, wo die Aufmerksamkeit der ganzen Familie auf meine bevorstehende Entbindung gerichtet ist.

»Aber diesmal ist es anders«, sagt meine Mutter. Sie sucht nach Worten, um Ellens Zustand zu beschreiben. »Seltsam?« meint sie. »Eigenartig? Gar nicht sie selbst?«

»Inwiefern seltsam?«

Anscheinend deklamiert Ellen Stellen aus ›Die Eule und das Kätzchen‹, ›Drei kleine Schweinchen‹ und ›Der alte König Stanislaus‹.

»Wenn ich frage, was sie hat«, sagt meine Mutter, »antwortet sie: *›The Queen of Tarts*, she made some hearts, all on a summer's day. The Knave of Tarts, he stole those hearts, he stole the Hearts away.‹*« Mit zitternder Stimme fragt meine Mutter: »Hat sie so was schon mal gemacht? Weißt du, was das zu bedeuten hat?«

Nur zu gern würde ich erwidern: woher soll ich das denn wissen? Ich habe im Moment meine eigenen Probleme. Aber – um ehrlich zu sein – ich kann mir denken, weshalb Ellen das Kinderlied verändert hat, und ich glaube, meine Mutter könnte es auch, wenn sie die Antwort nur wissen wollte: John hat ein Verhältnis. Aber es ist nicht meine Aufgabe, meine Eltern über Johns Untreue aufzuklären, und so höre ich zu, als meine Mutter sagt, Ellen sei müde; ich pflichte ihr bei, daß Benjy, Ellens Baby, immer schlechtgelaunt und John so beschäftigt sei und Ellen ein bißchen Ruhe brauche.

»Sie kümmert sich ja nicht mal um das Baby«, jammert meine Mutter. »Dein Vater und ich bemühen uns, ihm das Fläschchen zu geben.«

»Gute Übung«, sage ich zu ihr. »Ich schicke euch meins rüber, sobald es geboren ist.«

Schweigen. »Du wirst es bestimmt liebhaben, Beth«, sagt sie. »Ein Baby bekommen ist wunderbar. Es ist völlig normal, daß du nervös bist.« Dann erzählt sie ausführlich von Benjys Weigerung, das Fläschchen zu nehmen. »Das kommt davon, weil Ellen so versessen aufs Stillen ist. Es ist zuviel. Benjy ist doch zu alt zum Stillen. Und Ellen ist viel zu dünn.«

»Ich aber nicht«, brumme ich.

* »Tart«: engl.: Torte, Törtchen, aber auch: Hure, Flittchen. [Anm. d. Übers.]

»Ich schreib dir bald«, sagt meine Mutter.

Nachdem ich aufgelegt habe, lasse ich die Hand auf dem Hörer liegen und starre auf die Tasten. Jim kommt wieder ins Wohnzimmer, aber ich sehe ihn nicht an.

»Hast du was?« will er wissen.

»Nein«, antworte ich, aber er führt mich zur Couch hinüber und setzt sich neben mich.

»Ellen«, sagt er, und ich nicke. »John hat sie verlassen?« rät er, aber ich schüttele den Kopf.

»Sie ist zu Hause und benimmt sich komisch.«

»Ellen hat sich schon immer komisch benommen«, meint Jim. Er zählt auf, was er Ellen alles hat tun sehen: einen Mundvoll Reis hundertmal kauen, im Sonnenuntergang ihr Mantra anstimmen, vor einer flackernden Kerze beten, einen ganzen Tag im Schneidersitz auf dem Feld hinter meinem Elternhaus sitzen. »Meine Eltern kümmern sich um Benjy«, sage ich. »Sie will nicht mal ihr Kind füttern.«

Jim legt die Hand auf meinen Bauch. »Junior, klopf bitte zweimal, wenn du findest, deine Tante Ellen ist verrückt, und einmal, wenn du meinst, sie ist eben ein bißchen bizarr.«

Durch die Berührung bewegt sich das Baby, und wir müssen beide lachen.

»Was ist schon normal?« fragt Jim. »Ich rede hier mit einem ungeborenen Baby.«

Ich schmiege mich an Jim, und er legt den Arm um mich. Jim ist Architekt und riecht immer nach Dingen, die ich mit Kindheit verbinde: nach Raspeln von Bleistiftspitzen und Radiergummis. Seine Schultern sind gekrümmt von den vielen Stunden, die er über den Schreibtisch gebeugt zubringt. Er findet seine Haltung unattraktiv, aber mir gefällt sie; die Wölbung seines Körpers bildet eine Art Höhle, in die man sich verkriechen kann.

»Im Grunde genommen«, sagt Jim, »ist doch deine ganze Familie übergeschnappt. Das gefällt mir ja so an ihr.«

Ich erzähle ihm von Ellens Kinderlied, von der Tatsache, daß ich schon über Johns Verhältnis Bescheid weiß. Das letzte Mal hatte ich mit Ellen einen Tag nach Ostern gesprochen; es war ihr erster Anruf seit Weihnachten gewesen. Sie hatte geweint. Im Hintergrund hatte Benjy geschrieen. Ellen erzählte mir, John schlafe mit einer Schauspielerin, einer gemeinsamen Freundin. »Ich kann das verstehen«, erzählte sie mir. »Er braucht ja soviel Aufmerksamkeit, die konnte ich ihm eben nicht geben. Ich habe meine ganze Energie dem Baby gewidmet.«

Ich wußte, wenn ich versuchen würde, mit Ellen zu streiten, würde sie sagen, ich könnte John eben nicht verstehen und sie auch nicht und auch nicht, wie es sei, ein Baby zu haben. Also sagte ich zu allem, was sie sagte, ja und amen. Ich verriet keinem in der Familie etwas von dem Verhältnis, denn sie schien das Problem, zumindest was sie selbst anbetraf, im Griff zu haben.

»Vielleicht hätte ich es doch jemandem sagen sollen.«

»Wieso?« fragt Jim. »Damit ihn deine Mutter verhauen kann? Damit du und Peggy gegen ihn gemeinsame Sache machen könnt?« Jim versteht es nicht, daß wir alle in unserer Familie einander gegenseitig so ins eigene Leben einbeziehen, aber wir Mädchen waren altersmäßig immer nah beieinander und auch sonst gute Freundinnen. Besonders Ellen war für mich Spiegelbild und Gegengewicht. In der Dunkelheit unseres Schlafzimmers tastete ich mich oft noch einmal nachts durch den vergangenen Tag, erzählte ihr von allen möglichen unwichtigen Einzelheiten genauso, wie Jim und ich jetzt unser Leben miteinander teilen. Nichts fühlte sich ganz komplett an, bevor ich es nicht Ellen, der schlafenden Zeugin im anderen Bett, berichtet hatte. Tagsüber waren wir füreinander die besten Spielkameradinnen und brachten Stunden damit zu, in unseren geheimen Verstecken im Wald, auf dem Dachboden oder in den Feldern hinter dem Haus Spiele und Geschichten zu erfinden. Damals paßte sich Ellen mir immer an, aber als wir älter wurden, entwickelte sie ihre eigenen Interessen. Trotzdem lebten wir uns nicht auseinander, sondern definierten uns jeweils durch das, was die andere nicht war, und es war, als füllten unsere Persönlichkeiten jeweils die Leerräume aus, die wir einander ließen. Als Ellen in Englisch zu glänzen anfing, äußerte ich mich abfällig über Literatur und verwandte mehr Zeit auf Mathe. Als sie in die Hockeymannschaft der Oberstufe aufstieg, begann ich mich über Preppies lustig zu machen, die ihre Zeit mit Mannschaftssport vergeuden. Selbst nachts, wenn wir strittige Themen tunlichst zu vermeiden suchten, waren es die heimlichen Vertraulichkeiten, die ich ganz speziell vor Ellen zurückhielt.

Mein absichtliches Schweigen sollte sie neugierig machen, sie provozieren, sie verletzen. Als wir ins Teenager-Alter kamen, fing ich an, meine Zeit mit Peggy zu verbringen – wir bügelten uns gemeinsam die Haare glatt, probierten Wimperntusche aus, verzierten unsere Heftumschläge mit Jungennamen und aßen oft tagelang nur Grapefruit. Peggy und ich hatten uns total der Jagd auf Jungs verschrieben, und Ellen schien ausgeschlossen, verlassen und eifersüchtig auf unsere Interessen. Aber dann war Ellen die erste, die heiratete. Die ganze Familie betrachtete ihre Heirat als Schnapsidee, aber insgeheim war ich froh. Ich war in einem Alter, wo mir der Gedanke ans Heiraten Unbehagen bereitete, und wollte von Ellen erfahren, wie es war. Als Mittlere war ich von beiden Seiten geschützt und brauchte mir nie etwas Neues einfallen zu lassen oder zu befürchten, ich würde den Anschluß verpassen. Peggy, die Älteste, war sauer über Ellens Heirat. »Soll das heißen, daß ich als letzte aus dem Nest schlüpfe?« fragte sie. »Wo bleibt da der Respekt vor dem Alter?« Aber auch sie war froh und erleichtert, daß Ellen erst mal die Untiefen des Ehelebens auslotete.

Mein Vater war der einzige, der Ellen sagte, sie solle die Finger davon lassen. Wir anderen hielten den Mund und warteten ab, was passieren würde. Was sich dann abspielte, war eine echte Hippiehochzeit, bei der wir einander alle an den Händen halten, umarmen und abwechselnd Gedichte vorlesen mußten.

Dann wurde Ellen schwanger, und es gab nur noch ein Thema: wie Ellen und John das Baby nennen würden, wieviel es wiegen würde, wann es auf die Welt käme. Meine Mutter bestickte Flanellstoff für Babydecken und machte sich Gedanken über neutrale Farben für Pullover, Stubenwagenbezüge, Hemdchen und Mützchen. Stundenlang unterhielt sie sich mit mir über die verschiedenen Ausführungen von Wiegen und Sportwägelchen, über die Vorzüge von Plastikhochsitzen und die Preise von Autokindersitzen. Oft sagte ich am Telefon zu Peggy: »Dieses Kind wird bis zu dem Tag, wo es aufs College geht, nichts Neues brauchen. Wundert mich ja, daß Mom und Dad ihm noch kein Auto gekauft haben.«

»Das ist doch Erpressung«, sagte Peggy. »Sie will uns in die gleiche Falle locken.«

Damals waren Jim und ich schon verheiratet, und Peggy und Will lebten zusammen. »Mich nicht«, sagte ich zu Peggy.

»Na, dann halt mal fest die Beine zusammen«, riet Peggy. Sie nahm die Pille.

»Keine Chance«, gab ich zurück. »Nur die Daumen.«

Während der letzten Schwangerschaftstage weinte Ellen ununterbrochen, rief mitten in der Nacht bei allen Familienmitgliedern an und redete mit gehetzter Stimme wahlloses Zeug. Wenn wir bei ihr anriefen, meldete sie sich verschlafen, als hätte man sie aus dem Tiefschlaf gerissen. Ich hatte mir dabei nichts Besonderes gedacht. Ellen hatte schon immer als die Emotionalste von uns gegolten, die ihre Wutanfälle bekam, nur damit man sie beachtete. Meine Mutter hatte die Theorie, daß Ellen als Jüngste das dramatische Getue inszenierte, um auf sich aufmerksam zu machen. Sooft Ellen einen ihrer Wutausbrüche hatte – mit den Füßen stampfte, Sachen um sich schmiß oder sich nur mit den Fäusten in die Seiten schlug –, murmelte eine von uns: »Wieder die exzentrische Theaterdiva«, und wir anderen wechselten bedeutungsvolle, ironische Blicke.

Ich bin jetzt ebenfalls in der letzten Schwangerschaftsphase und vergleiche mich wieder mit Ellen; dabei nehme ich mir vor, in den letzten Tagen vor der Geburt genau das Gegenteil von ihr zu sein, nämlich zufrieden und glücklich. Aber ich habe die Tyrannei des Babys über meinen Körper satt, diesen schweren, rollenden Druck, der aus jeder Öffnung Flüssigkeit preßt – aus meinen Brüsten sickert Vormilch, und wenn ich niese, tritt Urin aus –, und die Tränen kommen ungebeten, als wäre das Baby auf meinen Tränendrüsen herumgerollt, so wie es auf meiner Blase herumrollt. Und jetzt auch das noch: Ellen verschwindet in einem finsteren Loch wie das weiße Kaninchen bei ›Alice im Wunderland‹, und mir bleibt nichts übrig, als ihr zu folgen. Selbst wenn ich mit Jim zu Hause bleibe, um geduldig und tränenlos die letzten Schwangerschaftstage abzuwarten, so hat Ellen doch einen Teil meines Herzens mitgenommen. Mehr noch, sie hat einen Teil meines *Selbst* mitgenommen, hat plötzlich etwas Wachsendes abgebrochen, wie eine Blüte oder einen Zweig, die ich für selbstverständlich hielt, und mich mit Fragen alleingelassen, die ich nicht beantworten kann, ja nicht einmal ganz verstehe: Geht es *mir* denn gut? Habe *ich* denn die richtigen Entscheidungen getroffen über Ehe, Mutterschaft, Erwachsenwerden und Selbständigkeit? Und natürlich die fast unausweichliche Frage: Was habe ich getan, was haben wir als Familie getan, daß Ellen in die Geisteskrankheit abgeglitten ist? Hätten wir es verhindern können? Und was tun wir jetzt?

Bei dieser letzten Frage bleibe ich auf meinem Streifzug durch die unnatürliche Mittagsstille unseres Hauses plötzlich vor dem Kaminsims stehen und betrachte das Familienfoto vom letzten Weihnachtsfest, als wir uns alle im Haus meiner Eltern getroffen haben. Ich war damals gerade im dritten Monat, man konnte noch nichts sehen, und ich wußte noch nicht, daß Schwangersein sich vom Schlimmsten, das einem passieren konnte, in einen Grund zur Freude verwandeln würde. Ich wollte schon irgendwann Kinder haben, aber schwanger sein – mein Leben ändern müssen, während Jim weiterleben konnte wie bisher – machte alles *zu* real für mich. Seit Benjys Geburt hatte ich nicht oft mit Ellen gesprochen, und an diesem Weihnachtsfest beobachtete ich sie in ihrer Mutterrolle, versuchte, meine kleine Schwester in der Frau zu sehen, die mit Stillkissen und Wundsalbe hantierte und Sicherheitsnadeln für die Windeln wie Schmuck am Busen trug. Während des Urlaubs folgte ich Ellen überallhin, um von ihr zu erfahren, wie es tatsächlich war.

Sie sagte gar nichts außer: »Ganz gut.« Also sah ich zu, wie sie Benjy in der Küche stillte und dabei endlos, wortlos in den Küchengarten starrte. Ich versuchte mir vorzustellen, ich hätte Brüste wie Ellen – lilageädert und geschwollen, die eine, gerade freie, in verzweifeltem Rhythmus vor sich hin tropfend. Wenn Ellen aufstand, bewegte sie sich langsam, strich mit den Fingerspitzen über den Tisch, über die Krippenfiguren und die mit roten Bändern verzierten Tannenzweige.

»Mit einem Baby geht eben alles langsamer«, sagte mir meine Mutter. »Sie wird ein Weilchen brauchen, bis sie sich wieder fängt.« Ich hatte meiner Mutter noch nicht gesagt, daß ich schwanger war, und sie sah mich auch nicht genau an. Sie beobachtete Ellen und fügte dann hinzu: »Sie kommt schon wieder ins Lot.«

Aber Ellen schien mir nicht so, als würde sie sich fangen oder wieder ins Lot kommen. Sie war eher wie ein abgerolltes Jo-Jo, ohne den gewohnten Schwung. Bei ihrem Anblick verspürte ich keinerlei Lust, jemals Mutter zu werden. Als ich Jim später meine

Ängste anvertraute, hielt er meine Hand fest und flüsterte: »Du bist aber nicht Ellen. Und ich bin nicht John.«

John war diesmal Weihnachten nicht dabei, weil er in einem Stück spielte, das auch während der Feiertage aufgeführt wurde. Er rief Heiligabend an und erzählte Ellen, eine Maus sei mitten auf dem Küchenboden verendet, sie hätten minus zwanzig Grad, und daß er den Wind durch die Ritzen pfeifen hörte. Zum Weihnachtsessen, sagte er, habe es bei ihm Truthahnpastete und eine Flasche Wein gegeben. Dann hatte er ihr »Frohe Weihnachten« gewünscht. Wahrscheinlich würde er sie am nächsten Tag nicht anrufen, denn da wären ja bestimmt alle Leitungen besetzt. Ellen legte auf, nahm Benjy mit nach oben in unser Zimmer und machte die Tür zu.

Jetzt ist Sommer, und in ein paar Tagen werde ich auch so weit sein wie Ellen; ich heule ununterbrochen.

»Was ist denn jetzt?« will Jim wissen, als er von der Arbeit nach Hause kommt. »Weinen alle schwangeren Frauen so viel? Meinst du nicht, daß du dem Baby wertvolle Flüssigkeit vorenthältst?«

Ich wende mich ab, versuche, mit Weinen aufzuhören, aber er legt die Arme um mich und sagt: »Ellen ist bestimmt bald wieder okay. Das hat deine Mutter doch bloß gesagt als Ausrede für den Anruf.«

Es dauert eine Weile, bis ich ihm antworten kann, bis ich so weit mit Weinen aufhöre, um herauszubringen: »Ich will kein Baby. Ich will das alles überhaupt nicht.«

Nach einer Pause sagt Jim: »Du bist eben nervös wegen Ellen.«

»Nein«, erwidere ich. »Ehrlich. Ich war nie besonders glücklich oder begeistert darüber. Ich hab's dir von Anfang an gesagt: Ich will kein Baby.«

Ohne einen weiteren Blick geht Jim ins Schlafzimmer.

»Jim«, rufe ich, aber er macht die Tür zu. Ich folge ihm, stehe neben ihm an seiner Kommode und sage: »Ich habe Angst.«

»Seit Jahrhunderten kriegen Frauen Babys.«

»Sieh dir doch Ellen an. Sieh dir doch an, was mit ihr passiert ist.«

Jim umarmt meinen dicken Bauch. »Alles wird gut«, sagt er.

Später geht Jim zu Bett, aber ich setze mich wieder auf die

Couch; ich weiß, daß der Schlaf, falls er überhaupt kommt, unruhig und ungemütlich sein wird. Vom Kaminsims herüber scheint mich das letztjährige Weihnachtsfoto anzulocken; ich hole es herunter und halte es an meinen gewölbten Bauch. Auf dem Foto trägt Ellen eine Bluse und einen roten Samtrock, der vor langer, langer Zeit mal mir gehört hatte. Sie lächelt nicht. Mit der einen Hand hält sie Benjys Kopf fest, mit der anderen umklammert sie sein Bäuchlein. Ich betrachte das Foto näher und bemerke die winzige Reflexion des Blitzlichts in Ellens Augen. Ihr Mund sieht aus wie meiner, nur ohne Lippenstift. Mit diesem Gesichtsausdruck, dem Licht in ihren Augen und dem Baby auf ihrem Arm sieht sie auf dem Foto gar nicht aus wie die Ellen, die ich kenne.

Ich habe Jim Bilder von den Weihnachtsfesten gezeigt, als wir noch klein waren: wie wir mit Strümpfen auf dem Kopf herumalbern, mit Santa Claus Ringelreihen spielen. Ich habe ihm erzählt, wie es damals war, aber Jim hat gesagt, Erinnerungen sind nicht das gleiche wie Bilder. Sie verändern sich, dehnen sich aus wie Eis, das sich in den verfügbaren Platz einpaßt. Aber schließlich ist Jim Architekt und arbeitet mit präzisen Zahlen, Tatsachen, Details.

Letzte Weihnachten, als das Blitzlicht aufleuchtete, riefen meine Eltern laut: »Frohe Weihnachten!« Aber es gab kein Herumalbern, keine Strümpfe auf dem Kopf. Johns Anruf und Ellens Lethargie hatten unsere Stimmung gedämpft. Es gab keine Geschichten über Ellen und mich, wie wir um vier Uhr morgens heimlich hinuntergeschlichen oder wie mein Vater uns mitten in der Nacht alle in Peggys Zimmer ertappte, um den Wecker gekauert, in Erwartung der Morgendämmerung. Jim hatte einen Augenblick meine Hand gehalten und dann »Frohe Weihnachten!« gesagt, so laut, daß alle anderen mit einstimmten. In diesem Moment wurde ich von der Sehnsucht nach der Festtagsstimmung, die unsere Familie früher beseelt hatte, beinahe überwältigt. Ich vermißte den Glauben an Santa Claus, die Ungeduld, mit der wir den grausam trägen Uhrzeiger belauert hatten. Und ich vermißte jene Ellen, die am Fuß der dunklen Treppe stehenblieb und mich zu einem Wettlauf in die Dunkelheit herausforderte. Die Familie war zwar dagewesen, aber unsere Einheit schien verschwunden, und die Leute, die da standen, kamen mir wie Fremde vor. Das

Zimmer war vom Kaminfeuer und den vielen Menschen erhitzt, wir standen dichtgedrängt beieinander und wußten nicht, was wir nun tun sollten. Benjy hatte ununterbrochen geheult, und Ellen hatte ihn von einer Schulter auf die andere gehoben und dabei neben meine Mutter zu Boden gestarrt.

»Essen wir«, hatte meine Mutter gesagt.

»In diesem Haus hat keiner mehr Platz«, hatte ich Jim zugeflüstert, unsere Ankündigung vorwegnehmend.

Wir waren an der Eßzimmertür stehengeblieben, um das Werk meiner Mutter gebührend zu bewundern: die Damasttischdecke, das Silber, das feine Porzellan. Frische weiße Kerzen brannten in den Leuchtern, und im Kronleuchter spiegelten sich die funkelnden Lichter. So menschenleer wirkte es wie ein Bühnenbild vor dem Auftritt der handelnden Personen, in Erwartung des Dramas. Jim rückte meiner Mutter einen Stuhl zurecht. Sie nahm Platz, und nun drängten wir uns alle ins Zimmer, brachten das formelle Arrangement durcheinander, indem wir Plätze tauschten, Stühle rückten, Geschirr herumreichten und im Kerzenschein schwungvoll die Leinenservietten auseinanderfalteten. Jims Finger berührten mein Haar, als er sich setzte. »Dieser Tisch wird noch eine Ausziehplatte brauchen«, sagte er; meine Mutter begriff sofort und lächelte.

»Wann?« fragte sie.

Jim antwortete: »Ende Juli.«

Ellen beobachtete mich über den Tisch herüber. Sie hielt eine Haarspange in der Hand und drückte sie so fest zusammen, daß ihre Hand zitterte. Hinter ihr, neben der Standuhr, war ein leerer Stuhl an die Wand gerückt. Alle redeten gleichzeitig drauflos: Herzlichen Glückwunsch, wie fühlst du dich denn? Ellen aber stand leise auf und ging aus dem Zimmer.

ELLEN Einmal, es war während der Sommerferien, als alle zu Hause in Boston waren, trieb mich die schwüle Hitze aus dem Bett, und ich traf im Wohnzimmer auf Peggy, die auf der Couch lag und die Zeitung auf dem Boden verstreut hatte. Zum Schutz gegen die Sonne waren die Gardinen vorgezogen, aber selbst in dem abgedunkelten Zimmer war es uns für ein Gespräch zu heiß. Nur Beth war frisch und munter, organisierte Picknicks, rief Freunde an, arrangierte Softballspiele. Sie kochte auch für uns – Frühstück mit Zimtschnecken, Quiche oder Eiern à la Bénédict; Picknicks mit Curryhuhnsalat, selbstgebackenem Brot und Schokoladenplätzchen. Bei Beth war immer etwas los, nie mußte man entscheiden, was man tun sollte; es war immer schon fertig. Meine Mutter sagte, Beth würde bestimmt mal eine großartige Mutter werden – sie war so mütterlich, daß Nachbarn und Freunde uns mit Beschlag belegten und Beths ständiges Beschützen und Umsorgen genossen. Peggy motzte manchmal, daß so viele Jungs zu uns kamen und um Beth herumlungerten, obwohl anscheinend keiner von ihnen in sie verliebt war. Aber Beth wollte uns eben alle unter einem Hut haben, also machte sie unser Haus zum Mittelpunkt des sommerlichen Treibens. Die Jungs, die uns besuchten, waren bei uns so gut wie zu Hause. Sie wurden für ein paar Monate unsere Geschwister.

Ein Junge war dabei, Sam, mit langem, strähnigem Haar und schönen, traurigen Augen, der fast nie nach Hause ging. Seine Mutter rief manchmal an und fragte nach ihrem Sohn, aber Beth beruhigte sie jedesmal, ohne sie allerdings mit ihrem Sohn sprechen zu lassen. Meine Eltern hatten keine Ahnung davon, daß Sam die Nächte in der Garage verbrachte, hinten im Kombi schlief oder unter der großen Ulme neben dem Haus kampierte. Ich hielt durch mein Fenster oft Ausschau nach ihm und beobachtete, wie er im Hof herumlief und im Mondlicht die Arme über dem Kopf schwang, als wäre es früh am Morgen und er wäre gerade aufgestanden. Er schrieb Sachen auf einen Spiralblock, den er unter einem Hemd aufbewahrte. Ich wußte, daß er da draußen auch Hasch rauchte; man konnte es riechen und seine tiefen Züge hören. Wenn wir uns auf der Fahrt an den Strand oder ins Kino alle in den Kombi quetschten, setzte ich mich oft neben ihn und versuchte herauszufinden, ob sein Bein nun den Druck von meinem erwiderte oder nicht. Aber ich konnte es nie genau sagen. Er war ziemlich wortkarg, und wenn wir nachts am Strand waren, ging er in der Dunkelheit spazieren und spielte den Wellen auf der Mundharmonika vor. Ich hatte Beth mal gefragt, wieso er denn nie nach Hause ging, aber sie schien es nicht zu wissen. Sie hatte sich darüber eben keine Gedanken gemacht.

Beth arrangierte Minigolf-Turniere, Kegelmeisterschaften, Krockettspiele. Sie kochte und kochte, und wir aßen und aßen. Dann war Schluß. Beth ging weg, Peggy ging weg, Sam verschwand, die Nachbarskinder gingen wieder zur Schule. Es war niemand mehr da, mit dem man ins Kino oder schwimmen gehen konnte; es gab keine Gesprächspartner mehr. Ich hatte noch eine Woche vor mir, bis die High-School wieder anfing. Obwohl meine Eltern da waren und auch meine Klassenkameraden verfügbar waren, fühlte ich mich einsam, im Stich gelassen und verwaist.

Meine Mutter brachte die Woche damit zu, aufzuräumen, was die anderen hinterlassen hatten, – Matratzen zu lüften, Kleider zusammenzulegen, Kleiderbügel und einzelne Schuhe aufzuheben. Mein Vater verbrachte die Woche im Büro und auf dem Golfplatz und mit meiner Mutter auf der Terrasse. Es kam wie ein Seufzer der Erleichterung – die Familie war aus dem Haus. Und in diesem Seufzer ging ich unter.

Das stimmt vielleicht nicht ganz. Meine Mutter sagte, ich wäre griesgrämig. Sie meinte, ich hätte den Moralischen.

Etwa eine Meile vom Haus meiner Eltern entfernt befand sich ein Gestüt, und ich ging oft auf dem Saumpfad im Wald spazieren zu den Pferchen. Vom Waldrand aus beobachtete ich die Reiter mit ihren Jagdkappen, wie sie steif im Sattel dahineilten, die Pferde gelangweilt im Kreis trabend. Eine Hühnerschar lief im Hof herum, und in regelmäßigen Abständen, als studierte er eine Rolle ein, krähte ein Hahn. Es gab Katzen und Hunde und Traktoren und alte Autos auf dem Hof und Mütter mit aufgeregten

Kindern in schicken Reithosen. Ich genoß es, das bunte Treiben zu beobachten.

Nachdem die Schule wieder angefangen hatte, ging ich nachmittags immer zum Gestüt. Ich nahm mir Schreibheft und Stift mit und durchquerte den Stall von einer Box zur anderen, dabei las ich die Namen der Pferde von den Messingschildern ab, die über jeder Tür angebracht waren. Die Stallungen waren düster, feucht, erfüllt vom Wiehern der Pferde und vom dumpfen Dröhnen der Hufe auf dem Stallboden. An manchen Tagen schoben die Pferde ihre samtigen Nasen durch die Gitterstäbe und bliesen mir ihren warmen Atem über die Finger. An anderen Tagen wandten sie mir den Rücken zu und wischten mit den Schwänzen imaginäre Fliegen weg oder rieben sich mit dem Widerrist an einer rauhen Stelle an der Wand.

Ich saß in der Sonne und schrieb. Katzen strichen mir um die Beine, schnurrten ein bißchen in mein Ohr und streunten davon. Querfeldeinreiter trabten vorbei, verschwanden im schattigen Wald und tauchten später wieder auf. Niemand fragte mich, wer ich sei und was ich dort zu suchen hätte. Ich fühlte mich richtig geborgen.

Es war mein letztes Jahr an der High-School, aber meine Eltern benahmen sich, als wäre ich bereits aus dem Haus. Meine Mutter behauptete, sie habe die Nase voll von Bridge-Klub und Staubwischen, und trat eine Stelle beim öffentlichen Fernsehsender an. Sie ging morgens mit meinem Vater weg und rief mir über die Schulter zu: »Vergiß nicht, die Kaffeemaschine abzustellen. Verpaß deinen Bus nicht.«

Ich hatte den Bus noch nie verpaßt. Ich hatte auch noch nie vergessen, die Kaffeemaschine abzustellen. Mit wem sprach sie eigentlich?

Wenn ich nachmittags mit dem Bus zurückkam, redete ich mir ein, ich wäre froh über die himmlische Ruhe im Haus. Aber ich hielt es fast nicht aus. Ich strich in der Küche herum und wollte mich dazu motivieren, solche Snacks zu machen, wie Beth sie nach der Schule immer für uns komponiert hatte, aber der Aufwand schien mir zu groß. Ich magerte um zwei Kleidergrößen ab und konnte das, was Beth und Peggy in ihren Kleiderschränken dagelassen hatten, gar nicht tragen.

Selbst das Abendessen war anders: Statt Reis, Braten und frischem Spargel gab es Reste oder Rührei. Beim Abendessen war es immer laut und wild zugegangen, trotz des förmlichen Rahmens. Beth hatte sich im Schneidersitz über ihr Essen gebeugt. Peggy tauchte die Finger ins warme Wachs unter der Kerzenflamme oder zupfte erstarrte Tropfen von den Kerzen. Und mein Vater sah, nachdem er Anzug und Krawatte abgelegt hatte, ganz anders aus: Sein Gesicht belebte sich; aus den Streßfalten, die von den Nasenflügeln zu den Mundwinkeln verliefen, wurden Lachfältchen. Mein Vater haßte seinen Job. Das wußten wir alle. Er hatte eigentlich Journalist werden wollen; die Bezahlung und der Termindruck hatten ihn aber bald ernüchtert. Also war er allmählich zum Bezirksverkaufsleiter einer Firma für Krankenhausbedarf aufgestiegen. Es war klar, wie sehr er darunter litt. Beim Frühstück aß er gesittet, saß steif da, sagte kein Wort. Aber beim Abendessen stützte er die Ellbogen auf den Tisch und hielt sich Maiskolben, Rippchen oder Hühnerschenkel vors butter- und fettglänzende Gesicht. Beth war entrüstet über seine Manieren und beklagte sich, ihm gegenübersitzen zu müssen, aber ich fand es toll. Es war das einzige Mal am Tag, wo er nicht aufpassen oder anderen etwas vormachen mußte. Er erwartete von uns, daß wir die Morgen- und Abendzeitungen lasen und diskutierte mit uns über die Nachrichten. Aber nachdem die anderen von zu Hause fort waren, dominierte meine Mutter das Gespräch beim Abendessen. Es fühlte sich alles so neu, unbehaglich und irgendwie falsch an, und es störte mich so empfindlich, daß ich nichts herunterkriegte. Aber ich mußte dasitzen und zuhören, sonst hätten sie gemotzt und gesagt, ich würde Theater machen.

An manchen Abenden sprachen sie über Geld – was früher nie vorgekommen war. Ich erfuhr, daß meine Eltern, mit zwei Kindern auf dem College, recht knapp bei Kasse waren. Sie sprachen davon, das Strandhäuschen zu verkaufen, den Kombi noch ein Jahr zu fahren, die Frühjahrsreise ausfallen zu lassen. Mein Vater suchte nach einer Möglichkeit, sich aus dem Geschäft zurückzuziehen und statt dessen als Unternehmensberater zu arbeiten, um von den Leuten wegzukommen, die er so abgrundtief verachtete. Ich erfuhr, wie die Kollegen meiner Eltern hießen, wie sie waren, was für Eigenarten sie hatten. Sie waren mir ganz fremd.

Ich hätte gern gewußt, was diese Gespräche über mich, über meine Collegegebühren zu bedeuten hatten. Aber sie sagten es mir nie.

Ich wollte nie mit den Hausaufgaben anfangen, weil sie kaum Zeit in Anspruch nahmen. Ohne die Ablenkung durch Beth, die mich über die neuesten amourösen Verquickungen ihrer Freundinnen informieren, Fußballspiele organisieren oder Gästelisten überprüfen wollte, war ich mit den Hausaufgaben lange, bevor ich müde wurde, bereits fertig. Es fiel mir überhaupt schwer, einzuschlafen. Aber abends war ja nichts los. Niemand, mit dem man reden konnte.

Oft wachte ich nach einer Weile wieder auf und sagte etwas zu Beth, in der Überzeugung, sie läge im anderen Bett. Wenn sie dann nicht antwortete, stand ich auf, setzte mich ins Wohnzimmer und lauschte den Uhren, die im Wechsel tickten, oder ging ins Eßzimmer und betrachtete das Licht der Sterne, die sich im Kronleuchter spiegelten, oder die echten draußen, die beinahe auf Höhe der Bäume am Waldrand hingen. Manchmal schlief ich nachts überhaupt nicht.

An den Wochenenden blieb ich so lange im Bett, bis ich es nicht mehr aushielt, in der Hoffnung, daß eine meiner Schwestern unerwartet zu Besuch käme. Meine Eltern standen auf, duschten und fuhren jeder mit seinem Wagen weg, um eine Runde Golf zu spielen, einzukaufen oder in die Stadt zu fahren. Sie kamen gar nicht auf die Idee nachzusehen, ob ich überhaupt noch am Leben war. Sie hinterließen keine Nachricht, wohin sie gegangen waren oder wann sie zurück wären.

Meine Eltern erkundigten sich nie, was ich eigentlich machte. Sie wußten so ungefähr, wo ich meine Zeit verbrachte. Ich war ja alt genug. Sie merkten nichts. Meine Mutter zündete beim Abendessen immer noch Kerzen an, aber es waren ja nur wir drei. Es war so ruhig.

Und manchmal stritten sie sich.

Meine Eltern hatten nie ein böses Wortt zueinander gesagt. Sie hatten sich morgens zum Abschied geküßt und an Geburtstagen und Festtagen umarmt. Ansonsten hatte ich nie gesehen, daß sie sich einmal berührt hätten – nicht einmal aus Zärtlichkeit, nicht einmal zufällig.

Nun reagierte meine Mutter auf die Fragen meines Vaters etwa so: »Mach, was du willst. Mir egal.« Sie hatte eine Art, in der Küche zu hantieren – Besteck hinzulegen, Geschirr wegzuräumen –, die sich wie ein hitziges Wortgefecht anhörte. Ich ging dann weg und verzog mich aufs Gestüt.

Als ich eines Morgens herunterkam, war sie gerade dabei, Orangensaft zu machen, und versuchte, den Büchsenöffner am Dosenrand festzuklemmen. Sie schaffte es nicht. Ich hatte an dem Tag eine Algebraprüfung und hatte schlecht geschlafen. Ich nahm kaum Notiz von ihr, bis sie auf einmal fluchend den Büchsenöffner in die Spüle schmiß. Dickflüssiges Orangensaftkonzentrat klebte vorn auf ihrer Bluse. Meine Mutter fing an zu weinen. »Heirate bloß nie«, riet sie mir, als ob das was damit zu tun hätte. Sie ging nach oben, um sich umzuziehen. Ich hatte meine Mutter noch nie weinen sehen, und mir schien, als wären unsere Rollen vertauscht.

Mein Vater kam nach unten und ging ohne Frühstück aus dem Haus.

Ich begriff, ohne zu wissen, woher, daß es bei ihrem Streit um Sex gegangen war. Ich hatte damals noch keine sexuellen Erfahrungen und konnte mir nicht vorstellen, daß meine Eltern nackt zusammen im Bett lagen. Aber sie veränderten sich.

Während meine Mutter oben war, versuchte ich Beth anzurufen. Sie hatte kein eigenes Telefon, und die Person, die im Studentenheim ans Telefon ging, behauptete steif und fest, Beth sei im Unterricht, ohne sich die Mühe zu machen, nachzusehen. Ich bat sie inständig, nannte sie eine blöde Kuh und legte einfach auf. Ich ging aus dem Haus, bevor meine Mutter nach unten kam und mich weinen sah. »Stell die verdammte Kaffeemaschine aus!« schrie ich ihr hinterher, als ich die Tür zuknallte.

Meine Eltern stritten sich nicht oft. Das war es gar nicht. Manchmal saßen sie zusammen auf der Couch, meine Mutter mit dem Kopf an Vaters Schulter gelehnt, er küßte ihr Haar, und sie hörten sich zerkratzte Schallplatten mit traurigen, langsamen Liedern an. Wenn ich dann hinunterkam, sahen sie mich an, als käme ich von einem anderen Planeten. Deshalb blieb ich in meinem Zimmer und drehte meine Musik laut genug auf, um ihre zu übertönen. Ich zündete Duftkerzen an, rauchte Hasch und blies den

Rauch aus meinem Fenster. Einmal versuchte ich, mit Sam Kontakt aufzunehmen, aber seine Mutter sagte, er sei wieder abgehauen, und ich sollte ihr doch Bescheid geben, falls er bei uns auftauchte. So kaufte ich auf den U-Bahnstationen Hasch und starrte auf die leere Stelle unter der großen Ulme, während ich rauchte.

Außerdem begann ich zu schreiben und führte ein Tagebuch, dem ich jeden Tag etwas anvertraute. Ich schrieb in Briefform, eine Serie von Briefen an Sam. Es war tröstlich, sich vorzustellen, daß er mich ganz und gar verstand, selbst die Dinge, die ich nicht aufschrieb. Ich verabschiedete mich am Briefende nie.

Manchmal kamen die anderen am Wochenende nach Hause. Vor allem Beth, die immer ihre Wäsche mitbrachte und das abendliche Tischgespräch mit Geschichten über das Leben im Studentenheim total beherrschte. Ihr Geschnatter erstreckte sich vom Abwasch bis zum Schlafengehen, und oft lag ich im Bett, während ihre Stimme so dröhnte wie vorher die Stille, und fragte mich, was Sam wohl an ihr gefunden hatte oder warum ich jemals die Idee gehabt hatte, sie mit aufs Gestüt zu nehmen. Wenn sie da war, stand ich nachts manchmal auf und ging nach draußen – stand in Stiefeln und Nachthemd auf dem schneebedeckten Innenhof – und träumte davon, weit weg zu sein. Ich stellte mir vor, Sam zu finden, mit ihm zusammenzuleben, ihn als Gesprächspartner zu haben.

Einmal kam Beth nach Hause und brachte einen Freund mit. Wir hatten nicht abgeklärt, wo ihr Freund schlafen würde, und ich ging früh schlafen, um mein eigenes Bett in Beschlag zu nehmen. Sie kamen um Mitternacht herein, machten die Deckenlampe an und unterhielten sich laut und ungeniert. Sie zogen sich aus, setzten sich auf Beths Bett und quatschten bei Licht immer noch weiter. Ich wußte, was Beth im Schilde führte, und weigerte mich nachzugeben. Ich warf mich hin und her und zog mir die Bettdecke über den Kopf. Schließlich nahm ich mein Kissen und legte mich in Peggys Zimmer schlafen, wo zwei Einzelbetten standen, die Beth und ihr Freund ja hätten benutzen können. Am nächsten Tag standen sie erst um Mittag auf, und Beth funkelte mich wütend an, als ich meine Kleider holen wollte.

Bevor sie aufs College ging, hatten Beth und ich immer ein Zimmer geteilt. In regelmäßigen Abständen behauptete dann eine von uns, das Arrangement würde ihr nicht passen und es sei nicht fair, daß Peggy ein eigenes Zimmer gekriegt hätte. Aber auch nachdem Peggy aufs College gegangen war, wollte keine von uns beiden ausziehen. Beth sagte, eigentlich sollte ich ihr unser Zimmer überlassen, und ein paar Wochen schlief ich sogar in Peggys Zimmer, aber es fühlte sich fremd an.

Als ich wiederkam, lagen Beths Wäsche, ihre Bücher, ihre Zeitschriften überall auf meinem Bett verstreut. Ich dachte mir, wenn Beth erst mal weg wäre, würde ich unser Zimmer neu gestalten. Aber irgendwie schien es mir nicht der Mühe wert. Wenn ich ihre Tapete übermalte, würde ich damit ja gleichzeitig meine übermalen. Wenn ich ihr Bett umstellte, würde ich meines auch umstellen müssen. Ich ließ alles beim alten und nahm ein paar Sachen – ein Kissen, eine Decke, eine Wärmflasche – in die Sattelkammer auf dem Gestüt mit.

Ich malte mir aus, daß das Gestüt uns gehörte, Sam und mir. Ich schrieb ihm von den Pferden: welches krank gewesen war, wie dicht ihr Winterfell war, wie ihr Atem im Dämmerlicht aussah. Er antwortete, ich würde ihm fehlen und wie sehr er das letzte gemeinsame Wochenende genossen habe. Er sagte, er könne es gar nicht erwarten, bis wir wieder zusammen wären. Ich schickte ihm ein paar von meinen Gedichten und unterzeichnete: »In Liebe.«

Niemand bekam die Dinge, die ich im Gestüt schrieb, zu sehen. Wenn wir im Englischunterricht ein Gedicht auszuwählen aufbekamen, dachte ich mir ein neues aus. Meine Gedichte wurden prämiert, aber es war, als hätte jemand anderes sie geschrieben.

Ich besorgte mir die Immatrikulationsanträge fürs College, sobald sie gedruckt waren, und suchte mir die mit durchgehender Einschreibefrist aus, um so bald wie möglich Bescheid zu wissen, wohin ich gehen würde und wann.

Sam schrieb, er fände, wir sollten das Gestüt in den Norden von New York State verlagern. Hier gibt's Land, meinte er. Ganz billig. Und außerdem könnten wir zusammensein. Immer. Ich sah nach, ob es in der Gegend ein Collge gab, und fand auch eins – mit einem guten Creative-Writing-Programm.

Perfekt, schrieb Sam. Deine Gedichte sind gut. Du bist gut. Beeil dich und komm.

Ich war fest entschlossen. Ich eröffnete meinen Eltern, daß ich mir ein College ausgesucht hatte.

Monatelang hatten meine Eltern keinerlei Notiz von mir genommen. Sie wußten nicht, wer ich war, was ich wollte, nicht einmal, wie ich aussah. Sie waren bereits auf eine Idee fixiert: Smith oder Radcliffe. Sie hatten auf ihre Urlaubsreise im Frühling verzichtet. Sie aßen nur einmal im Monat Roastbeef. Smith mußte es sein. Unbedingt.

»Ihr wißt ja nicht mal, wer ich bin!« schrie ich meine Mutter an. »Ihr merkt ja gar nicht, daß es mich gibt! Ihr habt ja bloß ein Bild in eurem Hirn von dem, was eine Tochter sein soll.«

»Tu nicht so dramatisch«, sagte sie. »Mach doch kein solches Theater.«

Da durchfuhr mich der Gedanke, ihr zu sagen, daß bereits alles arrangiert war, daß Sam wartete, daß wir planten, die Pferde zu verlegen, das hiesige Gestüt zu verkaufen. Aber mir war klar, daß sie das nicht begreifen würde. »Du machst alles kaputt«, sagte ich zu ihr. »Du egoistische, blöde Kuh.«

Das war noch nie passiert. Ich ging nach oben und schloß mich ein. Zum Glück war ich nicht allein. Sam war schon da.

BETH Ich habe wachgelegen und zugesehen, wie der Himmel hell wurde; es war fast, als erwartete ich diesen Anruf. In dem kurzen Augenblick, bevor ich mich melde, fällt mir der Abend von Benjys Geburt wieder ein, als ich mich im Dunkel des Kinos zu Jim gewandt und gesagt hatte: »Jetzt bekommt Ellen gerade ihr Baby« – und später erfuhr, daß ich mich nur um eine halbe Stunde geirrt hatte. Jim quittiert das Geklingel mit einem Stöhnen, und ich denke mir, wir sollten dieses Wochenende etwas gemeinsam unternehmen. Es könnte unser letztes Wochenende vor der Geburt des Babys sein. Dann melde ich mich.

Meine Mutter erzählt mir, Ellen habe gestern beim Abendessen behauptet, bei meinen Eltern in der Küche gebe es Mäuse, sie sollten luftdichte Behälter für die Kräcker kaufen und dafür sorgen, daß der Müllhäcksler so lange lief, bis nichts mehr übrig wäre. Sie habe Fallen anstatt Gift empfohlen, wegen der Gefahr für die Kinder. Nach dem Essen hatte Ellen naß gewischt, gekehrt, gescheuert und geschrubbt. Sie hatte die Spülmaschine eingeschaltet, die lediglich halbvoll war, und dann zehn Minuten lang den Häcksler laufen lassen.

Mein Vater hatte ihr dabei zugesehen. »Die muß man bekämpfen«, erklärte ihm Ellen. »Die sind schlauer als wir.«

»Wir wußten nicht, was wir machen sollten«, sagt meine Mutter. »Was hältst du davon?« Da ich von hier aus nichts unternehmen kann, male ich mir aus, wie sich Ellen und meine Eltern in Ritterrüstungen anschicken, die Mäuse zu bekämpfen. »Hast du eine Ahnung, warum sie sich mit Mäusen auskennt?« fragt meine Mutter weiter. »Glaubst du, sie hat in ihrer Wohnung vielleicht Mäuse?«

Als Ellen mit Putzen fertig war, hatte sie ausgiebig gebadet.

»Das ist ein gutes Zeichen, finde ich«, sagt meine Mutter.

Mitten in der Nacht hörte mein Vater das Baby schreien. Meine Mutter erzählt mir, sie sei davon aufgewacht, daß die Haustür ging. Meine Mutter war bereits halb aufgestanden, als mein Vater nach ihr rief.

Ellen und das Baby waren nackt. Sie standen in der offenen Haustür, mein Vater war im Flur. Meine Mutter erzählt mir alles haarklein, als wollte sie mich in die Szenerie miteinbeziehen. Ein Hund bellte, Benjys Kopf schwankte auf der Suche nach Ellens nackter Brust hin und her. Mondlicht ergoß sich über den ganzen Hof.

»Wohin gehst du?« hatte meine Mutter Ellen schließlich gefragt.

»Raus«, erwiderte Ellen. Anscheinend wollte sie das Baby wegbringen, damit die Mäuse es nicht zu fassen kriegten.

Daraufhin bewegten sie sich alle in der mechanischen Art, die in so einer prekären Situation an die Stelle von klarem Denken tritt. Meine Mutter half Ellen beim Anziehen. Als sie versuchte, ihr den BH zuzumachen, verpaßte ihr Ellen eine Ohrfeige. Meine Mutter fuhr Ellen ins Krankenhaus. Unterwegs versuchte Ellen zweimal, als sie an der Ampel halten mußten, auszusteigen und sagte: »Danke fürs Mitnehmen.«

Meine Mutter hatte ihr Nachthemd und einen baumwollenen Bademantel an und trug nicht einmal Hausschuhe. »Gern geschehen«, hatte sie geantwortet. »Ich bring dich noch an die Tür.«

»Sehr klug«, sage ich.

Jedesmal, erzählt sie, war Ellen wieder eingestiegen.

Mein Vater blieb mit Benjy zu Hause, er hielt das Baby unbeholfen an die Brust gepreßt. So saßen die beiden die ganze Nacht da, sagt meine Mutter, bis sie in den Papierslippers, die ihr die Schwestern im Krankenhaus gegeben hatten, wieder nach Hause kam und sagte: »Sie haben ihr eine Spritze gegeben; jetzt schläft sie.«

»Warte, bis sie aufwacht«, beruhige ich meine Mutter. Ich erzähle ihr von den Studien über Schlafentzug und daß sich manche Leute seltsam benehmen, wenn sie nicht genügend Schlaf bekommen; plötzlich lüge ich. »Jim muß mal telefonieren, ich ruf dich später zurück.«

Als ich auflege, warte ich darauf, in Tränen auszubrechen, aber es tut sich nichts. Ich fühle mich völlig ausgelaugt. Die Vorstellung von Ellen an der Haustür, von ihrem nackten Fleisch und Benjys offenem Mund geht mir einfach nicht aus dem Kopf. Ich versuche, mir einzureden, daß alles gar nicht wahr ist, daß nichts dergleichen geschehen ist, daß meine Familie irgendwo in einem anderen Bundesstaat behaglich ihrem normalen Alltag nachgeht und die Schutzhülle um mein eigenes Leben nicht in Gefahr ist.

»Ist was mit Ellen?« erkundigt sich Jim. Er kennt bereits die Antwort. Wortlos steige ich unter die Dusche, stehe im Wasser und beobachte, wie kleine Bäche seitlich an meinem Bauch hinunterrinnen.

Am gleichen Abend ruft mein Vater an, um mir mitzuteilen, daß sie Ellen in dem Krankenhaus nicht behalten wollten. Man hat sie in eine besondere Klinik gebracht. »Ein Sanatorium«, nennt er es. Was hätte er sonst sagen sollen? Nervenklinik? Irrenanstalt?

Peggy und Will verbringen die Nacht bei meinen Eltern. Meiner Mutter geht es, in Anbetracht der Umstände, recht ordentlich. Benjy will immer noch nichts essen. Mein Vater hat versucht, John anzurufen, erreicht ihn aber nicht.

Als ich auflege, erzähle ich Jim die Neuigkeiten, daß Peggy bereits zu Hause ist und daß ich auch hinfahren möchte.

»Warum?« fragt er. »Wozu soll das gut sein?«

Ich weiß keine Antwort. Ich kann ihm nicht sagen, das und das werde ich tun, und dann wird alles besser. Aber eins weiß ich: ich muß zu Ellen, ich muß sie sehen. Und ich will auch, daß sie mich sieht, daß sie weiß, ich bin bei ihr. Nur durch unser Zusammensein können wir das verlorene Gleichgewicht wiederherstellen. Aber mein Arzt ist der Meinung, die Schwangerschaft sei zu weit fortgeschritten zum Reisen. Ich sollte nicht nach Hause fahren.

Auf dem Weg zum Klo sieht mich Jim auf dem Boden hocken. Er schaut mich eine Weile an, aber ich beachte ihn nicht.

»Also, gut«, sagt er.

»Es war nur die Meinung des Arztes.«

»Um das klarzustellen: ich finde, es ist eine Schnapsidee.«

»Sie ist meine Schwester.«

»Wir fahren ja hin«, sagt er, »hab ich doch schon gesagt. Wir fahren. Gleich morgen früh.«

Ich liege auf der Couch, ein Kissen unterm Bauch, unfähig, mir Ellen vorzustellen: wo sie ist, was sie gerade macht. Es ist schon spät, aber ich weiß genau, meine Mutter liegt auf ihrem Bett und betrachtet das glänzende Mondlicht, das nach und nach den Rasen überflutet. Peggy, mein Vater und ich liegen ebenfalls wach und starren in die Dunkelheit. Es kommt mir vor, als wäre die Zeit zwischen Kindheit und Gegenwart verflogen, und es wäre ein Fehler, daß ich nicht neun Jahre alt bin und Ellen im anderen Bett leise schnarchen höre. Daß ich mit Jim verheiratet bin und in ein paar Tagen ein Baby bekomme, erscheint mir wie ein Traum.

Die Fahrt dauert acht Stunden. Nach der ersten Stunde fragt Jim: »Geht's dir gut? Sollen wir anhalten?«

»Weihnachten«, erzähle ich ihm, »war es jedesmal das gleiche. Mein Vater entdeckte plötzlich, daß wir Milch oder Eier brauchten, oder er wollte den Müll raustragen. Dann verschwand er, und auf einmal war Santa Claus da.« Dann fragte mein Vater jeden von uns, ob wir denn auch brav gewesen seien, und sagte: »Nun, und was ist mit dem und dem?« – und erkundigte sich nach etwas, das wir während des Jahres angestellt hatten. Wir baten dann immer um Verzeihung, aber beeindruckt waren wir schon. Es bedeutete ja, daß Santa Claus wirklich das ganze Jahr zusah. Bevor wir die Geschenke aufmachen durften, hielten wir uns an den Händen und spielten Ringelreihen.

»Wir hörten damit erst auf, als Ellen heiratete«, sage ich. »Sogar als wir schon alle auf der High-School waren, spielten wir noch Ringelreihen, genau wie damals als Kinder.«

Nach einer Weile meint Jim: »Wenn du anhalten möchtest, sag es. Bißchen die Beine vertreten oder so.«

Da fällt mir wieder ein, daß ich Jim von unseren Weihnachtsbräuchen bereits erzählt habe.

Als wir zum Elternhaus kommen – nach Hause –, liegt mir das Baby wie Blei auf der Blase. Die Luft ist feucht und stickig, und ich kann nicht richtig durchatmen. Seit dem letzten Besuch haben meine Eltern schon wieder einen Baum gefällt; diesmal ist es die Ulme, die vor unserem Zimmerfenster seitlich am Haus stand.

Ich bemerke alle Veränderungen im Haus meiner Eltern: neue Topflappen, eine gesprungene Fußbodenfliese. Dann sind da noch die Dinge, die schon immer so waren: der Geruch, die Lichter an den Fenstern, die still daliegenden Schallplattenstapel. Es sind aber die Veränderungen, die mich verstören, wie wenn ich an meinem Körper einen neuen Leberfleck oder eine Sommersprosse entdecke.

Peggy und Will sind in der Küche. Will, groß, breitschultrig, wie immer sonnengebräunt und unfähig zum Stillsitzen, ist gerade mit einem Kreuzworträtsel beschäftigt. Er stemmt Gewichte, joggt und spielt Tennis, und Peggy sagt, er zuckt sogar im Schlaf. An seinem Haaransatz sind Schweißstriemen, und er riecht nach Arznei, als ob der Krankenhausgeruch gerade eben zum Vorschein käme. Am Anfang dachte ich, Will hätte etwas gegen mich, aber Peggy klärte mich auf, er sei eben schüchtern.

»Fünf Buchstaben«, sagt er. »Eine altertümliche Schlagwaffe.«

Jim zuckt die Achseln. »Ich kann auch nur raten«, antwortet er.

Peggy steht an der Anrichte und preßt frischen Orangensaft, und ich merke an der Art, wie sie uns den Rücken zuwendet, daß sie weint. In der Küche ist es ebenfalls heiß. Ich habe das Gefühl, als wären wir unter Wasser – alle Bewegungen in Zeitlupe, Atemnot.

Jim und ich stehen nebeneinander an den Herd gelehnt. Die Härchen an unseren Armen berühren sich. Jedes Detail, jeder Geruch in dieser Küche ist mir vertraut – die klebrigen Schranktürgriffe, der ranzige Geruch unter der Spüle, die leuchtenden Farben der ›feinen‹ Geschirrtücher, aufgehängt, aber nie benutzt. Jim fühlt sich unwohl in diesem Haus: es ist ihm zu groß, zu fremd. Jede Bewegung, jedes Wort scheint vorhersagbar, gekünstelt.

»Wie viele Wochen noch?« fragt Will.

»Zwei.«

»Du siehst aus, als wärst du soweit. Eine leibhaftige Schwangere.«

»Du merkst aber auch alles«, sage ich, und Jim beugt sich besänftigend zu mir.

Einen Augenblick versinken wir in Schweigen. Dann macht Peggy ein leises, keuchendes Geräusch, und alle sehen sie an. Aber sie dreht sich nicht um. Neben ihr liegt ein Berg ausgedrückter Orangenschalen.

»Eure Eltern sind im Krankenhaus«, sagt Will. »Sie warten dort auf uns.«

Ich schleppe mich durch weitere Schichten von schwüler Hitze nach oben in das Zimmer, das ich mit Ellen geteilt habe. Auf ihrem Bett sitzend, schließe ich die Augen und lausche dem schmatzenden Summen unsichtbarer Lebewesen draußen im Wald. Eine Wagentür geht, ein Vogel ruft: »Tschilp-tschilp.« Mit den Fingerspitzen berühre ich Ellens Kopfkissen. Erstaunlich, die Kissen sind noch dieselben, aber Ellen und ich sind fortgegangen. Heute nacht werden Jim und ich hier in den beiden Einzelbetten schlafen. Das Baby wird mich wachhalten, über meine Blase rollen. Gespenster werden aus den Fenstern schreien, mit Handtuch und Bügeleisen vor der Kommode knien, um einander die Haare zu glätten, Spiralblöcke und schmuddelige Gymnastikanzüge schlampig herumliegen lassen.

Wir einigen uns, daß einer von uns dableibt, falls John anruft; Jim erklärt sich dazu bereit. »Ich packe schon mal unsere Sachen aus«, flüstert er, und auf dem Weg zum Wagen sagt er noch: »Du bist wahrscheinlich nicht scharf drauf, schon wieder ins Auto zu steigen«, und ich zucke die Achseln. Er legt die Hand auf meinen Bauch und sagt: »Geht's dir gut?« Beinahe hätte ich ihn angeschnauzt: Meinst du, mir oder deinem Kind? Aber ich sage nichts und sehe zu Will hinüber, der am Auto steht und geflissentlich weghört.

Will und Peggy haben, auf der Suche nach einer Diagnose für Ellens Zustand, die medizinische Fachliteratur durchforstet. Während Peggy uns zum Krankenhaus chauffiert, brummt Will etwas, worauf Peggy erwidert: »Das ist unmöglich. So spät?«

»Was ist unmöglich?« frage ich. Sie wechseln einen kurzen Blick, bevor Will antwortet.

»Anscheinend hat einer von den Ärzten Ellens Zustand als ›akute postnatale Depression‹ bezeichnet«, sagt Will.

»Benjy ist doch schon acht Monate«, wende ich ein.

»Genau«, beeilt sich Peggy zu sagen. »Es ist ja viel zu spät. Es kann gar nichts damit zu tun haben.«

Nach einer Weile sage ich: »Ihr kennt Ellen doch. Sie will wahrscheinlich bloß auf sich aufmerksam machen.« Aber keiner antwortet.

»Sie geben ihr ein Sedativum«, sagt Will. »Vierzig Milligramm.«

»Da ist aber noch die genetische Komponente«, fügt Peggy hinzu. »Die Theorie von der Erblichkeit.« Sie schaltet falsch, und der Wagen bleibt stehen.

»Was ist erblich?« frage ich.

»Geisteskrankheit«, erwidert Peggy, während sie wieder anläßt.

»Wer sagt denn, daß sie geisteskrank ist?« frage ich herausfordernd.

»Ein einziger Arzt hat die Diagnose gestellt«, sagt Will.

Peggy fällt ihm ins Wort: »Na, sie ist doch in einer Nervenheilanstalt, oder nicht?«

»Ja, und?« frage ich. »Seit wann hast *du* denn Medizin studiert?«

Peggy schaltet, ohne zu antworten, das Radio an, und ich lasse mich in den Sitz zurückfallen; ich spüre, wie mir die Bluse am Rücken klebt. Das Baby hat heute noch gar nicht geboxt, und mir fällt wieder ein, daß unmittelbar vor der Geburt eine Ruhepause eintritt. Aber dadurch, daß ich mit Peggy zusammenbin, erscheint mir meine eigene Familie sogar noch weiter weg und unwirklicher als sonst. Ich möchte Peggy anfassen, ihre kräftige Schulter unter der Bluse spüren. Wenn das hier alles ein Traum ist, dann bin ich jetzt bereit aufzuwachen, zu fliehen.

Das Krankenhaus ist ein riesiger Klinkerbau am Ende einer langen Auffahrt. Drinnen sitzen meine Eltern vor dem Fernseher. Eine Wolke von Zigarettenrauch hängt vor dem Bildschirm, und die Innenseite der Fenster ist schmutzig. Ich beuge mich mit meinem Bauch unbeholfen nach vorn und umarme die beiden. Keiner sagt etwas zu meinem Bauchumfang. »Na ja«, sagt meine Mutter. Wir fragen nicht, wie es Ellen geht. Meine Eltern sehen erschöpft aus, wie Horrorkarikaturen ihrer selbst.

»Ja, ja«, sagt mein Vater, wie um die Worte meiner Mutter zu bekräftigen.

Sie sehen beide zu Boden, und ich wende mich ab. Wieder überkommt mich ein beinahe körperliches Verlangen, bei Ellen zu sein, während Peggy fragt: »Warum dürfen wir eigentlich nicht zu ihr? Was dauert denn da so lang?« Sie sieht sich im Zimmer um, als würde gleich jemand kommen und ihr Fragen stellen. Meine Mutter zuckt mit gesenktem Blick die Achseln. Ihre Bluse ist falsch zugeknöpft, und über ihren Wangenknochen spannt sich die Haut.

»Das ist doch alles Unsinn«, sagt mein Vater. »Eine Bande von

Quacksalbern.« Mein Vater, der seinen eigenen Beruf haßt, behauptet von allen anderen, sie seien Gauner und Schwindler.

»Stimmt«, meint Will sarkastisch, aber mein Vater seufzt nur.

»Sollten wir nicht mal schauen, was hier eigentlich los ist?« fragt Peggy.

Ich sage: »Nein.« Dann merke ich, daß die Antwort zu schnell kam, und füge hinzu: »Vielleicht macht sie gerade einen Mittagsschlaf.« Ich weiß selbst, daß es nicht wahr ist, hoffe aber insgeheim, daß Ellen ihre Sachen packt und sich auf die Heimfahrt vorbereitet.

»Wenn die Versicherungen –«, fängt mein Vater mit einem Blick auf Will an, aber meine Mutter unterbricht ihn.

»Ich geh raus. Auf eine Zigarette«, sagt sie. »Wir waren ja schon bei ihr.«

Obwohl mein Vater seit zwei Jahren nicht mehr raucht, folgt er ihr ergeben nach draußen.

Schließlich taucht eine Schwester auf und lächelt mich und meinen Bauch an. »Das ist hier aber nicht die Entbindungsstation«, sagt sie. Will zieht pfeifend die Luft ein. Ein schlechter Witz. »Hier, bitte«, sagt die Schwester und setzt eine geschäftliche Miene auf. Während wir drei ihr folgen, fährt sie fort: »Ihre Schwester hat eine unruhige Nacht hinter sich. Ich glaube, sie ist so müde, daß sie nicht aus dem Zimmer kann.«

Ich glaube, bei Krankenschwestern muß man auf das Unausgesprochene achten. Aber ich habe keine Ahnung, was sie sagen will.

Ellen liegt auf dem Bett und schreibt mit dem gekrümmten Finger Wörter in die Luft. Das Haar steht ihr in fettigen Löckchen vom Kopf ab, und ihre Haut ist so straff, daß die Schatten auf ihrem Gesicht von innen zu kommen scheinen.

»Was gibt's Neues, Schwester?« fragt sie. Sie klingt ganz normal, finde ich, bis sie sagt: »Krankenschwesterchen nahm mein Täschchen. Meinen Ring, den will sie auch. Wenn's mir besser geht, sagt sie zu mir, bring ich ihn wieder rauf.«

Peggy und Will weichen zurück und drücken mich gegen die Tür.

»Schau mal, Elly, deine Familie ist da«, sagt die Schwester.

Ellens Finger hält mitten in der Luft inne. Lange starrt sie uns an. Ihre Gesichtsmuskeln sind vollkommen entspannt, als schliefe sie. Aber ihre Augen stehen offen. »Drei kleine Negerlein«, sagt sie und fuchtelt mit dem angewinkelten Finger nacheinander zu uns herüber. »Drei kleine Negerlein.«

Meine Eltern fahren mit ihrem Wagen schon mal los, um Benjy beim Babysitter abzuholen. Will chauffiert den anderen Wagen, und Peggy und ich zwängen uns neben ihn auf den Vordersitz, Arme und Beine schweißverklebt. Niemand möchte gern allein sitzen.

Als wir an ihrem Bett standen, zog Ellen ihren Ehering vom Finger. Sie schob ihr Nachthemd hoch und hielt sich den Ring an den Nabel. »Ein Loch ist im Eimer«, sagte sie. Die Haut an ihrem Bauch war faltig wie das Gesicht eines Greises. »Nehmet hin und esset«, sagte sie. »Dies ist mein Leib.«

Will war schneller als wir anderen. Er nahm ihr den Ring aus dem Mund, bevor sie ihn hinunterschluckte.

Zu Hause sitzt Jim im Wohnzimmer und liest die ›Time‹. An seinem Gesichtsausdruck merke ich, daß John nicht angerufen hat. Nachdem er uns nacheinander angeschaut hat, klappt er die Zeitschrift zu. Die Küche riecht so, wie sie immer im Sommer gerochen hat, wenn wir vom Schwimmen im Country Club nach Hause kamen und den Eisschrank nach etwas Eßbarem durchstöberten. Als ich den Kühlschrank öffne, finde ich nur zwei Tuben Sardellenpaste, einen Viertelliter Sahne, zwei Rollen ungebrauchten Film und ein Plastiksäckchen mit Batterien. Die schale Kälte weht mir ins Gesicht, und als sich etwas in mir zusammenzieht, verspüre ich einen ungewohnt heftigen Schmerz. Aber es ist die Nässe an der Innenseite meines Schenkels und gleich darauf der Gedanke, daß ich gepinkelt habe, und dann die Erkenntnis, was dieser Gedanke bedeutet, was mich erschreckt.

»O nein«, stöhne ich, aber schon steht Jim hinter mir und hält mich um die Hüften.

Peggy und Will fahren uns in die Klinik, und Jim mißt die Wehenabstände, während Will uns Geschichten von Frauen erzählt, die es nicht mehr geschafft haben – von Babys, die in Autos, auf der Treppe, im Lift geboren wurden.

»Paß doch auf, wo du hinfährst«, schnauzt Peggy ihn an. Sie dreht sich mit einem ängstlichen Blick zu mir um.

Zwischen den Wehenschüben sehe ich Jims sorgenvoll verzerrtes Gesicht und das wolkenlose Blau des Himmels, der unverändert, unbeweglich erscheint, trotz der Geschwindigkeit des Wagens.

Es ist das gleiche Krankenhaus, in dem ich wegen meiner Blinddarmentzündung war und meine Mutter eine Totaloperation hatte. Es ist das gleiche, in dem Ellen vorgestern war. Die Empfangsschwester auf der Entbindungsstation fragt, ob Will der Vater sei, und er macht einen Witz, von wegen, er bräuchte einen Rechtsanwalt. Während eines Wehenschubs hält Peggy meine Hand fest, und ihre Handknöchel verfärben sich weiß, als sie meinen Druck erwidert.

»Tut es weh?« fragt sie, als ich einen befreienden Atemzug mache.

»Verdammt, und ob.«

Immer noch meine Hand umklammernd, kniet sich Peggy neben den Rollstuhl, während Jim den Namen unseres Arztes zu Hause nennt, sagt, wie es mit der Versicherung ist, und Formulare unterschreibt. Dann packt eine Krankenschwester den Griff des Rollstuhls, dreht mich geschickt um und fährt mich rückwärts durch die Schwingtür auf die Station. »Sie sind pünktlich dran für eine Erstgebärende«, sagt sie aufmunternd. Als die Schwingtür zugeht, starrt Peggy mir nach, die Arme fest um die Brust geklammert. Jim kommt, in einer Hand meine Tasche schwingend, im Dauerlauf neben dem Rollstuhl her.

»Was führt Sie in diese Gegend?« fragt die Schwester. »Machen Sie hier Urlaub?«

Als sie mich in den Kreißsaal schiebt, bemerke ich Jims verzerrten, ungewohnten Gesichtsausdruck. In einer Weile werde ich ein Baby haben, das vielleicht so aussieht wie er, ein wildfremder Mensch.

»Richtig«, sagt Jim. »Echten Urlaub.«

ELLEN Ich kannte Sams Lieblingsfarbe, seine Art zu gehen, das Gefühl, von ihm umarmt zu werden, den Geruch seines Haares. Auf der Busfahrt zur Schule und zurück fragte ich mich ab, um mich zu vergewissern, daß ich während unserer Trennung nichts von ihm vergessen hatte. Ich wußte, daß er scharfen Cheddarkäse, Salate und den Duft von Noxema-Salbe mochte, daß er außerhalb der Reisesaison gern nach Cape Cod fuhr, um am Strand spazierenzugehen, wenn sonst kein Mensch dort war. Er hatte ein chinesisches Lieblingsrestaurant, er schlief mit zwei Kissen, und er liebte Hunde.

Aber natürlich war mir klar, daß ich mir das alles nur ausdachte.

Mein College lag sechs Autostunden von zu Hause entfernt. Als meine Mutter und ich aus der Ausfahrt fuhren, sah ich mir noch einmal alles genau an, um mich so daran zu erinnern, wie es war. Ihr war diese Reise ziemlich lästig – die Fahrt war gerade so lang, daß sie mich nicht an einem Tag hinbringen und gleich wieder nach Hause fahren konnte, aber so kurz, daß wir den halben Vormittag herumtrödelten und warteten, bis es Zeit zur Abfahrt war.

An dem Tag fuhren wir hauptsächlich durch Industriestädte – jedenfalls sahen wir nur lauter Schornsteine und Leichtbetonbauten, zwischen denen Wäscheleinen wie Spinnweben aufgespannt waren und über denen trostlos die schlechte Luft hing. Ich stellte mir vor, Sam und ich wohnten in einem der unscheinbaren Wohnblocks, die wie Betrunkene an ihren kaputten Holzveranden lehnten. Ich saß an einem verschmierten Fenster und blickte auf das Gras hinaus, das in wirren Büscheln zwischen Erdhaufen wuchs, die offen und wund aussahen wie Mückenstiche. Hinter mir stand Sam, die Nachmittagssonne fiel auf seine Füße, und wartete darauf, daß ich etwas sagte. Ich war hochschwanger, wir waren arm, aber zu stolz, unsere Eltern um Obdach, Geld oder Hilfe zu bitten.

»Wenn du irgend etwas brauchst«, unterbrach meine Mutter diese Gedanken. »Egal was, dann rufst du an, nicht wahr?«

Na gut. Sie hat eben magische Kräfte, sie wußte schon vorher, was ich dachte, oder konnte, wenn sie wollte, Gedanken lesen.

Ich sah sie nicht an. »Klar«, sagte ich.

Wir übernachteten in einem alten Gasthof mit antiken Möbeln und einem leeren, eleganten Speisesaal. Wir aßen bei Kerzenlicht, und meine Mutter sagte Sachen wie: »Ist das nicht hübsch?« und: »Ist dein Fleisch zu stark gebraten?« Hinter ihr gähnte ein riesiger Kamin aus Naturstein, saubergefegt, schwarz und aschefrei. Ihre Fragen blieben unbeantwortet. Sie waren so unnütz, so gierig wie die leere Feuerstelle da.

»Dessert?« fragte sie. »Wie wär's mit Schokoladencremekuchen?« Sie beteuerte, daß sie die Hälfte essen würde, aber als er kam, probierte sie nur und ließ ihn dann zwischen uns auf dem Tisch stehen. »Du wirst allmählich furchtbar dünn«, sagte sie und drehte ihre Gabel hin und her.

»Nur zu«, sagte ich. »Du wolltest ihn doch.«

Sie setzte zum Sprechen an, machte aber statt dessen der Kellnerin ein Zeichen, uns Kaffee nachzuschenken. Sam lächelte von seinem Tisch am anderen Ende des Speisezimmers zu mir herüber. Heimlich erwiderte ich sein Lächeln.

In dieser Nacht lag ich im Bett und sah hinaus auf die Kiefer vor meinem Fenster. Ich stellte mir wieder vor, in einem dieser Wohnblocks mit den abblätternden Wänden zu leben, diesen Stadtstreicherinnen der Architektur, eingewickelt in mehrere Mantelschichten unnützer, trister Farbe, die sinnlosen Schätze eines ganzen Lebens zwischen die Knie geklemmt. Diesmal saßen Sam und ich im Schein einer Glühbirne da, ab und zu stießen Schnaken mit einem leisen »Plink« an die dünne Scheibe, und die Stille war so gedehnt, daß man sie atmen hören konnte. Sam war gekränkt, er war verärgert; in ihm rumorte ein namenloser Schmerz, der ihm Herz, Muskel, Lunge und Selbstbeherrschung zernagte. Als er zuschlug, durchfuhr mich ein Stich, riß die Stelle, wo Vertrauen, Glauben, Liebe wohl sitzen, mitten durch. Aber bevor ich das Kribbeln in meinem Gesicht richtig spürte, war er bereits ganz zerknirscht und entsetzt. Draußen vor meinem Hotelfenster wütete der Sturm in einer Kiefer. »Mein Gott«, stöhnte Sam auf. »Lieber Gott, verzeih mir.« In meiner Phantasie überschlugen sich die Bilder. Er umarmte mich. Nein. Er berührte mein Gesicht und sagte, er könne ohne mich nicht leben. Ich sagte ihm, daß ich ihn auch liebte. Wir hielten einander im Arm und lauschten dem Donner und dem tosenden Regen.

Am nächsten Morgen war es noch eine Autostunde bis zum Campus. Die Straße war auf beiden Seiten von Tannen gesäumt, die sich an den Händen hielten und hin und her schwankten, soweit man sehen konnte. Gelegentlich fuhren wir durch Städte, die mich an schmutzige Wäsche erinnerten. Räudige Hunde streunten kopfschüttelnd über die Straßen, und aus fremden Autos winkten uns Leute zu und grüßten mit erhobenem Zeigefinger. Meine Mutter ließ das alles auf sich wirken und schüttelte den Kopf, genau wie die Hunde. Sie hielt mit beiden Händen das Lenkrad fest und warf mir verstohlene Blicke zu, wenn sie glaubte, ich sähe es nicht. Ich hatte den Kopf weggedreht, um mein vom Schlag gerötetes Gesicht zu verbergen.

»Sollen wir mal anhalten?« fragte sie.

»Nein«, antwortete ich.

Ein paar Meilen weiter, nach ein, zwei Städten, einer dichtgedrängten Häusergruppe oder einer Ansammlung von Läden, die sich um den Marktplatz scharten, wollte sie wissen: »Hast du irgendwas?«

»Nein.«

Und nun begann sie zu angeln, warf die Haken und Köder aus, die sie in mehr als zwanzig Jahren Mutterschaft entwickelt hatte. »Falls du es dir noch mal überlegen willst. Ich meine, nicht jetzt, aber überhaupt. Du kannst jederzeit...

Ich weiß, du hattest es schwer als Jüngste. Aber, weißt du, Einzelkind sein war auch nicht immer leicht. Ich glaube, egal, wo man in der familiären Hackordnung steht...

Ich weiß, wir haben viele Fehler gemacht. Aber keine großen, glaube ich. Eins war in unserer Familie jedenfalls immer da, nämlich Liebe, und das ist doch das Wichtigste.«

Inzwischen waren die Gebäude um uns herum hochaufgerichtet, sich ihres revolutionären Erbes bewußt. Weiße Wohnhäuser mit roten oder schwarzen Haustüren, so frisch gestrichen, daß sie wie ein strahlendes Lächeln wirkten. »Egal, was passiert«, fuhr meine Mutter fort, »du kannst immer nach Hause kommen. Auf uns kannst du dich verlassen. Egal, was passiert.«

Wir standen in der Nachbarstadt des Colleges an der Ampel, und ich sog alle Einzelheiten in mir auf. Läden hatten sich in alle verfügbaren Lücken an der Hauptstraße gezwängt, Verkaufsständer mit Äpfeln, Kisten mit zerlesenen Taschenbüchern und ein Sammelsurium von verschiedenen Stühlen waren entlang der Gehwege aufgereiht. Die Fenster waren dick verstaubt, von den Ladenfassaden blätterte die Farbe ab, und Autos standen wild durcheinandergeparkt am Randstein. Die meisten Leute, die den Bürgersteig entlangschlenderten, schienen älter als ich, aber doch noch recht jung, und waren schlampig gekleidet.

Auf einem Parkplatz machten wir kehrt und fuhren auf der anderen Straßenseite zurück. Die Bäume erhoben sich hinter der Stadt vor einem blaugrünen Gebirgszug, und es war so kalt, daß die Blätter ihre Spannkraft verloren hatten und sich fast schon verfärbten. Ich hätte gern angehalten, um die Gegend zu erkunden, aber an der Art, wie meine Mutter das Lenkrad krampfhaft festhielt, bemerkte ich ihre Anspannung.

»Es gibt nicht mal ein Hinweisschild«, schimpfte sie. »Wir müssen jemanden fragen.« Wir fuhren noch einmal die Straße hinunter, und meine Mutter verlangsamte das Tempo neben einer Frau, die unter der kurzen Turnhose einen pinkfarbenen Catsuit trug. Als wir näher kamen, konnte ich sehen, wie sich ihre Brustwarzen ganz genau abzeichneten. »Fahr weiter«, sagte ich zu meiner Mutter.

»Dreh mal dein Fenster runter«, erwiderte sie.

»Nein.«

Sie langte über mich hinweg, um das Fenster selbst zu öffnen, aber ich hielt den Griff fest, stieg aus und knallte die Wagentür zu. Meine Mutter brummte etwas vor sich hin, was ich aber nicht verstand.

In der Luft lag eine besondere Frische von den Bergen her, die meine Schleimhäute befreite und gleichzeitig schmerzhaft und belebend wirkte. Ich wollte gern ein bißchen auf dem Gehweg spazierengehen, die aufgereihten Frühäpfel anfassen, die Stoffe der Passanten befühlen, dem Rasseln der Fahrradketten, dem Stimmengewirr, dem Jaulen der Hunde zuhören. Von dem Moment an, wo die Autotür hinter mir zuschlug, wäre ich gern einfach weitergegangen, um Teil des Ganzen zu sein.

»Frag doch da drin mal«, drängte meine Mutter und reckte sich über den Autositz, um das Fenster zu öffnen. Ich ging in einen Drugstore und blieb vor einem Postkartenständer stehen. Von den Neonlampen kam ein lautes Ticken, in einer Ecke heulte ein Ventilator. Von der Mitte der Decke baumelten zwei Fliegenfänger, beide von Mücken übersät. Ich wollte mir nichts entgehen lassen und strich mit dem Handrücken über die ausgebreiteten grellfarbigen Schokoriegel, hielt mir die Postkarten ans Gesicht, betrachtete interessiert die etwas schmutzige Decke. Als ich eine Postkarte bezahlte und das Wechselgeld entgegennahm, war mir, als hätte ich mir gerade zum ersten Mal etwas gekauft. Ich war so aufgeregt, so aufgewühlt, als hätte ich gestohlen oder Drogen gekauft. Dann fiel mir ein, daß ich ja nach dem Weg zu meinem College fragen wollte.

Wir fuhren den Rest der Strecke in einem Schweigen, das nur durch die Fragen meiner Mutter nach dem Weg unterbrochen wurde. Einmal hielten wir vor einer unbezeichneten Straße an, die sich zwischen zwei Wiesen hindurchwand, und sie fragte mich: »Ist es *das*?«

»Woher soll ich denn das wissen?« fuhr ich sie an. »Ich war auch noch nie hier.« Aber mit jeder Radumdrehung erkannte ich es mehr. Der Campus befand sich so dicht am Fuß der Berge, daß der Nebel fast sichtbar darüberlag – die Drift, die bei Nacht von den Hügeln herabsteigt, wie Rehe im Winter auf der Suche nach Wärme und Geborgenheit. Keines der Gebäude auf dem Campus war besonders ansehnlich. Die Häuser, aus Klinker oder Leichtbeton gebaut, wirkten steril; das Gelände hatte man ziemlich langweilig zu einem Kreis eingeebnet. Aber der Wald berührte beinahe die Rückseite der Gebäude, und ganz in der Nähe waren die Berge. Wenn ich mich erstmal eingewöhnt hätte, dachte ich, würde ich die Auffahrten, Autos und Studentenmassen einfach ignorieren und mich auf die Berge konzentrieren, deren Mienenspiel sich wie das eines Gurus fast unmerklich veränderte, sichtbar nur für diejenigen, die genau hinsahen.

»Ich steig nicht aus«, sagte meine Mutter, während ich meine Sachen auslud. »Das wäre dir bloß peinlich.« Sie nestelte ein Kleenex aus ihrer Handtasche, und ich mußte wegsehen. Mir fielen die zerknüllten Papiertaschentücher wieder ein, auf die sie immer gespuckt und mir das Gesicht damit abgewischt hatte. Ich stellte mich aufrecht neben die Autotür, damit sie mein Gesicht nicht sehen konnte.

»Meld ein R-Gespräch an«, sagte sie. »Wann immer du willst. Ellen, ich liebe dich.«

»Klar«, sagte ich. Während ich noch überlegte, ob ich ihr einen Abschiedskuß geben sollte oder nicht, tätschelte sie meinen Arm und legte den Gang ein. Als sie wegfuhr, drehte ich mich rasch zu den Bergen um und konzentrierte mich auf ganz bestimmte Dinge: in welche Richtung würde dieser Windstoß wohl Sams Hemd oder sein Haar blasen? Wie sich der Nebel in einen schwebenden, weißen Dunstschleier erhoben hatte, der matt an einem unsichtbaren Spalt im Himmel hing!

Während ich auspackte und mein Bett machte, war ich mir sicher, daß mein Vater jetzt in Unterhosen sinnierend auf dem Bett liegen und sich auf den Abend zu Hause einstimmen würde. Die Uhren tickten zerstreut im Takt; am Teich ließ ein Ochsenfrosch einen zaghaften Rülpser los. Beth war noch nicht wieder zurück im College und bereitete bestimmt eifrig das Abendessen vor und machte sich ausgehfertig. Für sie war immer noch Sommer. Inzwischen war meine Mutter wohl auf der Autobahn, weinte und schaltete das Radio auf einen lauten Rock-'n'-Roll-Sender. Ich merkte, daß ich einen Teil von mir im Auto gelassen hatte; die Musik, die sie hörte, war fast fühlbar in dem Zimmer im Studentenheim, in dem ich jetzt saß und mir überlegte, was ich als nächstes tun sollte.

Drei Wochen lang lebte ich wie ein Seestern, den einen Fangarm in den grellerleuchteten Räumen, wo sich die Studienanfänger versammelten, den anderen in der Cafeteria, wo Leute umherschwirrten, einander anrempelten, sich gemäß einem Geheimcode drängelten, vermischten oder trennten, der mir so rätselhaft vorkam wie die Verbindungen zwischen Zellen und Bakterien. Und einen Fühler hatte ich noch zu Hause, ständig war es mir bewußt – die Essenszeiten meiner Eltern, die Stille im Haus, der Chor der Ochsenfrösche und der Grillen, der bläuliche Schatten des Fernsehers auf dem Rasen hinter dem Haus und die Berührung meiner Bettlaken und des Betts. Nachts lag ich in meinem Studentenzimmer auf einer Matratze auf dem eisernen Bettgestell, gemartert vom ungewohnten Atmen meiner Zimmergenossin, und stellte mir vor, ich sei zu Hause. Ich wanderte in der Dunkelheit durchs Haus, spürte die Gegenwart meiner schlafenden Familie und berührte die Relikte und alltäglichen Gegenstände unseres gemeinsamen Lebens: einen blattförmigen Aluminiumaschenbecher, ein Stecknadelkissen in Form einer Tomate, einen Keramikfrosch, in dessem offenen Maul ein Pfannenreiber lag, Wurzelbürsten in Pinguinform und baumwollene, gehäkelte Kommodendeckchen. Draußen verwandelten sich die Bäume durch ihre stille, rauchlose Verbrennung, drinnen tastete ich mit den blinden Saugarmen eines Seesterns nach Sam und hielt ihn mit nasser, verzweifelter Angst fest.

Und dann sah ich John.

Als er mir zum ersten Mal auffiel, verspürte ich dieselbe freudige Erregung wie beim unerwarteten Wiedersehen mit einem Menschen, den ich lange nicht gesehen hatte. Aber natürlich kannte ich ihn gar nicht. Er stand vor meinem Wohnheim, an sein Fahrrad gelehnt, und unterhielt sich mit zwei Mädchen. Er trug einen Rucksack, und zu seinen Füßen lag ein brauner Hund. Der Hund japste und blinzelte in die Sonne, und ich dachte mir, daß John (dessen Namen ich damals noch nicht wußte) zum Campus geradelt und der Hund hinter ihm hergelaufen sein mußte. Ich sah ihn nicht direkt an, sondern ging unbeirrt ins Haus hinein. Dann hockte ich mich in mein Zimmer und überlegte, was ich jetzt machen sollte. Meine Zimmergenossin saß an ihrem Schreibtisch, und ich wollte sie fast bitten, hinauszugehen und nachzusehen, ob er noch da war, aber wir kannten uns noch nicht so gut. Er war doch mit zwei anderen Mädchen zusammengewesen, sagte ich mir dann wieder, und wahrscheinlich hatte er eine Freundin.

Trotz allem, was seither geschehen ist, sehe ich ihn immer noch so vor mir wie an jenem Tag. Die Blätter loderten auf zu einer Feuersbrunst, und ihre brennende Kraft hatte die Luft mit einem knisternden, greifbaren Schwingen erfüllt. Als ich aus dem Wohnheim kam, hatte er ein Bein übers Fahrrad geschwungen; die Wadenmuskeln waren zum Start gespannt, und der Rucksack hing ihm halb über der Schulter. Der Hund war eingeschlafen, lag mit halbgeöffnetem Maul auf der Seite, und die beiden Mädchen taten ganz hingerissen und kokett. Aber John redete unbeirrt weiter über ein Theaterstück, in dem er während des Sommers aufgetreten war, anscheinend bemerkte er das Gehüpfe und Getue der Mädchen gar nicht und war ganz in sein Thema vertieft. Sonnenstrahlen verfingen sich in den Härchen an seinen Armen und ließen sie golden aufleuchten.

Schließlich gingen die Mädchen weg, und John schob das Pedal eine halbe Umdrehung zurück, rückte sich auf dem Fahrradsattel zurecht, hielt dann plötzlich inne und wandte sich zu mir um, als hätte ich ihn gerufen.

Dieser Blick hatte bestimmt kaum länger als eine Sekunde gedauert. Zwischen Fremden hätte sich jede Zeitspanne zu einem peinlichen Moment ausgedehnt und wäre dann beiseite gewischt worden. Aber mit dem Blick, den wir wechselten, bestätigte sich die Vergangenheit, wurde die Zukunft versichert und die Gegenwart zwischen uns zum privaten Scherz: wir hatten voneinander das Geheimnis unserer Identität erfahren.

Ich wollte laut loslachen, begriff jedoch, daß wir uns verstellen mußten, ein bißchen *small talk* machen, mit winzigen Schrittchen aufeinander losstürzen.

»Was für ein Hund ist das?« fragte ich.

»Ein Köter«, antwortete er.

»Mach keinen Witz. Er ist wunderschön.«

»Er ist eine Sie«, sagte er, wobei er das Rad zwischen den Beinen balancierte und den Fuß vom Pedal nahm. John hat mich oft an diesen Tag erinnert, und jedesmal erwähnt er die Tatsache, daß ich mir damals kaum das Lachen verkneifen konnte.

»Sieht aus wie eine Mischung aus Irish Setter und noch was«, sagte ich. Der Hund hatte seltsame grünliche Augen. »Vielleicht Retriever.«

»Du kennst dich ja gut aus mit Hunden«, sagte John.

Ich streckte die Hand hinunter und ließ die Hündin daran lekken. »Ich mag Tiere«, erwiderte ich und stellte fest, daß seine Augen ebenfalls interessant waren – ganz, ganz dunkelbraun, wie regennasse Baumrinde. Er fragte mich nach meinem Namen und wo ich wohnte und erzählte mir, er wohne außerhalb des Campus in einer alten Remise. Und er heiße John. Er habe bloß ein paar Kurse belegt. Das Programm interessiere ihn nicht, meinte er. Er sei nur wegen der Theaterwissenschaft hier. Alles andere sei Quatsch.

Ich sagte ihm, ich sei wegen der Lyrik da. »Ich finde den Rest auch Quatsch«, sagte ich. Nach einer Weile fing er an, mit dem Fahrrad hin und her zu rollen, als ob er wegfahren wollte. Ich überlegte, was ich noch sagen könnte. Schließlich fragte ich: »Wie heißt dein Hund denn?«

»Zelda«, antwortete er. Der Hund sah auf und klopfte mit dem Schwanz. »Ich muß jetzt los«, sagte er.

»Netter Hund«, sagte ich und betrachtete Zelda. »Sieht aus wie ein Schokoriegel mit grünen Augen.«

Da fragte er, ob wir uns wiedersehen könnten. Er meinte, in dem Tierheim, wo er Zelda geholt habe, sei noch ein Hund gewesen, und wenn ich Lust hätte, würde er mit mir hinfahren.

Später sagte mir John, damals habe er geglaubt, ich hätte Drogen genommen. Er dachte, bei dem unterdrückten Gelächter und dem Kommentar, der Hund sähe aus wie ein Schokoriegel, mußte ich einfach high gewesen sein.

Bei dem Gedanken daran lacht er und sagt, ich hätte recht gehabt. Zelda sah wirklich aus wie ein haariger Milchschokoladenriegel.

Als John wegfuhr, ging ich sofort auf mein Zimmer und rief Beth an, um ihr zu erzählen, ich hätte gerade einen Typ kennengelernt und wüßte, das sei der Richtige. Ich erzählte ihr, wir hätten zwar noch nicht miteinander geschlafen, uns noch nicht einmal geküßt, aber ich sei sicher, der sei es.

»Du spinnst ja«, sagte sie. Sie konnte es nicht fassen, daß ich einen Freund hatte, mit dem ich noch nicht einmal ins Bett gegangen war. Sie selber war ganz versessen auf so was. Dann sagte sie, ich sollte sofort zum Frauenarzt gehen und mir die Pille besorgen. Außer, meinte sie, ich wüßte schon, daß er was nimmt.

Beth kapierte überhaupt nichts.

Ich holte mein altes Tagebuch hervor und las mir noch einmal alles durch. Die Einzelteile des Puzzles waren alle da. Ich hatte gewußt, ich würde ihn auf dem College kennenlernen und daß das College im Norden von New York State wäre. Ein Tier würde bei unserem Kennenlernen eine Rolle spielen, und wir würden einander sofort erkennen, als ob wir uns in einem früheren Leben schon mal begegnet wären. Alles funktionierte nach Plan. Das einzige Puzzleteilchen, bei dem ich mich geirrt hatte, war der Name:

John, nicht Sam. Ich begriff – Sam war ein Ablenkungsmanöver gewesen, eine falsche Spur, ein Test, den ich bestanden hatte.

Ein paar Tage später wartete ich vor dem Theater, um John zu sagen, daß ich diesen Nachmittag gern den Hund holen würde. Er unterhielt sich gerade mit einem untersetzten Mann mit Bürstenschnitt und wirkte verstört.

»Meinen Hund holen?« fragte er. »Vom Tierheim?«

»Nein.« Ich lachte. »*Meinen* Hund.« Ich merkte den Blick des kleinen Mannes auf mir, sah John aber fest an und wartete, daß sich der Blickkontakt zwischen uns herstellte, der das Unbehagen vertreiben und Außenstehende ausgrenzen würde.

»Stimmt.« Jetzt lachte John auch und rieb verlegen die Schuhsohlen an den Betonstufen. Er sah immer noch nicht in meine Augen, aber ich wußte, was diese Bewegung bedeutete. Es war wie bei Pferden, die auf dem heubedeckten Stallboden mit den Hufen scharren.

Das Tierheim lag etwa zwanzig Meilen vom Campus entfernt, und wir fuhren in einem roten Datsun hin, bei dem der Rücksitz aus Kissen und Decken bestand. Es war ein strahlender Tag: einer von diesen Herbstnachmittagen, wo die Luft dünner erscheint; die Sonne schien hell, aber nicht heiß. Ich hatte noch nie so ein tiefes Gefühl des Friedens gehabt, es war, als wären meine beiden Hälften plötzlich wieder harmonisch zusammengefügt worden.

Nach einigen Meilen zündete John einen Joint an, nahm einen Zug und reichte ihn mir. Wir wurden high und hielten bei einem Gemüsestand am Straßenrand an. John kaufte eine Tüte Äpfel und einen Liter Süßmost, während ich dastand und über die Felder schaute. Ich schwankte zwischen dem Gefühl, gerade aus einem Traum aufzuwachen und festzustellen, daß um mich herum eine vertraute Gegend war, die ich sehr vermißt hatte, und dem Gefühl in eine Phantasiewelt abgedriftet zu sein, in der unbewußte Wünsche sofort erfüllt wurden. Selbst der Anblick von Zelda, die in den Ackerfurchen auf und ab rannte, kam mir wie etwas Wiedererkennbares, etwas Wohlvertrautes vor, das ich erschaffen hatte.

»Sie hat was von einem Retriever«, sagte ich zu John und deutete über die Felder, wo Zelda verschwunden war.

»Komm, wir machen einen Spaziergang«, sagte er.

Wir wanderten die brachliegenden Furchen entlang und durchquerten dann den Wald, wateten durch sumpfiges Gelände und halfen einander über Stacheldrahtzäune. Schließlich machten wir auf einer kleinen Lichtung halt, und John rieb einen Apfel an seinem Hemd blank und gab mir die Tüte. Wir lagen auf dem Rükken, sahen den Schäferwölkchen zu, die an den Berggipfeln vorübersegelten und schnupperten die vertrockneten Grashalme und den Duft der Äpfel. Jeder Biß in die säuerliche Frucht ließ mich erschaudern; es fühlte sich wie Gänsehaut auf den Zähnen an. John hatte seine Knie neben meinen, und ich betrachtete bewundernd, wie unsere Beine zusammen aussahen, so selbstverständlich wie die Berge, die sich direkt über ihnen erhoben.

Wir lagen am Rand der Lichtung, und als ich das erstemal Zweige knacken hörte, nahm ich an, es wäre Zelda, die irgendwo in der Nähe herumstromerte. Aber beim zweitenmal hörten wir ein Schnauben, und John warf mir einen Blick zu, bevor er sich auf den Ellbogen rollte. Ich lag hinter ihm und wollte mich gerade vorsichtig aufsetzen, als er meinen Arm packte und mich wieder niederdrückte.

»Wahnsinn«, sagte er.

»Was denn?«

Er legte die Finger an die Lippen und rollte auf die Seite; ich schmiegte mich an seinen Rücken und spähte durch die Grasspitzen. Etwa fünf Meter von uns entfernt stand ein Elchbulle und hatte sein Geweih in die unteren Äste der Bäume gereckt. Ich legte eine Hand auf Johns Bein und atmete den Duft der Sonne in seinem Haar ein. Der Elch neigte den Kopf zur Seite, schnaubte wieder und begann, sein Geweih an den Ästen zu reiben. Es hörte sich an wie Donner; Blätter und Ästchen stoben in alle Richtungen. Dann machte er ein paar Schritte auf die Lichtung, direkt auf uns zu.

Ich hatte noch nie einen Elch gesehen, wußte aber, daß sie angreifen, anstatt zu fliehen. John ließ sich tiefer ins Gras sinken, und ich duckte mich hinter ihn, mein Gesicht war so nah, daß er meinen Atem am Hals spüren konnte. Der Elch reckte den riesigen, eckigen Schädel in den Himmel, als wollte er die ganze herrliche Herbststimmung einatmen, senkte ihn dann und schüttelte schnaubend den Kopf. Schließlich machte er unbekümmert kehrt und lief über das Feld davon. Nach ein paar Sekunden richteten wir uns auf und sahen ihm nach, dabei fiel uns die sorglose, gemächliche Gangart des langbeinigen Geschöpfs auf.

»Er kommt daher wie Abraham Lincoln«, sagte ich.

John drehte sich zu mir, die Arme um die Knie geschlungen, und lächelte. »Du bist eine echte Dichterin, was?« fragte er.

Kurz darauf hörten wir Zelda geräuschvoll durchs Dickicht brechen, und John hielt sie im Vorbeieilen fest. »Du dummes Ding«, sagte er und versuchte, sie beim Kopf zu fassen und still zu halten. »Das Vieh ist doch zehnmal größer als du.« Er hielt die Hündin fest im Arm, bis sie sich beruhigte und uns abwechselnd fragend anschaute. Sie schien erfreut über das, was sie zwischen uns sah. Auf dem Rückweg durch die Felder suchten wir grüne, ungeerntete Kürbisse und zeigten einander die liegengelassenen Früchte. Als wir uns dem Wagen näherten, lief Zelda voraus und kam im Kreis zurück, um uns zu zeigen, daß sie den Datsun ganz allein aufgespürt hatte, obwohl er schon von weitem zu sehen war. John machte die Flasche mit dem Süßmost auf, nahm einen Schluck und gab sie mir. Als ich die Lippen an die Öffnung legte, durchlief mich ein Schauer, als hätte ich ihn geküßt.

Zeldas Bruder war nicht mehr im Tierheim, aber als wir das erfahren hatten, betrachtete ich Zelda auch als meinen Hund. Ich hatte das Gefühl, daß John und ich nun etwas teilten, einander näher waren, als wenn jeder seinen eigenen Hund gehabt hätte. Auf der Rückfahrt zum Campus tätschelte ich Zeldas Kopf und dachte, daß es im Grunde ja genau das war, was John und ich gemeinsam hatten: die Einsamkeit der vergangenen Jahre war in uns beiden nun verheilt. Gemeinsam bildeten wir ein Ganzes.

Wir rauchten noch einen Joint, und ich lehnte mich in den Autositz zurück, fühlte den Atem des Hundes an meinem Arm und den Wind, der mir seitlich das Haar aus dem Gesicht wehte. Allmählich setzte die Abenddämmerung ein, und es wurde so kühl, daß ich an Armen und Beinen Gänsehaut bekam.

»Ist dir nicht kalt?« fragte John. Ich kurbelte mein Fenster hoch, und nun waren wir völlig eingehüllt, gehörten zusammen wie eine Familie. John schaltete die Scheinwerfer ein, während der Himmel um uns herum rosa, dann rot wurde und schließlich zu Violett und Schwarz verblaßte.

John langte herüber, machte am Autofeuerzeug herum und holte noch einen Joint hervor. Dann erzählte er mir, wie er die letzten zwei Wochen der Sommerferien auf einer Insel in Maine gezeltet hatte und daß es der schönste Platz sei, den er je gesehen habe. Er sagte, wenn sie morgens aufgewacht seien, habe überall Tau gelegen, alles habe ausgesehen wie uralt und mit Pilzen überwuchert oder von einer zarten Hülle bedeckt.

»Du bist doch der Dichter«, meinte ich, und er lächelte.

Er sei mit seiner Freundin dort gewesen, erzählte er mir. Einer Frau namens Mary.

An Beths oder gar Peggys Stelle wäre ich eifersüchtig geworden, hätte versucht, mir nichts anmerken zu lassen, und etwas gesagt wie: »Ach, wirklich?« oder »Na und?«, um zu beweisen, daß er und seine Freundinnen und seine Zelttouren mir egal waren. Aber ich hatte begriffen: Johns Beziehung mit Mary war vorbei.

John hielt vor dem Studentenwohnheim an, und ich blieb noch ein paar Minuten sitzen und wollte die Tür nicht aufmachen. Zelda hatte sich auf dem Rücksitz zusammengerollt und schlief, die Nase sah man nicht. Neben uns gingen Leute mit leeren Gesichtern zwischen Wohnheim und Speisesaal hin und her, und mir grauste bei dem Gedanken, auszusteigen und mich unter sie zu mischen. Ich konnte mir nicht vorstellen, in dem hellen, von Geklapper erfüllten Speisesaal zu sitzen, im Gewirr aus Armen und Beinen, Lippen und Besteck, heruntergefallenen Salatblättern und Spritzern verschütteter Milch. Die Vorstellung von meinem Zimmer im Wohnheim war wie die Erinnerung an eine Zelle, die ich früher einmal bewohnt hatte.

»Das hat Spaß gemacht«, sagte ich.

»Ja«, erwiderte John. »Bis bald.«

Während der nächsten Woche bemerkte ich nicht die Veränderungen an den Bäumen, beachtete den dickeren Rauhreif auf dem morgendlichen Gras nicht, den Anblick meines Atems, der mir, wenn ich mit einem Schwarm Studenten von einem Kurs zum nächsten lief, vor dem Gesicht hing. Während der Vorlesungen kritzelte ich beflissen Schleifen und Kringel quer über die Seiten meiner Notizhefte, und in meinem Zimmer saß ich mit gesenktem Kopf über einem aufgeschlagenen Buch am Schreibtisch und dachte wieder an den Elch, an die Berührung von Johns Körper, den Anblick der Kiefern und ihr prächtiges Grün vor dem Hintergrund der gleißenden Berge. Ich mied die Cafeteria und aß nur Äpfel, spürte, wie mir jeder Bissen wie eine vibrierende Saite den Rücken hinauf und um den Kopf schwirrte. Ich ging auf dem Campus umher, ließ mein Gefühl und meine Gedanken nach John greifen – in seiner alten Remise außerhalb des Campus, bei seinen Theaterproben, auf seinem Fahrradsattel. Schließlich hörte er es und tauchte vor dem Studentenbüro auf, kettete sein Rad an ein Geländer und sagte etwas zu einer winzigen Frau in einem bodenlangen, indischen Rock. Ich stand daneben und beobachtete, wie Johns Finger mit dem Schloß hantierten, wie Schultern und Hals sich wellten, als er sich den Rucksack über die Arme schwang.

»Das hier ist Wendy«, sagte er, als er mich bemerkte. »Und – äh, Ellen.«

Wendys Haar hatte die Farbe von Herbstlaub, einen Ton zwischen Rot, Rost und Braun, und ihre Augen hatten einen ebenso undefinierbaren Blick. Wenn man bedenkt, was für eine Rolle sie seither in meinem Leben gespielt hat, wie sie sich standhaft geweigert hat, daraus zu verschwinden, dann überrascht es mich, wie wenig ich am Anfang Notiz von ihr nahm.

»Hallo«, war alles, was sie sagte. John und Wendy traten zusammen in einem Stück auf, das am nächsten Abend Premiere haben sollte.

»Komm und schau dir's an«, sagte John.

»Ja«, fügte Wendy hinzu. »Solltest du wirklich.«

Ich sah ihnen nach, während sie zusammen aufs Theater zugingen. Wendys Rock wickelte sich um ihre Knöchel.

Ich war noch nie in einem Theatergebäude gewesen; es schien mir mehr in die Höhe als in die Breite zu gehen. Ich stand in einer Ecke am Tisch, wo der untersetzte Mann mit dem Bürstenschnitt gerade dabei war, unzählige Gläser Wein einzuschenken, und schaute an den Farnpflanzen vorbei, die an fast unsichtbaren Fäden aufgehängt waren, zu der abgedunkelten Dachluke hinauf. Bevor die Lichter zweimal dunkler wurden als Zeichen, daß man sich setzen sollte, trank ich ein ganzes Glas Wein aus und hörte zufällig, daß der kleine Mann das theaterwissenschaftliche Institut leitete und seit Eröffnung des Colleges vor acht Jahren dabei war. Und ich bemerkte einen Stern im Dunkel der Dachluke: einen Stern, haargenau in der Mitte, der mir zuzwinkerte.

John war so stark geschminkt, daß ich ihn zuerst gar nicht erkannte. Verschwunden waren seine fließenden Bewegungen, das wilde, wellige Haar war steifgesprüht. Während der gesamten Aufführung beobachtete ich ihn, spähte in die Seitenkulissen, wenn er gerade nicht auf der Bühne war, oder dachte ganz intensiv an ihn in irgendeinem Hinterzimmer, in das er sich zurückgezogen hatte. Am Schluß spendete das Publikum oberflächlichen Beifall, nach nur einem Vorhang verebbte die Begeisterung allerdings.

Ich saß auf den Stufen vor dem Theater und lauschte den Gesprächen der Leute, die in der Dunkelheit des Hofes verschwanden. Die Lichter im Foyer hinter mir gingen aus, und gleich darauf waren die Sterne strahlend hell zu sehen. Schließlich wurde mir eiskalt, und ich stand auf und ging ums Gebäude herum. Ich wußte, daß John irgendwo auf mich wartete, aber wahrscheinlich hatte ich irgend etwas falsch gemacht – und sollte eigentlich woanders sein. Als ich eine offenstehende Tür fand, tastete ich mich durch einen Korridor leerer Tassen und Dosen, zerknüllter Zigarettenschachteln und strähniger, staubiger Spinnwebfäden vorwärts bis zu einem Raum voller Leute, dem Künstlerzimmer.

In dem Zimmer herrschte ein Durcheinander von alten Möbeln, Requisiten, überquellenden Aschenbechern und Zigarettenrauch. Überall waren Schauspieler und Schauspielerinnen, den Blick verdunkelt von den Überresten der Augenschminke, was ihren Bewegungen eine gewisse Würde und Bedrohlichkeit verlieh. John saß am anderen Ende des Raumes auf einem Geländer, ins Gespräch mit dem Regisseur vertieft. Obwohl es dunkel war und die Leute sich unterhielten, ihre Sachen zusammenpackten oder sich Zigaretten anzündeten, sah mich John sofort. Unsere Blicke trafen sich, so wie wir uns damals getroffen hatten – zufällig und doch für immer –: das absolute Verschmelzen zweier Wesen. Seine Lippen bewegten sich in einer Art Gebet oder Segensspruch, aber ich konnte die Worte nicht hören.

»Kommst du, oder was ist?« rief jemand.

»Ja«, sagte John, stieß sich vom Geländer ab und landete auf den Füßen. »Ja.« Er kam auf mich zu, warf sich eine abgetragene, lederne Bomberjacke um die Schultern und stellte mir Ian, den Regisseur, vor.

»Wir gehen noch Musik hören«, fügte er hinzu. »Kommst du mit?« Ich nickte, immer noch gefangen von seinem Blick.

Wir gingen in ein Café, wo es laut war und rauchig und nach verschüttetem Bier und Meister Propper roch. Ian beugte sich zu mir, das Gesicht dicht an meiner Schulter, die Augen unsicher tastend, und redete auf mich ein. Die meiste Zeit hörte ich gar nicht zu, sondern beobachtete John, wie er mit den Fingern über den Rand eines Schälchens mit Erdnüssen fuhr oder an seinem Bierkrug auf und ab strich oder sich stirnrunzelnd vorbeugte, um zu hören, was jemand gerade sagte. Ich studierte sein Profil, eingefangen in der Reflexion des Lichts, die von der kleinen Bühne herüberkam, seine Silhouette, als er mir den Rücken zuwandte und aufstand, um sich zwischen den überquellenden Tischen hindurch einen Weg an die Bar zu bahnen. Ein paarmal hörte ich Ians Geschwafel genauer zu, als er nämlich von Johns Zukunft sprach, von seinem Talent, seiner Ausstrahlung. Er sagte, die Schauspielerei sei eine ziemlich harte Nuß, aber ich bemerkte nur die Tatsache, daß er mir von John erzählte. Er fand es wichtig, daß ich Bescheid wußte.

Dann beugte sich John herüber und legte die Hand auf mein Knie. »Du bist ja so still«, sagte er, und ich spürte seinen Atem auf meinem Gesicht.

»Ich höre zu«, sagte ich. »Beobachte. Lerne.« Er lächelte mich mit einem seltsam fragenden Ausdruck an, und ich erwiderte sein Lächeln.

Als die Band eine Pause machte, kam ein anderes Paar zu uns herüber, Leute, die Ian als Besitzer einer Kombination aus Restaurant, Buchladen und Kunstgalerie vorstellte. »Ellen ist Schriftstellerin«, sagte John. »Eine Lyrikerin von epischer Dimension.«

Inmitten all der Blicke kam ich mir vor wie ein Opfertier kurz vor der Hinrichtung. Aber die prüfenden Augen waren nur kurz auf mich gerichtet, dann wandten sie sich wieder ab. Nur das neue Paar starrte mich unvermindert abwartend an.

»Na, ja«, sagte ich, »ich schreibe eben gern.«

»Haben Sie schon etwas veröffentlicht?« fragte die Frau, die

Nancy hieß. Als ich den Kopf schüttelte, wandte sie sich ab und widmete ihre Aufmerksamkeit dem Erdnußschälchen, aber Bruce, der Mann, sagte zu mir, in ihrem Buchladen hätten sie das beste Lyriksortiment im ganzen Bundesstaat New York.

»Schau dir's mal an«, sagte er. »Doch, doch. Heute abend. Schau dir die Lyrik an.« Er lehnte sich zurück, kippte den Stuhl nach hinten und sagte: »Privatvorführung.« Als ob er Geschmack an dem Wort gefunden hätte, wiederholte er es, schloß dabei die Augen und schob den Unterkiefer hin und her.

»Also gut«, sagte John. Er lächelte mich an, als hätte er mir gerade etwas geschenkt. Aber sein Gesicht verriet mehr; es zeigte mir, daß er stolz auf mich war.

Als die Bar zumachte, standen wir alle unschlüssig auf dem Bürgersteig herum. Die Straße sah aus wie frisch geputzt, so menschenleer war sie, und die farbigen Lämpchen von der Bar, die durch die hängenden Farnpflanzen schienen, warfen seltsame Schatten. John zündete einen Joint an, die Hand um die Flamme gewölbt, und nahm einen tiefen Zug. Wir ließen den Joint kreisen, während oben an den hellen Straßenlampen über unseren Köpfen nebliger Dunst auf unsere Abfahrt wartete, um sich dann auf dem Gehweg niederzulassen. Vielleicht lag es an der nächtlichen Stunde oder an der verlassenen Straße, aber mir war heiter, fast albern zumute.

»Verdammt kalt hier«, flüsterte John, und ich grinste ihn an.

»Die Muse ruft«, sagte Bruce. Ian schlurfte aus dem Lichtkegel und meinte, er ginge dann wohl nach Hause. Wir anderen quetschten uns in Johns Auto.

Der Buchladen war dunkel – es war schon nach eins –, aber Bruce machte uns auf und schob ein paar Kisten beiseite. »Wir wohnen auch hier«, sagte Bruce. »Spart Miete, und schreckt Einbrecher ab.« Allerdings sagte er: »Aufreißer.«

Ich stöberte ein Weilchen im Laden herum, während die anderen sich unterhielten. Dann fand mich John, berührte mich am Ellbogen und sagte: »Bruce ist Fotograf. Unten hat er eine Dunkelkammer drin. Willst du sie sehen?«

Ich folgte Bruce und John die selbstgezimmerte Sperrholztreppe hinunter in einen halb ausgebauten Keller, in dem es nach Schimmel und Chemikalien roch. In der Ecke stand eine Couch vor einem indischen Wandbehang, der die nackte Betonwand verdeckte, und Bruce sagte, wir sollten uns doch einen Augenblick hinsetzen, während er ein paar von seinen Fotos heraussuchte. Solange Bruce sich über eine schwarze Mappe beugte, lehnte ich mich an John und atmete den Geruch seiner Haut ein, die nach Seife und frischer Wäsche duftete, und stellte fest, daß mir unser Treffen hinter der Bühne, das Zusammensitzen vor dem Theater unter den scharf phosphoreszierenden Sternen schon jetzt vorkam wie aus einem anderen Jahrhundert. Obwohl ich weg von hier und so schnell wie möglich mit John allein sein wollte, wünschte ich mir, jede Stunde, jede Minute, Sekunde, jeder Glockenschlag würden ewig dauern.

Als Bruce uns ein Bündel Fotos gab, war sein Blick beschwörend und stolz. Er stand, die Hände in die Hüften gestemmt, aufrecht über uns, während wir einander die Fotos weiterreichten. Ich lehnte mich an Johns Arm und spürte seinen Atem auf meiner Wange. »Schau dir das an«, sagte John. »Wahnsinn.«

Bruces Fotos waren alle doppelt belichtet, und auf den meisten waren nackte Körper über Kirchen, Strände, Friedhöfe oder Supermarktregale eingeblendet. Das Komische war, daß auf jedem Bild Geschlechtsteile zu sehen waren, darunter viele männliche.

Die Fotos signalisierten mir Gefahr, und ich verspürte plötzlich mehr Angst als Müdigkeit. »Ich bin jetzt an einer neuen Serie«, erzählte Bruce, indem er einen Stoß Fotos aus einem schwarzen Umschlag zog. Irgendwo tropfte Wasser in eine Entwicklerschale, und ich bekam plötzlich fast wie ein Tier eine Art panischer Angst – sie saß in Armen und Beinen, innen an den Nasenflügeln und hinter den Ohrmuscheln.

Bruce zeigte uns nacheinander alle seine neuen Bilder. Es war wieder das gleiche – doppelt belichtet, nackte Körper. Nur daß diesmal der ganze Körper zu sehen war, sogar der Kopf. Die Bilder zeigten ihn selbst.

»Wie findet ihr die?« fragte er.

Ich wußte nicht, was ich sagen sollte. Ich fürchtete, etwas Falsches zu sagen und John zu enttäuschen. Aber ich wußte, wir mußten hier weg. John fand sie gut und fragte mich nach meiner Meinung. Ihm schien es Spaß zu machen, und mir war klar, daß er nicht gehen wollte. Ich hatte nur eins im Sinn: mit ihm allein zu sein. Ohne ihn konnte ich hier nicht weg. Ich hatte das Gefühl, jetzt irgend etwas Entscheidendes tun oder sagen zu müssen. Aber ich wußte nicht, was, durch welche Geste ich uns zusammen weg von hier und in Sicherheit bringen konnte.

»Interessant«, sagte ich. Dann fügte ich noch etwas hinzu, was ich irgendwo mal gehört hatte, über Schwarzweißabstufungen und geeignete Papiersorten.

Bruce zeigte uns seine Dunkelkammer – ein umgebautes Badezimmer, wo in einer Wanne Fotos schwammen, ertrunkene Gesichter und Körper, ein gelbliches Waschbecken, eine orange Lampe, die das Ganze in unheimliches Licht tauchte. Von einer Seite des Raumes zur anderen waren Drähte gespannt, und überall hingen Filmrollen herum, an denen unten hölzerne Wäscheklammern befestigt waren.

»Komm, wir gehen«, flüsterte ich John zu. Er sah mich seltsam an, und ich dachte schon, ihm sei wohl auch etwas unheimlich zumute, aber dann meinte er: »Einen Augenblick noch.«

Bruce wollte wissen, ob er mal schnell ein paar Fotos von uns machen könnte, falls wir nichts dagegen hätten. Ich sagte, ich sei müde, aber als er wiederholte, es ginge ganz schnell, willigte John ein. Wir setzten uns zusammen auf die Couch, und ich bemerkte, daß der muffige Geruch aus dem Sitz unter uns hochstieg.

Beth hatte mal eine Fotografierphase gehabt, in der sie mich in Haus und Garten geschleppt hatte, wo ich sitzen, stehen, mich hin und her drehen, lächeln und kritisch gucken mußte. In drei Stunden machte sie ein Dutzend Bilder. Sie ließ mich sogar im Winter bei Sonnenuntergang mitten auf einem Feld posieren, während sie mich von hinten fotografierte.

»Warum fotografierst du die Dinge nicht so, wie sie sind?« hatte ich sie gefragt. »Warum mußt du alles so in Pose stellen und verkünsteln?«

»Bist du aber dämlich«, hatte sie erwidert. Sie war gerade dabei, den Film zurückzuspulen, und sah mich absichtlich nicht an. Beth konnte mit Worten wie mit Pfeilen auf einen zielen. »Du hast so viel Phantasie wie eine Stechmücke.« Damit war sie mir voraus durch den Schnee davongestapft.

Ich stellte mir vor, Beth von dem Erlebnis in Bruces Keller zu erzählen, von dem Gefühl an meinen Händen, als ich mir durch die schmutzigen Spinnwebfäden einen Weg hinter die Bühne bahnte oder im Foyer des Theaters den Stern über mir sah, der mir wohlwollend zugezwinkert hatte. Aber ich wußte, wie Beth wahrscheinlich reagieren würde: »Das war bestimmt echt guter Stoff« oder das alte, abgedroschene Geschwätz von der »exzentrischen Theaterdiva«. Wenn Beth etwas nicht begriff, dann hörte sie es nicht. Im wahrsten Sinn des Wortes hörte sie etwas anderes, ein anderes Gespräch, das ungefährlicher und angenehmer war und sich an ihrer eigenen Erfahrung festmachen ließ.

Bruce hantierte mit den Objektiven herum. »Rückt doch näher zusammen«, sagte er. John legte den Arm um mich, und Bruce begann bei gleißendem Blitzlicht zu knipsen. Zwischen den einzelnen Aufnahmen sah ich nur blaue Lichtflecke. »Ihr tut ja, als würdet ihr euch kaum kennen«, sagte Bruce. »Zeigt mal, daß ihr euch mögt.« Dann lachte er, und John nuckelte mit gespielter Leidenschaft an meinem Nacken. Als Bruce das fotografierte, waren wir beide überrascht. »Gut, gut«, meinte Bruce.

»Ich muß früh aufstehen«, sagte ich.

»Gleich fertig«, erwiderte Bruce.

Er machte noch ein paar Fotos, sagte, wir sollten doch netter sein, uns entspannter bewegen, näher zusammenrücken. Meistens lächelten wir uns aber bloß breiter an. Mir ging es nicht aus dem Kopf, wie Bruce gesagt hatte: »Ihr tut ja, als würdet ihr euch kaum kennen«, als wüßte er etwas davon, daß wir uns schon immer gekannt, aber gerade erst getroffen hatten. Ich begriff, daß ich angenommen hatte, die Prüfung sei überstanden, John und ich könnten nun zusammen das aufbauen, was wir uns vorstellten. Diese konkrete Situation, ihre überwältigende Gegenwart hatte etwas Bedrohliches wie manche Spiele aus der Kinderzeit – auf dem Geländer zu laufen oder auf Bäume zu klettern, einander immer noch mehr anzustacheln, immer auf der Suche nach dem nächsten Haltegriff. Zwischendurch hielt ich auf einem unsicheren Ast oft inne, um zwischen den Blättern hindurchzuspähen. Erst da erkannte ich, daß alle vertrauten Beziehungspunkte meiner Umgebung – Boden, Auffahrt, Fahrräder, Autos, sogar Häuser – unter mir waren. Bei dem Gefühl wurde mir schwindlig, und ich vergaß völlig, daß ich ja selbst auf den Baum gestiegen war, mich

Ast für Ast selbst in diese mißliche Lage gebracht hatte. Die Rückkehr auf den Erdboden kam mir immer vor wie ein Wunder, eine aller Unbill zum Trotz vollbrachte Heldentat.

Bei Bruce auf dieser Couch hatte ich wieder dieses Gefühl, erinnerte mich vage an die Schritte, mit denen ich mich in diese Lage versetzt hatte, und zwang mich regelrecht zu der Erkenntnis, daß hier anscheinend, höchstwahrscheinlich, Gefahr drohte. Daß ich jetzt etwas dagegen unternehmen mußte.

Während das Blitzlicht mich immer wieder blendete, redete ich mir ein, daß wir bald aus Bruces Buchladen verschwinden würden. Aber dann wollte Bruce, daß John die Hand unter meine Bluse steckte. Keiner von uns beiden antwortete. Unfähig, etwas zu sagen, wartete ich darauf, daß John es ihm abschlug. Statt dessen fügte Bruce hinzu: »Überlegt es euch in Ruhe, solange ich den neuen Film einlege. Ist doch nichts Besonderes. Ganz, wie ihr wollt.«

Er ging kurz aus dem Zimmer, und John sah mich an, seine Augen so unergründlich wie Wasser. Gleich darauf lächelte er, ein drolliges, spitzbübisches, verschwörerisches Grinsen.

»Seine Frau ist oben und schläft«, sagte er.

Ich nickte, ohne zu begreifen, was er meinte; John legte die Hand auf mein Knie. Der Druck brachte mich wieder zur Besinnung, und das Schwindelgefühl verflog.

»Wenn er zurückkommt«, fuhr John fort, »sagen wir, daß wir gehen müssen.« Wir saßen eine Weile schweigend da, seine Hand hielt mich immer noch im Gleichgewicht, als hätte ich einen garantiert sicheren Ast ganz oben in der Baumkrone gefunden.

»Er hat ja gesagt, es kommt auf uns an«, sagte John, und ich nickte.

Als Bruce zurückkam, machte er mit der Kamera herum, ohne uns anzusehen. »Wißt ihr was«, sagte er, »ihr seid echte Kinder der fünfziger Jahre.«

»Wie meinst du das?« fragte John.

»Eure Eltern«, erklärte Bruce, »haben euch einen ganz schönen Sexkomplex eingeimpft. Als ob das was Schmutziges, Geheimnisvolles wäre oder so.« Er schüttelte den Kopf, als hätte er bei uns die Hoffnung aufgegeben. »Wetten, eure Eltern haben es nie gern getan. Ich meine, sie haben es wahrscheinlich bloß getan, wenn sie mußten. Und jetzt haben sie die ganze negative Einstellung auf euch übertragen.«

Von meinem Ausguck im Baum hatte ich freie Sicht auf meine Mutter, der der Orangensaft auf den Rock tropfte. Die Feiertagsküsse, das unbeherrschte Geklapper mit Geschirr und Besteck.

»Also«, sagte John und beugte sich vor, »ich bring die Frau vielleicht lieber nach Hause, bevor sie hier noch einschläft.« Er stand auf und zog mich hoch.

»Wenn es euch entspannter macht«, sagte Bruce, ohne den Blick von der Kamera zu heben, »könnt ihr doch hier miteinander schlafen. Ich mache ein paar Bilder für euch, zum Mitnehmen. Manche törnt das an. Befreit, na, ihr wißt schon. Oder ich könnte euch die Körpersprache auf den Fotos erklären. Da sieht man nämlich, wie verklemmt manche sind, wie sie sich in ihrer Haut zusammenziehen. Sogar beim Ficken.« Er betonte das letzte Wort und sah hoch, um unsere Reaktion zu sehen.

John preßte sich mit dem ganzen Körper an mich, stark und schützend wie ein Baumstamm. Ich wußte, daß er das gleiche sah wie ich.

»Wir müssen jetzt gehen«, sagte John.

»Liegt nur an euch«, erwiderte Bruce. Er sah zu uns hoch, und das Licht spiegelte sich in seinen Brillengläsern, so daß wir seine Augen nicht sehen konnten. »Es ist eure Entscheidung. Ihr seid ja eingesperrt.« Er inspizierte wieder seine Kamera und sagte: »Meldet euch, wenn einer von euch raus will.« Er lächelte, aber nicht in unsere Richtung.

Wir stiegen hintereinander die Treppe hoch, und mir war wieder die Hierarchie bewußt: John, der uns hinauf ins Licht, auf die Erde führte, und Bruce hinter mir, so dicht, daß ich seinen Blick im Rücken spürte. Aber ich drehte mich nicht um. Ich stieg vorgebeugt weiter die Treppe hinauf, ich folgte John.

»Ein schöner Laden«, sagte John beim Hinausgehen.

»Kommt mal wieder«, sagte Bruce und hielt mich an der Schulter fest. »Wir haben das beste Lyriksortiment im ganzen Staat New York.«

Er stand im Licht des Schaufensters, während wir abfuhren. Er war barfuß und hatte immer noch die Kamera um den Hals hängen.

Im Auto fragte John immer wieder: »Ist das wirklich passiert? Hat er das wirklich gesagt?« Ich nickte. Schließlich drehte John sich zu mir her und sah mich im trüben Licht des Armaturenbretts nachdenklich an. »Was für ein *Erlebnis*«, sagte er. »So was ist mir ja noch nie passiert.« Sein Gesichtsausdruck schrieb mir die Verantwortung für den Abend zu, als hätte ich das alles ausgeheckt und ihm erlaubt, ein von mir erdachtes Stück anzusehen.

Ein paar Minuten später sagte er: »Seine Frau war oben«, dabei kicherte er, und sein Lachen erfüllte jede Pore meiner Haut mit warmem Glühen.

Während wir uns unterhielten, fuhr John auf die Berge zu, nicht in Richtung Campus. Ich wußte, wir fuhren zu ihm, zu der alten Remise, und ich verspürte gleichzeitig Freude und Angst: jetzt, im freien Flug, hatte ich die trügerische Sicherheit des Baumes hinter mir gelassen. Schließlich bogen wir in eine Auffahrt ein, und ich sah das Gebäude. Es war genauso, wie ich es mir vorgestellt hatte – falls es Abweichungen gab, vergaß ich sie sofort und erkannte in der alten Remise das Heim, das ich mir immer ausgemalt hatte. Es war hoch und schmal, fast schlaksig und aus unbehauenen Granitblöcken gebaut. Die Holztüren waren mit Splittern und rauhen Stellen übersät wie ein unrasiertes Kinn, und ich lehnte mich gegen die Mauer, atmete die kalte Luft vom Kiesweg und den Duft von Heu und Tannennadeln ein, während John hineinging und nach dem Lichtschalter tastete. Ohne seine Nähe fühlte ich mich abgeschnitten, freischwebend und sehnte mich nach der Nähe und Berührung seines festen, beruhigenden, vertrauten Körpers.

»Okay«, rief er. »Hier rauf.« Er stand auf halber Höhe auf einer Treppe, die so steil war wie eine Leiter, und ich konnte Zeldas Fußkrallen auf dem Boden über uns kratzen hören, ihr drängendes Gewinsel. »Laß aber Zelda nicht raus«, rief John mir zu, und während ich nach oben stieg, ging über mir das Licht an.

Das Obergeschoß der alten Remise war früher als Sattelkammer benutzt worden und hatte noch den Boden aus breiten Holzbohlen. Der große Hauptraum, das wußte ich, war früher die Getreidekammer gewesen, und ich bildete mir ein, ich könnte den süßen Duft des Hafers riechen und das Wiehern der Pferde unter uns hören. Eine Wand bestand aus einem riesigen Fenster, zweifellos eine umgebaute Schwingtür. Die anderen Wände waren fensterlos und hatten zahlreiche Löcher, wo an Nägeln oder Haken Futtereimer, Sattelgurte oder Zaumzeug gehangen hatten. Dieser Raum hatte einen anderen Geruch – den sonnenwarmen, leicht verschwitzten Geruch, den ich mit John verband.

Alles fügte sich ineinander – die Pferde, die Sattelkammer, die Sicherheit und Vertrautheit, die ich auf dem Gestüt gefühlt hatte, und ich wußte, daß es nichts mehr zu befürchten gab.

»Willst du hier schlafen?« fragte John.

Wir standen beide vor dem ungemachten Bett, auf dem die Laken in der Mitte zu einem Nest geknüllt waren.

»Ja«, sagte ich.

Während John im Bad war, zog ich mich aus und schlüpfte ins Bett. Die Laken waren weich und duftend, und mir kam der Sommer wieder in den Sinn, als ich auf dem Geländer balancierte, nachdem die anderen es satt hatten. Ich lief im Mondlicht bei Flut los bis ans andere Ende des Stegs, behutsam einen Fuß vor den anderen setzend. Ich stellte mir vor, wie meine Mutter oben an einem Fenster saß und die anderen sich auf der Schlafzimmerveranda versammelten. Am äußersten Ende des Stegs hatte ich, einen Fuß neben dem anderen, das Gleichgewicht gehalten, die Zehen zum Hafen ausgerichtet, und ins Wasser hinuntergesehen auf den Tang, den die Flut in die Länge gezogen hatte. Mit einer leichten Schüttelbewegung ließ ich mich fallen und stürzte in die ausgebreiteten roten Tangarme. Ich fiel so tief, daß ich die Felsen an meinen Knien reiben, Tang und Schlingpflanzen nach mir greifen und die zärtliche Berührung der Strömung um mich spürte. Aber eines hatte ich bei unseren Sommerferien am Strand gelernt: das Meer spuckt einen wieder aus, wenn es mit einem fertig ist. Innerhalb von Sekunden war ich wieder an der Oberfläche, schwamm unbeholfen zur Leiter am Steg und schlich in mein Zimmer zurück.

Ich rückte im Bett etwas zur Seite und hoffte, John würde sich bald zu mir legen und seine Arme um die Höhle der Traurigkeit in mir schlingen. Als ich die Beine ausstreckte, stieß ich gegen Zelda, die knurrend den Kopf hob.

»Sie wird leicht eifersüchtig«, sagte John.

Er kam schnell herüber und machte das Licht aus. Dann zündete er eine Kerze an und setzte sich aufrecht ins Bett, das Laken über den Schoß drapiert. Er war ganz nackt. Ich schmiegte mich an ihn – in meinem Inneren flatterte es wie ein ganzer Mottenschwarm – und rieb meine Wange über die gekräuselten Härchen an seinem Oberschenkel.

John steckte einen Joint an, inhalierte und sagte: »Das war ja wirklich komisch.« Nach einem weiteren Zug legte er die Hand auf meine Hüfte und fragte: »Bist du noch Jungfrau?«

Ich konzentrierte mich ganz auf die Berührung seines Schenkels an meiner Wange, schloß die Augen, rief mir ähnliche Empfindungen in Erinnerung – Tannennadeln im Sommer, heißer Sand am Meer. »Ja«, antwortete ich.

John strich mit der Hand an meiner Hüfte auf und ab. Meine Gedanken schienen mitzuwandern, so wie das Fell einer Katze vor und zurück gleitet, wenn man es streichelt. Ich schloß die Augen und stellte mir vor, ich wäre eine Katze, der man über das Fell reibt. Als er sich über mich beugte und mich küßte, war es wie ein Fallen in die Tiefe. Irgendwann fiel mir auch ein, daß Beth von Empfängnisverhütung geredet hatte, aber es war zu spät, etwas zu sagen. Und später begriff ich, daß es egal war: wir waren geschützt, behütet, immun gegen Fehler bei allem, was wir taten.

Irgendwann vor Morgengrauen stand ich auf, zog mein Höschen an und stopfte es mit Klopapier aus, um keine Blutflecken auf dem Bettlaken zu hinterlassen, und lag dann bis zum Morgen wach, dachte über das nach, was geschehen war, und begriff, daß es nun endlich auch mir geschehen war.

BETH Rob ist ein schlafloses, zorniges Baby mit großen Augen und großen Ohren. Er schreit so unbarmherzig, daß sie ihn in der Klinik nicht im Säuglingszimmer haben wollen und ich ihn bei mir behalten muß. Er schläft nur in kurzen Abschnitten und wacht dann schreiend auf, ohne jeden Übergang.

Jim verbringt viel Zeit bei mir, die Ringe unter seinen Augen werden dunkler, sein Körper scheint sich noch mehr zu krümmen. Bei diesem Babygeschrei ist eine Unterhaltung kaum möglich, und als Jim sagt, er habe gelesen, daß Neugeborene zwanzig bis dreiundzwanzig Stunden pro Tag schlafen, brülle ich ihn an: »Ellens Baby aber nicht. Und du siehst ja, was mit ihr passiert ist.« Sofort taucht eine Krankenschwester auf, und nach ein paar Minuten geht Jim hinaus.

Die anderen kommen und gehen, bringen Rasseln mit, winzige T-Shirts und Strampelanzüge, Champagner und Gebäck. Alle tun so, als wären sie begeistert, aber in Wirklichkeit ist die Stimmung trübe, und keiner erwähnt Ellen. Ich frage auch nicht nach ihr.

Am zweiten Tag schreit Rob in einem fort, und mein Kopf ist voller Visionen von Ellens Wahnsinn. Schließlich drücke ich, gierig nach dem Beistand von Erwachsenen, ein paarmal rhythmisch auf den Summer – an, aus, an, aus –, bis sich eine gleichgültige Stimme meldet: »Ja?«

»Wo sind denn alle?« fahre ich sie an.

Nach einer Pause fragt die Stimme: »Haben Sie ein Problem?«

»Ja«, schnappe ich zurück. In der folgenden Stille überlege ich, wie ich mein Problem definieren, wie ich dieser geisterhaften Stimme erklären kann, daß meine Schwester in einer Nervenklinik unbekannte Gefilde in ihrem Kopf durchwandert, und ich von mir selber so vollkommen abgeschnitten bin, als wäre ich das Neugeborene. Kurz darauf meldet sich die Stimme, etwas distanzierter klingend, von neuem. »Wir haben gerade Schichtwechsel. In etwa zehn Minuten kommt jemand zu Ihnen.«

Ich sinke in die Kissen zurück, fühle mich verlassen und bin wütend auf Jim, weil er mich heute nachmittag noch nicht besucht hat. Ich kann ihn mir gut vorstellen – noch nicht in seiner Vaterrolle und ohne einen entstellten Körper ansehen oder mit einer verrückten Schwester fertigwerden zu müssen – und male mir aus, wie er sich in meinem Zimmer auf dem Bett ausstreckt oder allein im Wald spazierengeht und den kühlen Schatten genießt. Ich frage mich, ob es das war, was Ellen in ihren jetzigen Zustand getrieben hat – das Gefühl, das Leben gehe auch ohne sie weiter, in einer miserablen Lage alleingelassen zu werden, während der Rest der Welt weiterhin auf bequemen und vertrauten Wegen wandelte.

Aber während ich auf die Krankenschwester warte, fällt mir wieder ein, daß es bei Ellen schon immer Momente gegeben hatte, in denen ihr Verhalten uns anderen unsinnig vorkam – Zeiten, wenn die Familie zusammen war und sie unberechenbar oder verwirrt wurde. Einmal, etwa mit elf oder zwölf, hatten meine Eltern ein formelles Familienfoto arrangiert: ein Bild, sagten sie, das wir später unseren Kindern und Enkeln zeigen könnten.

Der Fotograf, den meine Eltern engagiert hatten, gruppierte uns vor den Fliederbüschen am Haus. Bei dem bloßen Gedanken an dieses Foto erinnere ich mich wieder an den Geruch des Flieders. Es war ein angenehmer Duft, denn wenn der Flieder blühte, hieß das, daß die Schulzeit beinahe zu Ende war. Aber nach diesem Tag, nach diesem Foto mochte ich Fliedergeruch plötzlich nicht mehr.

Auf dem Foto sehen meine Eltern ernst aus. Mein Vater trägt eine Krawatte. Aber wir blödeln alle herum. Ich habe die Lippen komisch geschürzt, so daß man meine Zahnspange sehen kann, Ellen steht mit nach innen geknickten Füßen da, und Peggy hält zwei Finger V-förmig hinter Ellens Kopf hoch.

Als wir mit dem Herumalbern einfach nicht aufhörten, sagte mein Vater, daß weiß ich noch, zu dem Fotografen: »Egal. Dann kommen sie eben so drauf. Dann werden ihre Enkel sie eben so sehen.«

Damals konnte ich mir nicht vorstellen, jemals eigene Enkelkinder zu haben. Aber jetzt, wo Rob neben mir in der Korbwiege liegt, verstehe ich besser, was meine Eltern damals bezweckten. Und ich verstehe jetzt, daß mein Vater recht hatte. Unsere Enkel sollen mein unauslöschliches Bild von damals nicht sehen. Als ob es heute geschähe, sehe ich, wie Peggy an ihrer Halskette zerrt und so tut, als würde sie sich erhängen. Die Aufnahme ist fertig, das alberne Getue bricht vollends aus. Auf einmal fängt Ellen hysterisch zu weinen an. Eine Zeitlang beachten wir sie nicht, sind heilfroh, daß die Aufnahme, diese Quälerei, vorbei ist. Die stillschweigende Übereinkunft zwischen uns lautet: Ellen flippt mal wieder aus. Aber dann will Peggy wissen, was denn los sei, und Ellen fängt an zu lachen, dann atemlos zu keuchen. Ich erlebe die folgenden Minuten noch einmal wie in Zeitlupe; ich stehe mit meiner Familie im Kreis um Ellen herum und sehe zu, wie sie sich im Gras wälzt, bis man ihre Unterhose und die Schmutzstreifen an ihren Beinen sieht. Wahrscheinlich zwitschern die Vögel, und bestimmt gibt es auch noch andere Geräusche. Aber ich höre nur eins, wir merken nur eins – das Geräusch, wie Ellen nach Atem ringt. Dann schreit meine Mutter meinen Vater an, mit einer Stimme, die ich bei ihr noch nie gehört habe, er solle Ellen doch Wasser ins Gesicht schütten. Aber mein Vater rührt sich nicht. Ellens Augen sind weit aufgerissen. Sie sieht uns alle an, und ich denke, vielleicht schreie ich es auch heraus: »Macht doch was. Mach doch einer was.«

Peggy setzt sich auf Ellens Brustkorb. Hinter ihr zappeln Ellens Knie weiter, und ich starre wie gebannt darauf, um Ellens Augen zu vergessen. Peggy packt Ellen mit beiden Händen am Kopf, damit sie sich nicht bewegen kann, und schreit: »Hör doch auf!« Immer lauter brüllt sie: »Hör doch auf! Hör auf! Hör auf!«, bis Ellen sich tatsächlich beruhigt, mit den Knien in der Luft im Gras liegt und ihr Keuchen allmählich langsamer wird, bis sie wieder normal atmet.

Nachdem Ellen sich erholt hatte, brachten meine Eltern sie ins Bett, und wir versammelten uns alle im Wohnzimmer. Es war düster im Haus, und wir hatten immer noch unsere feinen Kleider an. Wir saßen mit zusammengepreßten Beinen da, ganz still und ernst, so wie wir eigentlich für die Aufnahme hätten sein sollen.

»Es sind bloß die Nerven«, sagte meine Mutter, und wir stimmten ihr zu. Sie fügte noch etwas hinzu, von wegen, Ellen sei nervös, und wir akzeptierten auch das stillschweigend. Später, als ich Ellen fragte, was geschehen war, sagte sie, sie wüßte es nicht. Sie sagte, sie habe gemerkt, daß mein Vater immer wütender geworden sei, und sich gewünscht, Peggy solle doch ernst sein; sie habe sich wie auseinandergerissen gefühlt und immer angespannter, bis sie schließlich glaubte, ihre Haut würde platzen. Sie schien noch etwas sagen zu wollen, meinte aber nur: »Ich war wohl einfach etwas nervös«, und wir ließen es dabei bewenden.

Da bewegt sich Rob plötzlich in seiner Wiege, um wieder zu einem gewaltigen Heulanfall anzuheben, und ich spüre, wie sich in meinen Augenwinkeln Tränen sammeln. »Wo bleiben die denn nur?« murmele ich, nehme Rob hoch und höre, wie hinter mir eine Stimme sagt: »Beth?«

Obwohl ich bestimmt schrecklich aussehe, sieht Peggy noch schlimmer aus, so als hätte sie wochenlang geweint. Wortlos lege ich das Baby wieder hin, und Peggy und ich umarmen uns und wiegen uns im Takt von Robs Schreien hin und her.

Am nächsten Tag soll ich entlassen werden, und Jim steht neben meinem Bett, während mir der Arzt Rezepte, Anweisungen, Broschüren und kostenlose Zeitschriften überreicht. »Lassen Sie sich *Zeit*«, wiederholt der Arzt ungefähr zum dritten Mal. »Sie müssen nicht überstürzt nach Hause zurück. Und zu Hause kann der Küchenboden ruhig ein Weilchen schmutzig bleiben. Lassen Sie das Staubsaugen. Genießen Sie einfach Ihr Baby.« Jim nickt ernsthaft, als erteilte man ihm Befehle. Als der Arzt weg ist, setzt er sich an die Bettkante und fragt: »Bist du sicher, du schaffst es? Wenn du noch einen Tag bleiben willst, dann sag es. Wir können es uns leisten.«

»Nein«, erwidere ich. »Nur schnell raus hier.«

Draußen sieht die Welt anders aus, so fremd, als hätte sich, solange ich in der Klinik war, die Jahreszeit geändert oder die Mode. Mein Vater chauffiert, und ich beobachte, wie sein Gesicht zuckt, als hätte er Mühe, sich zu beherrschen. Er wechselt häufig die Spur, flucht leise vor sich hin und streicht sich mit der freien Hand das Haar aus der Stirn. Schließlich sagt er: »John ist da.«

Zum erstenmal wendet Jim die Aufmerksamkeit von dem Baby ab und sieht mich starr an. Mein Vater redet unzusammenhängendes Zeug, seine Aufmerksamkeit gilt abwechselnd dem Verkehr und seiner Geschichte, so daß wir ein paarmal nur knapp einem Unfall entgehen und den zeitlichen Faden seines Monologs verlieren. Anscheinend ist John völlig aufgelöst angekommen. Alles, was er sagen konnte, war, daß er Ellen und Benjy doch so liebte und solche Angst hatte.

»Er ist ganz fertig deswegen«, sagt mein Vater. Und dann fügt er hinzu: »Wegen Ellens Getue.«

Jim beugt sich über den Babysitz und murmelt irgend etwas.

»Was für ein Getue?« will ich wissen. »Wieso denkst du, es ist Getue?«

Mein Vater ignoriert die Frage und sagt: »Deine Mutter meint, er hat Schuldgefühle. Aber das glaube ich nicht. Er ist doch Vater und Ehemann, und natürlich regt er sich da furchtbar auf.«

»Wie lange ist er denn schon da?« frage ich.

»Drei Tage.«

Das heißt, John kam an dem Tag an, als Rob geboren wurde.

»Wieso hast du mir denn nichts gesagt?« frage ich Jim. Er sieht zwischen mir und meinem Vater hin und her und will mir zu verstehen geben, daß wir ja später unter vier Augen darüber sprechen können. Aber ich bin entrüstet, daß er es nicht geschafft hat, mir das mit John zu sagen, wo es doch um meine Schwester geht. »Warum nicht?« frage ich hartnäckig.

»Liebling«, sagt er bittend, »du warst in der Klinik. Du hattest gerade ein Baby bekommen.«

Ich wende mich ab und starre den Rest der Fahrt aus dem Fenster.

Als wir zu Hause ankommen, liegt eine angespannte, erwartungsvolle Stimmung ums Haus, und es ist ungewöhnlich still. Mein Vater beachtet die Stille nicht und geht schnurstracks auf seinen Gemüsegarten zu; unterwegs wischt er sich die Hände an den Hosenbeinen ab.

»Ist ja gut«, sagt Jim. »Komm rein.« Er steht in der Haustür und streckt mir die Hand entgegen. Als ich mit dem Baby auf dem Arm an ihm vorbeigehe, sagt er: »Beth, du kannst doch da gar nichts machen.«

Sogar als wir klein waren, sah es im Haus immer ordentlich aus. Das Geschirr war gespült, die Spielsachen waren aufgeräumt, die Betten gemacht. Aber jetzt herrscht Chaos. Ein offenstehender Koffer spuckt seinen Inhalt über den Flur im Erdgeschoß aus. Zeitungen, Zeitschriften, abgelegte Pullover und eine mehlbefleckte

Schürze sind über die Wohnzimmermöbel verteilt, und auf dem Fußboden liegt eine große Decke, mit Spielsachen und Krümeln übersät. Obwohl außer uns niemand im Haus zu sein scheint, wirkt es überfüllt.

»Wir haben das Schlafzimmer schon hergerichtet«, sagt Jim, und ich folge ihm in mein Zimmer, wo eine wacklig aussehende, tragbare Wiege in einer Ecke steht. Auf meinem Bett liegt eine silberne Schachtel mit einer riesigen, gelben Schleife.

»Also, was war hier los?« frage ich. »Was hast du mir sonst noch verschwiegen?«

Jim seufzt und streicht dem Baby mit dem Finger über das geöffnete Händchen. »Alle sind ziemlich angespannt und nervös«, sagt er. »Ich werd dir *alles* erzählen, ich versprech's dir. Aber zuerst will ich einfach ein bißchen Ruhe haben mit meiner Frau und meinem Baby.«

Während Jim erschöpft aufs Bett sinkt, packe ich das Geschenk von meiner Mutter aus, ein dünnes Nachthemd mit diskreten Schlitzen auf der Vorderseite für die Brüste. Der Anblick – provozierend und praktisch zugleich – deprimiert mich. »Ist das jetzt unanständig oder nicht?« frage ich.

»Ist doch gar nicht so schlecht«, erwidert er. »Ist sogar irgendwie sexy.«

Er lächelt mich an, und ich lasse das Nachthemd wieder aufs Bett gleiten; dabei erinnere ich mich an die Ermahnung des Arztes, sechs Wochen lang keinen Verkehr zu haben.

Später versammeln wir uns auf der Terrasse, und ich setze mich ganz nah zu Jim, fühle mich ganz konfus, als sei ich viel länger als drei Tage von meiner Familie getrennt gewesen. Peggy hat Rob auf dem Schoß, und er schaut ruhig zu ihr hoch. Als ich mich gerade entspannen will, hören wir, wie ein Wagen vorfährt. Etwas an der Geschwindigkeit, mit der er die Auffahrt heraufkommt, und das abrupte Bremsen sagen uns, daß es John ist.

Jim wirft mir einen kurzen Blick zu und streicht mir beruhigend übers Knie. »Na, na«, sagt er.

John biegt um die Ecke, bleibt überrascht stehen und sagt zu mir: »Du bist wieder da. Herzlichen Glückwunsch.« Dann springt er über das Gartenmäuerchen, umarmt mich und nimmt Rob hoch. Er hält ihn lässig auf einem Arm. »Ein Glück«, sagt er. »Von euch beiden sieht er keinem ähnlich.«

Ellen meint, ich könnte John erst verstehen, wenn ich ihn mal auf der Bühne gesehen hätte, aber das glaube ich nicht. Irgendwie scheint John immer zu schauspielern. Nicht unbedingt im negativen Sinn, aber er scheint sich ständig jeder Geste bewußt zu sein, der Art, wie er sich bewegt und wo die anderen Leute im Raum sind. Es ist, als ob er sich jedes Detail einer Situation genau merken müßte, bevor er sich sicher fühlen kann. Aber dieses Wissen verleiht ihm auch den Anschein von Macht. Er dreht sich schnell um die eigene Achse, immer noch mit Rob auf einem Arm, und Peggy holt erschreckt Luft.

»Da merkt man, wer keine Kinder hat.« Er lacht. »Die geraten immer gleich in Panik.«

Mit grimmiger Miene nimmt Jim ihm Rob ab und hält ihn fest an sich gestützt, so wie es uns die Schwestern in der Klinik gezeigt haben. Nach einer Pause, während der keiner den anderen ansieht, geht John ins Haus und holt sich ein Bier. Sein lässiges Gehabe ärgert mich, es ist, als wäre John während meines Aufenthalts in der Klinik zu einem richtigen Familienmitglied avanciert. Natürlich wollen wir alle wissen, wie es Ellen geht, aber als John wieder herauskommt, setzt er sich auf das Steinmäuerchen, trinkt sein Bier und fängt einen Monolog darüber an, was für eine Art von Zement meine Eltern benutzen sollten, damit die Steine nicht auf die Terrasse rollen. Erst als er ausgetrunken hat, sagt er: »Ich kann eben nicht drüber reden. Okay?«

Ich verkneife mir, zu sagen: »Verlangt ja auch keiner«, und folge Jim ins Haus, um Rob in sein Bettchen zu bringen.

Als wir zurückkommen, hat sich der Himmel verfinstert, und die ersten Regentropfen klatschen auf die Ziegel. Der Wind fängt an, mit welken Geranienblättern, Serviettenzipfeln und Haarbüscheln zu spielen.

»Ach je«, sagt meine Mutter, und wir sammeln schnell unsere Sachen ein und tragen sie ins Haus. Nur mein Vater bleibt auf der Terrasse sitzen, die Hände im Schoß, und hält das Gesicht in die Brise. Auch als es heftig zu regnen anfängt, streicht er sich nur mit einer Hand die Regentropfen aus dem Haar, steht dann auf und geht hinaus ins Unwetter.

Wir anderen setzen uns ins Wohnzimmer, die Vorhänge bleiben offen, damit wir sehen können, wie der Blitz den Garten erhellt, die Bäume ihre Blätter schütteln und unten am Rand des Feldes die Statue von Bacchus steht, dem Gott des Weines, die meine Eltern zur Hochzeit bekommen hatten. Der Regen trommelt an das große Panoramafenster, und die Lichter gehen flimmernd aus und wieder an.

»Ach je«, sagt meine Mutter noch einmal, aber der Strom stabilisiert sich.

»Ist Daddy wirklich da draußen?« fragt Peggy, aber niemand antwortet. John drückt sich in den Ecken herum, streicht mit den Fingern am Vorhangsaum entlang und über die Lampenschirme. Er hat wieder ein Bier in der Hand, und unter seinen Armen zeichnen sich dunkle Schwitzflecken ab. Donner und Blitz entladen sich fast gleichzeitig über dem Haus, dann verzieht sich das Gewitter allmählich.

Als mein Vater schließlich zurückkommt, beobachten wir inzwischen alle unverhohlen Johns nervöses Getue. Mein Vater sagt, er habe das Gewitter von der Garage aus beobachtet. Er scheint es uns unbedingt in allen Einzelheiten beschreiben zu wollen – wie er, sobald das Gewitter abzuziehen begann, das erste zaghafte Gequake der Ochsenfrösche hören konnte und sah, wie die Wolken über den Himmel gesogen wurden. Meine Mutter versucht, ihn mit einem Blick zum Schweigen zu bringen, aber schließlich merkt er von selbst, wie John durchs Zimmer streicht, alles anfaßt und vor sich hin flüstert.

»Wie bitte?« sagt mein Vater und starrt John direkt ins Gesicht. Als John den Blick auf ihn richtet, scheint es einen Augenblick so, als würden gleich alle in Gelächter ausbrechen, als würde sich die Spannung lösen. Aber dann geht John ein paar Schritte auf meinen Vater zu; in seinen Augen schimmern Tränen. Unseren Blicken ausweichend, führt mein Vater John behutsam hinaus in den Flur. Hinter ihren gedämpften Stimmen tropft der Regen vom Dach und fällt von den Blättern. Schon stauen sich Hitze und Feuchtigkeit wieder auf, und die lindernde Wirkung des Gewitters scheint fern.

»Wie wär's mit einem Kaffee?« fragt meine Mutter. »Oder ist es dafür zu heiß?«

Peggy nutzt die Gelegenheit, die Stimmung aufzulockern, und sagt: »Kaffee? Bier? Eiswasser?« Während sie in der Küche ist, hören wir, wie die Haustür aufgeht und kurz die Stimme meines Vaters ertönt, als er und John an den Wohnzimmerfenstern vorbei in die Nacht hinausgehen. Plötzlich bemerke ich, daß Rob schreit, daß er schon eine ganze Weile geschrien hat, aber irgendwie kann ich meine Familie nicht alleinlassen, kann mir nicht vorstellen, jetzt aufzustehen. Schließlich steht Jim auf und holt ihn, legt ihn mir auf den Schoß und bleibt neben mir stehen, bis ich unter meine Bluse greife und den Still-BH aufhake.

»Beth!« sagt meine Mutter ganz schockiert.

»Na«, sage ich und sehe sie wütend an, »als ob ihr noch nie eine stillende Frau gesehen hättet.«

Viel später sitze ich in meinem Zimmer am Fenster und stille Rob noch einmal. Ich habe keine Ahnung, wie spät es ist, und höre im Halbschlaf, daß Jim fragt: »Bist du eingeschlafen da drüben?«

»Nein.«

»Alles okay?«

Ich nicke; ich weiß, es ist hell genug im Zimmer, daß er mich sehen kann.

Jim hebt das Laken auf seinem Bett hoch, auf Ellens Bett, und bedeutet mir, zu ihm zu kommen. Nachdem ich Rob frisch gewikkelt habe, bette ich ihn in die Kuhle unter Jims Arm und lege mich auf der anderen Bettseite ganz an den Rand.

»So ist es besser«, sagt Jim. Er greift über das Baby und legt einen Arm auf meine Hüfte, den anderen aufs Kissen, so daß seine Finger in meinem Haar liegen. Obwohl es immer noch heiß im Zimmer ist, fühlt sich Jims Körperwärme, die noch in den Laken ist, gut an.

»Ich freu mich so auf unser eigenes Bett zu Hause«, sagt Jim.

Ich antworte nicht. Alles kommt mir so unnatürlich vor – Ellen im Krankenhaus, Jim in Ellens Bett, ich mit einem Baby –, auch, wenn ich recht überlege, die Tatsache, daß Peggy verheiratet ist. Im Nachbarzimmer brummelt Benjy im Schlaf, schreit auf. Wir schrecken beide hoch, warten ab, was nun geschieht, und dann fängt Benjy an zu weinen, ein gedämpftes Geräusch, unterbrochen von einem Schluchzen, das wie »mammammamm« klingt.

Es kommt uns wie eine Ewigkeit vor, während wir darauf warten, daß John sein Söhnchen tröstet. Schließlich stehe ich auf, schleiche zum Gästezimmer und mache langsam die Tür auf. Ich weiß inzwischen gar nicht mehr, wer wo schläft, und möchte John nicht nackt überraschen. Aber im Bett liegt gar niemand – es ist noch gemacht, unberührt. Benjy liegt am anderen Ende des Zimmers in einem Nest aus Kissen und hat sich halb herausgewunden, so daß er mit dem Kopf auf dem Fußboden liegt. Unterm Schlafanzug ist er feucht und überhitzt, und durch die Windel riecht es, als ob er naßgemacht hätte.

»Ist ja gut, mein Liebling. Schhh«, flüstere ich. Ich will nicht, daß John kommt und mich in seinem Zimmer mit seinem Sohn findet, also nehme ich Benjy schnell mit hinüber.

»Was ist denn?« fragt Jim.

»Er ist patschnaß«, sage ich und lege Benjy aufs Bett, packe ihn in eine von Robs Windeln und ziehe ihm die nassen Sachen aus. In einer Schublade finde ich eins von Ellens alten T-Shirts und ziehe es Benjy als Nachthemd über. Noch bevor ich ihn fertig gewickelt habe, ist er, den Daumen im Mund, schon wieder eingeschlafen, und ich lege ihn in mein Bett und kuschle mich an ihn.

»Ich glaube, Ellen hat ihn noch nie alleingelassen«, sage ich zu Jim.

Von der anderen Seite des Zimmers kann ich Jim wieder seufzen hören; ich sehe den Umriß seines Armes, als er ihn hochhebt, sich die Augen reibt und dann den Ellbogen übers Gesicht fallen läßt. Ich rechne damit, daß er etwas sagt – sich darüber ausläßt, wie anstrengend es mit meiner Familie sei, während Ellen im Krankenhaus ist, die Schwierigkeiten mit John, daß er sogar die Tatsache erwähnt, ich sei schuld, daß Rob hier auf die Welt gekommen ist, statt so, wie wir es geplant hatten. Im stillen lege ich mir schon meine Verteidigung zurecht – niemand hätte sich um Benjy gekümmert, ich hätte ja nicht gewußt, daß das Baby so früh kommen würde, ich hätte mich so danach gesehnt, meine Familie wiederzusehen, wieder einmal mit allen zusammen um den Eßzimmertisch herum zu sitzen zu einem ausgiebigen Mahl oder mich in Erwartung der nächsten Unternehmungen behaglich im Wohnzimmer auszustrecken, bevor ich in mein Leben mit Jim und in meine Mutterrolle zurückkehrte. Ich lausche dem vertrauten Quietschen von Ellens Bett, als Jim aufsteht, Rob in die Wiege bettet und sich wieder hinlegt.

»Bringst du ihn nicht wieder rüber?« fragt er, und ich weiß, er meint Benjy.

»Dann weint er bestimmt gleich wieder.« Benjy schläft selig, und noch während ich es sage, weiß ich, daß es nicht stimmt.

»John wird sich wundern, wo er ist.« Erst gebe ich keine Antwort, sondern versuche, mir vorzustellen, was John denkt, wenn er das Kissennest leer findet, wo er wohl suchen würde. »Er hat ihn auf dem Boden schlafen lassen«, sage ich.

»Es war nicht einfach, Wiegen aufzutreiben. War doch nett von John, uns die einzige zu überlassen, die deine Mutter ausleihen konnte.«

Ich warte ab und lasse diesen anspielungsreichen Satz an mir abprallen. Ich merke, daß ich mir gar nicht erst vorstellen will, womit jeder beschäftigt war, nicht darüber nachdenken mag, wie meine Familie die drei Tage meiner Abwesenheit verbracht hat. Schließlich sage ich: »Ich lege ihn gleich wieder rüber. Wenn ich sicher bin, daß er tief schläft.«

»Ich will ja nur, daß du genug Schlaf kriegst«, antwortet Jim. »Du hast in den letzten Tagen ganz schön was mitgemacht.«

Ich kuschle mich ganz dicht an Benjy und grabe mein Gesicht in seine Seite. Irgendwie muß ich Ellen vor der Abreise noch sehen. Aber das überlege ich mir morgen früh. An Benjy geschmiegt, in meinem vertrauten Kinderbett, schlafe ich ein.

John und ich sind als erste auf, und ich mahle geschäftig Kaffee und presse Orangen aus, darauf bedacht, jede Unterhaltung gleich im Keim zu ersticken. Er fragt nicht, weshalb Benjy in unserem Zimmer geschlafen hat – er fragt nicht einmal, wo Benjy überhaupt ist –, und ich sage es ihm auch nicht. Ich erinnere mich, wie Ellen das erste Mal mit John geschlafen hat. Sie rief mich am nächsten Tag an, und am Ton ihrer Stimme merkte ich, was passiert war. Ich hatte schon damit gerechnet. Sie hatte mir von der Begegnung mit ihm erzählt. Ellen war immer so zurückhaltend gewesen – zu schüchtern, sich ihre eigenen Tampons zu kaufen, zu genant, ihre Unterhosen irgendwo sichtbar herumliegen zu lassen –, also brachte ich das Thema Verhütung zur Sprache. Ellen behauptete, ich würde das nicht verstehen; sie sei doch verliebt. Ich sagte ihr, verliebt oder nicht, sie sollte lieber aufpassen, daß er ihr kein Kind machte. Als sie in Tränen ausbrach, nahm ich an, sie wäre bereits schwanger. »Du lieber Gott, Ellen«, sagte ich. »Im wievielten bist du denn?« Das Schluchzen hörte schlagartig auf, und ich wartete auf ein Geräusch – ein Geständnis oder wieder Weinen. Aber nach ein paar Augenblicken Schweigen legte Ellen einfach auf. Wir sprachen dann fast einen Monat nicht mehr miteinander, aber durch ein paar vorsichtige Fragen erfuhr ich von Peggy und meiner Mutter, daß mein Verdacht unbegründet war. Ellen hatte den beiden anscheinend erzählt, ich hätte mich im College negativ verändert und wäre eine richtige Zynikerin. Schließlich legte sich die Sache jedoch, und Ellen lud mich ein, sie zu besuchen. Keine von uns erwähnte die Verhütung noch einmal.

John fragt: »Ist der Kaffee fertig?«

»Nein«, sage ich. »Wann ist heute Besuchszeit?«

Er steht neben mir an der Anrichte und sieht zu, wie der Kaffee in die Kanne tropft. Obwohl es noch nicht acht ist, summt es bereits vor feuchter Hitze, und die Schwüle dringt spürbar ins Zimmer. Johns Ehering hebt sich krass von seinem sonnengebräunten Finger ab, und ich muß wieder daran denken, wie Ellen gesagt hat: »Nehmet hin und esset.«

»Zwei bis sechs«, sagt er. »Vormittags haben sie Beschäftigungstherapie.« Er betont das Wort »Beschäftigungstherapie«, damit auch ich merken soll, wie absurd so etwas für Ellen ist.

Ohne zu fragen, weiß ich, daß ich Jim nicht dazu überreden kann, so spät abzufahren oder noch einen Tag zu bleiben. Und noch etwas: ich bin mir nicht mehr so sicher, ob ich Ellens Anblick ertragen kann, ihren gekrümmten, hochgestreckten Finger, die schlaffen Lippen, den Anflug von Speichel in ihrem Mundwinkel.

»So lang kann ich nicht bleiben«, sage ich abweisend zu John, als ob er danach gefragt hätte. Er schiebt seinen Becher an Stelle der Kanne unter den Kaffeestrahl und gibt keine Antwort. Verschütteter Kaffee zischt auf der heißen Platte, und die Maschine stößt seufzend verbranntes Koffein aus. »Glaubst du, sie merkt es?« frage ich.

Hinter Johns Blick sammelt sich Energie – eine Kraft, die Traurigkeit oder Wut oder Schmerz bedeuten könnte. »Merkt was?« fragt er.

»Daß ich nicht da bin.«

»Sie merkt ja nicht mal, daß *ich* da bin.«

Wir stehen nur wenige Zentimeter entfernt voreinander und hören in der Stille das anschwellende Insektengebrumm, das leidenschaftliche Seufzen und Stöhnen der Kaffeemaschine. Ich probiere in Gedanken eine Reihe von Antworten durch, sarkastische, humorvolle, mitleidige. Aber ich bringe kein Wort heraus. Irgendwie liegt eine Spannung in der Luft, weil wir so dicht beieinander stehen, als würden wir jetzt gleich Ellens Schicksal entscheiden. »Versprich mir eins«, sage ich, und noch während ich es sage, weiß ich nicht, was das sein soll.

»Was denn?« fragt er.

»Sag ihr, daß ich nach Hause mußte«, sage ich. Und dann, mit einem Anflug von Schuldgefühl: »Daß Jim zurück mußte. Und –«, denn das war es ja nicht, was ich Ellen sagen wollte, was ich ihr mitteilen wollte, wenn ich sie besucht hätte, – »sag ihr, ich habe einen Jungen.«

John wendet sich halb ab und sagt: »Sie weiß ja nicht mal, daß *sie* einen Jungen hat«, aber ich packe ihn so heftig am Arm, daß sein Kaffee überschwappt und er ein bißchen verschüttet.

»Ich weiß. Aber versprich's mir«, wiederhole ich.

»Klar«, sagt er. »Geht in Ordnung.«

Seine Zusicherung beruhigt mich; mir ist, als hätte ich gerade eine Botschaft an Ellen arrangiert, mit ihr kommuniziert, obwohl wir uns nicht direkt treffen können.

John läßt einen Schwamm auf den Boden fallen, reibt ihn mit dem Fuß über den verschütteten Kaffee und hebt ihn auf, ohne den Becher abzustellen. Auf dem Boden bleibt ein feuchter, bräunlicher Fleck zurück. »Gestern abend«, sagt er, ohne mich anzusehen, »hat mir deine Mutter eine Moralpredigt gehalten, von wegen, daß ich Ellen nicht das gebe, was sie braucht, womit sie aufgewachsen ist. Deine Mutter behauptet, Ellen hätte die Hochzeit da draußen abhalten wollen«, sagt er regungslos. Aber ich weiß, was er meint. Meine Mutter hatte immer mit dem Kopf zur Terrasse gedeutet und Sachen gesagt wie: »Ich habe mir immer die Hochzeitsfotos da draußen vorgestellt« oder »Jetzt wäre doch die perfekte Jahreszeit«. Peggy und ich hatten ihrer Phantasievorstellung entsprochen und den Empfang im Garten vor der Küche gefeiert.

»Mir hat Ellen gesagt«, fährt John fort, »sie will auf dem Land heiraten, genauso wie wir's gemacht haben. Deine Mutter behauptet«, sagt er mit der Betonung auf *deine Mutter*, »Ellen hätte das nur gesagt, weil sie geglaubt hätte, *ich* wollte das gern hören.« Er sieht mich erwartungsvoll an; ich soll mich anscheinend auch fragen, woher er wissen soll, was Ellen will, wenn sie ihm etwas ganz anderes sagt.

»Bitte vergiß nicht, ihr das mit Rob zu sagen«, wiederhole ich. Dann gehe ich aus der Küche und rufe ihm über die Schulter hinweg zu: »Ich muß jetzt packen. Wir fahren in etwa einer Stunde.«

Die ersten paar Tage zu Hause komme ich mir wie eine Fremde vor, bewege mich durch eine Art halbwegs vertrauter Traumwelt. Alle meine alten Muster und Routinen sind ausgelöscht, so daß selbst die Unterschiede zwischen Morgen und Nachmittag, Tag und Nacht mir willkürlich erscheinen, und Gewohnheiten wie die morgendliche Dusche der Vergangenheit angehören. Sooft ich am Telefon vorbeigehe, erwarte ich, daß es klingelt, oder muß mich beherrschen, nicht den Hörer abzuheben, die Nummer meiner Eltern zu wählen und mich zu erkundigen, ob es bei Ellen eine Besserung gegeben hat, irgendeine Veränderung. Aber meine Mutter ruft immer pünktlich wie die Uhr an – einmal morgens, wobei sie es so einrichtet, daß das Telefon nur ein paar Minuten nach Jims Abfahrt zur Arbeit klingelt, und einmal abends, wenn sie sicher sein kann, daß wir mit Abendessen und Spülen fertig sind. Wir sprechen nicht über Ellen, sondern über alltägliche Kleinigkeiten: die Vögel im Futterhäuschen, die Temperatur, die typischen Eigenarten eines Neugeborenen. Diese Gespräche geben mir irgendwie Halt, bilden eine Klammer um den Tag, die mir die Zeit einteilt und die Gefahr eindämmt, wie Ellen abzudriften und mich von meiner Familie zu lösen. Bei all dem wirkt Jim wie ein unwichtiger Fremdkörper, so daß er mir, wenn ich ihn abends mit Rob auf den Knien oder allein auf der Couch sitzen sehe, wie ein Gast vorkommt. Ab und zu setze ich mich zu ihm, aber mir fällt nichts ein, was ich sagen könnte. Nach einer

Weile stehe ich auf und wandere von Zimmer zu Zimmer, suche nach Plätzen für Robs verschiedene Ausstattungsgegenstände, die immer wieder auf Küchenanrichte und Wohnzimmerregalen auftauchen. Ich spüre Jims Blick hinter mir, höre, daß ich gemeint bin, wenn er Rob etwas zuflüstert. Doch sie kommen mir wie Schauspieler in einem Fernsehspiel vor – Leute, die ich kenne, weil ich ihr Leben beobachte, zu denen ich aber keine Beziehung habe.

Und dann, am vierten Tag, ruft meine Mutter an und sagt, Ellen spreche jetzt auf die Medikamente an. Als erstes hat sie anscheinend meine Mutter erkannt und sie gefragt, wie es ihr gehe, was passiert sei, wieviel Zeit vergangen sei. Als sie mir das erzählt, kann meine Mutter nur mit Mühe die Tränen zurückhalten. Sie gehen mit Ellen ganz behutsam voran, sagt sie, beruhigen sie und sagen ihr erst nach und nach, was geschehen ist.

»Hat John ihr gesagt, warum ich nicht da bin?« frage ich.

»Ich weiß nicht, was sie alles weiß«, sagt meine Mutter. »Ich weiß nicht, an was sie sich von den letzten zwei Wochen noch erinnern kann.«

»Hat John ihr gesagt, warum ich nicht da bin?« wiederhole ich. »Hat ihr jemand von dem Baby erzählt?«

»*Ihm* geht's ja auch gar nicht gut«, sagt meine Mutter mit völlig veränderter Stimme. »Ich glaube nicht, daß er... also, ich glaube, er begreift das gar nicht ganz.«

Ich frage nicht, was John denn nicht ganz begreift. Meine Mutter scheint andeuten zu wollen, daß John sein Versprechen an mich gebrochen hat. Und durch diesen gebrochenen Pakt hat er bewiesen, daß er weder Ellen, noch meine Familie, noch sonst irgendwas begreift.

Ich lege auf und verbringe den ganzen Tag damit, Robs Zimmer in Ordnung zu bringen – sortiere seine Sachen nach Größe, lege sie gefaltet in Schubladen und hänge über seiner Wiege ein Mobile auf. Zum ersten Mal seit unserer Rückkehr mache ich unser Bett, setze Rob in den Babytragesack und gehe einkaufen; ich habe vor, Jim ein feines Abendessen zu kochen. Aber meine Gedanken wandern immer wieder zu Ellen, und ich stelle mir vor, wie sie zu Hause in ihrem Zimmer in Kissen gestützt daliegt und durch einen Strohhalm Ginger Ale nippt, so wie wir es als Kinder gemacht haben, wenn eine von uns krank war. Obwohl mir kein erwachsenes Äquivalent für Sammelalben und Ausschneidepuppen einfällt, die meine Mutter uns zum Zeitvertreib ans Bett brachte, stelle ich mir eine ähnliche Atmosphäre im Zimmer vor, als sei Ellen zufrieden mit einem konstruktiven, aber stumpfsinnigen Zeitvertreib beschäftigt. An diesem Abend ruft meine Mutter nicht an, und ich spinne meine Idee weiter, dabei lächle ich Jim durch die Kerzen hindurch zu, die ich zur Feier des Abendessens angezündet habe. Als wir zu Bett gehen, reibt Jim mir den Rücken und glättet die verspannten Knoten, die sich an Nacken und Schultern gebildet haben. Beim Einschlafen atmet er leise, den Arm immer noch um meinen Rücken geschlungen.

Meine Mutter ruft täglich an, erzählt mir, daß es Ellen schon besser geht. Sie ist jetzt zu Hause, hat gerade gefrühstückt und geht mit meinem Vater spazieren. Ich habe immer Zeit für ein längeres Gespräch – Jim ist schon aus dem Haus –, aber meine Mutter hat es eilig. Sie möchte wieder zu Ellen. Doch eines Morgens irrt sich meine Mutter in der Zeit; sie ruft an, bevor Jim aus der Dusche kommt, bevor ich angefangen habe, Frühstück zu machen. »Du hast dich vertan«, sage ich zu ihr. »Es ist noch früh.« Dann merke ich, daß etwas mit der Verbindung nicht stimmt – es klingt irgendwie hohl, als ob meine Worte nicht direkt durchgingen. »Mom?« frage ich. Ich höre, wie mein Vater sich räuspert und stelle fest, daß beide am Apparat sind. Sie haben schlechte Nachrichten.

Einen Augenblick ist mir schwindlig, als hätte ich einen Schlag in den Magen bekommen und die Luft wäre in meiner Lunge steckengeblieben. Dann beginnt meine Mutter zu sprechen, mein Vater unterbricht sie, fährt ihr alle paar Sätze dazwischen, sagt Sachen, die mit »Na, na« beginnen oder »Beruhige dich doch«. Ich kann mich nicht auf ihre Worte konzentrieren und habe das Gefühl, irgendwie außerhalb zu stehen, den Grund ihres Anrufes nicht zu begreifen. Schließlich redet mein Vater hartnäckig weiter, übertönt die Stimme meiner Mutter, sagt ihren Namen und meinen, bis sie einen Augenblick schweigt.

»John und Ellen sind mit dem Baby nach Hause gefahren«, sagt mein Vater in einem Ton, den er sich sonst für geschäftliche Besprechungen vorbehält. »John meinte, es sei besser für Ellen, wenn sie in ihrer gewohnten Umgebung ist.«

Meine Eltern fangen wieder an zu streiten, und ich beobachte, wie die Stäubchen im Haus sich im Sonnenlicht bewegen; dabei frage ich mich, wie es möglich ist, daß ich mich an drei Orten gleichzeitig fühle und doch nirgends ganz. Ich vermute, daß John und Ellen irgendwann spätabends oder frühmorgens abgefahren sind und daß meine Eltern ihr Fehlen beim Aufwachen bemerkt haben. Ein Zettel von John habe auf dem Küchentisch gelegen, in dem, meint meine Mutter, angedeutet wurde, daß das Zusammensein mit ihrer eigenen Familie für Ellen nicht zuträglich sei. Ich stelle mir vor, im Nachthemd bei meiner Mutter in der Küche am Frühstückstisch zu sitzen und den Kaffeeduft zu riechen, während meine Mutter Johns Zettel liest, erst neugierig, dann konzentriert, dann verärgert. Gleichzeitig stelle ich mir Ellen vor, auf dem Rücksitz des Taxis zusammengesunken, wie sie abgestandenen Zigarettenrauch einatmet und sich bemüht, stillzuhalten, während sich das Taxi ruckend über Kreuzungen und um Straßenecken bewegt. Und ich sitze hier und stippe Brot in geschlagene Eier, höre die Wasserrohre zittern, als Jim den Hahn am Waschbecken aufdreht, um sich zu rasieren. Inzwischen streiten sich meine Eltern; mein Vater behauptet, John habe das Recht, das zu tun, was er für seine Frau für richtig hält, und meine Mutter schreit, der Verrückte, der Spinner, der Wahnsinnige von beiden sei doch John. Ganz leise, um ihre Aufmerksamkeit nicht mehr auf mich zu lenken, lege ich den Hörer auf.

»Alles in Ordnung?« fragt Jim von der Badezimmertür her. Er sieht mich durchdringend an, als wollte er in meinen Augen etwas hinter einer Schranke oder einem Schatten entdecken.

»John hat Ellen wieder mit nach New York genommen«, sage ich.

»Und?«

»Und. Was sollen wir denn jetzt tun?«

»Wieso sollen wir denn was tun?« fragt Jim, seine Stimme klingt leichter, erleichtert. »Das ist doch eine gute Nachricht, oder? Wenn die Ärzte meinen, daß sie nach Hause darf, ist es doch bestimmt in Ordnung, wenn sie mit John nach New York zurückgeht.«

Kopfschüttelnd überlege ich mir, wie ich es Jim begreiflich machen kann. Ich weiß noch, wie Peggy und ich, nachdem wir aufs

College gingen, oft mal nach Hause kamen. Aber als Ellen von zu Hause wegging, schwor sie, nie wieder heimzukommen. Am Tag ihrer Abfahrt standen wir beide in unserem Zimmer und betrachteten die Sachen, die wir zurückließen. Ellen lächelte und ging langsam im Zimmer herum, faßte alles an, als würde sie sich für immer davon verabschieden. Und doch bemerkte ich in ihrem Gesicht einen Ausdruck von Bedauern und Wehmut, als wünschte sie sich, jemand würde sie packen und zurückhalten.

»Ellen hat sich doch noch nie gegen John durchgesetzt«, sage ich und folge Jim ins Schlafzimmer hinüber. »Ich glaube nicht, daß sie weg wollte. Ich glaube, er hat sie gezwungen, und sie wußte nur nicht, wie sie sich wehren sollte.«

»Wieso hätte sie denn nicht nein sagen können?«

»Weil sie gerade eben aus der Nervenklinik gekommen ist.«

Jim schüttelt den Kopf und wirft mir wieder so einen durchdringenden Blick zu. »Wieso glaubst du nicht, daß sie mit ihrem Mann nach Hause gehen wollte?«

Ich bemerke eine Andeutung in seiner Stimme, eine versteckte Frage. Er fragt nicht nach Ellens Verhältnis zu John, er möchte wissen, wie ich das Geschehene interpretiere. Aber das ist nicht wichtig. Ich merke, daß es unmöglich ist, ihm zu sagen, was ich über Ellen weiß, wie ich zu ihr stehe, was ich begriffen habe. Selbst wenn ich es ihm in allen Einzelheiten mitteilen könnte, unser ganzes gemeinsames Leben, könnte er Ellens intensiven Eindruck nicht unter der Haut fühlen, nicht spüren, wenn Ellen einen Arm oder ein Bein bewegt, daß sich um mich herum dadurch auch etwas ändert. Trotzdem habe ich ein Bedürfnis danach, ihm meine Beziehung zu meiner Schwester und zu meiner Familie begreiflich zu machen.

»Als ich John das erste Mal begegnet bin«, fange ich an, »als ich John und Ellen das erste Mal zusammen sah, da war sie ganz verändert. Als stünde sie vollkommen in seinem Bann.«

Jim dreht mir den Rücken zu, kramt in seinem Schrank nach Kleidern, und ich erzähle ihm, wie ich im Spätherbst in ihrem ersten Collegejahr mit dem Bus zu Ellen gefahren bin, nachdem wir uns wegen der Verhütung gestritten hatten. Die Busfahrt dauerte Stunden, und die Luft war stickig vor Schweiß, Hitze, Staub und Rauch. Die Städte draußen waren immer mehr geschrumpft, bis nur noch ein paar Bauernhäuser mit schrägen Dächern zu sehen waren und schmutzige Kühe, die dichtgedrängt am Straßenrand standen. Ich mußte an den Brief denken, den Ellen mir als Einladung geschickt hatte – wie sie diese mickrigen Hügel als grandiose Wogen beschrieben und gesagt hatte, die knorrigen, kahlen Bäume seien »mit gelbgrauen Rauchbüschelchen gesprenkelt, als wäre ein haariges Tier mit dem Fell an den Zweigen hängengeblieben«. Bei meinem Eindruck von dieser Szenerie dachte ich, daß Ellen wahrscheinlich recht hatte: im Vergleich zu ihr war ich eine Zynikerin.

Schließlich sagte der Busfahrer: »Endstation«, und ich stieg aus und hielt auf der Straße Ausschau nach Ellen. Der Ort bestand aus einem Sammelsurium von Geschäften: ein Sears-Versandladen, ein Reformkostgeschäft, ein Laden mit Schuluniformen und ein Restaurant, vor dem eine Schiefertafel aufgestellt war. Alles wirkte unordentlich und schäbig.

Als Ellen endlich kam, lehnte sie sich herüber und machte mir die Beifahrertür auf.

»Du bist spät dran«, sagte ich zu ihr.

Ellen sagte: »Komm, wir machen eine Rundfahrt. Ich zeig dir alles.«

Wir fuhren aus der Stadt hinaus an einer Gruppe von faden, weißen Häusern mit steifgefrorenen Wäscheleinen und ausgeschlachteten Autos vorbei. Wir passierten einen liegengebliebenen Schulbus und fuhren zerfurchte Straßen mit Schlaglöchern entlang, an denen links und rechts verstreut farblose Scheunen und verlassen wirkende Bäume standen. Ich mußte mich immer wieder zurückhalten und mir die sarkastischen Kommentare, die mir einfielen, verkneifen. Aber ich konnte Ellen einfach nicht sehen. Dieser Ausdruck der Genugtuung und Zufriedenheit auf ihrem Gesicht war fast unerträglich. Während der ganzen Fahrt wanderte ihr Blick von einer Straßenseite zur anderen, als ließe sie mich ein Gemälde bewundern, das sie geschaffen hatte.

Schließlich erzählte sie mir: »Wo ich wohne, sind überall Rehe. Ganze Rudel.« Ich sah wortlos aus dem Fenster, aber sie erzählte weiter, daß Johns Hund die Rehe jagte – nicht, um sie zu fressen, sondern aus Spaß. Er läuft aus reinem Vergnügen, sagte Ellen. Mit heraushängender Zunge und Beinen, die im Unterholz verschwinden. Dann erzählte sie mir, wie es war, die kalte Luft tief einzuatmen, zu spüren, wie die Kletten kleben blieben und dicht über der Haut baumelten, oder der scharfe, abrupte Schmerz, wenn einem ein Ästchen oder ein Dorn am Fuß hängenblieb. Und dann diese Freiheit, sagte sie. Stell dir das befreiende Gefühl vor, einfach loszulaufen, bis zur Erschöpfung, über Grenzen hinaus, die man sich nie geträumt hätte. »Denk mal, die Rehe, diese unbewußte, unreflektierte Fähigkeit, einfach loszurennen, durch eine Umgebung zu schweben, die einem so vertraut ist wie unser Haus, aber ohne Wände, Türen, Treppen.« Ellen beschrieb es so anschaulich, als hätte sie es selbst erlebt und schon im voraus bedacht, welches Hindernis sie überspringen oder wo sie unten durchkriechen müßte, das Gefühl des stechenden Atems in der Brust. Ihre Stimme war ganz heiser vor Begeisterung. »Das Reh läuft um sein Leben«, sagte Ellen. Ich sah ihr ins Gesicht, als sie das sagte, aber inzwischen war es dunkel geworden, und ich konnte ihren Ausdruck nicht erkennen.

Ellen bog auf einen Kiesweg ein, und im Scheinwerferlicht sah ich eine alte Scheune. »Da wären wir«, sagte sie. »Das traute Heim.«

Ellen wohnte auf einem Heuboden. Um hinaufzugelangen, mußten wir eine Treppe hochsteigen, die so steil war wie eine Leiter, und auf einmal ließ sie mich mitten auf der Treppe im Dunkeln stehen, bis oben ein Licht anging und sie die Hand nach meinem Koffer ausstreckte. Als ich den Kopf durch die Tür steckte, sagte sie: »Romantisch, findest du nicht?«

Damals wußte ich noch nicht, daß Ellen und John zusammenlebten, und ich nahm an, Ellens Zimmer sei typisch für das, was das College den Studenten zum Wohnen zur Verfügung stellte. Meine Eltern sprachen immer von Ellens Studentenwohnheim, aber sie hatten es ja nie gesehen. Ich fand, daß der Raum – dekoriert mit altem Zaumzeug, Flaschen voll Trockenblumen und diesen rohen Regalbrettern – erbärmlich aussah und machte eine Bemerkung darüber, daß unsere Eltern ja von Ellens College recht wenig für ihr Geld bekamen. Aber Ellen beachtete mich gar nicht. »Du kannst im Schlafzimmer schlafen«, sagte sie und öffnete eine Tür, »oder hier drin. Im Wohnzimmer ist es normalerweise wärmer, aber im Schlafzimmer ist man mehr für sich.«

Ich entschied mich für das Schlafzimmer, das etwa so groß wie ein begehbarer Schrank war und keine Fenster hatte. Erst beim Auspacken – auf der Suche nach einem Platz für meine Kleider – fand ich Flanellhemden, abgetragene Jeans und zu Bällchen zusammengeknüllte Socken. Da begriff ich, daß John ebenfalls hier wohnte; mein einziger Gedanke war, daß meine Eltern von mir nichts erfahren würden. Jetzt war klar, weshalb ich hier war: Ellen wollte sich mit der Tatsache brüsten, daß sie mit jemandem zusammenlebte, und sie wollte sichergehen, daß die ganze Familie davon erfuhr.

An dem Abend lernte ich John kennen. Ellen ging mit mir in eine Pizzeria und suchte sich einen Tisch am Fenster aus. Obwohl ich mich bemühte, sie für verschiedene Themen zu interessieren – unsere Eltern, mein College, Erinnerungen –, war sie sichtlich nervös und sah immer wieder zur Tür. Als John hereinkam, folgte ihm sein Hund wie ein Schatten. Der Hund rannte auf Ellen zu, schleckte ihr die Hand und legte seine Pfote auf ihren Schoß. Dann stand John vor uns – und anstatt mich vorzustellen, sagte Ellen: »Setz dich. Es ist noch massenhaft da.«

Während John unsere Pizza hinunterschlang und mit Ellen über irgendwas redete, dem ich nicht folgen konnte, suchte ich nach einem treffenden Ausdruck für ihn. Er war nicht besonders schön, aber dafür lebhaft und verströmte eine Aura von Gesundheit und Selbstbewußtsein, die ich anziehend fand. Schließlich entschied ich mich für den Ausdruck »Charisma«. Er fuhr fort mit seinem Monolog, und Ellen hörte zu und vergaß das Essen, während ich ostentativ gelangweilt umherschaute. Der Hund ging in die Küche, und jemand beförderte ihn am Genick wieder nach draußen, wobei seine Fußkrallen über den Boden kratzten, aber Ellen und John nahmen keine Notiz davon. Als der Hund noch einmal hineinging, sagte ich: »Ellen, ich glaube nicht, daß die den Hund da drin haben wollen«, aber sie merkten immer noch nichts.

Schließlich waren sie fertig, und wir gingen. John fuhr uns zurück, und ich überlegte mir, wo er wohl schlafen würde – und ob wir vielleicht die Nacht zu dritt verbringen würden.

»Wir könnten morgen doch frühstücken gehen«, schlug Ellen vor. »Und dann, dachte ich, könnten wir einen Spaziergang machen.« Sie drehte sich halb zum Rücksitz um. »Wir haben Hirsche gesehen, die hatten solche Geweihe.« Sie hielt die Arme über den Kopf, bis sie mit den Fingern das Autodach berührte.

»Ich hab Probe«, sagte John. »Kommt doch und seht es euch an!«

Ellen warf mir einen kurzen Blick zu, aber ich tat so, als würde ich nichts hören.

In der Scheune angekommen, setzte sich Ellen im Schneidersitz mitten auf den Fußboden, und John legte den Kopf auf ihren Schoß. Sie starrten schweigend ins Kerzenlicht, während der Hund in einer Ecke des Wohnzimmers am Boden kratzte. Ich wollte John gerade bitten, ihn rauszulassen, als mir die Rehe einfielen.

»Willst du das Fotoalbum anschauen, das ich mitgebracht habe?« fragte ich Ellen. John bejahte an ihrer Stelle und bot sogar an, es zu holen, damit ich nicht aufzustehen brauchte. Er hielt das Album auf dem Schoß und schlug die erste Seite auf.

»Genauso«, sagte er beim Anblick unseres Hauses, »habe ich es mir vorgestellt.«

Ellen rückte näher und kuschelte sich ganz eng an ihn. »Da drüben ist der Teich«, sagte sie und deutete auf eine Stelle neben seinem Knie. Sie rückte ein bißchen nach hinten und zeigte auf eine Stelle an ihrer Brust. »Und hier steht die Bacchus-Statue«, fügte sie hinzu.

»Dionysos«, sagte er. »Der Gott des Weines.« Ich fragte mich, ob Ellen ihm das schon gesagt hatte oder ob er sich in Mythologie auskannte.

Ellen erzählte John noch andere Sachen von unserem Zuhause: vom Wald, von dem alten Vogelbad, und wo meine Eltern bei schönem Wetter die Gartenmöbel aufstellten. Als sie sich vorbeugte, berührten sich ihre Gesichter fast, und er hielt sich das Album dichter vors Gesicht, als würde er dadurch Dinge sehen, die nicht da waren, Dinge, die sie ihm zeigte.

Als ich ins Bad ging, ließ ich mir absichtlich Zeit, in der Hoffnung, John würde jetzt gehen. Ich wünschte mir, aus dem Bad zu kommen und zu sehen, wie Ellen bettfertig einen Schlafsack auf der Couch ausbreitete und das Album zugeklappt auf dem Tisch lag. Ich dachte mir, wir könnten zusammen noch aufbleiben und reden.

Aber es kam anders: Ellen klopfte und machte die Tür einen Spalt breit auf, obwohl ich gesagt hatte: »Moment.« Sie lehnte sich kurz ins Badezimmer herein, sah zu, wie ich mir das Gesicht eincremte und sagte dann: »Ich glaub, ich übernachte heute bei John auf dem Campus. Wenn's dir nichts ausmacht.« Ich wußte nicht recht, was ich darauf sagen sollte, da ich die beiden offensichtlich störte, aber sie hielt den Blick gesenkt. Ich wartete darauf, daß sie mich ansah, aber sie lachte nur gekünstelt und sagte: »Wir sind morgen ganz früh wieder da. Ich kann dir ja Frühstück machen. Und dann kannst du John bei der Probe zusehen.«

»Wie du meinst«, sagte ich.

Nachdem Ellen weg war, zitterte ich vor Wut und auch Angst, weil man mich in einer Scheune am Ende der Welt alleingelassen hatte. Ich nahm mir vor, gleich morgen früh abzureisen – geschähe ihr ganz recht. Ich würde nicht mehr hierherkommen, beschloß ich. Früher oder später würde sie sich von John trennen; sie waren einfach zu verschieden. Aber wenn es soweit wäre, könnte sie nicht daherkommen und sich bei mir ausheulen.

Ich blieb im Bad und lauschte, wie der Wagen startete, die Reifen auf dem Kies knirschten und das Motorengeräusch schwächer wurde. Dann hörte ich den Hund jaulend an der Tür kratzen.

Als ich herauskam, kläffte der Hund und rannte aufgeregt zwischen mir und der Tür hin und her. »Mensch, Ellen«, sagte ich. »Herzlichen Dank auch.« Das Album lag immer noch, auf der ersten Seite aufgeschlagen, mitten auf dem Fußboden. Als ich mich darüberbeugte, um es zuzuklappen, packte der Hund meinen Arm und zerkratzte mir die Haut. »Na gut«, sagte ich, öffnete die Tür und sah zu, wie der Hund die Treppe halb hinunterrutschte und sich in die Dunkelheit stürzte. Zu spät fielen mir die Rehe ein, und ich malte mir aus, wie sie beim nächtlichen Äsen die Köpfe hoben und in Panik durch den Wald um ihr Leben liefen. Ich versuchte, mir vorzustellen, wie die Hetzjagd wohl endete. Würde der Hund aufgeben und nach Hause kommen, würde einer von beiden erschöpft zusammenbrechen, oder gäbe es eine kurze, fatale Begegnung mit einem Auto? Aber ich konnte es mir nicht vorstellen. Oder, besser gesagt, ich konnte es nur so vorhersehen, wie Ellen es beschrieben hatte: zwei braune Streifen in der Nacht vor einem Hintergrund von verfaulendem Laub.

Jim steht mit einem Toastbrötchen in der Hand an der Küchenanrichte. »Klingt ja so, als wärst du eifersüchtig gewesen«, sagte er lächelnd.

»Was?«

»Klar. Du warst sauer, weil sie die Nacht mit John verbracht hat statt mit dir. Wütend, weil dein Schwesterchen erwachsen war und tun konnte, was sie wollte, ohne dich vorher zu fragen.« Jim bemüht sich um einen lässigen Tonfall; als er mein Gesicht sieht, fügt er hinzu: »Meinst du nicht?«

»Ich war bestimmt sechs Stunden in dem Bus!« rufe ich aus. »Ich habe ein ganzes Wochenende geopfert, das Ticket bezahlt, bloß um zu diesem Alternativcollege in irgendeinem gottverlassenen Kaff im Staat New York zu fahren. Ellen stand doch dermaßen unter Johns Fuchtel, daß sie nicht mal gemerkt hat, wie unverschämt sie war. Ich glaub, es war ihr piepegal, daß ich wieder abgefahren bin.«

In der Hand immer noch das Brötchen, gibt Jim mir einen Kuß auf die Wange. »Ruf an, wenn du mich brauchst«, sagt er. »Wenn was los ist, ich bin im Büro.«

In der Stille, nachdem die Tür hinter ihm zugeht, habe ich das Gefühl, als ob eine größere Leere entstanden wäre als nur durch Jims Abwesenheit, als wäre etwas Lebenswichtiges plötzlich weggewischt worden. Da höre ich, wie Rob im Nebenzimmer zu wimmern anfängt. Bevor ich ihn füttere, halte ich ihn an meinen Hals, sein eifriges Atmen und blindes Tasten an meiner Haut erfüllten mich wieder und rufen mir ins Gedächtnis zurück, wo ich bin.

ELLEN Während des Winters lebten John und ich zusammen in der alten Remise. Morgens war es so kalt, daß man den Atem vor sich sehen konnte, und auf Zeldas Wasserschüssel bildete sich über Nacht eine makellose Eisschicht. In der Morgendämmerung sah ich Rehspuren im Schnee, die in der aufgehenden Sonne so künstlich rosa aussahen wie fertig gekaufter Zuckerguß. Die Zweige an den Bäumen kratzten an der makellosen Hornhaut des Himmels. Die Spuren von Lebewesen – Fußabdrücke, Zweige, sogar die Silhouette eines Hirsches am Feldrand – schienen wie Abbilder von Spuren: statisch und eindimensional. Als der Motor anging, hörte er sich schwach und fremdartig an, als ob die bloße Kraft der eiskalten Luft sein mechanisches Aufheulen dämpfte.

In den Weihnachtsferien fuhr mich John nach Hause, und der Wagen bewegte sich in eigensinnigen Bögen über die Straßen, die vom blanken Eis schwarz glänzten. Er selbst fuhr weiter nach Florida – »um mich aufzuwärmen«, sagte er. Aber als wir in Boston ankamen, meinte er, ich sollte doch noch ein Weilchen bei ihm bleiben. Er wollte was von der Stadt sehen. Wir fuhren zum Haymarket Square und spazierten durch Einkaufspassagen, in denen Berge von rohem Fleisch, Kisten voller Eßkastanien, Salat und Obst aufgereiht waren. Um den Markt herum lagen zusammengebundene Tannenbäume bündelweise gestapelt, und dicke, buschige Fichtenreihen waren mit weißen Lichterketten bestückt. Die Bäume waren armselig gegen die, an die John und ich gewöhnt waren – Bäume, die den Nachtwind zum Schweigen brachten oder in ihrem dicken weißen Schneekleid geduldig dastanden und auf den Frühling warteten.

In der Mitte des Marktes standen Verkäufer im Schatten, wärmten sich den Rücken an den hellen Heizspiralen der elektrischen Öfchen und betrachteten uns mit dem Blick eines furchtsamen Tieres, das aus seinem Bau herausschaut. Ich bemühte mich, ihrem Blick zu begegnen, aber wenn unsere Augen sich trafen, war es, wie wenn man einen Blick im Spiegel erhascht, als wären ihre

Augen zweidimensional und blockierten den Zugang zur Seele im Innern.

Wir kauften zwei glänzende Äpfel von einer Frau mit einem Gesicht wie eine Walnuß, der das Haar strähnig unter einer Strickmütze hervorhing und deren nikotinfleckige Finger aus den Handschuhen ragten. »Gott segne Sie«, sagte sie. Wie John hatte ich das Gefühl, durch eine Zauberwelt zu reisen, in der die Essenz all dieser Eindrücke dicht unter einer dünnen Oberfläche vibrierte. Wir gingen bis ans andere Ende des Marktes, wo aufgehäufte Pappkartons und zersplitterte Holzkisten die Stadtsilhouette nachahmten und Salatköpfe, Möhren, Kartoffeln und Tomaten wie nach einem blutigen Gemetzel auf dem Boden verstreut lagen. Unter einem Labyrinth von Brücken und Überführungen konnten wir die graue Wasserfläche sehen und die Möwen, die auf der Suche nach Futter den Himmel durchkreuzten. Wir aßen die Äpfel und fanden ein gefrorenes Rasenstück, wo wir Löcher gruben und die Kerne einbuddelten.

»Ein Apfelbaum«, sagte John. »Mitten in der Innenstadt von Boston.«

Auf dem Rückweg über den Markt kauften wir eine Tüte heiße Maronen und steckten sie in Johns Tasche. Unterwegs holten wir sie heraus, machten die verkohlte Schale ab und kauten das feuchte, süße Fruchtfleisch. »Ich will mit dir fahren«, sagte ich zu ihm. »Nimmst du mich mit nach Florida?« »Klar«, sagte er. »Wenn du möchtest.«

In der Abenddämmerung rief ich von einer Telefonzelle am Eingang einer U-Bahn-Station zu Hause an. Wenn ich die Augen zumachte, hatte ich immer noch den Anblick der weißen Weihnachtslichter an den Bäumen auf dem Haymarket Square vor mir und den Geruch der Eßkastanien, die auf ihrem Aschenfeuer lagen. Es gelang mir, das Gefühl der warmen, glattpolierten Nüsse und von Johns Fingern in der dunklen Hosentasche wiedererstehen zu lassen.

Peggy hob nach dem dritten Läuten ab. Dem Ton ihrer Stimme nach konnte ich mir die ganze Szene ausmalen: Beth in der Küche, umgeben von teigbespritzten Rührschüsseln und dem Duft von Zimt, gebratenem Truthahn und Bratäpfeln. Der Baum stand bestimmt noch nackt und abwartend im Wohnzimmer, das Geäder

der Lichter über den Fußboden gebreitet, und Peggy und mein Vater saßen im Schneidersitz da und enträtselten das Geheimnis der kaputten Glühbirnen. Irgendwo mittendrin oder überall dazwischen war, mit einem Stift im Mund, meine Mutter und kontrollierte, gab Anweisungen, machte Vorschläge, fand die verlorengegangene Schere, fummelte an der Schachtel mit dem Baumschmuck herum, der inzwischen die Bedeutung von Reliquien hatte. Alle erwarteten jeden Moment meine Ankunft.

»Hallo?« sagte Peggy.

»Ich bin's«, meldete ich mich.

»Ach Gott«, erwiderte sie mit gespieltem Entsetzen. »Es ist *Ellen.*« Dann klang ihre Stimme wieder deutlich durch den Hörer, als sie sagte: »Bist du etwa noch gar nicht losgefahren?«

»Ich bin in Boston.«

»Sag bloß, du willst heute noch bei Jordan Marsh einkaufen gehen.«

»Nein.«

Dann mußte sie was gemerkt haben, denn sie sagte: »Stimmt was nicht mit dir?« Ich sah aus der Zelle zu John hinüber, der etwa drei Meter entfernt mit dem Rücken zu mir dastand. An der Bewegung seines Ellbogens merkte ich, daß er gerade eine Kastanie schälte. Plötzlich gab es eine laute Erschütterung, ein Zittern durchfuhr die Telefonzelle bis in meine Stiefelsohlen: die U-Bahn fuhr ein. Das Zischen der verbrannten, stickigen Luft aus der Station beschwor Erinnerungen herauf, es war ein gleichzeitig schmerzliches und verführerisches Ausatmen.

»Soll jemand kommen und dich holen?« fragte Peggy. »Ich glaub, ich bin noch nüchtern genug. Wir trinken gerade Grog. Hat Beth fabriziert. Schmeckt wunderbar.«

»Nein«, erwiderte ich. »Ich komm nicht nach Hause.« Es entstand eine Pause, in der jede von uns sich überlegte, was sie als nächstes sagen sollte. Komme jetzt nicht nach Hause oder überhaupt nie mehr?

»Ich fahre nach Florida«, sagte ich ihr, »mit« – ich suchte nach einem Satzende: einem Collegefreund, John, mit einem Typ – »mit meinem Freund John«, sagte ich schließlich.

»Mit wem?«

»Mit einem Freund«, wiederholte ich. Im Hintergrund hörte

ich den fröhlichen Ausruf meines Vaters. Anscheinend waren die Weihnachtslichter angegangen. Die Telefonzelle hatte keine Tür, und allmählich wurde meine Nase taub. Die Kälte drang in meine Stiefel, ins Handschuhfutter und steckte ihre Finger in meine Jacke. John drehte sich ein bißchen um, aus seinem Mund dampfte es, und er hielt mir mit fragendem Blick eine Eßkastanie hin. Ich schüttelte ablehnend den Kopf.

»Peggy«, sagte ich, »ich fahre mit einem Collegefreund über Weihnachten nach Florida.«

»Moment«, sagte Peggy. Im Hörer raschelte es, und ich stellte mir das Kaminfeuer vor, die Wärme im Wohnzimmer meiner Eltern und die kitschige Platte mit den Weihnachtsliedern, die jemand aufgelegt und dann vergessen hatte.

»Moment mal«, sagte Peggy. »Beth möchte mit dir sprechen.«

Beth und ich hatten seit ihrem Besuch bei mir nicht mehr miteinander gesprochen. Sie war nur über Nacht geblieben und am Samstagmorgen ganz früh mit dem Bus zurückgefahren. Ich wußte, daß sie sauer war, aber ich zerbrach mir deswegen nicht den Kopf. Sie hatte eben gerade eine schwierige Phase, und endlich einmal schien es mir leichter, Abstand zu halten, als ihr zu erlauben, es an mir auszulassen.

Beth ließ erst mal das Telefon fallen, bevor ich ihre Stimme hörte. Sie fluchte, ein entferntes Zischen, und sagte dann: »Ellen? Ellen?«

John kam näher an die Zelle heran, um mithören zu können, und beobachtete mein Gesicht. »Komm schon«, sagte er. »Was brauchst du denn so lange?«

Ich schüttelte den Kopf und wollte die Hand über die Sprechmuschel legen, aber John fügte etwas lauter hinzu: »Mir ist kalt. Beeil dich.«

Beth sagte noch einmal: »Ellen?«, und mir fiel wieder ein, wie Beth am Weihnachtsmorgen immer meinen Namen geflüstert hatte, bis ich die Augen aufmachte. Es war meistens noch dunkel im Zimmer, alles stand starr und schweigend da, und wir konnten hören, wie Peggy uns von der obersten Treppenstufe aus leise zurief. Beth stand direkt über mich gebeugt, ihr Gesicht war alptraumhaft riesig, und manchmal zog sie auch an meinen Augenlidern, um sie aufzumachen. »Wach auf. Heute ist *Weihnachten*.«

Als sie meinen Namen ein letztes Mal sagte, zögernd und gleichzeitig wütend, hängte ich auf.

»Warum hat denn das so lang gedauert?« wollte John wissen. »Ich bin fast erfroren.«

Wir fuhren Richtung Süden, gewöhnten uns allmählich an die Straßen, zogen Mäntel und Pullis aus und öffneten die Fenster. In Florida mieteten wir uns ein Häuschen am Wasser, das aus einem Zimmer mit schimmeligen Wänden bestand. Aber die Luft roch wie das Innere einer Muschel, und ich bekam ein Schwindelgefühl, ein Gefühl des Entrücktseins. Fünf Tage lang sammelte ich Muscheln, die wie die Fingernägel von Kindern geformt waren, bei manchen war die Reflexion des Sonnenuntergangs auf der Unterseite eingeprägt, andere behielten die Wellenform des Meeres. John döste im Sand oder las im Schatten neben dem Häuschen, und ich dachte Minute für Minute daran, was meine Familie jetzt wohl machte, stellte mir das Weihnachtsfrühstück vor, die Geschenke und den Tannenduft. In Gedanken schrieb ich ihnen Briefe. *Ich amüsiere mich prächtig*, schrieb ich ihnen. *Ich amüsiere mich prächtig.* Ich sah zu John hinüber, der halb um eine Zeitschrift gekrümmt, den Kopf in die Hand gebettet, dalag, und dachte, *Uns geht's prima. Ihr fehlt mir überhaupt nicht.*

Abends brieten wir Gemüse in der einzigen Bratpfanne, die zur Ausstattung des Häuschens gehörte, und John machte mich mit Sachen aus dem hiesigen Reformkostladen bekannt: Ginseng, Tofu, Garbanzo-Bohnen, Tahini-Paste. »Makrobiotisch«, nannte er es. Er sagte es voller Stolz – es war ein Klub, in dem wir Mitglieder waren. Ich haßte schon das Wort »makrobiotisch« und stellte mir unser Abendessen vor, reduziert auf die glibberigen Organismen, die wir in der Schule unterm Mikroskop betrachtet hatten: amöbenartige Scheinfüßler, die an einer Zwiebel wucherten, um ihr Hinuntergleiten in meinen Magen aufzuhalten, die wabernde Meerzwiebel des Pantoffeltierchens, das in den wogenden Magensäften kitzelte und zuckte. An Stelle des Tischgebets rauchten wir vor dem Essen Haschisch und kauten bedächtig, um den Geschmack voll auszukosten und die Verdauung anzuregen. Aber ich kaute so ausgiebig, um alles Leben aus den Organismen zu quetschen, bevor sie in die innersten Winkel meines Körpers kriechen konnten.

Am Weihnachtstag fabrizierte John etwas mit Seetang und Nüssen. Später, als er schon schlief, übergab ich mich.

Als im Frühjahr die Semesterferien begannen, war der Schnee bereits geschmolzen und die Erde mit feuchtem Schlamm bedeckt, der an meinen Stiefelsohlen saugte, dort antrocknete und eine feste zweite Haut bildete. Meistens schwänzte ich meine Kurse, machte aber die Aufgaben und schob sie dem Professor unter der Tür durch. Es störte anscheinend niemanden, daß ich nicht zum Unterricht erschien. John bummelte auch herum und verbrachte die Zeit in der Mensa, wo er Kaffee trank und mit jedem, der gerade vorbeikam, ein Streitgespräch über Sachen anfing, die mir fremd und unwichtig erschienen. Manchmal setzte ich mich dazu, hörte Wörter wie »Inflation« und »Apartheid«, Wörter, bei denen mir exotische Blumen in den Sinn kamen. Wenn sie zu schreien anfingen oder einer wutentbrannt vom Tisch wegging, sah ich von einem Gesicht zum anderen und erwartete, daß sich jemand entschuldigte. Das tat aber keiner. Obwohl ich den Diskussionen nie folgte, machten sie mich nervös. Ich befürchtete, einmal würde John im Zorn aufstehen und weggehen, aber das geschah nicht. Er blieb stundenlang sitzen, und seine Argumente waren so fein und gewunden wie ein Schneckenhaus.

»Wieso sagst du eigentlich nie deine Meinung?« fragte er mich. »Was denkst *du* eigentlich?«

Aber wenn ich einen Versuch machte, ignorierten sie mich. Das Gespräch floß um mich herum weiter, als hätte ich nichts gesagt. Als sei ich eine Krabbe, die die Flut zudeckt.

Einen Tag vor den Osterferien sagte John, er wolle eine Weile nach Hause fahren und über ein paar Dinge nachdenken, also sagte ich, ich würde auch nach Hause fahren. Ich verbrachte die Nacht in meinem Zimmer im Studentenheim, die Laken fühlten sich rauh und ungewohnt an, das Zimmer war überheizt und eng. Unfähig zu schlafen, fragte ich mich, ob John in der alten Remise wohl auch wachlag und ob ich ihm ebenso fehlte wie er mir.

Am nächsten Morgen packte ich meine Sachen und frühstückte mit meiner Zimmergenossin in der Cafeteria. Kaum zu glauben, daß ich auf das gleiche College ging wie diese beflissen aussehenden, fröhlichen Leute, die ihr Geschirr abräumten und Hausaufgaben verglichen. Im Speisesaal roch es nach Speck, und ich stellte fest, daß ich seit einigen Monaten Fleisch nicht einmal mehr riechen mochte.

Um elf Uhr morgens ging mein Bus. Ich hatte John nicht gefragt, ob er mich hinbringen könnte, und er hatte es nicht angeboten. Außerdem wußte ich gar nicht, wann er abfuhr. Schließlich sah mich Ian, der Theaterregisseur, auf ein Taxi warten und fuhr mich zur Bushaltestelle. Als wir nebeneinander an seiner Autotür standen, wollte ich mein Gesicht einen Augenblick an ihn lehnen, nur um einen anderen Körper zu spüren, etwas Warmes, Echtes zu berühren.

Als der Bus heranfuhr, griff Ian in die Hosentasche und hielt mir einen Stein hin, glatt und grau, mit einem gezackten weißen Streifen in der Mitte. »Als Glücksbringer«, sagte er und rieb seinen Bart an meiner Wange – ein keuscher, zurückhaltender Kuß.

Während der ganzen Fahrt nach Hause behielt ich den Stein in der Hand. Er hatte genau die gleiche Form wie meine Handfläche, war warm und glatt wie Haut. Das war ein Zeichen, daß alles gut werden würde. Es gab keinen Grund, sich Sorgen zu machen. John und ich würden heiraten.

Aber den eigentlichen Entschluß faßten wir erst später, in der ersten Juniwoche. Doch wußte ich schon auf der Busfahrt, daß es keinen Zweifel mehr gab.

In dem Sommer, nachdem wir uns richtig verlobt hatten, zogen John und ich aus der alten Remise in die Stadt in eine Wohnung über einer Bar. Wir hatten ein Telefon, eine richtige Heizung, einen Vermieter und einen Briefkasten mit unseren Namen drauf.

In den Wochen vor der Hochzeit rief meine Mutter jeden Tag an und wollte wissen, welche Farbe die Handtücher haben sollten, ob ich einen Küchenmixer brauchte, ob ich mir Rechauds und Waffeleisen wünschte. Eigentlich wollte ich mit ihr darüber sprechen, was ich vorhatte, nicht was ich kriegen sollte: meine Seele mit der von John zu verbinden, eine Bindung neu zu festigen, die vor langer Zeit an einem anderen, vergessenen Ort geschlossen worden war. Aber das begriff sie nicht. Ich erkannte, daß meine Eltern nie so verliebt gewesen waren.

Und dann heirateten wir. Ich spürte nicht viel, nur so ein taubes

Gefühl, das mich daran erinnerte, daß die Zeremonie im Grunde nur ein Ritual war, um etwas zu bestätigen, was bereits stattgefunden hatte.

Während der folgenden zwei Jahre schienen mir die Tage mit der Beständigkeit und Vertrautheit von Wegmarken eines wohlbekannten Pfades ineinander überzugehen. Ich konzentrierte mich auf den nächsten Meilenstein, ob das nun unser Jubiläum, an dem wir sechs Monate verheiratet waren, ein neues makrobiotisches Gericht oder eine Liebesnacht war; ich blickte auch nie zurück oder versuchte nie, mir unser zukünftiges Leben vorzustellen. Meine Familie kam mir vor wie ein Freundeskreis, der mir einmal nahegestanden hatte, dem ich aber entwachsen war.

Und dann rief Beth an und bat mich, bei ihrer Hochzeit Brautjungfer zu sein. Sie meinte, sie könnte sich nicht vorstellen, zu heiraten, ohne daß ich dabei wäre. Ich sagte zu, aber es bedeutete mir nichts. Es war bloß eine Party bei Freunden. Eine aus Gewohnheit ausgesprochene Einladung.

Beths Hochzeit erinnerte mich an eine Art Mannschaftssportveranstaltung, bei der alle ihre Position kannten, wußten, wie sie sich zu bewegen hatten, und die Launen der anderen vorhersehen konnten. Ich erinnere mich nur noch bruchstückhaft daran – wie ich in meinem alten Bett, meinem Kinderbett, neben dem von John aufwachte und das Gefühl hatte, aus einem jahrzehntealten Traum aufzuschrecken. Mein Körper fühlte sich alt, fremd, ungewohnt an, und direkt vor der Tür fing eine schelmische, beschwingte, merkwürdige Beth an, aus voller Brust zu singen: »Wenn wir vor den Altar treten...« Vom anderen Ende des Korridors hörte ich Peggy einstimmen und etwas weiter weg das Gelächter meines Vaters. Obwohl dazwischen mehrere Zimmer, Türen und Abstände lagen, war meine Familie immer noch verbunden, ineinander verwoben. Und ihr Gewebe hatte sich gefestigt, um den Riß zu verdecken, der durch mein Weggehen entstanden war, falls es überhaupt je einen Riß gegeben hatte. Ich gehörte nicht mehr dazu. Ich wollte mich in Johns Armen verstecken, aber er war bereits aufgestanden und zog sich gerade die Hosen an; er hatte das Gesicht zur Tür gewandt, als erwartete er jeden Moment, daß Beth und Peggy hereinstürmten.

Ich weiß auch noch, daß ich in einem Stapel unausgepackter Hochzeitsgeschenke im Eßzimmer eine Schachtel mit einem Brief von Sam entdeckte. Er hatte Beth und Jim vier hauchzarte Sektflöten geschickt und schrieb, er beende gerade das erste Jahr seines Jurastudiums. Und daß er sich, sagte er, sehr für die beiden freute.

Als wir nach der Hochzeit nach Hause fuhren, hielt ich das Gesicht zum Fenster gewandt und weinte, während John davon redete, wie sehr er das Kleinstadtleben satt habe. Er sagte, er sei jetzt reif für den Umzug nach New York. Am darauffolgenden Wochenende begannen wir zu packen.

Die Wohnung, die wir in New York fanden, bestand aus höhlenartigen Räumen mit feuchten Flecken an den Wänden; zwischen den Küchenschränken huschten Kakerlaken umher. Innerhalb von wenigen Tagen entwischte Zelda aus der Wohnung, polterte die Treppe hinunter und verschwand durch die Haustür. Wir fanden sie nie wieder, obwohl ich jedesmal, wenn ich hinausging, nach ihr Ausschau hielt.

John bekam eine kleine Rolle in einem Theaterstück, das in einer zweckentfremdeten Kirche aufgeführt wurde, in einem Viertel, in dem es vor zertrümmerten Flaschen und eingeschlagenen Fensterscheiben glitzerte. Er bekam kein Geld für seine Mitarbeit, man hatte ihm aber versichert, zu jeder Vorstellung kämen die besten New Yorker Agenten und Leute auf der Suche nach neuen Talenten in die Kirche. Er freundete sich rasch mit seinen Mitspielern an – Schauspielern und Schauspielerinnen, die ansonsten als Barmann, Kellnerin, Taxifahrer oder Hausmeister arbeiteten. Viele von ihnen lebten in allen möglichen komplizierten, undefinierbaren Beziehungen zusammen, und alle waren sie pleite.

Als Wendy und Peter bei uns einzogen, sagte John, es sei bloß für ein paar Wochen, weil sie doch eine Bleibe brauchten. Sie würden sich an der Miete beteiligen. John meinte auch, es wäre ganz gut für mich, ein paar Leute um mich zu haben, besonders eine Frau. Er sagte, Wendy würde mir bestimmt gefallen – ich erinnerte mich vage an sie, irgendeine Schauspielerin vom College –, sie sei lustig und lebhaft. Aber es gefiel mir nicht, daß sie und dieser Peter bei uns einzogen. Von dem Platz, wo sie ihre Zahnbürste und Zahnpasta deponierte, bis zu der Art, in der sie sich bewegte – sie ruderte mit den Armen in der Gegend herum –, schien Wendy sich langsam, aber sicher breitmachen zu wollen. Obwohl sie klein war, mindestens zehn Zentimeter kleiner als ich, wirkte sie nie klein. Wenn sie im Raum war, hielt sie nie still, und ihre Sachen hatten so etwas Lautes, Chaotisches, selbst während ihrer Abwesenheit. Ständig faßte sie Leute an – massierte einen andauernd, zupfte Haare weg, machte Knöpfe zu, rückte Krägen zurecht auf eine Art, die gleichzeitig mütterlich und sinnlich war. Wenn sie das bei John machte, fand ich es scheußlich. Wenn sie es bei mir machte, bekam ich eine Gänsehaut.

Sie steuerten nicht viel zu den Ausgaben bei. Sooft wir Lebensmittel brauchten oder die Rechnungen aufschlüsselten, sagte Wendy, sie müsse sich von Peter Geld holen, aber der sei gerade nicht da. Ich kam mir vor wie eine Pfennigfuchserin, wenn ich sie bat, ihre Telefongespräche zu bezahlen, oder andeutete, daß sie an der Reihe war, die Zeitung zu zahlen. Obwohl wir alle berufstätig waren, tat Wendy so, als wäre mein Job bei Burger King meine Karriere, während die Zeit, die sie als Bedienung in einer Cocktail-Bar verbrachte oder John mit Gemüseschnippeln in einem Reformkostrestaurant, ihre Verpflichtung gegenüber ihrer Zukunft als Schauspieler symbolisierte. »Auf ins Rennen, Burger Baby«, sagte Wendy morgens immer, wenn ich zur Arbeit ging. Als sie es das erstemal sagte, lachten John und Peter, und ich hatte meinen Spitznamen weg. Sie nannte mich andauernd Burger Queen, und John hielt sie nie davon ab.

Im Frühjahr waren sie immer noch da. Alle drei spielten in einem Stück in der ehemaligen Kirche mit, und ich kam mir vor wie irgendeine Zuschauerin in einem verdunkelten Auditorium. Ich räumte hinter ihnen her, stapelte das Geschirr, machte die Betten, legte die Kleider zusammen und füllte Lebensmittel auf. Oft servierte ich ihnen das Abendessen, während sie sich, lebhaft diskutierend, über ihre Teller beugten. Wenn sie nicht mit mir redeten – ja nicht einmal meine Anwesenheit zur Kenntnis nahmen –, machte ich die Schlafzimmertür zu, stellte mich vor den Spiegel und starrte auf mein Bild.

Aber eines Abends, als ich wieder herauskam, hatten sie den Tisch abgeräumt, und Wendy stand an der Spüle, die Arme im Seifenwasser, während John die Anrichte abwischte. Nicht einmal, als ich an ihnen vorbei ins Bad ging, unterbrachen sie ihr Gespräch. Als ich splitternackt durch die Küche zurückging, sagte nur John: »Ellen!« Aber er sagte es so, als hätte er gerade eben erst bemerkt, daß ich zu Hause war. Er folgte mir nicht, und die anderen kicherten bloß und wandten sich wieder ihrer Kritik an einem anderen Schauspieler zu.

Nachts hatte unser Zimmer eine romantische, ruhige Atmosphäre. Ich mochte diesen Raum sehr, und er ist mir immer noch als ein friedlicher Ort in Erinnerung, ein sicherer Port, der irgendwie getrennt von der Aufregung in der übrigen Wohnung war. Er lag Welten entfernt vom Burger King, es war der Ort, der mein wahres Ich widerspiegelte. An diesem Abend zündete ich eine Kerze an und holte das Nachthemd hervor, das mir meine Mutter zur Hochzeit geschenkt hatte. Ich hatte es in unserer Hochzeitsnacht nicht getragen, auch später nicht, obwohl es wunderschön war – aus weißer Baumwolle mit Fältchen und Rüschen und mit Hohlsaumspitze umsäumt. Draußen hatte es angefangen zu regnen, und in der Ferne hörte ich Donnergrollen. Die Kerze würde bestimmt noch ein paar Stunden brennen. Ich legte mich aufs Bett, mit dem Gesicht zum Fenster, um den leichten Sprühregen zu spüren, der am Fensterbrett abprallte. Dann versuchte ich zu schlafen.

Ich döste nur ein bißchen, weil ich auf der Bettdecke fror und die anderen keine Anstalten machten, leiser zu reden. Als ich aufwachte, stand John im Türrahmen. Als er hereinkam, entstand ein Luftzug, die Kerze flackerte und drohte auszugehen. Das Gewitter war direkt über uns, und der Donner rollte den Hügel hinunter und prallte gegen die Hauswand.

»Toll«, sagte John, als wäre es ein perfekt einstudierter Augenblick, dessen sämtliche Bestandteile nun aufs Stichwort passierten. Er zog sich aus und blies die Kerze aus, und mein Herz fing an zu rasen. Ich wußte, daß nur John mich sichtbar machen, nur er mich an die alltäglichen Dinge binden konnte, mit den gleichen unsichtbaren Fäden, die für Leute wie Wendy anscheinend selbstverständlich waren. Auch nachdem es vorbei war und ich mich wieder unbefriedigt fühlte, wußte ich, daß zwischen John und mir eine einzigartige, unverletzliche Beziehung war. Ich hörte Wendy und Peter im Nebenzimmer reden und dachte mir, Wendy analysierte bestimmt wieder ein Stadium in ihrer Beziehung, suchte nach Emotionen, die ihr beim Abreagieren von Wut, Eifersucht und Liebe helfen würden. Als ich einschlief, tat sie mir fast leid. Später sollte sich erweisen, daß das die Nacht war, in der ich mit Benjy schwanger wurde.

BETH Den Rest des Sommers besucht keine von uns Ellen, und keine bekommt einen Brief von ihr, aber meine Mutter ruft sie jeden zweiten Tag an und berichtet dann uns anderen: es scheint Ellen gut zu gehen; Ellen hat dies und das über das Baby gesagt, über die Wohnung; Ellen war draußen; Ellen hockt zu viel zu Hause herum; Ellen meint, Babys, die zu Koliken neigen, sollten ausschließlich Muttermilch bekommen. Am Schluß dieser Berichte fragt meine Mutter mich aus, anscheinend glaubt sie, ich wüßte die Antwort auf Ellens Zustand und wollte sie nur nicht verraten. »Meinst du, es liegt daran, daß sie kein Fleisch ißt?« fragt sie. »Weißt du was über diese Religion, der Ellen anhängt?« Einmal fragte sie sogar: »Meinst du, ich habe irgendein Hormon aufgebraucht, weil ich immer so kurz hintereinander schwanger war? Daß Ellen vielleicht einen lebensnotwendigen chemischen Stoff nicht bekommen hat?« Ich bemühe mich gar nicht erst, meiner Mutter das mit den Hormonen zu erklären, aber als ich auflege, bin ich über ihr blindes Tasten nach simplen Antworten recht irritiert, über ihre Schlußfolgerung, ich hätte irgendeine geheimnisvolle, einen gesunden Verstand verleihende Substanz aufgebraucht und meiner kleinen Schwester nichts davon übriggelassen.

Auch Peggy gibt ihre Suche nach Ellens Problem nicht auf, will nicht zur Kenntnis nehmen, daß es ihr jetzt besser geht. Sie hat Bücher gelesen, komplizierte Stammbäume gezeichnet mit Namen und Neurosen statt Geburts- und Todesdaten. Oft ruft sie mich zu den unmöglichsten Zeiten an, um mich Sachen zu fragen wie: »Weißt du, ob Opa Alpträume hatte?« und »Hat Mama dir eigentlich mal erzählt, wieso ihre Eltern nicht mehr Kinder hatten?« Während sie mir diese Fragen stellt, kann ich sie am anderen Ende der Leitung Geschirr waschen hören und stelle mir vor, wie sie sich die Hände abtrocknet, um Alpträume und Komplexe in ihr Schema einzutragen. Ist doch egal, oder?, will ich sie fragen. Jetzt geht es ihr doch besser, oder nicht?

Statt dessen sage ich: »Peggy, ich hab nicht die leiseste Ahnung.« Aber ich kann die Besorgnis in ihren Stimmen hören. Wie sie sich von der Panik bei Ellens Einlieferung hin zu einer Art dumpfer Furcht verlagert hat, die wie ein drohender Kopfschmerz auf ihrem Leben lastet. Aber für mich hat sich die Angst zerstreut, die ich bei der Vorstellung von Ellen nackt in der Tür bei meinen Eltern verspürte, und auch die Verwirrung, die ich bei ihrem Anblick empfand, wie sie auf dem Krankenhausbett saß und Gedichte deklamierte. Ellens Fahrt zur Nervenklinik hat für mich jetzt nicht mehr Bedeutung als ihre Entscheidung, auf ein alternatives College zu gehen.

An die Stelle dieser Furcht ist nun eine Art Isolierung getreten, und hinter diesem sicheren Schutzschild schiebe ich Rob im Kinderwagen durch die Wogen von Herbstlaub oder liege an Jim gekuschelt vor dem Kaminfeuer und lese. Manchmal kritzelt Jim etwas in ein Notizbuch, stellt Listen auf, addiert Zahlenreihen, skizziert Grundrisse. Eines Abends rutscht er näher, den Bauch an meinem Rücken, und deutet auf eine Seite im Notizbuch.

»Was hältst du davon?« fragt er. Auf dem Blatt ist mit Bleistift ein Firmenzeichen skizziert: unser Nachname und der von Jims Partner, wobei die Buchstaben so verkürzt oder verlängert sind, daß es aussieht wie ein Haus.

»Wieso willst du euer Firmenzeichen ändern?« frage ich.

Jim lächelt und richtet sich zum Sitzen auf. »Ich hab eine Idee«, sagt er. »Sag mir, was du davon hältst.«

Jim hat mehr als eine Idee, es ist ein ausgeklügelter Plan. Er hat ein neues Gebäude gesehen, eine Lagerhalle in einer Gegend, die mit öffentlichen Mitteln subventioniert werden kann, wenn sich jemand findet, der sie ausbaut. Ihm schwebt vor, sein Büro in das neue Gebäude zu verlegen. Nicht nur hätten er und sein Partner dadurch mehr Platz und die Miete wäre günstiger, sagt er, es gäbe ihm auch die Möglichkeit, eine Art »Schaukasten« zu entwickeln: um seinen Kunden zu zeigen, was er tatsächlich alles machen kann.

Ich spüre, wie es in ihm vor Aufregung vibriert, sehe an seinen Augen, daß er den Vorschlag aus jedem Blickwinkel betrachtet, auseinandergenommen und analysiert hat und doch von der Begeisterung eines plötzlichen Impulses erfüllt ist.

»Ich finde, ihr solltet rangehen«, sage ich zu ihm.

»Wir sollten rangehen?« fragt er. Ich weiß, er meint uns, nicht seinen Partner und sich.

»Ja«, sage ich.

Jim holt eine halbleere Karaffe Wein aus dem Kühlschrank. »Möchtest du?« fragt er, und ich nicke. Als er wieder aus der Küche kommt, stoßen wir miteinander an, prosten uns schweigend zu, lächeln uns an und trinken.

Während der darauffolgenden Wochen verbringen Jim und ich die Wochenenden damit, uns Büromöbel anzusehen, und schreiben abends lange Listen, was alles zu tun ist, welche Möbel gekauft werden sollen und wen man benachrichtigen muß. Jim betraut mich mit der Aufgabe, die Einweihungsparty für das neue Gebäude auszurichten und Anzeigen, einen neuen Briefkopf und Visitenkarten, Aktendeckel und eine vierfarbige Broschüre zu entwerfen. Ich setze mich mit ein paar ehemaligen Arbeitskollegen in Verbindung und treffe mich mit ihnen zum Mittagessen, um Design, Layout und Kosten zu besprechen. Zum erstenmal lasse ich Rob fast täglich mit dem Babysitter allein, aber abends wird er entschädigt, wenn wir als Familie zusammen im Wohnzimmer sitzen.

»Daddy wird einen Volltreffer landen«, erzähle ich Rob, und Jim nimmt das Baby am Füßchen, wackelt damit und sagt: »Hoffen wir's.« Rob lacht übers ganze Gesicht, stößt mit dem Fuß in Jims Richtung und will noch mehr spielen.

Die einzigen Unterbrechungen an diesen Abenden sind die Anrufe: Peggys Fragen, die aktuellen Berichte meiner Mutter. Es kommt so weit, daß Jim gar nicht mehr reagiert, wenn abends das Telefon klingelt. Er wirft mir nur einen kurzen, grimmigen Blick zu.

Eines Abends ruft meine Mutter an, am Rande der Verzweiflung. Anscheinend ist John um zehn Uhr morgens weggegangen, ohne Ellen zu sagen, wann er nach Hause käme. Jetzt war es abends nach elf, und sie wußte immer noch nicht, wo ihr Mann war. Und wenn er umgebracht worden war, oder verletzt, oder – – –

Aus dem abgebrochenen Satz meiner Mutter klingt unterschwellig heraus, daß John Ellen vielleicht ganz einfach verlassen hat. Aber ich weiß nicht, ob die Vermutung von meiner Mutter stammt oder von Ellen. Anscheinend hat Ellen draußen vor der Wohnung seltsame Geräusche gehört und gedacht, jemand wollte einbrechen. »Sie hat schreckliche Angst, Beth«, sagt meine Mutter pathetisch. »Was sollen wir bloß tun?«

Was können wir schon tun? Meine Eltern wohnen vierhundert Meilen von Ellen entfernt. Ich wohne fast doppelt so weit weg. »Sag ihr, sie soll die Polizei rufen«, rate ich. »Ruf sie zurück und behalte sie an der Leitung. Nein. Laß mich machen.« Mir fällt noch manches ein, während ich Ellens Nummer wähle: ein Nachbar soll kommen und bei ihr bleiben, oder eine Freundin; sie soll weg aus der Wohnung und in ein Motel gehen, wenn sie sonst nirgendwohin kann. Ich spüre den Schweiß auf der Kopfhaut und in den Achselhöhlen prickeln, während das Telefon immer wieder klingelt. Als Ellen sich meldet, klingt sie müde.

»Es ist fast Mitternacht«, meint sie vorwurfsvoll, als sie meine Stimme erkennt.

»Ich dachte, du bist auf«, sage ich. »Ich dachte, jemand will bei dir einbrechen.«

Es entsteht eine Stille, während ich Ellen herumrascheln höre. »Da sind dauernd Teenager auf der Feuerleiter«, sagt sie. »Die rauchen da draußen Hasch oder so. Glotzen durchs Fenster rein. Meinst du das vielleicht?«

Die Frage macht mich wütend: Ob *ich* das meine? Aber Ellen redet schon weiter. »Oh, da ist ja John. Dann mach ich jetzt Schluß. Und danke für deinen Anruf, okay?« Die Leitung ist unterbrochen, noch bevor ich etwas sagen kann.

Als ich an den Eßtisch zurückkehre, wo Jim arbeitet, sieht er gar nicht auf und fragt auch nicht, wer angerufen hat. Ich betrachte ihn ein paar Minuten lang schweigend, während er eine Liste abschreibt.

»Warum machst du das?« frage ich. »Wieso streichst du die Sachen nicht einfach durch, bis du mit allem fertig bist, und wirfst dann die Liste weg?«

Er sieht mich eine Weile mit geröteten Augen und verschwommenem Blick an. »Ich weiß auch nicht«, sagt er. »Es ist einfach ordentlicher so. Es gibt mir das Gefühl, ich fange den Tag frisch an, ohne die Reste vom Vortag.«

Er schreibt weiter ab, mit der für Architekten so typischen Schrift, einer Reihe von präzisen Dreiecken und Quadraten. »Das ist doch Zeitverschwendung«, sage ich schließlich. »Ein normaler Mensch streicht die Sachen doch lieber durch. Das gibt einem das Gefühl, etwas erfolgreich abgeschlossen zu haben.«

Ohne den Blick zu heben, sagt Jim: »Seit wann bist du denn Expertin fürs Normalsein?« Er schreibt die Liste fertig, setzt einen Strich darunter und korrigiert behutsam ein Komma beim Datum. Als er aufschaut, starre ich ihn zornig an. »Ein Witz«, sagt er. »Das war ein Witz.«

Ich sehe Jim zu, wie er aufräumt, die Sachen aufeinanderstapelt und die Stapel dann säuberlich auf dem Tisch anordnet. »Mit Ellen war alles in Ordnung«, sage ich und versuche, Jims Schweigen zu durchbrechen. »Alles okay. Falscher Alarm.« Jim unterbricht seine Tätigkeit und sieht mich an. »Wirklich, da war gar nichts. Meine Mutter hat eben durchgedreht.«

»Ich weiß«, sagt er. »Ich bin mir aber nie ganz sicher, ob du es weißt, und ich will nicht, daß du dich über alles, was Ellen macht, so aufregst. Weißt du, du wirst nie begreifen, daß Ellen für sich selber sorgen kann. Sie ist erwachsen. Sie ist jetzt richtig erwachsen, Beth.«

»Ich weiß, aber sie ist –« will ich sagen, doch Jim fällt mir ins Wort.

»Und jetzt wird es Zeit, daß du dich mal um dich selber kümmerst«, sagt er. »Es war anstrengend für dich, Rob zu versorgen und mir bei der Vorbereitung für das neue Büro zu helfen. Jetzt ist es Zeit, mal richtig schön auszuschlafen. Und überhaupt«, fügt er hinzu und führt mich zum Schlafzimmer, »ist es wahrscheinlich ganz gut, wenn dir dein Mann jetzt ein bißchen den Rücken massiert.«

Zwei Tage vor dem Empfang in Jims neuem Büro komme ich überhaupt nicht mehr aus dem Haus; den Telefonhörer zwischen Schulter und Ohr geklemmt, habe ich alle Hände voll zu tun, die Vorspeisen zu machen und die letzten Vorbereitungen zu treffen. Als Jim nach Hause kommt, sieht er fröhlich pfeifend die Post durch, seine Augen glänzen.

»Post ist da«, sagt er und wirft mir einen dicken Brief von Ellen auf die Anrichte. Auf einmal erscheinen mir die Unordnung in der Küche, Jims Heiterkeit und der Druck der unerledigten Dinge überwältigend, und ich nehme den Brief ins Wohnzimmer mit, um ihn zu lesen.

Der Brief besteht aus einer siebenseitigen Klagelitanei – Ellen jammert, daß Benjy alles durcheinanderbringt, daß John weg ist, daß sie kein Geld haben, daß sie erschöpft ist und nicht schlafen kann. Der Tenor des Briefes macht mich lustlos und wütend, als hätte Ellen mich dadurch auf ein schreckliches, unterschwelliges Problem in meinem eigenen Leben hingewiesen.

»Ich glaube, Mami ist gar nicht in der Küche«, sagt Jim zu Rob; er hält das Baby hoch auf der Hüfte. »Aber in dem ganzen Durcheinander ist sie vielleicht bloß irgendwo versteckt. Sollen wir sie mal suchen?«

»Ein Durcheinander ist es, weil ich für *deine* Büroparty koche«, fahre ich ihn an.

»Da ist sie ja«, krakeelt Jim. Er trägt Rob ins Wohnzimmer hinüber und sagt: »Du kannst dir nicht vorstellen, wie toll der Empfangsraum jetzt mit den Pflanzen aussieht. Morgen mußt du mal kommen und es dir ansehen. Ich dachte mir, dann könntest du auch gleich beim Bilderaufhängen helfen.«

»Meine Güte, als ob ich nicht schon genug zu tun hätte.«

Jim bleibt stehen und sieht von dem Brief zu meinem Gesicht. »Wieder eine frohe Botschaft von deiner kleinen Schwester?« fragt er.

»Na, du kennst ja Ellen«, erwidere ich und wende mich ab. »Jetzt geht's ihr wieder gut.«

Während der folgenden Unterbrechung kann ich es fast fühlen, wie Jims gute Laune verfliegt. Schließlich sagt er: »Heute hast du dir eine Pause verdient. Komm, wir gehen ein bißchen raus. Zu McDonald's.«

»Geh du«, sage ich. »Bring mir was mit.« Dann füge ich hinzu. »Und nimm den Kleinen mit.«

Nach einer Weile, als ich ihn nicht ansehe, geht Jim aus dem Zimmer.

In der Stille des leeren Hauses lese ich Ellens Brief noch einmal und erinnere mich an damals, als alle ihre Briefe von John handelten. Doch trotz der Einzelheiten, die Ellen mir über ihre Beziehung erzählt hat, gibt es immer noch Dinge über John, und über Ellen und John als Paar, die ich nie begriffen habe. Als wir klein waren, wurden alle unsere Freunde in die Familie mit einbezogen. Aber als Ellen John kennenlernte, brachte sie ihn nicht mit nach Hause; sie ging mit ihm weg. Seit Ellen und John miteinander gingen, bis zum Tag ihrer Hochzeit, brachte sie ihn nur einmal mit nach Hause, und da blieben wir auch nicht bei meinen Eltern, sondern fuhren ans Meer.

Es war Peggys erste Begegnung mit John, und er saß mit der Landkarte auf dem Schoß auf dem Vordersitz, während Peggy chauffierte. Ellen und ich saßen hinten, aber sie sah fast die ganze Fahrt aus dem Fenster. Erst als wir anfingen, die Spiele zu machen, die unsere Mutter erfunden hatte, damit wir im Auto stillsaßen, wurde Ellen aufmerksam und interessierte sich. Als wir den Friedhof erreichten, hielt Ellen als erste die Luft an, sog sie laut und rasch ein, und Peggy und ich machten es ihr nach. Kaum waren wir am Friedhof vorbeigefahren, war Ellen schon beim nächsten Spiel; bei dem ließ meine Mutter uns immer nach Tieren Ausschau halten: Kühe waren zehn Punkte wert, Hunde zwei, und eine Katze im Fenster hieß, man hatte gewonnen.

»Eins, zwei, drei, vier, fünf«, sagte Ellen und drückte den Finger ans Fenster. Wir fuhren gerade an einer Kuhweide vorbei.

»Ich seh eine Katze im Fenster!« übertönte ich sie, und Ellen fiel lachend in ihren Sitz zurück und sagte: »Quatsch. Geschummelt. Das war ein Blumentopf.«

»Seit wann bist du denn so ehrgeizig?« fragte John.

»Soll das ein Witz sein?« fragte ich ihn; als Jüngste hatte Ellen immer versucht, bei allem zu gewinnen, was ihr aber nur selten gelungen war.

John sagte sonst nicht viel auf der Fahrt, aber diese Frage brachte Ellen zum Schweigen. Danach hatte er die Straßenkarte studiert und gefragt: »Gilt die Karte denn überhaupt noch? Sieht aus, als ob das hier eine zweispurige Straße sein sollte! Geht es auf der Vierzehnten nicht schneller?«

Peggy hatte gesagt: »Na ja. Ich weiß nicht«, ohne John lang zu erklären, daß es darum ging, die gleiche Straße zu benutzen, auf der wir immer gefahren waren. Ich sagte auch nichts, in der Hoffnung, John würde begreifen, daß seine Fragen unwichtig waren, und Ellen würde wieder den Mund aufmachen.

Weil wir in diesem Sommer nicht Mitglieder des Strandklubs

waren, mußten wir uns im Motelzimmer umziehen und auf der öffentlichen Seite zum Strand hinunterschlendern; dabei hielten wir unsere Badetücher so, als kämen wir gerade von einem Spaziergang zurück. Ellen lief nah am Wasser entlang und ließ sich die Wellen über die Füße laufen, während John auf den Felsen oben blieb und sich unbeholfen fortbewegte. Sie waren weit genug entfernt, daß ich mich traute, Peggy zum ersten Mal diese Frage zu stellen. Seither fällt sie mir jedesmal ein, wenn meine Mutter mich wegen Ellens Hormonen fragt. Jim habe ich wiederholt gefragt, aber er gibt nie eine Antwort. Oder er sagt: »Warten wir's ab.«

»Was hältst du von John?« fragte ich Peggy.

Peggy sah bloß in den Sand. Nach einer Weile sagte sie: »Ich hätte nie gedacht, daß Ellen als erste heiratet. Ich hätte nie gedacht, sie würde vor mir heiraten.«

Ich höre, wie die Autotür zuknallt und Jim mit Rob redet, während er ihn die Treppe hinaufträgt. Ich spiele mit dem Gedanken, ins Schlafzimmer zu rennen und mich schlafend zu stellen. Ich weiß, daß Jim dann das Abendessen warmhalten, Rob baden und die Küche aufräumen würde. Aber ich weiß auch, in welche Richtung meine Erinnerung mich führt. An dem Tag sind Dinge passiert, die wir alle bemerkt haben, und wir alle haben beschlossen, sie zu ignorieren oder zu vergessen. Also strecke ich, als Jim hereinkommt, die Arme aus und nehme ihm Rob ab; ich spüre, wie die frische Luft von seinen Bäckchen ausstrahlt.

»Hoffentlich hast du mir nicht alle Pommes frites weggegessen«, sage ich.

»Da hast du deine eigene Riesenportion«, sagt Jim. »Ich hab bloß probiert, ob sie genauso gut sind wie meine.«

Während ich Rob in seinen Hochstuhl setze, räumt Jim auf dem Eßtisch Platz frei. »Ist ja fast ein Sakrileg, bei so vielen Delikatessen hier in der Küche einen Big Mac zu essen«, meint er. Als wir uns setzen, fügt er hinzu: »Es werden wahrscheinlich über hundert Leute zu dem Empfang kommen. Ich frage mich, ob das –«

Als das Telefon klingelt, schluckt er hastig hinunter, wirft mir einen Blick zu und greift nach dem Hörer. Nach ein paar Sekunden erkenne ich die Stimme, die er sich für meine Familie zugelegt hat, eine übertrieben höfliche, aber kurzangebundene Art zu sprechen.

»Stör ich euch beim Abendessen?« fragt mich meine Mutter.

»Nein«, erwidere ich, eins von den Pommes frites kauend. »Ich meine, wir haben uns bloß was geholt. Nichts Besonderes.« Ich suche Jims Augen, aber er ignoriert mich.

Meine Mutter hat ebenfalls einen Brief von Ellen bekommen, den sie mir zwar nicht vorliest, aber den Inhalt vollständig umschreibt. Ein Freund von John will mit ihm als Geschäftspartner ein Restaurant mit Dinner-Show aufkaufen, das in wirtschaftliche Schwierigkeiten geraten ist. Ellen will sich von meinen Eltern Geld borgen.

Obwohl meine Mutter den genauen Betrag nicht nennen will, verstehe ich, daß er beträchtlich ist. Soweit ich die finanzielle Situation meiner Eltern beurteilen kann, scheint Ellen zu erwarten, daß sie sich verschulden, um Johns Projekt zu finanzieren. Meine Mutter erzählt mir auch ganz locker, daß »Ian« und »Pierce« und »Greg« alle denken, es sei eine großartige Idee und könnte Johns Karriere als Schauspieler voranbringen und ihm außerdem ein festes Einkommen garantieren. Weder meine Mutter noch ich geben zu, daß wir keine Ahnung haben, wer Ian, Pierce und Greg sind.

»Ja, wenn es bloß für sie selbst wäre«, sagt meine Mutter.

Jim nimmt Rob aus dem Hochstuhl und sagt etwas Unhörbares herüber.

»Was?« frage ich nach und sage zu meiner Mutter: »Moment mal.«

»Ich muß telefonieren«, sagt Jim. »So um acht.«

Ich sehe auf meine Uhr und verziehe das Gesicht. Es ist erst Viertel vor acht. »*So* lang brauch ich doch nicht«, sage ich. Jim trägt Rob ins Badezimmer, und ich beiße von meinem Hamburger ab.

»Bist du noch da?« fragt meine Mutter.

»Ja.«

Sie erzählt weiter, sie habe Ellen früher schon mal finanziell unter die Arme greifen wollen, aber Ellen habe abgelehnt. »Ja, wenn sie ein Haus kaufen würden«, sagt meine Mutter. »Oder zusammen verreisen. Oder in eine nettere Wohnung ziehen.«

Nach einer Weile stelle ich fest, daß meine Mutter sich wiederholt und auf Nebensächlichkeiten herumreitet. Schließlich rückt sie heraus: »Ich hab Ellen gesagt, ich würde es mir überlegen.«

Ich weiß, daß sie jetzt meine Meinung hören will. Besser gesagt, meine Zustimmung, denn meine Mutter möchte nicht, daß eine von uns neidisch ist, weil sie Ellen Geld gegeben hat. Aber schon die Vorstellung finde ich lächerlich. Es ist fünf nach acht, und ich kann hören, wie Jim lauter und nachdrücklicher herumhantiert.

»Ich muß jetzt Schluß machen, Mama«, sage ich. »Ruf mich morgen an. Oder ich ruf dich an.«

»Du wirst es nicht glauben«, sage ich zu Jim, als ich auflege. Er bleibt, mit der Hand am Apparat, stehen und hört zu, während ich Ellens Plan beschreibe.

»Deine Eltern sind ja nicht blöd«, sagt Jim. »Die sehen sich das erst mal genau an, bevor sie in ein Projekt investieren.« Einen Augenblick stehen wir unschlüssig da, und ich überlege, wie ich ihm die Unverschämtheit von Ellens Forderung klar machen könnte. »Ich hab diesem Menschen gesagt, ich ruf ihn um acht an. Er muß heute noch weg, da sollte ich mich jetzt melden.«

Während Jim telefoniert, lasse ich heißes Badewasser einlaufen, und Fenster und Spiegel beschlagen sich mit dem Dampf. Als ich ins Wasser gleite, muß ich wieder an den Tag denken, als wir mit John an den Strand fuhren und uns alle in den Sand fallen ließen, um in der entspannenden Wärme unterzutauchen. Nur John war aufrecht stehengeblieben und hatte aufs Meer hinausgeschaut.

»Ist jetzt Ebbe oder Flut?« fragte er.

Peggy und ich warfen uns einen vielsagenden Blick zu. »Das wird sich gleich zeigen«, sagte ich zu ihm. »Du mußt eben abwarten und sehen, ob das Wasser näher rankommt oder weiter rausgeht.«

Wahrscheinlich hätten Peggy und ich etwas netter auf Johns Fragen reagieren können, auf seine Unfähigkeit, die Dinge einfach zu akzeptieren, wie sie waren. Aber mir schien, als legte er es beinahe darauf an, sich unbeliebt zu machen, sich abzusondern.

»Geht jemand mit spazieren?« fragte John. Als keine Antwort kam, sagte er: »Ellen, komm, wir gehen spazieren.«

»Ich will aber ausruhen.«

»Ich will mich umsehen«, sagte er zu ihr. »Komm, leiste mir doch Gesellschaft!«

Mit geschlossenen Augen wartete ich ab, bis Ellen aufstand. Als ich sicher sein konnte, daß sie weg waren, stützte ich mich auf den Ellbogen auf und sah ihnen nach. Ellen lief wieder im Wasser, und John war etwas weiter oben am Strand. Ich beobachtete sie, bis sie nicht mehr zu sehen waren, aber sie blieben so – nie nah genug beieinander, um sich unterhalten zu können.

Jim klopft an die Badezimmertür und ruft herein: »Bist du sauer auf mich?«

»Nein«, erwidere ich, aber es stimmt nicht ganz. Irgendwie bin ich *wirklich* wütend; ich habe das Gefühl, daß er mir in den Rücken gefallen ist, aber ich kann nicht beschreiben, wie – irgendwie hat unsere Beziehung einen hauchdünnen Riß bekommen.

»Kommst du raus?« fragt er.

»Ich sitze in der Wanne.« Ein ungewollt gereizter Ton liegt in meiner Stimme; Jim merkt es und schweigt einen Augenblick. Schließlich fragt er: »Wie geht's deiner Mutter?«

»Gut.«

»Ich meine, außer der Sache mit Ellen.«

»Hat sie nicht gesagt.« Vorsichtig drehe ich den Heißwasserhahn auf, aber es macht trotzdem einen Riesenkrach. Kurz darauf höre ich, wie der Fernseher angeht.

Ich weiß, daß ich herauskommen sollte, auch um mit Jim weiter über das Büro und die Party zu sprechen, über Rob und über Jims neue Projekte, aber ich bewege mich nicht von der Stelle. Die Erinnerung an den Strand ist ein Anker, der mich festhält, und ich wehre mich nicht. Ich lege mich zurück ins Badewasser und folge in Gedanken dem Ankertau in eine Dunkelheit, die ich immer noch nicht recht zu durchdringen wage.

Am Abend unseres Strandausflugs waren wir zu einem Fischmarkt am Hafen gefahren. Möwen tauchten zu den Bootshecks hinunter, wo die Fischer ihren Fang ausnahmen und den Vögeln die Gedärme hinwarfen. Keine menschliche Stimme war zu hören, nur das Gekreisch der Möwen und gelegentlich das kehlige Knattern eines Bootes.

Der Markt war in einem verwitterten Gebäude, das draußen am Pier auf Pfählen balancierte. Ein steter Wasserstrahl – der Überschuß von den Becken im Innern – floß unter dem Gebäude hervor und spritzte ins Meer zurück. Ich stupste Ellen an, weil wir früher immer gewitzelt hatten, das Gebäude würde pinkeln, aber sie reagierte nicht. Seit Ellen von ihrem Spaziergang zurück war, hatte sie kein Wort gesagt und uns keines Blickes gewürdigt. Ich konnte mich nicht erinnern, wann ich mich jemals mit meiner eigenen Familie so unwohl gefühlt hatte – als wären wir alle Fremde, die man an einen unbekannten Ort geschickt hatte, damit sie sich amüsierten. Zum ersten Mal im Leben wollte ich weg vom Strand und nach Hause.

John ging an einem Dock entlang, stellte den Fuß in ein Boot und begann, sich mit dem Fischer zu unterhalten. Der Mann antwortete, ohne den Blick zu heben, aber John deutete auf die Möwen, während der Mann einen schimmernden Strahl von Fischdärmen in die Luft schleuderte. Ellen blieb im Wagen sitzen.

»Weißt du noch, wie wir hier früher nach ganz gebliebenen Muschelschalen gesucht haben?« fragte ich. Als sie nicht antwortete, fuhr ich fort: »Ich weiß auch nicht, was wir uns dabei gedacht haben. Über die Muscheln sind doch jahrelang Autos drübergefahren.«

»Er sagt, hier gebe es eine Algenpest«, sagt John und lehnte sich ins Autofenster.

Ellen starrte apathisch auf den Sitz vor sich. »Was?« fragte sie.

Peggy und ich überließen John und Ellen sich selbst und gingen in die Fischmarkthalle.

Auch damals war der Markt mit den riesigen Fässern voller Hummer, Muscheln und Krebse und den rosafarbenen, rohen, fleischigen Stücken für uns Kinder unwiderstehlich gewesen. Es hörte sich an wie ein Wasserfall, wie die Fässer überliefen und das Wasser durch die Löcher im Fußboden hinausfloß, und ich mußte lauter reden, damit Peggy mich hörte.

»John sagt, hier gebe es eine Algenpest«, erzählte ich ihr.

»Die ist vorbei«, sagte der Fischhändler. Mit blutverschmiertem Messer schnitt er zwei Schwertfischsteaks herunter und klatschte sie auf die Waage. »Das wird reichen«, sagte er. »Das reicht Ihnen gut.«

Als wir nach draußen kamen, war von Ellen und John nichts zu sehen. Wir setzten uns seitwärts auf die Autositze, betrachteten den Sonnenuntergang und hörten den Möwen zu. »Wenigstens das hat sich nicht geändert«, sagte ich und meinte den Anblick der Fischerboote, die friedlich an ihren Ankerplätzen schaukelten, den Gesang der Möwen und den salzigen Teergeruch in der Luft. Peggy antwortete nicht.

Von der Straße her kamen Ellen und John auf uns zu. Sie gingen Hand in Hand, und John trug eine Tüte. Obwohl ich wußte, daß Ellen und John miteinander schliefen, war mir der Anblick der beiden Hand in Hand unangenehm. Es schien unziemlich, ganz untypisch für Ellen, und ich nahm an, es war Johns Idee gewesen: um uns zu zeigen, daß unsere Schwester ihm gehörte.

»Vermutlich haben sie sich geküßt und vertragen sich wieder«, sagte ich sarkastisch. Peggy rieb ihren Fuß gegen die zerbrochenen Muschelschalen, ein Geräusch, bei dem es mir kalt den Rükken hinunterlief, wie Fingernägel auf einer Schiefertafel.

»Ich hab Käse gekauft«, sagte John. »Und ein paar Sachen für Salat.«

»Salat?« fragte ich und malte mir bereits den Sand zwischen meinen Zähnen aus. »Am Strand?« Ich sah Ellen an und fragte mich, weshalb sie ihm nicht erklärt hatte, was für eine Schnapsidee das war.

»Der Mann sagte, hier gebe es eine Algenpest«, sagte John und deutete auf die Stelle, wo der Mann gestanden hatte.

»Der da drin hat gesagt, sie ist vorbei.«

»Der Fischer muß es doch wissen«, sagte John.

Ellen hob eine Handvoll zerbrochener Muschelschalen vom Weg auf und fing an, sie an der Seite des Piers hinunterzuwerfen; der Rhythmus hörte sich an wie Schluchzen.

»Gehen wir«, sagte ich. »Gehen wir wieder an den Strand.«

Nach Einbruch der Dunkelheit standen wir alle im Sand ums Feuer herum, das wir zum Fischebraten gemacht hatten. Während dieser Erinnerung steige ich nun doch aus der Wanne, höre, wie der Fernseher läuft und Jim sich räuspert. Ich muß jetzt die lebendige Gegenwart um mich herum spüren. Obwohl ich weiß, daß das, was am Strand geschehen ist, vorbei und abgeschlossen ist, werde ich das Gefühl nicht los, daß etwas Schlimmes passieren wird, daß gleich eine böswillige Macht entfesselt wird. Vielleicht hätte es an jenem Abend am Strand noch eine Chance gegeben,

Ellen zu retten. Einer von uns hätte etwas sagen können, etwas tun können. Ich weiß nicht, warum wir es unterließen. In der Zeit, als Ellen auf dem College war, hatte ich mich an ihre Unabhängigkeit gewöhnt. Die Tatsache, daß sie nicht mehr zu mir kam, um ihre Entscheidungen zu treffen – oder sich zumindest den eingeschlagenen Weg bestätigen zu lassen –, schien mir jetzt ganz natürlich. Aber jetzt weiß ich, daß es noch mehr war. Ich wußte, daß Ellens Ehe schiefgehen würde, wenigstens kommt es mir jetzt so vor, als hätte ich es gewußt. Und es war mir recht so. Aber selbst nach diesem Eingeständnis ist mir schleierhaft, weshalb ich hätte wünschen sollen, daß Ellens Leben scheiterte.

An dem Abend füllte John alle Teller mit Salat. Bis wir endlich soweit waren und essen konnten, hatte die Salatsoße bereits die Pappe durchgeweicht, und die Teller waren ganz schlaff. Als Peggy den Fisch in vier Teile schnitt, sagte John: »Für mich keinen.« Ohne den Blick zu heben, servierte Peggy uns anderen den Fisch.

»Für mich auch nicht«, sagte Ellen, als Peggy ihr einen Teller reichte. Peggy gab den Teller wortlos an mich weiter.

»Die Algenpest ist aber vorbei«, sagte ich.

Als Ellen anfing, ihren Salat mit den Fingern zu essen, sah keiner hin. »Hab ich euch eigentlich erzählt, daß ich bei einer *trumpet session* war?«

Eine Weile hörten wir zu, wie die Wellen den Strand betasteten.

»Was ist denn das?« fragte Peggy schließlich.

»Eine *trumpet session*«, wiederholte Ellen. »Ich bin hin, um mit Großvater zu sprechen. Ich wollte ihm sagen, daß er mir so fehlte, nachdem er gestorben war.«

Peggy hatte aufgehört zu essen und legte die Gabel auf den Teller. »Was ist eine *trumpet session*?« fragte sie.

Ellen holte tief Luft, als wäre sie unter Wasser gewesen. »Es ist wie eine Séance«, sagte sie. »Da kann man Leute, die gestorben sind, aus dem Jenseits zu sich sprechen lassen.«

»Und? Hast du mit Großvater gesprochen?« fragte Peggy. »Oder war die Leitung belegt?«

Gleichzeitig sagte ich: »Wann war denn das?« Ich sah zu John hinüber, der bedächtig einen Bissen Salat kaute.

»Ja«, antwortete Ellen auf Peggys Frage; mich ignorierte sie. »Er sagte, man braucht keine Angst zu haben. Sterben tut überhaupt nicht weh.«

Wir saßen im Kreis ums Feuer. Kleine Tangstückchen platzten knallend auf, und Sandflöhe huschten in komplizierten Mustern im Licht herum. Von weit draußen auf dem Meer tönte klagend ein Nebelhorn durch die Stille.

Ellen sagte: »Das ist, wie wenn du die Hand ins Feuer legst. Wenn du es schnell machst, tut's nicht weh. Du veränderst dich eben, und schon bist du auf der anderen Seite. Aber wenn du es zu langsam machst, wenn du drüber nachdenkst oder Angst hast oder dich nicht schnell genug bewegst, verbrennst du dich.« Ellen hob die Hand, und wir starrten alle wie hypnotisiert darauf, als sei es der Arm meines Großvaters, auferstanden von den Toten. »Es geht total vom Kopf aus«, sagte Ellen und legte die Hand in die Flammen.

Als Kinder hatten Peggy und ich am Essenstisch mit den Fingern durch die Kerzenflamme gestrichen, so schnell, daß es nicht weh tat; von daher schien Ellens Erklärung plausibel. Ich weiß nicht mehr, wie lang sie die Hand im Feuer hatte. Es war Peggy, die aufsprang und sie ihr rauszog und dabei ihr Essen in den Sand verschüttete. Offensichtlich war es nicht lang gewesen, denn als Peggy Ellens Hand herumdrehte, war sie nicht einmal rot.

»Siehst du?« fragte Ellen.

»Stimmt«, erwiderte Peggy.

John kickte die Überreste von Peggys Essen zum Feuer hinüber. »Ellen«, fragte er, »hast du Lust auf einen Spaziergang?«

Ellen nickte und betrachtete immer noch ihre Hand. Sie regte sich nicht, bis John sie am Arm nahm und die beiden vom Lagerfeuer aufstanden. Ellen trug keine Schuhe, und ihr Haar war wuschelig und wirr vor Feuchtigkeit. Wir sahen ihnen nach, bis sie verschwunden waren.

Als ich aus dem Badezimmer komme, ruft Jim sofort: »Ist alles okay?«

»Alles okay«, erwidere ich. Ich bleibe einen Augenblick im Flur stehen und stelle fest, daß Jim die Küche saubergemacht, Töpfe und Pfannen im Abtropfständer übereinandergetürmt und die

Speisen mit Wachspapier abgedeckt hat. Ohne lang zu überlegen, hebe ich den Hörer ab und wähle Peggys Nummer.

»Sie ist schon im Bett«, sagt Will verschlafen.

»Und schläft sie schon?«

Gleich darauf ist Peggy am Apparat; sie klingt besorgt, aber auch fröhlich, als hätte sie schon längst beschlossen, jede schlechte Nachricht gelassen aufzunehmen.

»Weißt du schon das Neueste von Ellen?« frage ich sie.

»Ach Gott«, sagt sie. »Was?« Angst läßt ihre Stimme hohl und brüchig klingen.

»Nicht das«, sage ich, wohl wissend, was Peggy sich denkt. »Sie will sich von Mama und Daddy Geld pumpen, damit John ein bankrottes Geschäft kaufen kann.« Schweigen am anderen Ende, dann höre ich Peggy flüstern: »Nein, alles in Ordnung.«

»Was denn für ein Geschäft?« fragt Peggy, ihre Stimme ist wieder klar.

Aber ich beantworte ihre Frage nicht. Statt dessen erzähle ich ihr von Jims neuem Büro und daß wir von früh bis spät jeden Augenblick daran arbeiten, daß Rob Babysitter hatte, die ich kaum kenne, und daß ich recht müde sei. »Ich hab das Gefühl, wir essen, atmen und schlafen mit diesem neuen Büro«, sage ich. »Ich wünschte, ich könnte mal nach Hause. Mama und Daddy ein Weilchen besuchen und einfach mal weg von hier.«

Ich sehe gerade noch, wie Jim erbleicht, als hätte ihm jemand eine Ohrfeige gegeben. Bevor ich reagieren kann, dreht er sich um, geht hinaus, und ich höre, wie die Schlafzimmertür hinter ihm zuknallt.

»Ich muß jetzt Schluß machen«, sage ich zu Peggy. »Es ist doch später, als ich dachte.« Aber noch während ich auflege und langsam den Flur hinunter aufs Schlafzimmer zugehe, ist mir klar, daß ich die Wahrheit gesagt habe. Es gibt Zeiten, da möchte ich mich nur noch ins Haus meiner Eltern verkriechen, mich in die Geräusche und Gerüche meines Kinderzimmers hüllen und einschlafen. Ich werde mich für diese Gefühle nicht entschuldigen, beschließe ich. Aber mir ist auch klar, daß ich sie Jim nicht erklären kann. Im letzten Moment, bevor ich den Türknauf drehe, kehre ich ins Wohnzimmer zurück und lasse mich mit einem Buch auf der Couch nieder. Als ich viel später zu Bett gehe, schläft Jim schon.

ELLEN Je größer das Baby wurde, desto kleiner wurde ich. Auch als man noch gar nichts sehen konnte, als wir es noch keinem gesagt hatten, fühlte ich mich kleiner werden. Nicht schrumpfen, aber schwinden. Es war ein Zurückziehen meiner selbst, um das Baby zu hinterlassen. Mehr als das. Mutterwerden, eine Familie haben. Ich hatte das Bedürfnis nach Zuflucht, Trost und einem Nest. Nach einem Unterschlupf. Meine Gestade lagen ungeschützt da. Ich verströmte eine unkontrollierbare Essenz. Ich war schwanger. Die Gerüche in der Wohnung – die abgestandenen Küchendämpfe der Nachbarn, die säuerlich riechende Toilette, der Salmiakgeist und das Fett bei der Arbeit – verursachten mir Übelkeit. Innerlich zog ich mich zurück. Äußerlich merkte keiner etwas.

Wendy und Peter wohnten immer noch bei uns. Ihre Handtücher lagen im Wohnzimmer auf dem Boden, ihre Rollentexte auf dem Küchentisch, ihre Zahnpasta war im Waschbecken verschmiert. Aber etwas hatte sich geändert. Sie wußten nicht, daß ich schwanger war. John arbeitete an drei Abenden pro Woche in einem Laden, wo er Haschpfeifen und Zigarettenpapier verkaufte, und Wendy machte keine beleidigenden Bemerkungen mehr über die arbeitende Bevölkerung. Wenn John von der Arbeit nach Hause kam, legte er sich zu mir aufs Bett, statt mit den anderen zu reden. Meistens sprachen wir über den Laden – tauschten kleine Klatschgeschichten aus. Ab und zu senkte John die Stimme und sagte, wahrscheinlich habe Peter Alkoholprobleme. Während der Proben trinke er im Künstlerzimmer Bier und jeden Abend Whisky. Wendy hatte versucht, es ihm abzugewöhnen, aber es gelang ihr nicht. – John erzählte mir auch, daß Wendy sich von Peter trennen wollte, aber nicht wüßte, wie. Sie spielten zusammen im gleichen Stück. Sie mußten die Aufführung durchstehen.

John sprach nicht gern über das Baby. Wenn ich ihm sagte, wie ich mich fühlte, meinte er: »Ach, wirklich?« und stand vom Bett auf, um sich umzuziehen, etwas aufzuräumen oder woanders hinzustellen. Er sagte, er könne es sich einfach nicht vorstellen. Um Sachen wie Namen, sagte er, und Babykleidung und Möbel könnte man sich doch später kümmern. Auch könnten wir ruhig noch damit warten, fand er, es unseren Eltern zu sagen. Ich war im vierten Monat. Meine Brüste schwollen an. Ich hatte keine Taille mehr.

An den Abenden, wenn John arbeitete oder sich mit Peter und Wendy übers Theater unterhielt, stieg ich aufs Hausdach. Von dort aus konnte ich über die Dächer der umliegenden Häuser sehen, über die komischen dünnen Schornsteine, die selbst an heißen Tagen Dampf abließen, über Wäscheleinen, Fernsehantennen und Stromkabel – diesen Drahtverhau, der wie ungekämmtes Haar auf den Gebäuden sitzt. Dort oben hockte ich und schrieb, füllte ein Notizbuch nach dem anderen mit Mustern von Wörtern und Bildern. Ich beobachtete die Vögel bei ihrer abendlichen Akrobatik und dachte mir kleine Geschichten über sie aus. Manchmal waren sie Glasscherben, die alle in eine Richtung zersplitterten. Ein andermal waren sie die zerpflückten Blätter, die im Rauch hochwirbelten, wenn wir Herbstlaub verbrannten, oder Dutzende von Satzzeichen, die plötzlich aus der Buchseite befreit wurden. Ab und zu machte ich die Augen zu und zählte Geräusche. Je länger ich wartete, desto mehr hörte ich – nicht aufeinanderfolgende Geräusche, sondern Klangschichten: das Brummen der Autos von der Straße her, irgendwo in den Stockwerken unter mir eine Klimaanlage, das Geschnatter und Tschilpen der Vögel. Dann probierte ich ein anderes Sinnesorgan aus: Wie viele verschiedene Dinge konnte ich fühlen? Die Brise, die Sonne, die Kühle des nahenden Sonnenuntergangs. Mein Körper wurde so sensibel wie Wasser, faltig im Wind, verdampfend in der Hitze. Das Baby da drinnen war ein Fisch – mit Kiemen und Flossen und einem lippenlosen Loch als Mund.

John war noch nie auf dem Dach gewesen. Er wußte, daß ich hinaufstieg, aber in jenem Sommer spielte sich sein Leben in Gebäuden ab, auf Bühnen, bei künstlichem Licht oder im Dunkeln, in Erwartung seines Stichwortes. Niemand kümmerte sich darum, wo ich hinging.

Am Unabhängigkeitstag beschloß ich, sie alle hier herauf einzuladen. Es wäre ein perfekter Platz, um sich das Feuerwerk anzusehen, ohne Menschenmassen, Verkehrsstaus und lauter Füße, Hände, Flaschen und Hundescheiße um einen herum. Aber als sie an dem Abend nach Hause kamen, hatten sie getrunken. Ich konnte es riechen. Und sie unterhielten sich lautstark, hektisch, aufdringlich. John sah mich flüchtig an, dann wandte er den Blick zur Seite. Wendy folgte Peter ins Wohnzimmer, ihre Lippen bewegten sich, Worte sprangen ihm auf Rücken, Schultern und Nakken. John machte eine Handbewegung, als wollte er ihm den Hals abschneiden und stieß einen leisen Würgelaut aus, dann deutete er mit dem Kopf ins andere Zimmer hinüber. Ich wußte nicht, was er meinte.

»Dann frag doch John«, schrie Wendy. »Ich sag's dir, weil es alle wissen. Du mit deinem verdammten Egoismus willst ja nicht drauf hören.«

Dann frag doch John. Ich wartete. Es geschah nichts.

»Verdammt, wer ist denn hier egoistisch?« fragte Peter mit einer Stimme, bei der ich eine Gänsehaut kriegte.

John und ich flüchteten aufs Dach, wo es gerade dunkel wurde. Knallfrösche explodierten die ganze Straße entlang. »Juuhuu!« sagte John.

»Wie hat denn das angefangen?« fragte ich. John zuckte die Achseln. »Hat Peter heute die ganze Flasche leergetrunken?« John nickte.

Wir setzten uns auf eine Decke und tranken kaltes Bier, während das Knallen und Krachen um uns herum anschwoll. Die Luft roch nach Schwefel und Rauch. Als es dunkel wurde, legte John den Kopf in meinen Schoß, und ich schaute nach oben. Hinten am Horizont ging zaghaft, voller Angst vor dem Lärm, der Mond auf. Dann wurde plötzlich alles still – der Wind, die Autos, die Klimaanlagen, das Gezisch und Geschwirr des Stadtlebens. Und gleich darauf ging der erste Feuerwerkskörper hoch, zerbarst tausendfach und ergoß sich über den Himmel. John legte die Hände auf meine Knie, und ich rubbelte sie. Wir sahen zu, wie bunte Leuchtraketen den Himmel aufrissen. Eine größer als die andere, kamen sie einander näher, bis schließlich eine einzige Symphonie aus Lichtern und Farben direkt über uns regnete, uns aufsaugte und umhüllte. Ich rang nach Luft, aber es machte nichts. Ich öffnete alle Sinne weit, und meine Haut schillerte so bunt wie das

Feuerwerk. Meine Augen bildeten sich eigene Muster in der Dunkelheit, meine Ohren waren groß wie Planeten. Dann war es still. Immer noch standen Rauchstreifen am Himmel, der Nachhall des Feuerwerks, und es roch infernalisch. Schlagartig war alles wieder normal, und wir saßen einfach auf unserem Dach und fragten uns, wo wir gewesen und wie wir zurückgekommen waren.

Nach einer Weile sagte John: »In meinem Bauch ist ein Feuerwerk«, und ich mußte lachen, denn ich wußte, daß er das gleiche gefühlt hatte wie ich.

Wir blieben noch lange auf dem Dach und lauschten der wieder einsetzenden Nacht. Ich hatte das Gefühl, nun vollkommen zu begreifen, wie alles – das Gestüt, das College, die Begegnung mit John – zu diesem Augenblick hingeführt hatte. Ich kannte auch ganz sicher die Gefühle, die mit dem Baby einsetzen würden: Emotionen, die ich mich erinnere, vor langer, langer Zeit einmal gehabt zu haben. Ich dachte an unsere Katzen, wie sie sich in den sauberen Handtüchern und Kissenbezügen unseres Wäscheschranks Nestchen zurechtkratzten, und wie sie mit unruhigen Blicken und klagendem Miauen um uns herumstrichen, bis wir ihnen an ihr auserkorenes Gebärplätzchen folgten. So würde es sein, ein Baby zu bekommen: animalisch, warm, sicher. Intim.

Johns Kopf lag immer noch in meinem Schoß; er hielt die Augen geschlossen, nur ab und zu sah er mich an. »Du starrst so«, sagte er.

»Du siehst komisch aus, so verkehrt herum.«

»Und du hast unterm Kinn eine Narbe«, erwiderte er, indem er sie berührte. »Das ist mir noch nie aufgefallen.«

In dem Moment stürzte Peter durch die Tür und sagte: »Hier kommt's«, mit einer Stimme voll unterdrücktem Entsetzen, als ob dieses Etwas, das da kam, außerhalb seiner Kontrolle stünde. Er ging auf John los und preßte ihn mit beiden Händen an der Kehle gegen das Dach. Die folgenden Sekunden wollten nicht enden. Sie werden nie enden. Ich träume nicht davon, aber sie begleiten mich, wenn ich wach bin, zeichnen den Rand des Bewußtseins nach, bereit, in aller Deutlichkeit zurückzukehren, um mir in Erinnerung zu rufen, wie dünn die Oberfläche des Lebens ist, wie zerbrechlich unser Umgang miteinander. Peter hob John hoch und boxte ihn, knallte ihn mit dem Kopf gegen das Dach. All das geschah nur wenige Zentimeter von meinem Knie entfernt, nur ein paar Minuten, nachdem John mein Kinn berührt und zum erstenmal die Narbe bemerkt hatte. John sah Peter direkt ins Gesicht, aber er wehrte sich nicht; es war, als hätte er die Schläge verdient. Der Gedanke durchfuhr mich, ich sähe Johns Ermordung zu. Ich beobachtete das Sterben meines Mannes. Dann stand Wendy plötzlich vor Peter und tippte ihm sanft an die Schulter.

»Hör doch auf«, sagte sie. »Um Gottes Willen, Peter, hör doch auf.« Sie klang irritiert, nicht ängstlich, obgleich Peter sich offensichtlich nicht in der Gewalt hatte. Und dann bemerkte ich noch etwas: Peter saß auf Johns Unterleib, und sie bewegten sich rhythmisch auf und ab. Es sah aus, als würden sie sich lieben.

»Petey«, sagte Wendy. Ich hatte noch nie gehört, daß jemand Peter so nannte. Es wirkte sofort. Er warf John einen verächtlichen Blick zu, und John rollte sich zu mir her. Als ich ihn berühren wollte, stand er auf.

»Peter«, sagte John und ging mit ausgestreckter Hand, wie um einen verängstigten Hund zu besänftigen, auf Peter zu. All das spielte sich einfach so ab, und ich versuchte nicht, es zu begreifen.

Dann sagte Wendy: »Komm, Petey, wir gehen schlafen«, wie zu einem Kranken oder einem Kind und durchbrach damit den Augenblick der Stille. Im Bruchteil einer Sekunde verkrampfte sich Peter, machte sich über Wendy her und stieß sie rückwärts an das seitliche Mäuerchen, noch bevor John oder ich uns rühren konnten. Das alte Mäuerchen war nur hüfthoch, und sie konnten kaum das Gleichgewicht halten. John stand neben ihnen und sagte, ohne Peter zu berühren: »Na, komm, Kumpel. Laß sie doch. Laß sie los.«

Vielleicht hätte ich etwas tun können, es wenigstens versuchen. Aber ich war daran gewöhnt, ihnen zuzusehen. Sie waren die Schauspieler. Ich war das Publikum. Ich war überwältigt von dem Gedanken, mein Eingreifen sei entscheidend. Aber ich konnte mich nicht rühren.

Auf einmal war es vorbei. Peter ließ einfach los, drehte sich um und ging durch die Tür hinaus die Treppe hinunter. John und Wendy legten die Arme umeinander, und die Brise war wieder zu spüren und erinnerte uns daran, daß wir auf dem Dach eines Mietshauses waren und daß es spät abends am Unabhängigkeitstag war. Gleich darauf knallte eine Autotür zu, und Peter raste davon. Die Reifen quietschten auf dem Asphalt, und ich blickte zum Horizont und erwartete Sirenen, aufheulende Bremsen und zerberstendes Metall. Als ich mich umdrehte, waren John und Wendy verschwunden.

Ich muß sehr lang auf dem Dach geblieben sein. Entweder das, oder das alles geschah viel später, als ich dachte, denn am Himmel wurde es schon hell. Weit hinten im Osten schwand die Dunkelheit, die Vögel erwachten und fingen an zu zwitschern. Es war noch so dunkel, daß man sie nicht sehen konnte, aber ich stellte mir die versprengten Satzzeichen vor, die verkohlten Blattfetzen, den *Pas de Deux* von zersplittertem Glas. Dann flog ich mit den Vögeln, übte mein eigenes Emporschwingen und Tanzen im Dunkel, ließ Strahlen aufleuchten, um Feuerwerk und Blitze am Himmel erstehen zu lassen, so daß Stürme und Feiern, Hupkonzerte und Schritte auf dem Beton, Finger auf Haut und Haut auf Fingern zu einem Karussell der Sinne wurden und ich groß und weit wie der Himmel wurde, ihn über und über vollschrieb, ein kurz vor dem Zerbersten stehendes Crescendo. Ein Überfluß an Geräuschen, an Farben, dem Hauch des Windes und dem Duft der Bäume. Als ich hinunterschaute, sah ich mich selbst auf dem Dach sitzen, die Knie an die Brust gepreßt. Es war mir unbegreiflich, wie ich inmitten dieses aufregenden Sonnenaufgangs so ruhig dasitzen konnte. Doch es war unwichtig. Ich ließ noch eine Leuchtkugel los und kehrte später in meinen Körper zurück, um mich auszuruhen.

BETH Nach der Eröffnung von Jims neuem Büro wächst sein Geschäft schnell und stetig. Es ist jetzt schon ganz selbstverständlich, daß er samstags den halben Tag arbeitet und während der Woche erst kurz vor acht nach Hause kommt. Aber unter dem Druck seines neuen Zeitplans hat sich etwas in ihm geändert; er ist sanfter geworden, und wenn er heimkommt, steht er oft an Robs Wiege und streichelt dem Baby den Rücken. Dann erinnert er mich an ein Kind, das sich zu schnell im Kreis gedreht hat oder einen Hügel hinuntergerollt ist und etwas Feststehendes berühren muß, um wieder das Gleichgewicht zu erlangen. Er und sein Partner haben Zeichner eingestellt, und Jim trägt statt der Jeans jetzt meistens Krawatte und Jackett zur Arbeit. Er hat seinen Haarschnitt verändert, und auch seine Körperhaltung ist jetzt anders: die Schultern zurück und den Nacken gestreckt.

Wir essen spät zu Abend, sitzen einander am Tisch gegenüber, und Jim lächelt mich an, als hätte er ein Geheimnis.

»Wie geht's mit der Arbeit?« frage ich.

»Immer gleich«, sagt er. Obgleich seine Stimme gleichgültig klingen soll, lächelt er wieder.

»Was ist denn los?« frage ich. »Du siehst ja aus, als würdest du gleich platzen.«

»Überraschung«, sagt er.

»Ein neuer Auftrag?«

»Nein.«

»Du bist Millionär.«

»Fast dran.«

»Ist es größer als ein Brotkasten?«

Er lacht und trägt seinen Teller in die Küche. »Viel größer.«

»Größer oder mehr Geld?«

»Beides.«

Ich folge Jim ins Schlafzimmer, rate Couch, Klimaanlage oder Auto, aber er lacht bloß.

»Morgen erfährst du's«, sagt er.

Als Jim am darauffolgenden Tag nach Hause kommt, geht er pfeifend durchs Haus, als hätte er das mit der Überraschung ganz vergessen. Ich folge ihm hinterher und frage schließlich: »Also gut. Soll ich weiter raten?«

Jim unterdrückt ein Grinsen, während er uns alle ins Auto packt und langsam zu einer Straße etwa fünf Meilen von uns fährt. Auch als wir vor das Haus fahren, brauche ich eine Weile, bis ich begreife, was los ist.

»Willst du mich veräppeln?« frage ich.

»Es ist unbewohnt«, sagt er. »Komm, sieh dir's an.«

Von außen wirkt das Haus wie eine etwas schlampige Matrone. Es hockt oben auf einem kleinen Hügel und ist auf drei Seiten von einer mit Fliegengitter bespannten Veranda umgeben. Die beiden oberen Stockwerke sitzen direkt über dem Erdgeschoß; es gibt keine Dachgauben, Giebel oder Türmchen, die den kauernden Eindruck auflockern würden. Aus dem Dach ragt ein Gewirr von Ofenrohren, Antennen und Schornsteinen. Obwohl das Grundstück an sich klein ist, stehen große Bäume ums Haus, und der Rasen ist mit einem Laubteppich bedeckt, der wie Teer glänzt. Das Haus ist zweifellos häßlich, aber es ist so scheußlich, daß es schon fast wieder liebenswert wirkt. Und es ist riesig.

»Es ist eine Kapitalanlage«, sagt Jim. »Im Moment ist es spottbillig, und wenn man's herrichtet, ist es ein Vermögen wert.« Jim fängt an, mir die architektonisch einmaligen Merkmale des Hauses zu zeigen und erläutert seine Renovierungsideen. Als wir wieder zu Hause sind, ruft er die Maklerin an.

Beim ersten Gespräch stellt sich heraus, daß wir uns das Haus nicht leisten können, zumindest nicht, bis einige der Schulden für das neue Büro abgezahlt sind. Aber wir lassen nicht locker, und uns wird immer klarer, daß wir, trotz der Zahlen, wahrscheinlich umziehen werden. Jims Wunsch, sich das Haus leisten zu können, wird beinahe zu einer Leidenschaft, und wenn ich ihn so ansehe, gelange ich zu der Überzeugung, daß der Prozeß bereits in Gang gesetzt ist und wir umziehen werden. Schon fange ich an, manchem nachzuweinen: unserer Zeit in diesem Haus, Robs Säuglingszeit, unserer Zeit als Jungverheiratete. Unser jetziges Haus ist klein, und wenn wir ein zweites Kind haben, wird es noch enger. Aber es ist unser Zuhause.

Als wir am nächsten Morgen wieder zu dem Haus fahren, springt die Maklerin aufgeregt aus dem Auto und schiebt die Schlüssel an einem Ring umher, als hätten sie eine religiöse Bedeutung. Von ihren Ohrläppchen baumeln überdimensionale Silbersterne. Während sie nacheinander die Schlüssel ins Haustürschloß steckt, erzählt sie uns von der früheren Besitzerin, die im Alter von vierundneunzig in der Eingangshalle einem Herzinfarkt erlag. Sie hatte bis zum Tag ihres Todes vollkommen selbständig gelebt.

»Das muß man mal nachmachen«, sagt die Maklerin und sieht vom Schloß hoch. Die Altersfalten um ihre Augen sind mit Make-up verklebt.

»Na, jetzt aber noch nicht«, meint Jim. Vor lauter Begeisterung für das Haus schäkert er fast und betört die Maklerin mit seinem Charme. Kaum ist er eingetreten, zieht er auch schon das Maßband heraus, schnappt es ein und aus und macht sich dabei Notizen. »Reine Gewohnheit«, sagt er zu der Maklerin. »Manchmal habe ich das Gefühl, ich kann etwas erst sehen, wenn ich's abgemessen habe.«

»Ich bin genauso«, sagt sie, holt ein rundes, goldenes Etui aus der Handtasche und zieht ein Maßband heraus. Die Bewegung wirkt vertraulich, und ich komme mir wie aus einer privaten Unterhaltung ausgeschlossen vor.

Innen sind die Hauswände mit einer Tapete bedeckt, die im Lauf der Jahre eine pudrige Konsistenz angenommen hat und schwach nach dem Parfüm einer alten Frau riecht. Die Farbe ist verblichen und schält sich wie Sonnenbrand von den Holzleisten. Trotzdem hat das Haus ein paar wunderschöne Details: Deckenleisten, Geländer aus Eichenholz, Bleiglasfenster und alte Messingleuchter. Während Jim und die Maklerin die vorderen Zimmer ausmessen, stelle ich mich mit Rob oben an ein Fenster und beobachte zwei kleine Jungen, die auf der anderen Straßenseite vor einem Gully sitzen und Laubblätter in den Schlamm rühren, der sich vor einem verstopften Abfluß aufstaut. Die Jungen haben anscheinend ein eingespieltes System, wissen ohne Worte genau, wann sie neue Blätter, Ästchen oder Abfall holen und in den Gully werfen müssen.

»Genau wie Ellen und ich früher«, sage ich zu Jim, als er hinter mir heraufkommt.

»Hast du dich hier oben schon umgesehen?« fragt er gleichzeitig. Dann merkt er, was ich gesagt habe. »Hör doch auf damit!« ruft er und geht rasch aus dem Zimmer. Kurz darauf höre ich das aufgeregte Geschnatter der Maklerin, die für ein Zimmer einen malvenfarbigen Anstrich, für ein anderes einen beigen Teppichboden vorschlägt.

Wir treffen uns unten, versammeln uns im Wagen der Maklerin, wo ich mit Rob herumbalge, während Jim und die Maklerin sich über Papiere beugen, mit Taschenrechnern hantieren und gedämpft miteinander sprechen. Obwohl ich mich vorbeuge, um zu sehen, was sie machen, kann ich mich nicht konzentrieren, kann es nicht recht glauben, daß wir im Begriff sind, uns ein neues Haus zu kaufen. Ehe ich mich's versehe, hat Jim Rob zu sich auf den Vordersitz gezogen, und die Maklerin deutet mit einem goldenen Kugelschreiber auf die Stelle, wo ich unterschreiben soll. »Wollen Sie sonst noch etwas drinhaben?« fragt sie und lächelt mich mit ihrem angemalten Gesicht an. »Wissen Sie, den Erben liegt sehr dran zu verkaufen. Ich bin sicher, sie würden jede vernünftige Forderung berücksichtigen.« Jim dreht sich mit einem rätselhaften Blick zu mir um, und ich sage: »Vielleicht das zerbrochene Küchenfenster? Wenn sie das reparieren könnten?« Jim wechselt einen Blick mit der Maklerin, und ich sehe ein leichtes Lächeln auf seinem Gesicht.

»Aber sicher, meine Liebe«, sagt die Maklerin. »Das schreiben wir doch gleich noch dazu.« Ihr goldener Stift kritzelt über die Seiten, dann reißt sie den Durchschlag ab und gibt ihn Jim. »Herzlichen Glückwunsch«, sagt sie. »Sie haben soeben ein wunderhübsches Haus gekauft.«

Auf der Heimfahrt sprechen Jim und ich kein einziges Wort, und erst als ich Rob zu seinem Mittagsschlaf hingelegt habe und Jim sich fürs Büro fertigmacht, sage ich: »Ich wußte ja gar nicht, daß wir es gleich kaufen würden. Ich dachte, wir würden noch mal darüber reden.«

»Wir haben es ja nicht gekauft. Wir haben ein Angebot gemacht. Vielleicht lehnen sie es ab«, sagt Jim kurz angebunden.

»Du scheinst ja nicht besonders glücklich darüber zu sein.«

Jim bleibt mit der Hand am Türknauf stehen. »Momentan«, sagt er, »bin ich das auch nicht. Ich habe es mir gedacht als einen

Ort, wo ich mit meiner Frau und meinem Kind leben kann. Aber ich habe das Gefühl, du lebst gar nicht mit uns. Du lebst irgendwo auf einem anderen Stern. Oder besser gesagt, manchmal hab ich das Gefühl, Ellen lebt bei uns. Ich hab das Gefühl, deine ganze gottverdammte Familie lebt hier.« Jims Finger bearbeiten den Türgriff, lassen den Riegel rein- und rausschnappen. Meine Aufmerksamkeit ist ganz auf seine Hand geheftet, als würde er, als er schließlich die Tür aufmacht, für immer gehen. Ich fühle mich gefährlich losgelöst und alleine und hoffe inbrünstig, Jim würde den Türgriff loslassen, wieder ins Wohnzimmer zurückkommen und mich in den Arm nehmen.

»Dann hoffe ich ja sehr, daß wir das Haus kriegen«, sage ich. »Wir werden viel Platz brauchen für so einen Haufen Leute.«

»Ach, hör doch auf«, sagt Jim und öffnet die Tür. Aber er wirft mir ein Lächeln zu, bevor er sie hinter sich zumacht.

Am Tag unseres Umzugs gießt es in Strömen, und der Wind bläst ununterbrochen, drückt die Blätter platt und läßt die kleinen Bäche im Rinnstein zu tiefen Furchen anschwellen. Jim und ich arbeiten in verschiedenen Stockwerken, reißen Teppichböden weg, ziehen Reißzwecken heraus, weisen die Packer an und stellen die Möbel richtig hin. Wir besprechen uns nicht miteinander. Jeder folgt dem Plan, den er sich in seiner Vorstellung gemacht hat. Als der Umzug beendet ist, dämmert es schon, es ist kalt und immer noch naß. Doch wir sind endlich allein in unserem neuen Zuhause, sitzen in der Küche, trinken Tee und hören zu, wie der Wind den Regen an die Scheiben weht. Inmitten des Sturms wirkt das Haus ruhig und sicher, und ich bin wohlig müde und zufrieden mit unserem Werk. »Geschafft«, sagt Jim, und im gleichen Moment klingelt das Telefon. »Unser allererster Anruf«, sagt Jim, und wir warten das zweite Klingeln ab, das in der Weite des Hauses widerhallt und sich anhört wie ein fremdes Telefon. »Wetten, das ist deine Mutter«, sagt Jim lächelnd. »Um dich im neuen Haus willkommen zu heißen.«

»*Uns* willkommen zu heißen«, sage ich, schon unterwegs zum Telefon. Während ich abhebe, fällt mir auf, daß wir neben dem Telefon einen Sessel brauchen und eine bessere Ablage für die Telefonbücher.

Das Knacken des Ferngesprächs klingt wie Regen in der Leitung, ein Widerhall des Sturms draußen, und für kurze Zeit höre ich bloß diesen stereophonen Ton und es ist, als wäre der Sturm vollkommen in die Leitungen eingedrungen.

»Hallo?« sage ich ein paarmal; dann höre ich Ellens Stimme zaghaft und reserviert hinter dem Knacken hervorkommen.

»Willkommen daheim«, sagt sie. Unwillkürlich versuche ich, ihre Stimme zu analysieren, ihre Worte abzuwägen. Aber die Verbindung ist so schlecht, daß ich nicht mit Sicherheit sagen kann, ob sie verträumt und hilflos klingt.

»Wir haben gerade einen schlimmen Sturm«, sage ich. »Unser Einweihungsfest. Ich glaube, die Leitungen sind beschädigt. Ich kann dich kaum hören.«

Einen Augenblick lang kommt ihre Stimme ganz deutlich durch; dann wird sie wieder schwächer, als wäre sie bloß am Telefon vorbeigegangen. »Wir haben auch gerade einen Sturm«, sagt sie. »Junge, Junge. Und was für einen Sturm.«

Wieder warte ich, bis ihre Worte sich setzen, will sie mit einer Stelle in meinem Gehirn befühlen, die für Wahnsinn empfindlich ist. »Regnet es?« frage ich. Aber Ellen lacht nur.

»Es stürmt«, sagt sie. »Ein Sturm braut sich zusammen.«

Ich erzähle ihr ein paar Minuten von unserem Umzug, von dem Möbelwagen, den Schwierigkeiten, bis wir das Bett oben hatten, und daß wir absolut sicher sind, daß das Dach dicht ist, und morgen Werkzeug einkaufen wollen, um mit der Renovierung anzufangen.

»Morgen?« wiederholt Ellen verblüfft.

»Ja. Gleich morgen früh. Ich will nicht, daß Jim seine Begeisterung verliert. Hier gibt's eine Menge zu tun. Du ahnst ja nicht –«

»Könntest du dann heute abend kommen?«

Einen Augenblick ist es still, während ich ihre Frage zu verstehen versuche. »Wohin kommen?« will ich gerade sagen, aber eine Stimme vom Band unterbricht mich und verlangt, noch Geld für die nächsten fünf Minuten einzuwerfen.

»Ellen? Wo bist du denn?«

»Ich bin in ...«, fängt sie an, aber dann wird ihre Stimme schwächer, und ich kriege Angst, daß sie gleich sagt: im Niemandsland oder im Zauberreich. Aber als sie weiterspricht, ist ihre Stimme deutlicher, näher am Hörer. »›Geschäftsleute und ihre Familien – willkommen im Hartford Holiday Inn‹.« Dann sagt sie: »Es ist ein rosa Schild. Beleuchtet. Wie nennt man das am Broadway? Neon. Davor stehen Autos. Ganze Massen. Manche fahren vorbei, andere sind geparkt. Es gibt auch ein Restaurant mit Rippchen auf der Tageskarte, und auf dem Schild in der Eingangshalle ist ein winkender Mann. Die Zimmer sind in pink und lila eingerichtet. Pink und lila. Meinst du, du kannst herkommen?« Die Stimme vom Band wiederholt ihre Ansage, gefolgt von einem lauten Gong, als schlüge eine riesige Uhr in einem kleinen Raum die Stunde.

»Ellen?« übertöne ich den Lärm. Aus irgendeinem Grund meine ich, wir wären nicht unterbrochen worden. »Ruf mich zurück. Melde ein R-Gespräch an. Sofort!« schreie ich, aber dann ist die Leitung offensichtlich tot.

Während ich neben dem Apparat sitze und warte, fasse ich mich allmählich wieder und stelle fest, daß ich nicht aus dem Fenster irgendeines Holiday Inn nach draußen auf ein Neonschild sehe. Jim ist mucksmäuschenstill in der Küche, und nach ein paar Minuten gehe ich hinein, um ihm zu erzählen, was passiert ist. Er sitzt immer noch am Tisch, hält achtlos die Tasse in den Händen und blickt gedankenverloren in den Küchengarten hinaus.

»Ellen ist in einem Holiday Inn in Hartford.«

»Na, da war sie ja schon an schlimmeren Orten«, meint Jim. Er steht vom Tisch auf und schüttet, ohne mir einen Blick zu gönnen, seinen Tee in den Ausguß.

»Meinst du, es ist alles in Ordnung mit ihr? Ich meine, was macht sie dort?«

»Liebling, vielleicht macht sie eine Reise mit John. Wieso denkst du, daß was nicht in Ordnung ist?« Jim streicht mir sanft mit den Fingerspitzen übers Haar, dann wirft er mir einen Blick zu, als ob er sagen wollte: Kommst du ins Bett? Ich zucke die Achseln. Ich kann seine Füße auf den nackten Treppenstufen und dann über mir in unserem Schlafzimmer hin und her gehen hören. Ich bin überhaupt nicht auf den Gedanken gekommen, John könnte bei Ellen sein, und gehe noch einmal unser Gespräch durch, fühle es ab, als suchte ich nach einer Andeutung auf John. Doch ich meine, Ellen war allein. Obwohl erst zehn Minuten vergangen sind, seit wir aufgelegt haben, warte ich nicht mehr mit angespannten Muskeln darauf, daß das Telefon klingelt. Ellen hat ihre Nachricht übermittelt und ruft bestimmt nicht mehr an.

Oben ist alles still. Jim liegt wohl im Bett und liest oder arbeitet an einem Plan für unsere Renovierung. Aber ich wandere von einem Zimmer ins andere, weiche den schattenhaften Umrissen der Kisten aus, die noch an den Wänden entlang aufgestapelt sind. Die Anordnung der Möbel scheint plötzlich wahllos, die ganze Atmosphäre im Haus wirkt provisorisch und fremd. Beim Einzug haben wir die Sachen so abgestellt, als sollten sie ewig da stehenbleiben, als gehörten sie einem ungeschriebenen, unverrückbaren Plan nach an eben diesen Platz. Doch jedes Zimmer wird leergeräumt, abgeschmirgelt, gestrichen, tapeziert und neu eingerichtet werden müssen. In den fremden Räumen sehen unsere vertrauten Möbel trostlos und verlassen aus, und ich fühle mich losgelöst, isoliert, einsam und so weit weg von zu Hause wie damals in meiner ersten Woche im College.

Schließlich gehe ich nach oben und mache mich fertig zum Schlafengehen; bei jeder Bewegung spüre ich die Möbel, die ich gehoben, die Kisten, die ich gepackt, die unzähligen kleinen Entscheidungen, die ich tagsüber getroffen habe. Jim ist anscheinend in sein Buch vertieft, aber ich merke an seinem Blick hinter meinem Rücken, wie er die Stimmung zwischen uns testet.

Als ich neben ihn ins Bett schlüpfe, meint er, ich soll mich auf den Bauch legen; dann rückt er näher und massiert mir den Rükken.

»Ich komme mir vor wie ein Eindringling«, sagt er. »Als ob gleich jemand käme, um uns rauszuschmeißen. Um uns zu sagen, wir hätten kein Recht auf so ein großes Haus.«

»Ich habe gar nicht das Gefühl, daß wir schon hier wohnen«, erwidere ich. Und da klingelt wieder das Telefon.

»Verdammt noch mal«, sagt Jim. Wir springen beide auf, aber Jim ist als erster am Apparat und packt den Hörer. »Ja?« sagt er. »Hallo?«

Inzwischen stehe ich neben ihm, die Hand ausgestreckt, meine Finger berühren fast das Telefon. Er horcht einen Augenblick, meinem Blick ausweichend, und als ich ihm zuzische: »Jim!«, dreht er sich weg und hält sich mit der freien Hand das Ohr zu.

»Okay«, sagt er ins Telefon. »Okay, okay, einen Moment,

nur... einen... Ja. Sie hat hier angerufen. Vor ein paar Stunden. Sie hat mit Beth gesprochen... Nein, alles in Ordnung, sie ist in einem Holiday Inn.«

In diesem Augenblick drücke ich, ohne lang zu überlegen, auf den Knopf und unterbreche die Verbindung. Jim braucht eine Weile, bis er begreift, was passiert ist, und bis er sich zu mir umgedreht und meine Hand vom Knopf weggestoßen hat, ist die Leitung tot.

»Verdammt, was soll denn das jetzt?« ruft er.

»Vielleicht will sie nicht, daß er erfährt, wo sie ist. Woher weißt du denn, ob er sie nicht geschlagen hat oder regelrecht verprügelt oder so und sie versucht hat, abzuhauen?«

Jim weicht zurück, immer noch den Hörer in der Hand. Seinem Gesichtsausdruck nach müßte ich Angst haben, er könnte mich damit schlagen, ihn nach mir werfen oder das ganze Ding aus der Wand reißen.

»Wie zum Teufel kommst du denn auf die Idee?« will er wissen. »Wieso denkst du eigentlich immer, Ellen sei das unschuldige Opfer?«

»Aber warum denn sonst...?«

Jim legt den Hörer auf und läßt sichtbar Luft ab. »Du hast ja keine Ahnung, was du da redest«, sagt er. »Du ahnst ja nicht, was passiert ist.«

Ich folge ihm abwartend zurück ins Schlafzimmer; er legt sich wieder hin, starrt mich eine Weile an und sagt dann: »John ist etwa um vier nach Hause gekommen, und Ellen ist einfach aus der Wohnung marschiert, ohne was zu sagen. Er dachte sich nichts dabei, aber dann kam sie nicht mehr wieder. Er hatte Angst, sie wäre vielleicht beraubt worden oder so. Er wußte überhaupt nicht, wo er zuerst nach ihr suchen sollte. Wie ist sie eigentlich auf die Schnapsidee gekommen, nach Hartford zu fahren, was meinst du?«

Die Geschichte klingt mir zu lückenhaft. Ich bin sicher, ein wichtiges Detail fehlt – weil John für ihr Verschwinden nicht die Verantwortung übernehmen will. Doch dann klingelt es wieder.

»Ich geh dran«, sagt Jim mit einer Stimme, die mich erstarren läßt.

»Bitte sag ihm nicht, wo sie ist«, flehe ich ihn an. »Laß mich das Holiday Inn in Hartford anrufen. Ob sie tatsächlich dort ist.« Wütend über mich selbst, nicht schon früher daran gedacht zu haben, packe ich Jim am Arm und heule fast. »Sag ihm nur, wir rufen in ein paar Minuten zurück. Bitte.«

Aber Jim wendet sich wieder von mir ab, den Finger im Ohr. »Ich weiß nicht«, sagt er. »Hier hat es schrecklich geregnet. Vielleicht hat der Regen die Telefonleitungen beschädigt. Jetzt hör ich dich jedenfalls ganz gut.« Seine freie Hand liegt über dem Apparat, locker, aber entschlossen. Nachdem er kurz zugehört hat, sagt er: »Also, sie sagte, sie sei in einem Holiday Inn, mehr weiß ich auch nicht.« Jim sieht mich durchdringend an, während er das sagt, wie um mich daran zu erinnern, daß es ihm schwerfällt, zu lügen. Ich kann Johns Stimme hören, laut und schrill. »Sie klang ganz okay«, sagt Jim. »Ruf uns an, sobald du was weißt. Okay?« Als er aufgelegt hat, bin ich bereits unten am anderen Apparat. Es gibt zwei Holiday Inns in Hartford. Ich nehme mir das erste vor, aber im zweiten stellen sie mich zu Ellens Zimmer durch. Ich lasse es zehnmal läuten, bevor sie abhebt, und stelle sie mir in einer Blutlache liegend vor, in der Badewanne ertrunken oder aufgrund einer inneren Verletzung, die John ihr zugefügt hat, bewußtlos. Doch als sie sich endlich meldet, frage ich: »Wo warst du denn? Hast du etwa das Rippchen auf der Tageskarte probiert?«

»Wer ist da?«

»Beth.«

»Oh.« Ihre Stimme klingt müde, lustlos. Weder läßt sie sich anmerken, daß sie mich vorhin angerufen hat, noch entschuldigt sie sich für den Schreck, den sie mir eingejagt hat, oder gibt irgendwie zu erkennen, daß an ihrer Umgebung etwas ungewöhnlich ist. »Wie geht's?« fragt sie.

»Mir geht's gut.« Ich warte kurz, in der Hoffnung, daß sie weiterredet und mir Gelegenheit gibt, ihre Stimme zu beurteilen. Als sie schweigt, frage ich: »Ist denn mit *dir* was?« Es entsteht eine lange Pause, während der ich ein Scharren höre, als würde ein Tier am Hörer schnüffeln.

»Ellen?«

»Hm?«

»Ist alles in Ordnung? Ich meine, bist du vielleicht verletzt?«

»Ich hab einen Bluterguß am Arm«, sagt sie, und ich kann mir direkt vorstellen, wie sie ihn hochhält, damit ich ihn begutachte. »Manchmal sieht es aus wie, wie Afrika, glaub ich. Ein andermal sieht es aus wie ein Mensch. Wie jemand, den ich kenne, aber ich kann mich nicht erinnern, wer es ist.« Sie schweigt einen Augenblick, während ich gespannt warte, als könnte ich in den Apparat springen und sie berühren. »Ich weiß gar nicht, woher ich den habe«, sagt sie.

»War es John?« frage ich. »Ellen? Hat John dich geschlagen? Hör zu, er hat hier angerufen, und Jim hat ihm gesagt, es geht dir gut. Hast du mit ihm gesprochen? Brauchst du Hilfe?«

Nach einer Sekunde erwidert Ellen: »Ganz schön groß.«

»Hast du geblutet? Weißt du denn, wie lang du das schon hast? Ellen? Ellen?« Ich gehe in Gedanken die Liste durch, was ich als nächstes unternehmen könnte: meine Eltern anrufen, die erst am nächsten Morgen in Hartford sein könnten, selbst wenn ich sie jetzt gleich erreichte; im Holiday Inn am Empfang Bescheid sagen; die Polizei rufen.

»Kommst du mich besuchen?« fragt sie. Ihre Stimme klingt leise und hoffnungsvoll wie bei einem Kind.

»Soll ich kommen und dich holen, El? Möchtest du ein Weilchen bei Jim und mir bleiben?«

»Vielleicht. Vielleicht auch nicht.«

»Ich kann aber erst morgen früh dort sein, okay? Es wird die ganze Nacht dauern, bis ich dort bin.«

»An Weihnachten? Oder an meinem Geburtstag? Du könntest mich doch an meinem Geburtstag besuchen. Wir könnten eine Party machen.«

»Willst du, daß ich jetzt komme? Brauchst du mich jetzt?«

»Guck mal. Am anderen Arm ist auch einer. Der ist aber nicht so groß. Der erinnert mich an... sieht aus wie... Trauben.« Ellens Stimme ist schwächer geworden, als hätte sie sich vom Telefon entfernt.

»Ellen!« rufe ich. Ich verdrehe nervös das Telefonkabel und wünschte, ich könnte sie sehen, nur für eine Sekunde, nur von weitem. »Ellen?« Ich warte ein paar Minuten, ohne daß etwas zu hören ist, und bin mir nicht sicher, ob die Verbindung unterbrochen ist oder nicht. Da fällt mir ein, ich könnte den Hörer an unserem Ende griffbereit hinlegen, falls Ellen wieder zum Telefon wandert und etwas sagen möchte. Doch ich fürchte, sie hat aufgelegt, und wenn sie wieder versucht, anzurufen, ist unsere Leitung besetzt. »Ellen?« rufe ich noch einmal, diesmal ganz leise, als wollte ich sie sanft aus dem Schlaf wecken. In der Stille höre ich plötzlich, wie der Regen an die Fensterscheiben unseres neuen Hauses peitscht und irgendwo an einer Ecke Wasser in der Dachrinne rauscht.

»Hast du sie erreicht?« fragt Jim, als ich nach oben komme. »Ist alles in Ordnung?«

Ich erzähle ihm von Ellens Blutergüssen und wie ihre Stimme schwächer wurde, als hätte sie vergessen, daß sie am Telefon war. »Und wenn sie genäht werden muß?« frage ich. Dann fällt mir noch etwas Schlimmeres ein. »Was ist, wenn sie nicht bis morgen früh dort bleibt? Wenn sie einfach aus dem Hotel geht und mitten in der Nacht in Hartford in der Stadt rumläuft?«

»Wenn sie weggeht, findet die Polizei sie ziemlich schnell. Bevor ihr was passiert, da bin ich sicher. Aber das glaub ich gar nicht. Sie ist wahrscheinlich müde, und dort hat sie ein ruhiges Zimmer ganz für sich. John ruft uns an, sobald sie sich bei ihm gemeldet hat. Und wenn er bis morgen früh nichts von ihr gehört hat, können wir sie ja holen oder deine Eltern anrufen oder was du meinst. Heute abend können wir jedenfalls gar nichts mehr machen. Versuch doch zu schlafen.«

Kurze Zeit später ist Jim eingeschlafen, und ich verbringe die Nacht, die erste Nacht in unserem neuen Haus, mit dem Rücken zu ihm gekehrt, auf der anderen Betthälfte und warte darauf, daß das Telefon klingelt.

ELLEN Peter tauchte eines Nachmittags wieder auf, als ich am Küchentisch saß und versuchte, ein Gedicht zu schreiben. Seit dem Abend auf dem Dach hatten die Wörter aufgehört, waren irgendwo steckengeblieben, aber ich wußte, sie würden plötzlich wieder fließen, vielleicht aus einer anderen Stelle, so wie das Wasser sich auf den Boden ergoß, wenn die Toilette verstopfte. Ich mußte Stift und Papier bereithalten, um alles zu säubern und zu ordnen.

Als ich den Schlüssel an der Tür kratzen hörte, wußte ich, es war weder John noch Wendy, und bekam Angst, weil ich an meinen verletzlichen Zustand dachte: schwanger, allein mitten am hellichten Tag, kein Mensch außer mir im ganzen Haus. Die Stille war wie ein großes Ungeheuer, das alle Schreie verschlingen würde. Er kam durch die Tür, und mir blieb gerade noch Zeit, den Adrenalinstoß zu spüren.

»Bist du allein?« fragte Peter. Etwas an seiner Frage ließ mich meine Gegenwart hier an diesem Küchentisch stärker spüren. Als hätte Peter mich, ohne daß John und Wendy dabei waren, zum erstenmal bemerkt.

Er war drei Wochen weggewesen. Zum erstenmal fielen mir seine Augen auf; es sah aus, als lägen Schichten darin, wie Erdschichten. Ich sah durch jede Ebene hinunter und versuchte, auf den Grund zu stoßen, aber es gelang mir nicht. In jeder Zone befand sich das gleiche: Angst und Verletztheit.

»Willst du ein bißchen Saft?« fragte ich ihn.

»Ich muß meine Sachen packen.«

Er lief in der Wohnung herum und sah, die Hände in den Hosentaschen, zum Fenster hinaus. Sollte ich vielleicht etwas sagen? Er dachte wahrscheinlich, wir wären in der gleichen Situation. Wir hatten etwas gemeinsam: meinen Mann und seine Freundin. Unsere Ähnlichkeit bestand darin, daß wir Außenseiter waren. Ich schenkte ihm Saft ein, fügte Eis hinzu und hörte, wie die Eiswürfel knackten. Noch mehr Druck.

Als ich ihm das Getränk reichte, fragte er: »Hättest du vielleicht eine Papiertüte für mich? Es geht nicht alles in den Koffer.« Ich stand im Türrahmen, während er auf dem Boden herumkroch, Wendys Sachen hochhob und seine eigenen einsammelte. Zwischen uns fand ein richtiges Gespräch statt, obwohl wir kein Wort sagten. Durchs hintere Fenster konnte ich die Telefonleitungen sehen, die leidenschaftslosen, unbeweglichen Vögel. Als ich in der Schule war, schrieb die Lehrerin mit weißer Kreide auf eine grüne Tafel:

Parallelen kreuzen sich nie. Nicht einmal in der Unendlichkeit.

»Ich bekomme ein Baby«, sagte ich. Er fragte nicht, was ich mit dem Baby machen würde, mit John und Wendy. John und ich sprachen auch nie darüber. Wendy und ich redeten überhaupt nie miteinander. Alles ging weiter wie bisher. Theaterproben, Rollenhefte, Zellen, die sich teilten und wieder teilten.

Ich war mit Peter noch nie allein in einem Raum gewesen. Wahrscheinlich hatten wir, aus irgendeinem Grund, noch nie direkt miteinander gesprochen. Er kroch auf allen vieren auf dem Boden herum und weinte.

»Mensch, Ellen«, sagte er. »Wahnsinn.«

Ich wußte nicht, was ich darauf sagen sollte. Ich hob meine Bluse hoch und machte den Reißverschluß an meiner Hose auf. »Doch, wirklich«, sagte ich, und zeigte ihm, wie mein Bauch zwischen meinen Hüften angeschwollen war.

»Mach das nicht«, sagte er und schaute weg.

Ich kehrte an den Tisch zurück, zu dem leeren Blatt Papier und den Toastkrümeln. Im Wohnzimmer seufzte Peter; wahrscheinlich hatte er sich auf die Couch gesetzt. Dachte wahrscheinlich nach. Ich lauschte seinen Überlegungen, in denen es um Wendy und mich ging. Er fragte sich, ob ich gerettet werden könnte.

»Bin ich ja schon«, sagte ich.

»Was bist du?«

»Ich weiß, was du denkst.«

Er kam und lehnte sich an den Türrahmen. Seine Augen waren wie Spiegel in einem Zerrspiegelkabinett. Ich sah hinein und konnte mich vielfach widerspiegelt sehen. »Wie schwanger bist du?« Als ich lachte, sagte er: »Nein, ich meine, wieviel Monate?«

»Viereinhalb.«

Er brachte sein Glas zum Ausguß, wusch es aus und stellte es umgekehrt zum Trocknen auf die Anrichte. Ich überlegte: Hatte John das überhaupt schon mal gemacht?

»Wo warst du?« fragte ich ihn.

Er lehnte sich gegen das Spülbecken, legte den Kopf in den Nacken und schloß die Augen. Ich hatte plötzlich Lust, ihn auf den Hals zu küssen. Warum nicht? Wir hatten doch etwas gemeinsam.

»Willst du was essen gehen?« fragte er. Peter fuhr den Wagen seiner Mutter. Er wirkte unscheinbar hinter dem Lenkrad, und die Sonne spielte mit den Härchen auf seinen Fingern.

»Überall, nur nicht bei Burger King«, sagte ich zu ihm. »Alles, nur keinen Hamburger.«

Peter schwieg, und ich sah aus dem Fenster – wohlbekannte Orte von einem unbekannten Auto aus. War das, was ich tat, schlimm? Es war, in gewisser Hinsicht, ein Rendezvous. Mit jemandem essen zu gehen. Ich war schwanger. Es war ja bloß Peter. Es war ja bloß Lunch.

Wir setzten uns an einen Tisch, auf dem ein Fettfilm lag, und aßen schweigend. Die oberen Ränder unserer Plastiktabletts berührten sich. Unterm Tisch rückte ich so hin, daß unsere Knie sich trafen. Außen an den Wassergläsern schmolz das Eis in schweren, trägen Tropfen ab.

»Wie geht's jetzt weiter?« fragte ich.

Peter schien überrascht. An seinem Schnurrbart war Suppe, und darauf schaute ich, nicht in die unergründlichen Augen, während er sich eine Antwort überlegte.

»Weiter?« wiederholte er.

»Was willst du denn jetzt machen?« Da fiel mir ein, daß ich noch nie recht gewußt hatte, was er eigentlich machte – wer er überhaupt war. Es schien falsch, anmaßend, so direkt zu fragen: »Arbeitest du weiter als Schauspieler?« oder »Und was ist mit deinem Job?« Ich konnte mich nicht mehr erinnern, ob er wirklich Schauspieler hatte werden wollen, so wie Wendy und John, ob er einen Job hatte oder bloß herumhing.

»Den Rest des Sommers bin ich zu Hause«, sagte er. »Danach weiß ich noch nicht.«

Wir aßen fertig und gingen. Draußen hingen die Blätter schlaff in der feuchten Luft, und ich konnte Peters Traurigkeit spüren. Es gab keinen hübschen Spazierweg, und so schlenderten wir mit dem Blick zu Boden, ohne den Smog um uns herum zu beachten, über eine Brücke; wir hörten die Autos unter unseren Füßen vorbeisausen. Ich stellte mir vor, wie Peter an dem Abend damals weggefahren war, und fragte mich, wie weit er wohl gekommen war, worüber er nachgedacht hatte, als er stehenblieb. Als ich an jenem Abend vom Dach herunterkam, wußte ich nicht, ob Wendy noch in unserer Wohnung war, ob John da war. Sie hätten ja auch in einem Bett liegen können – meinem Bett – oder auf dem Wohnzimmerboden, um mir das Schlafzimmer zu überlassen. Aber da waren sie nicht. Wendys Haar quoll aus ihrem Schlafsack, und John lag, die Kissen wie eine Ritterrüstung an den Bauch gepreßt, mit dem Rücken zur Tür da. Er schlief in Unterhosen, und als ich ins Bett kroch und mich neben ihn legte, konnte ich immer noch den Teer und die warmen Kieselsteine vom Dach riechen. Nichts war anders. Nichts hatte sich geändert.

»Was willst du denn jetzt machen?« fragte Peter.

Ich wartete, während sich die Antworten aufeinandertürmten. »Ein Baby kriegen«, sagte ich. Und dann, weil das wohl nicht ausreichte, fügte ich hinzu: »Gedichte schreiben.«

»Dann schreibst du also immer noch.«

Ich erzählte ihm, Schreiben sei wie Klempnerarbeit; die Rohre verstopfen, und man muß immer Sachen runterspülen, um den Klumpen aus dem Weg zu schaffen. Und schließlich rauscht alles heraus, all die aufgestauten Wörter. Und wie man auf das Herausrauschen vorbereitet sein muß. Etwas bereithalten muß, um es aufzufangen, falls es verschüttet.

»Diese Künstler«, sagte er und wandte den Blick ab. »Wahnsinn.«

Das gefiel mir. John hatte mich nie als Künstlerin oder Dichterin bezeichnet – jedenfalls schon lange nicht mehr. Wenn ich ihm länger nichts zeigte, schien er sogar zu vergessen, daß ich schrieb.

»Als ich klein war«, erzählte ich Peter, »gingen meine Schwester und ich oft in den Wald hinter unserem Haus und bauten kleine Dörfer. Aus Zweigen und Tannennadeln machten wir Hütten und steckten Bratspieße über kieselumrandete Löcher und bauten eine steinerne Stadtmauer gegen Eindringlinge.« Ich hob eine Eichel auf und machte das Hütchen ab. Das waren die Dorfbewohner, und die Paßform der Hütchen, die Form der Eichel, die Schärfe des Punktes an der Unterseite bestimmten die Persönlichkeit. Ich nahm seine Hand, und wir gingen weiter, während ich ihm erzählte, daß diese Dörfer für Beth und mich Orte darstellten, an die wir allein oder gemeinsam flüchteten, um Trost zu suchen. Seine Finger lagen locker in meinen, aber er zog die Hand nicht weg. Es ist schon in Ordnung, dachte ich. Wenn es zu weit geht, können wir ja aufhören.

Ich erzählte ihm von den Freitagnachmittagen, als ich früher als die anderen von der Schule kam und das Haus und meine Mutter ganz für mich hatte. Meine Mutter deckte den Tisch dann immer mit ihrem besten Porzellan und Silber, und wir dachten uns beim Essen immer neue Szenen aus. Bei imaginären Kellnern bestellte sie exotische Leckerbissen, und wir lauschten einem Violinquartett, während uns nerzverbrämte Damen lächelnd grüßten und mich für alles, von meiner Größe bis zu meinen Manieren, lobten. Meistens mußte meine Mutter bei dem Spiel lachen, und sie steigerte sich richtig rein und schmückte die Phantasie noch aus. Aber als ich eines Nachmittags nach Hause kam, war meine Mutter am Telefon. Bevor sie mich bemerkte, hörte ich einen Teil des Gesprächs mit. »Ich hab's ihnen noch nicht gesagt«, sagte sie. Sobald sie mich sah, änderte sie ihre Wortwahl, um das Gesagte zu verschlüsseln. »Am Donnerstag werde ich eingewiesen, die Prozedur ist Freitag, Montag oder Dienstag komm ich raus«, sagte sie. »Ich sag's ihnen wahrscheinlich heute abend.«

An diesem Tag waren die imaginären Freundinnen meiner Mutter völlig von mir hingerissen, unterhielten sich darüber, wie hübsch ich sei und daß sie von meinen schulischen Erfolgen gehört hätten und wie sehr ich doch meiner Mutter ähnelte. Es war ein Tag im Spätherbst, und die Sonne stand wie eine Fremde vorm Fenster, als meine Mutter zu weinen anfing. Erst baute sie es noch in unser Spiel ein. Aber dann schluchzte sie auf, ihr Gesicht war abgespannt, faltig und naß. Ich rannte aus dem Haus und versteckte mich bis zur Abenddämmerung im Wald, wo ich komplizierte Dörfer baute, die durch Kieswege miteinander verbunden waren. Die ganze Stadt war von Mauern aus Tannennadeln und Laub umgeben.

Inzwischen waren wir wieder beim Auto, und ich erzählte die Geschichte rasch zu Ende. »In der darauffolgenden Woche ging sie zu einer Totaloperation ins Krankenhaus«, sagte ich zu Peter. »Sie war noch jung für so eine Operation, und sie hatte schreckliche Angst davor, an Gebärmutterkrebs zu sterben, so wie ihre Mutter. Sie wollte uns nicht allein lassen, so wie ihre Mutter sie im Stich gelassen hatte. Als sie wieder aus dem Krankenhaus kam, weinte sie eine ganze Woche lang, und Beth und ich versteckten uns im Wald und bauten endlose Hütten und Straßen.«

Peter sah mich an, aber ich wußte nicht mehr, was ich ihm mit dieser Geschichte hatte sagen wollen. Ich erinnerte mich, daß ich am späten Nachmittag, als die Luft sich abkühlte, noch im Wald war, obwohl mir klar war, daß ich schon längst zu Hause sein sollte, um im vertrauten Treiben der kerzenbeschienenen Küche zu sitzen, wo mein Vater uns in ein Streitgespräch zu verwickeln suchte, während meine Mutter oben schluchzend in ihren Kissen lag. Ich setzte mich ein Weilchen auf den Waldboden und schaute Beth an und spürte, daß jemand an dem Faden zwischen uns – der Nabelschnur, die meine Schwester und mich mit unserer Mutter, deren Mutter und Großmutter verband – energisch gezogen hatte, wie an einer Leine, um uns darauf hinzuweisen, daß es Zeit war, nach Hause zu kommen, uns endlich wie Erwachsene zu benehmen und unserem Vater beim Abendessen zur Hand zu gehen. Ich wußte, ich wollte Peter etwas von Babys und Kinderkriegen erzählen, etwas, das mit Wendy und John zu tun hatte. Aber mir fiel nicht mehr ein, was es war.

Als ich den Kopf an Peters Brust lehnte, hörte ich sein Herz schlagen und roch seine Haut durchs T-Shirt. Der Autoschlüssel kratzte leicht an meinem Rücken, als er die Arme um mich legte. Ich hätte immer so stehenbleiben wollen.

»Jetzt bring ich dich aber nach Hause«, sagte er.

Auf dem Weg zur Wohnung dachte ich immerzu: und was jetzt? Was jetzt? Ich wollte den Ursprung dieser Triebkraft finden, die uns vorwärtsschob, und die Richtung der Strömung feststellen. Aber obwohl ich mich ihm vorhin bei unserer Umarmung so nah gefühlt hatte, war nun etwas Festes zwischen uns, ein Gegenstand, ein Hindernis oder etwas, das ausgesprochen werden mußte.

»Tut mir leid, wenn die Geschichte dich aufgeregt hat«, sagte ich. »Ich hätte es dir nicht alles erzählen sollen.«

»Mach dir nichts draus«, sagte er, ohne mich anzusehen. Er folgte mir die Treppe zur Wohnung hinauf bis in die Küche. Dann standen wir da. Ich wußte nicht, was ich ihm hätte anbieten können.

»Weißt du, was komisch ist?« sagte ich schließlich.

»Was denn?« fragte er. Er stand wieder an die Spüle gelehnt und sah zu Boden.

»Daß ich vom Schwangersein Herzjagen kriege.«

»Ist das denn so komisch?«

»Findest du nicht?«

»Ich weiß nicht.« Ich wollte ihm erklären, daß das Herz doch eigentlich das Symbol für Romantik und Liebe ist und das Baby angeblich in der Bauchhöhle untergebracht ist. In einem anderen Teil meines Körpers. Aber das wußte er ja alles. Er verstand, was ich meinte. Das merkte ich.

»Ich muß meine Sachen holen«, sagte er. Ich folgte ihm ins Wohnzimmer, wo eine Papiertüte auf der Couch stand. Der Koffer, den er in der Wohnung zurückgelassen hatte, war voll mit zerknitterten, sorgfältig zusammengelegten Sachen. Seltsam, daß ich seine penible Seite früher nie bemerkt hatte.

Er nahm den Koffer und schleuderte ihn an die Wand, wo er umkippte, so daß die Kleider herausfielen. Sie sahen so unschuldig und verlassen aus, daß ich sofort hinüberging, sie aufhob und an mich drückte. Ich traute mich nicht, ihn anzusehen; was ich dabei dachte, war, daß »es« wiederkommen würde, nur daß ich diesmal allein war. Diesmal wäre ich es, der er an die Gurgel gehen würde. Ich bekam das gleiche Gefühl wie damals auf dem Dach – irgendwie nicht mit dem verbunden zu sein, was geschah.

»Verdammt«, sagte er und warf noch etwas durch die Gegend. »Wieso läßt du dir diese Scheiße gefallen?«

Ohne mich umzudrehen, fragte ich: »Welche Scheiße?«

Da fing er wieder an zu weinen. Als ich ihm die Papiertüte gab, hielt er sie vors Gesicht, und ich schlang die Arme um ihn, und das nasse Papier roch wie Lebensmitteleinkäufe an einem regnerischen Tag. Nach einer Weile stellte er die Tüte auf den Boden und begann mich zu streicheln. Ich zog die Hände zurück. Ich wollte ihn trösten, seinen Schmerz von ihm nehmen. Aber ich dachte auch, wie gut es sich anfühlte, von jemand anderem als von John berührt und begehrt zu werden. Seit ich schwanger war, kam ich mir wie im Schrank aufgehängt oder am Boden befestigt vor. Aber das hier war anders. Er schob die Hand unter meine Bluse, und ich spürte, wie seine Finger zitterten. Als er mich küßte, schmeckte es ganz anders. Nicht gut, aber das war egal, und wir machten weiter.

Dann hörte er auf. »Mann, Ellen«, sagte er. »Das geht nicht.« Er nahm die Tüte und den Koffer und rannte beinahe zur Tür. Meine Bluse war hochgerutscht. Mein BH hing schief. Er war weg.

Die Atmosphäre änderte sich, und es fiel schwer zu atmen. Ich konnte nicht einmal weinen, weil es nicht genug Luft gab und die Schluchzer tief unten hängenblieben; ich lag auf dem Boden und biß mir in die Handgelenke bei dem Versuch, Sauerstoff in meine Lunge zu pressen. Schwarze Flecken erschienen in meinen Augenwinkeln und schwammen vorbei, und ich wußte, es waren Bruchstücke des Todes. Ich wollte sie da haben. Ich wollte, daß sie die ganze Fläche vor meinen Augen ausfüllten, und biß fester zu, versuchte, den Atem anzuhalten und zu spüren, wie mein Körper immer angespannter wurde. Aber die Flecken wurden kleiner. Ich kroch unter die Couchdecke, rollte mich in einem Eckchen zusammen und schlief ein.

Am Abend erzählte ich es John. Vorher konnte ich ihm einfach nicht ins Gesicht sehen und dachte, er würde vielleicht die Fingerabdrücke auf meiner Haut sehen und es mir von den Augen ablesen.

John lag auf seiner Betthälfte und rauchte einen Joint. Die Asche wehte auf den Bettüberwurf, aber er achtete nicht darauf. Ich faßte sie nicht an. Immer wenn ich die Asche von seinem Joint aufheben wollte, fiel sie auseinander. Sie war nie richtig da. Alles um mich herum war so zerbrechlich. Wenn ich atmete, zerbrach etwas, zerfiel, verschwand. Ich erzählte John alles.

»Habt ihr's getan?« fragte er.

»Nein. Er ist gegangen. Sag ich doch.«

»Bist du sicher?«

»Ja.«

»Ehrlich?«

»Ja.«

Er nahm wieder einen tiefen Zug von seinem Joint und rollte vom Bett herunter.

»Es ist nichts passiert«, sagte ich. »Wirklich.« Er gab keine Antwort. »Ich liebe dich«, sagte ich.

Als er ging, ließ er die Schlafzimmertür offenstehen, und ich mußte aufstehen und im Dunkeln auf Zehenspitzen durchs Zimmer gehen. Obwohl ich kein Geräusch machte, saß Wendy auf der Couch und wartete auf mich. Als sie gerade etwas sagen wollte, machte ich die Tür zu. Später klopfte sie, aber ich antwortete nicht. Noch später telefonierte sie mit jemandem und war offensichtlich betrunken.

Es war jemand, mit dem sie seit langem nicht gesprochen hatte, denn sie sagte immer wieder: »Na, und wie geht's *dir* denn? ... Ich will nur ein bißchen reden«, sagte sie ins Telefon. »Ich muß einfach mit jemandem reden.« Da fiel mir ein, daß es ja schon spät in der Nacht war, und ich stellte mir vor, sie würde gar nicht telefonieren, sondern bloß auf der Couch sitzen und zur Tür starren. Ich dachte, sie redete mit mir.

Als John zurückkam, roch er nach Zigarettenrauch und Bier und hatte einen schalen Geruch an sich, als wäre er irgendwo gewesen, wo es nicht ganz sauber war. Er blieb ziemlich lang neben dem Bett stehen, und ich stellte mich schlafend. Als er sich schließlich zu mir legte, seufzte er so lang und vernehmlich, daß ich mir dachte, er tat es absichtlich, damit ich aufwachte. Aber ich stellte mich weiterhin schlafend.

Eine Woche später zogen wir um. Wendy half mir, unsere Sachen in Kartons zu packen, und meinte, sie hätte auch gern passendes Geschirr wie ich, und sie sei mir ja so dankbar für alles, was ich für sie getan hätte, und wie schade, daß wir nicht mehr Zeit gehabt hätten, um uns »von Frau zu Frau« zu unterhalten.

»Frauen sind die einzig wahren Verbündeten«, sagte sie. »Wir müssen zusammenhalten.« Später saßen wir unten in der Halle auf einem Berg Kisten und warteten darauf, daß John zurückkam und die nächste Ladung abholte. Wendy hatte ihr Haar unter ein Stirnband gestopft und zupfte immer wieder Strähnen hervor, die sie zwirbelte und dann einfach so abstehen ließ. Ich sah angestrengt auf die Reihe von Briefkästen – verbogene, glanzlose Metalltürchen mit Schlitzen wie grausame Münder.

»Weißt du«, sagte Wendy. »John liebt dich sehr. Ich meine, wirklich.«

Ich wußte nicht, was ich sagen sollte. Wendy begann ihre Abhandlungen immer mit »Weißt du«, und so meinte ich, zustimmend nicken zu müssen.

»Er liebt dich wirklich«, wiederholte sie. »Er kann es eben nicht so gut zeigen. Ich meine, er ist eben nicht der Typ, der einem Blumen schickt oder so. Er kann seine Gefühle eben nicht gut ausdrücken.«

Ich sah Wendy an und erwiderte nichts. Ich spürte, wie sich das Baby bewegte; es war ein Gefühl wie Schmetterlinge unter der Haut.

Als John vorfuhr, half Wendy ihm, die Kisten rauszutragen und sie hinten auf den Datsun zu stapeln. Dann umarmte sie John zum Abschied, und beide machten, an die Schulter des anderen gelehnt, die Augen zu. Ich sah weg, den Hügel hinauf auf die andere Straßenseite: es war der Blick aus meinem Schlafzimmerfenster. Wendy behielt die Wohnung. Sie würde in mein Zimmer ziehen. Dann legte sie die Arme um mich, und ich roch etwas Süßes, Exotisches in ihrem Haar und spürte ihre Brüste an meinen Rippen. Sie beugte sich zurück und sagte: »Paß gut auf dich auf. Und auf das Kleine.« Sie tätschelte meinen Bauch und lehnte sich noch einmal an mich; ich erwiderte ihre Umarmung und weinte beinahe in die brüchigen Haarsträhnen hinein, die sich um ihren Nacken kräuselten.

Die neue Wohnung bestand aus einer Abfolge winziger Zimmer, die wie Zugwaggons aneinandergereiht waren. Alle Fenster hatten Schlagseite nach rechts, was den Eindruck, man befände sich im Zug, in Bewegung, auf einer Fahrt bei hoher Geschwindigkeit, noch verstärkte. Wir ließen die Fenster sperrangelweit offen, in der Hoffnung, die vorbeisausende Brise einzufangen, die an den Fenstern entlangpfiff, wenn sie geschlossen waren. Aber in der Stadt stagnierte die Sommerhitze. Wenn der Wind einmal hereinwehte, war er flau, beladen mit den Stimmen aus den Taxis, von

Halbwüchsigen, greinenden Babys und abgestandenem Müll. Ein paarmal kletterte ich durchs Fenster auf die Feuerleiter und sah durch die Metalleisten auf abgesperrte Fahrräder, am Boden festgeschraubte Sessel und Topfgeranien hinunter.

Da wir kein Geld für Vorhänge hatten, machten wir abends in den meisten Zimmern kein Licht oder bewegten uns vorsichtig an den offenen Fenstern vorbei.

Die Wohnung wirkte trostlos und höhlenartig. Doch ich sehnte mich immer noch nach Privatsphäre. Von jedem Zimmer meines Heims aus konnte ich direkt ins Leben fremder Leute hineinsehen – sah die Muster auf dem Geschirr und die unsäglichen morgendlichen Kissenarrangements. Aber es gab niemanden, mit dem ich reden konnte.

Dann schneite es. Alles schien seine Farbe zu verlieren, und ich konnte mich vor dem Weiß gar nicht retten. Wenn wir beim Abendessen saßen, kamen immer wieder Leute auf der Feuerleiter vor unserem Fenster vorbei, mit bleichen Gesichtern und Schnee auf den Schultern.

Gegen Ende meiner Schwangerschaft wurde John ganz aufgeregt. Wir beschlossen, für die Hausgeburt eine Hebamme zu engagieren. John hörte allem, was sie sagte, aufmerksam zu und machte Atemübungen mit mir; dabei war sein Gesicht ganz auf den Rhythmus konzentriert. Die Hebamme hatte uns Massageübungen gezeigt, die mir bei der Entbindung entspannen helfen sollten; die übte er mit mir, zog mich an den Zehen, preßte meine Nackenwirbel und strich mit den Fingerspitzen über meinen Bauch. »Wie ist das?« fragte er. Wenn er das machte, sahen seine Augen wunderschön aus, fand ich. Manchmal legte ich seine Hand auf meinen Bauch, damit er das Baby spüren konnte. »Ein wahnsinniges Gefühl«, sagte er. Ich wußte, er war mir dankbar. Als die Entbindung näherrückte, gestand er mir, daß er befürchtet habe, mir würde schlecht oder ich sei mies gelaunt und würde andauernd jammern. »Hast du aber nicht«, sagte er. »Überhaupt nicht.«

Eines Abends stand ich im Nachthemd in der Küche und lehnte mit dem Bauch an den altmodischen Eisenherd, der noch warm war. Nach einer Weile drehte ich mich um und hielt mein Kreuz an die warme Stelle. Ich wollte auf den Herd klettern und mich dort schlafenlegen, aber ich war so steif und wund, daß ich mir nicht vorstellen konnte, vom Boden hochzukommen. Die Lichter waren aus, und die Luft draußen war vom dunstigen Widerschein der Lampen erhellt. Als das Telefon klingelte, schreckte ich hoch und spürte das Blut immer noch in den Ohren pochen, als ich den Hörer in der Hand hielt.

»Hallo«, sagte Wendy. »Wie fühlst du dich?«

»Okay. Ich bin froh, wenn's vorbei ist.«

»Ist es denn bald soweit?«

»Jeden Moment.« Mein Termin war der nächste Tag, aber bei meinem letzten Besuch hatte die Hebamme gemeint, es sähe ganz danach aus, als käme es etwa eine Woche später.

»Ist John da?« fragte Wendy.

Ich holte John und sah zu, wie er auf den Herd kletterte und sich dort oben wie eine Katze ausstreckte; jede seiner Bewegungen war einfach und sinnlich. Er hielt den Hörer ans Ohr und sah mich an, bis ich ins Schlafzimmer ging. Ich lehnte mich im Dunkeln ans Fenster und beobachtete die Wolken, die in ihrem Frostkleid immer flauschiger wurden. Vor mir auf dem Boden stand eine Schachtel mit Sachen, die meine Mutter für das Baby gekauft hatte: winzige Frottee-Strampelhosen, Nachthemdchen, die man unten zubinden konnte, Babydecken und selbstgestrickte Pullis. Es lag auch ein Brief in der Schachtel, eine von Mutters fünfseitigen Episteln, den ich aber noch nicht gelesen hatte. Für so etwas Langes war ich nicht aufnahmefähig. Oder konnte mich nicht darauf konzentrieren. Ich begriff davon nichts. Die feuchte Luft lag in Heiligenscheinen um die Straßenlaternen.

Kurz darauf kam John in Mantel und Handschuhen herein und sagte, er müsse zu Wendy fahren. »Sie ist ganz durcheinander«, sagte er. »Ich mach mir Sorgen um sie.«

»Die Straßen sind fürchterlich«, erwiderte ich.

»Schon gut. Ich fahr vorsichtig.«

»Hat das nicht Zeit bis morgen früh?«

»Sie ist doch auch deine Freundin«, sagte er. »Wenn du was hättest, wäre sie sofort da, egal, wie die Straßen sind.«

Beim Hinausgehen legte John die Hand auf meinen Bauch. »Alles in Ordnung?« fragte er. »Du spürst doch noch nichts, oder?«

Ich schüttelte den Kopf. Nichts war anders, aber ich spürte jeden Muskel, jedes Gelenk in meinem Körper, wie nach einem

Marathonlauf. Als John weg war, zog ich einen Stuhl an den Herd und zwang mich, daraufzusteigen. Ich lehnte mich zurück, schob die kaputte Uhr und die fettigen Salz- und Pfefferstreuer beiseite, die auf der Herdoberfläche zusammen standen, und schloß die Augen.

Während meiner Schwangerschaften hatte ich jedesmal Alpträume – grausige, lebensechte Träume von Babys, die mit Katzenzähnen geboren wurden und wild an meinen Brüsten saugten, von Kindern, die nur so lang wie mein Finger waren und, wenn ich sie hinlegte, verlorengingen, und von Vögeln, die zwischen meinen Beinen hervorflogen und entschwanden, ehe ich sie festhalten konnte. Aber jetzt war es anders – es war kein Traum, denn ich sah Salz- und Pfefferstreuer nebeneinander auf dem Boden stehen und das Telefon, das wie ein Blutegel an der Wand klebte. In der Wärme der abgedunkelten Küche fühlte ich, wie die Wände sich um mich herum zusammenzogen, erst sanft, dann immer heftiger, schärfer, bis sie mir Kopf und Schultern zerdrückten und der Raum in Rot und Schwarz verschwamm. Ich bekam keine Luft mehr. Ich konnte mich nicht bewegen. Da war das Telefon und Salz und Pfeffer, und von weit her tönte ein rhythmisches Hämmern. Die Wände pulsierten im Rhythmus, ich bog den Rücken nach hinten, Kopfschmerzen umklammerten mir Kopfhaut, Stirn und Gesicht. Und dann war ich frei, sog den ersten Atemzug ein, klar und kalt wie Wasser, lockerte erst eine Schulter, dann die andere. Ohne daß ich hinfaßte, wußte ich, daß ich naß und klebrig war, in Blut und Käseschmiere getaucht war. Ich lag da und keuchte, neu und zu Tode erschrocken und allein.

Als John zurückkam, lachte er, als er mich auf dem Herd sah, und meinte, ich sähe aus wie die Cheshire-Katze in ›Alice im Wunderland‹. Dann brachte er mich ins Bett und küßte mich auf die Lippen. Ich hörte ihn pfeifend und vor sich hinsingend durch die Wohnung gehen. Ich konnte nicht denken. Ich konnte buchstäblich keine Gedanken fassen; mein Kopf war leer und weich wie bei einem Neugeborenen.

Am nächsten Tag herrschte beißende Kälte, die Stadt saß unter einer schmutziggrauen Eisschicht fest. Ich putzte mir im Bad gerade die Zähne und trat dabei von einem Fuß auf den anderen, damit meine Zehen warm wurden, als plötzlich die Fruchtblase platzte. Ich fühlte nichts – keinen Riß oder eine Explosion, wie ich mir vorgestellt hatte. Ich merkte nur, daß die Innenseite meiner Beine naß war. Ich wischte die Feuchtigkeit mit Klopapier ab, aber als es nicht aufhörte, wußte ich, was es war. Ich konnte noch immer nicht denken, aber ich spürte es – die glitschige Innenseite meiner Beine, und das Entsetzen in mir, als ich an das Baby dachte, seine Angst spürte und den Schmerz auf der Bauchwand, als sie sich rhythmisch zusammenzog. Aus eigener Erfahrung wußte ich, wie es war, wenn alles Vertraute plötzlich wehtut und bedrohlich wird und man sich nirgendwohin wenden oder flüchten kann.

Mit beiden Händen tastete ich mich vorwärts, und dabei fiel mir wieder ein, daß ich ja draußen war und das Baby drinnen. Ich hatte meine Geburt überlebt, dann würde mein Baby es auch schaffen. Über dem Raum lagen Schatten – ein Schleier, der sich bei jeder Bewegung verschob und wieder legte und sich an die Luft heftete. Schließlich fand ich den Küchentisch, setzte mich, die Arme auf der gläsernen Oberfläche ausgestreckt, und zog die winzigen Kratzer auf dem Glas mit dem Finger nach. Nichts geschah. Dann hatte ich eine Kontraktion und merkte, daß es nicht die erste war – ich hatte bereits seit Stunden Wehen.

Ich saß mit der Uhr am Tisch, als John in die Küche kam. Ich war überzeugt, er könnte die Geburt anhalten und die Wehen verschwinden lassen. Ich versuchte, meine Beckenmuskeln festzuhalten. »Kuckuck«, sagte ich.

»Was?«

»Kuckuck«, wiederholte ich und hielt die Uhr so, daß er draufsehen konnte.

»Ich hab schlecht geschlafen«, sagte er.

Er ging ins Bad, und als er wiederkam, sagte ich: »Es ist soweit.«

Er blieb am Herd stehen, sein Gesicht war eine panische Karikatur. »Oh, mein Gott«, sagte er, und ich spürte, wie etwas Riesiges, Staubiges, Schweres über mir zerbrach. Da wußte ich, daß ich es durchstehen mußte. John konnte gar nichts ausrichten.

Es dauerte dreizehn Stunden, bis Benjy geboren wurde. Inzwischen war es wieder Nacht geworden, und ich war eine Muschel, gefangen in den Strömungen von Ebbe und Flut. Wie eine Nadel wob ich ins Bewußtsein auf und ab, stach Löcher, zog den Faden durch, immer weiter. Ich ging an den Strand und baute Sandschlösser am Flutstandsmesser, ließ den flüssigen Sand langsam in pfannkuchen- und keksförmigen Tropfen durch die Finger gleiten. Und dann durchstach die Nadel erneut die Oberfläche, und ich war wieder im Bett, mein Körper ein Gewirr fremder Gelenke, Haare und Poren, die sich jenseits meines unendlichen Bauchs erstreckten. Ich hatte kein Gefühl, daß ein Baby zur Welt kam oder von einem Anfang oder Ende der Wehen. Ich war bloß noch gefangen, eingesperrt, jenseits des Verlangens, mich zu wehren und die nächste Kontraktion zu überstehen und in eine Welt zu verschwinden, die ich mir selbst gewoben hatte.

Schließlich preßte ich, und Benjys Kopf und Schultern explodierten in die Welt hinein.

Später, als Benjy geboren war, sagte mir die Hebamme, er sei das größte Baby, bei dessen Entbindung sie je assistiert habe. Benjy wog über zehn Pfund, und Handtücher, Laken und Matratze waren blutgetränkt. »Aber Sie waren wunderbar«, sagte sie. »Sie waren die ganze Zeit einfach super.« John saß an meinem Bett und strich mir das Haar aus dem Gesicht. »War sie nicht wunderbar?« fragte ihn die Hebamme.

John nickte, ohne den Blick von meinem Gesicht zu wenden. Die Hebamme reichte mir Benjy, der meine Brustwarze so fest packte, als hätte er Zähne. Ich fühlte mich von allem losgelöst, erkannte das Muster auf der Bettdecke wieder, die Holzgriffe an der Kommode, sogar John, lauter Dinge, die mir früher einmal sehr vertraut gewesen waren. Ich hatte das Gefühl, woanders gewesen zu sein; wie Dorothy, als sie von ihrer Traumreise ins Zauberreich Oz wieder aufwacht, hatte ich mich verändert. Lediglich das Geräusch des Schnapprollos am Fenster erinnerte mich daran, daß ich hier gewesen war, den ganzen Tag ans Bett gefesselt.

Als Benjy einschlief, legte ich ihn neben mich und deckte ihn zu. Ich hörte, wie die Hebamme John Anweisungen gab, was ich essen und trinken und wann ich wieder aufstehen sollte.

»Ja«, sagte er, aber ich war schon wieder am Strand und fühlte die Wellen im exakten Rhythmus an meinen Bauch schlagen, hielt die Arme über den Kopf und ging immer weiter ins Meer hinaus. Die Tür schlug zu, dann noch einmal, dann war es ganz still im

Zimmer, die Luft war erfüllt vom Salz und dem Geschrei der Möwen, die Flut zog an meinem Rücken, die Strömung zerrte an meinen Knien. Als ich aufwachte, war es dunkel im Zimmer, und ich dachte, ich wäre allein. Aber dann erinnerte ich mich an das Baby und weckte es zum Stillen.

BETH Im ersten Herbst in unserem neuen Haus ist noch alles im Bau, und das Haus sieht verwahrloster aus als damals, als wir es zum erstenmal sahen. Jim bleibt abends lang auf, kratzt Farbe von der Decke, lackiert Geländer, mißt immer wieder die Küche aus, und ich liege oben im Bett, tue so, als würde ich lesen oder schlafen und fühle mich allein. Manchmal, wenn Jim und ich nach dem Abendessen oder am Sonntagmorgen beieinandersitzen, bemerke ich, daß sein Blick zu den unfertigen Arbeiten wandert – zu Skizzenblöcken und Stoffmusterbüchern. Wenn wir uns unterhalten, scheinen wir aneinander vorbeizureden und bloß abwechselnd hin und her Sätze aneinanderzureihen. Wir werfen die Einzelheiten unseres Tagesablaufs wie einen Köder aus, aber keiner von beiden nimmt ihn auf, stellt eine Frage, will mehr wissen. Statt geräumig, kommt mir das Haus trostlos vor, und oft verbringe ich einen Großteil des Tages in Robs Zimmer – sehe ihm zu, wie er schläft, spiele mit ihm auf dem Boden – oder in der Küche, wo ich mich ganze Nachmittage lang in Aktivitäten wie Brotbacken oder Suppekochen vertiefe. Ich sehe auf die Uhr, warte gespannt auf Jims Heimkehr, aber seine Anwesenheit macht mich nur nervös, als würde ich gleich durch eine Prüfung fallen, deren Regeln ich nicht kenne. Anfangs rief ich Peggy an oder meine Mutter und ein paarmal auch Ellen. Ich wollte sie über die Höhen und Tiefen des Ehelebens aushorchen, um besser abschätzen zu können, ob Jim und ich vielleicht gerade in eine kritische Phase abrutschten, aber sie waren mit anderen Dingen beschäftigt. Meine Mutter war dabei, beteuerte sie, sich allmählich von Ellen und ihren Problemen zu lösen, indem sie sich mehr in ihrem Job und in der Kirchengemeinde engagierte und das Wohnzimmer neu einrichtete. Peggy rechnete inzwischen nicht mehr mit Will und war eifrig dabei, sich mit neuen Leuten anzufreunden, die sie zum Essen einlud, um den menschenscheuen Will von seinen Büchern wegzulocken. Ellen war abwechselnd mißmutig und geschwätzig, aber wenn ich ihr von Jim oder Rob erzählen wollte oder wie es mir ging, stellte sie sofort Vergleiche mit ihrem eigenen Leben an und begann, irgendeine komplizierte Geschichte zu erzählen, in der es um Leute ging, die ich nicht kannte, und Ereignisse, die ich nicht nachvollziehen konnte. Also hörte ich mit der Zeit auf, meine Familie anzurufen, und stellte fest, daß sie sich auch nicht mehr so oft meldeten. Ich saß zu Hause, backte Plätzchen, Kuchen, Brot, nahm zu und versuchte, mich dazu aufzuraffen, aus dem Haus zu gehen, selbst zu einem einfachen Ausflug mit Rob in den Park. Aber alles fiel mir schwer.

Eines Tages habe ich schließlich die Idee, wir könnten doch ein paar alte Freunde zum Essen einladen, um ihnen die Fortschritte am Haus zu zeigen. Seit dem Umzug sind wir kaum ausgegangen – Jim hat genug gesellschaftliche Kontakte im Büro, beim Lunch und Dinner mit Kunden und Freunden und will am Wochenende meistens zu Hause bleiben und an verschiedenen Dingen im Haus weiterarbeiten. Am Nachmittag setze ich Gästelisten auf und überlege mir, wie viele Gäste wir am Eßtisch bequem unterbringen können. Ich durchforste Kochbücher und alte ›Gourmet‹-Hefte, phantasiere über Buttermilchzopf und Käsekirschkuchen. Zum erstenmal seit Wochen packe ich Rob in seinen Autositz und fahre zum Einkaufszentrum, wo ich eine Stunde lang gutgelaunt umherschlendere und dann in einem Kaufhaus eine neue Tischdecke mit passenden Servietten erstehe.

Abends beim Essen erzähle ich Jim von meiner Idee. Anstatt ihm zu sagen, wie weit ich schon vorgeplant habe, schlage ich die Namen einiger Leute vor, die wir schon lang nicht mehr gesehen haben, und frage ihn, wen wir einladen sollen.

»Wie wär's, wenn wir warten, bis das Haus fertig ist?« fragt er. »Dann machen wir was ganz Großes. Zum Beispiel eine Weihnachtsparty.«

Ich sehe an ihm vorbei auf die abgezogenen Wohnzimmerwände und den nackten Fußboden. Es erscheint mir unmöglich, daß die Renovierung bis Weihnachten fertig wird.

»Nur zum Abendessen. Was ganz Einfaches! Damit sie sehen, wie weit wir schon sind!«

Aber Jim spinnt seine eigene Phantasie bereits weiter und redet von Vorspeisen, Punsch und wo der Weihnachtsbaum stehen könnte.

»Nur ein zweites Ehepaar?« schlage ich vor, aber ich habe schon verloren; wir werden erst eine Party geben, wenn die Arbeiten am Haus abgeschlossen sind.

Abends sitze ich neben Robs Wiege und betrachte sein Gesicht, das er im Schlaf verzieht. Mit seinen fünfzehn Monaten ist er ein energischer, unnachgiebiger Unterhaltungskünstler, der meine ungeteilte Aufmerksamkeit genießt – ob er mich nun ärgert oder lieb ist. Bei ihm zu sitzen, während er seine Spielsachen untersucht, sein Essen auf dem Hochstuhl herumschmiert oder schläft, hilft mir, das Gefühl von Verwirrung und Angst zu zerstreuen.

»Hast du was?« fragt Jim von der Tür her. Sein Gesicht ist grau und verzerrt, als erwarte er eine Antwort, die einen Streit auslöst.

Ich schüttle verneinend den Kopf und betrachte unverwandt das Gesicht des Babys. Kurz darauf stellt sich Jim neben mich, zieht die Decke über Robs Rücken zurecht, und ich greife durch die Gitterstäbe an der Wiege und lege die Finger auf das kleine Händchen.

»Ich will wieder ein Baby«, sage ich, ohne aufzublicken. Die Bemerkung überrascht mich selbst. Obwohl wir beschlossen haben, daß Rob kein Einzelkind bleiben soll und wollen, daß unsere Kinder altersmäßig nah beieinander sind, damit sie Freunde werden, ist mir die Vorstellung, wieder schwanger zu werden, bisher nie derartig unvermittelt gekommen.

»Beth«, fängt Jim an, bückt sich aber dann zu Rob hinunter und küßt ihn aufs Hinterköpfchen. »Vielleicht sollten wir das woanders besprechen.«

Ich erwarte, daß Jim jetzt ins Schlafzimmer geht, aber er führt mich nach unten und schaltet die Lampe ein, so daß das Wohnzimmer matt beleuchtet ist. »Kann ich dir was bringen?« fragt er auf dem Weg in die Küche.

Sein Verhalten verwirrt mich, und ich befürchte, er wird gleich aufbrausen und etwas sagen, das ich nicht hören will. »Nein«, sage ich.

Jim kehrt mit einem fast randvoll gefüllten Glas Wein zurück. Einen Augenblick sieht er im Zimmer umher, und ich erwarte eine Bemerkung über das Haus, die Renovierung, die noch anstehenden Arbeiten. Statt dessen fragt er: »Bist du sicher? Hast du's dir wirklich gut überlegt, ob du noch ein Baby willst?«

»Natürlich. Ich meine, wir waren uns doch immer schon einig, daß wir kein Einzelkind wollten.«

Jim dreht das Weinglas zwischen den Fingern und beobachtet, wie sich die Flüssigkeit im Glas bewegt.

»Das meine ich gar nicht«, sagt er. »Ich meine...« – wir sehen beide zu, wie der Wein herumschwappt – »ich meine, das mit Ellen und so.«

»Was ist mit Ellen?«

Jim nimmt einen großen Schluck Wein und stellt das Glas neben dem Sofa auf den Boden. »Erinnerst du dich, daß der Arzt bei Ellen eine akute postnatale Depression festgestellt hat? Woher willst du wissen, ob das bei dir nicht auch auftritt? Liegen solche Sachen nicht in der Familie?«

Erst einmal bin ich sprachlos. Seit Robs Geburt ist mir nie in den Sinn gekommen, ich könnte ein Problem haben wie Ellen. »Du hast doch gesagt, daß mit Ellen eigentlich alles in Ordnung ist«, wende ich ein.

»Offensichtlich ist doch etwas nicht in Ordnung mit ihr«, erwidert Jim. »Was ich gesagt habe, ist, daß am Ende bestimmt alles wieder gut wird. Und du kannst doch gar nichts für sie tun. Ich will nur nicht, daß dir das gleiche passiert.« An der Art, wie Jim diesen letzten Satz fast schreit, bemerke ich, daß es ihm schon seit Monaten zu schaffen macht und er nur Angst hatte, es anzusprechen.

»Bei mir war doch aber nichts, als Rob zur Welt kam. Es ging mir doch gut, oder?«

Jim nimmt seinen Wein, bevor er antwortet. »Ich weiß nicht«, sagt er schließlich. »Du schienst sehr mit dir selbst beschäftigt zu sein. Und empfindlich. Damals habe ich es einfach darauf zurückgeführt, daß du dir wegen Ellen Sorgen machtest und müde warst. Es war eben die Anstrengung, dich an das neue Baby zu gewöhnen.« Er sieht mich von der Seite her an, und im Zwielicht wirkt es fast so, als würde er gleich in Tränen ausbrechen. »Ich will damit nicht sagen, daß du dich benommen hast wie Ellen. Du warst eben eine Zeitlang nicht du selbst. Und ich habe Angst, daß es beim nächsten Baby schlimmer wird.«

Ich starre auf die dunklen Streifen an den Wohnzimmerwänden, die die Nahtstellen der alten Tapete andeuten.

Nach einer Weile berührt Jim sanft meine Schulter. »Da wir gerade dabei sind«, murmelt er, »kann ich dir ja auch gleich meine andere Befürchtung sagen.« Ich fixiere die Wand und wappne mich innerlich. »Was ist, wenn es erblich ist?« fragt er. »Wäre es denn fair von uns, ein Kind in die Welt zu setzen, das später vielleicht das gleiche Problem haben wird?«

Eine ganze Zeitlang spiele ich mit dem Gedanken, die Idee eines weiteren Babys aufzugeben, und mich mit einem Einzelkind zu begnügen, weil Ellen irgendein wildes Gen in meinen Körper geworfen hat. Es kommt mir gar nicht in den Sinn, Ellen könnte selbst Opfer einer früheren Vererbungsgeschichte sein. Statt dessen bin ich wütend, betrachte sie als die Übeltäterin, die mir leichtfertig ein lebenswichtiges, wertvolles Gut weggenommen hat. Von da ist es nur ein kleiner Schritt bis zu der Vorstellung, Jim könnte mich verlassen, weil auch ich mich seltsam benehme, ohne es zu wissen. Und nicht damit betraut werden kann, ihm die gewünschten Kinder zu schenken. Die Stille im Haus scheint undurchdringlich und die Luft von einem dumpfen Modergeruch erfüllt, der mir Mund und Nase verstopft und das Atmen erschwert. Ich will von der Couch aufspringen, nur noch ins Freie rennen, weg von Jim, dem Haus, mir selbst und dem Gedanken an Ellen. Aber Jim packt mich, schlingt die Arme um mich und hält mich ganz fest, während ich schluchzend an seiner Brust lehne. Beim Weinen ist mir, als würde ich alles loslassen, als hätte Jims Besorgnis eine Stelle in mir geöffnet, an der auch bei mir Ängste und Befürchtungen lagen.

Schließlich höre ich auf zu weinen und lausche Jims Herzschlag und dem Geräusch seines Atems an meinem Ohr.

»Verzeih mir«, sagt er. Als ich den Kopf schüttle, fügt er hinzu: »Ich wollte damit nicht sagen, daß wir kein Kind mehr bekommen dürfen. Ich meine bloß, wir sollten es uns gut überlegen.«

»Nein. Ich weiß. Du hast ja recht«, sage ich zu ihm. Als ich aufstehe, steht ihm die Sorge deutlich im Gesicht; das verleiht mir Sicherheit, als sei ich diejenige, die ihn beruhigen kann. »Aber es muß doch etwas geben, was wir tun können. Mit einem Arzt sprechen, um zu erfahren, wie hoch die Wahrscheinlichkeit ist, daß etwas schiefgeht. Außerdem war das bloß die Meinung eines einzigen Arztes zu Ellens Problem. Es war nicht definitiv.«

»Du willst also noch ein Baby bekommen? Bist du sicher?«

»Absolut«, sage ich. »Ich bin mir ganz sicher.«

An einem frischen Nachmittag im Spätherbst einen Monat später sitze ich mit Rob am Küchentisch, rolle Knetmasse aus und warte auf den Anruf aus dem Labor mit dem Ergebnis meines Schwangerschaftstests. Keiner der drei Ärzte, mit denen wir gesprochen haben, war der Ansicht, Ellens Problem könnte sich auf mein Baby vererben, und wir haben Kontakt mit einer Psychiaterin aufgenommen, einer Spezialistin für postnatale Depression; sie hat meine Krankengeschichte und steht bereit, falls etwas passieren sollte. Aber während ich hier mit Rob in der Küche sitze, scheint es mir unmöglich, in die gleiche Welt, die Ellen bewohnt hat, abzusinken. Ich bin voller Zuversicht und fühle mich wohl. Teilweise kommt dieses Gefühl von der Gewißheit, schwanger zu sein. Der Test soll bloß noch Jim überzeugen, der eine wissenschaftliche Bestätigung will, bevor er sich freut.

Als das Telefon klingelt, ist es jedoch meine Mutter.

»Rate mal!« sagt sie.

Ich sage: »Das Kaninchen ist gestorben«, und erwarte, daß sie begeistert ist, weil ich meine Periode nicht gekriegt habe.

Statt dessen sagt sie: »Zwei Kaninchen sind gestorben.«

»Was?«

»Zwei Kaninchen. Peggy und Ellen sind beide schwanger.«

Als ich lange nichts sage, fragt meine Mutter: »Ist das nicht großartig?«, als ob sie von mir eine Bestätigung brauchte.

»Ein Glück für die Kaninchenpopulation, daß der Urintest erfunden wurde«, murmle ich.

»Was?«

»Nichts.« Ich weiß bereits, daß mein Test positiv sein wird. Die Anzeichen fallen mir wieder ein – Kaffee riecht scheußlich, Speisen sehen ekelerregend aus. Meine Periode ist seit zwei Wochen überfällig.

»Sie werden beide Hilfe brauchen, Beth«, sagt meine Mutter. Ich sehe sie direkt vor mir, wie sie beim Sprechen einen Bleistift durch die Spiralen der Telefonschnur schiebt. Meine Mutter hat bestimmt schon einen kompletten Plan ausgearbeitet, bevor sie anruft, um ihn mir mitzuteilen. »Und ihre Entbindungstermine liegen fast zusammen. Meinst du, du könntest zu Ellen gehen, und ich helfe Peggy?« Nach einer Pause fügt sie hinzu: »Ich zahl dir den Flug.«

Es sind bestimmt noch gut sieben Monate, bis die Babys geboren werden, und schon versucht meine Mutter, Ellen aus dem Weg zu gehen. Vielleicht tut Ellen es wieder – sich abmelden, untergehen, ausrasten. »Mal sehen«, sage ich.

Am selben Nachmittag erfahre ich, daß mein Test positiv ist, und Jim bestellt den Babysitter, damit wir zur Feier des Tages ausgehen können. Im Restaurant bestellt er Champagner und läßt unsere größer werdende Familie hochleben. Er möchte über Namen reden und daß es Rob gefallen wird, ein Schwesterchen zu kriegen, und wieviel leichter es beim zweitenmal gehen würde, weil wir ja wissen, was uns erwartet. Dann bemerkt er mein Schweigen und fragt: »Was ist denn?«

»Peggy ist schwanger«, sage ich zu ihm.

»Toll.«

»Ellen auch.«

Das läßt ihn eine Weile verstummen. »Na ja«, sagt er schließlich. »Die müssen ja wissen, was sie tun.«

»Ellen hat noch nie gewußt, was sie tut.«

Jim langt über den Tisch und schenkt mir Champagner nach. »Sollen wir uns jetzt wirklich über Ellen streiten?« fragt er.

»Ich darf keinen Champagner mehr trinken«, sage ich zu ihm. »Denk dran, ich bin schwanger!«

Er hält inne, die Flasche noch in der Luft, und fragt: »Wieso bist du sauer auf mich? Ich hab Ellen doch nicht geschwängert.«

Sofort nehme ich mein Glas und halte es ihm hin. »Auf Junior Nummer Zwei«, sage ich. »Sie wird ein bißchen Alkohol brauchen, um das nächste Jahr gut zu überstehen.«

Jim stößt lächelnd mit mir an.

Am nächsten Morgen ruft Peggy an und erzählt mir die ganze Geschichte. Nachdem Ellen das Sedativum abgesetzt hatte, bekam sie ihre Periode nicht. Schließlich gab ihr der Arzt eine Hormonspritze und sagte, sie solle in zwei Monaten wiederkommen, wenn sie bis dahin immer noch nicht ihre Periode bekommen hätte. Allerdings sagte er ihr nicht, daß sie in der Zwischenzeit verhüten sollte. Sie bekam ihre Periode erst gar nicht, und als sie wieder zur Sprechstunde kam, war sie bereits schwanger.

Peggy und Will wollten schon immer Kinder, aber sie beschlossen, damit zu warten, bis Will sein Studium beendet hatte. »Ich sorg schon dafür, daß er da ist und mithilft«, sagte Peggy. Aber nun hat sie gehört, daß Praktikum und Assistenzzeit noch schlimmer als das Studium seien. »Eine eigene Praxis ist wahrscheinlich das Schlimmste. Ärzte sollen eben keine Familien haben. Dann verschwindet die genetische Veranlagung für den Arztberuf aus dem Gen-Pool. Überleben des Stärksten, und die Ärzte sterben aus. Ist wahrscheinlich gut so.«

»Ich bin auch schwanger«, sage ich zu ihr.

»Mach keinen Witz.«

»Doch. Architekten werden im Gen-Pool der Zukunft gut vertreten sein.«

»Ist das nicht komisch?«

»Nein«, sage ich. »Es ist Zufall.« Aber mir kommt es so vor, als wäre es mehr als ein zufälliges Ereignis, als hätte dieses Phänomen Peggy und mich wieder in Ellens Strudel gezerrt, uns näher an unsere kleine Schwester und an das schwarze Loch, in dem sie gewesen war, herangesogen.

»Was ist mit Ellen?« frage ich Peggy. Ein Jahr lang haben Peggy und ich nicht über Ellens Klinikaufenthalt gesprochen. »Meinst du, sie schafft es?«

»Frag mich nicht«, sagt Peggy. »Du wirst selber zwei Kinder haben, mit zwei Jahren Abstand dazwischen. Denk an deine eigene Gesundheit.«

»Hab ich schon«, sage ich. Ich erzähle ihr von der Psychiaterin, von gewissen Hormonveränderungen, die zu postnataler Depression führen können. »Du solltest dich auch mal informieren«, rate ich ihr. »Kann nicht schaden.«

»Mach ich«, verspricht Peggy.

Obwohl ich merke, daß Rob in seiner Wiege allmählich unruhig wird, kann ich nicht aufhören, mir um Ellen Sorgen zu machen. Sie kann doch, denke ich, die gleiche Art von Unterstützung finden wie ich, einen Psychiater, der bereitsteht, falls sie wieder ausflippt. Trotzdem hoffe ich beinahe, daß sie nicht zu Hause ist, als ich ihre Nummer wähle. Sie meldet sich nach dem zweiten Läuten.

»Herzlichen Glückwunsch«, sage ich.

»Danke«, sagt sie. Sie scheint sich wirklich auf ihr Baby zu freuen und gratuliert mir, als sie erfährt, daß ich auch in anderen Umständen bin.

»Möchtest du ein Mädchen?« frage ich.

»Ach, irgendwie schon«, sagt sie. »Aber ich freu mich über beides.« Dann fügt sie hinzu: »Ich glaube, John will ein Mädchen. Er kommt gut zurecht mit Mädchen.« Aber ich will von John nichts hören.

Ich mache mit den Fingern einen Knick in die Telefonschnur und versuche, sie wieder geradezubiegen. »Ich habe mit meinem Arzt über postnatale Depression gesprochen«, sage ich zu ihr. »Und auch mit einer Psychiaterin. Sie kennt sich sehr gut aus. Die meinen, es hat mit der Hormonveränderung nach der Geburt zu tun. Sie können einem dafür Progesteron spritzen. Das hilft anscheinend.« Ich rede drauflos, aber Ellen beteiligt sich nicht am Gespräch. »Ich hab Peggy davon erzählt«, fahre ich fort. »Ich glaube, sie läßt sich auch behandeln.«

»Warum?« fragt Ellen.

Ihre Frage ist so simpel, daß sie mich verwirrt. Ich weiß nicht, ob sie nun keine Ahnung hat, weshalb Peggy und ich Hilfe suchen, oder ob sie erwartet, daß ich sie beschuldige und ihr direkt ins Gesicht sage, daß ihre Geisteskrankheit uns vor uns selbst Angst gemacht hat.

»Letztes Mal hat doch dieser eine Arzt«, sage ich zu ihr, »gesagt, du leidest vielleicht unter einer akuten postnatalen Depression. Nur für den Fall«, stottere ich, »für den Fall, daß es wieder passiert, halte dir doch auch jemanden in Bereitschaft! Jemanden, der deine Krankengeschichte kennt und dir Progesteron geben könnte, wenn du's brauchst.« Regelrecht schwitzend warte ich, was Ellen darauf sagen wird. Im Nebenzimmer weint Rob, aber seine Schreie sind weit weg. Wenn sie jetzt einwilligen würde, wegen postnataler Depression einen Psychiater zu konsultieren, wäre das der Beweis, daß Ellen intelligente Entscheidungen über sich selbst fällen und einige der Bedenken zerstreuen könnte, die ich wegen ihres zweiten Babys hege.

Aber Ellen sagt nur: »Ich weiß doch, was letztes Mal passiert ist. Wir können die Symptome erkennen. Es wird nicht noch mal vorkommen.«

»Ich weiß, Ellen. Aber nur um sicherzugehen –«, fange ich an.

»Meine Güte«, unterbricht sie mich. »Mir geht's doch jetzt gut. Mach dir doch um mich keine solchen *Sorgen*.«

Ich starre die Ziffern auf dem Telefon an und komme mir zurechtgewiesen und gescholten vor. »Ich liebe dich, Ellen«, sage ich schließlich. Aber meine Stimme hört sich zögernd an. Das scheint eben nicht zu genügen.

Danach gehen die Anrufe zwischen uns vieren – Peggy, Ellen, meiner Mutter und mir – hin und her, bis Peggy den Vorschlag macht, daß wir uns alle treffen. Wir entscheiden uns für Ellens Wohnung, wohl wissend, ohne es zuzugeben, daß John Ellen ohne Benjy nicht wegläßt.

Später ruft mich meine Mutter zurück. »Ich fahre nicht«, sagt sie. »Ich bin noch nicht soweit, sie zu sehen.«

Ellen ist zweimal zu Hause gewesen, seit sie in der Klinik war, aber als ich meine Mutter darauf hinweise, sagt sie: »Nein. Ich bin noch nicht soweit, sie zu sehen... in diesem, na ja, da, wo sie wohnt.«

Ich erinnere mich an die alte Remise und denke, daß meine Mutter vielleicht recht hat. Ellen hat noch nie in der Art traditioneller Umgebung gewohnt, in der meine Mutter sich wohlfühlen könnte.

»Allmählich komm ich drüber hinweg«, fährt meine Mutter fort. »Aber ich will mich nicht darauf einlassen. Es gibt Dinge, die will ich gar nicht wissen.« Nach einer Pause fügt sie hinzu: »Ich glaube, es ist, weil ich *ihn* nicht sehen will.«

Ich will John auch nicht sehen, denke ich mir. Seit Ellens Klinikaufenthalt betrachte ich seine Anwesenheit als eine Art richtender Gewalt, als stünde er irgendwo außer Blickweite und würde alle vergangenen und gegenwärtigen Beziehungen in unserer Familie seinem Urteil unterziehen. Er scheint alles, was mit uns zu tun hat, in einem negativen Licht zu sehen. Ich habe gehört, wie er Ellen verspottet hat, weil sie unsere Eltern so oft anruft, wie er über die Tatsache gelacht hat, daß sie in die Tanzschule ging, wie er sie vor seinen Freunden Prinzessin Ellen nennt, wenn sie eine

Bemerkung über die Kakerlaken in ihrer Wohnung macht. Wie meine Mutter habe ich durchaus gemischte Gefühle dabei, Ellen zu besuchen, besonders mit John. Ellen erinnert mich an die Geschichte von einer Freundin, die ihren gelähmten Dackel ins Wasser warf und hoffte, ihn dadurch dazu zu bringen, seine schwachen Hinterbeine zu benutzen. Der Hund war einfach untergegangen und hatte die ganze Zeit seinen vertrauensvollen Blick auf seine Herrin gerichtet und erwartet, daß sie ihn rettete. So stelle ich mir Ellen vor, mit kummervollen, vertrauensseligen Augen, während sie immer tiefer unter die Oberfläche treibt. Aber wenn ich nach ihr greife, schließt sie lächelnd die Augen und tut so, als gefalle es ihr in ihrem Wassergrab. Wie meine Mutter finde ich es leichter, getrennt von ihr zu sein. Aber ich kann nicht wegbleiben.

Am Morgen meiner Abfahrt geht es hektisch zu. Rob schreit, in der Küche herrscht Chaos, Jim kann seine Autoschlüssel nicht finden. Er starrt mich im Spiegel wütend an, während ich mich schminke. »Ich hab sie nicht verloren«, sage ich.

»Was?« übertönt er Robs Geschrei.

»Freust du dich nicht, wieder ein Baby zu kriegen?« frage ich leise mein Spiegelbild. In Wahrheit freue ich mich tatsächlich darauf, obwohl ich sicher bin, daß es dann noch mehr von diesen chaotischen, lärmenden Situationen geben wird, und obwohl ich überhaupt nicht sicher bin, wie das Baby wird, ob es gesund sein wird, ob ich gesund sein werde. Ich weiß, daß auch Jim sich freut, noch ein Baby zu bekommen, obwohl er gerade von nebenan schreit: »Haben wir etwa keine Windeln mehr?« Die Fassungslosigkeit in seiner Stimme ist deutlich zu hören. Dieses Wochenende kümmert er sich um Rob. Wie hatte ich nach einem derartigen Opfer bloß vergessen können, einen Windelvorrat anzulegen? Also gut, denke ich. Dann fahre ich eben nicht. Dann bleibe ich hier und bringe alles in Ordnung. Aber ich sage es nicht, ich gebe überhaupt keine Antwort. Ich muß gehen.

»Verläßt du uns für immer?« fragt Jim, als er meinen Koffer hochhebt. »Oder bringst du Ellen einen Jahresvorrat an Konserven mit?«

»Ich hab bloß ein paar dicke Bücher eingepackt«, erwidere ich, »falls die Unterhaltung mal langweilig wird.«

»Wenn's eine Flaute gibt«, sagt er, »dann geh doch in eine Telefonzelle und ruf Ellen an. Mit Telefonieren habt ihr doch nie Probleme.«

»Wenn's eine Flaute gibt«, versichere ich ihm, »ruf ich dich an und hör mir das Geschrei im Hintergrund an. Dagegen wird mir eine Gesprächsflaute paradiesisch vorkommen.«

»Ruf mich in jedem Fall an«, sagt Jim und beugt sich vor, um mir einen Kuß zu geben. »Du wirst mir fehlen.« Als ich ihn umarme, rieche ich sein Rasierwasser, den Geruch von gespitzten Bleistiften und Graphit, und noch in der künstlichen Luft im Flugzeug bemerke ich den heimischen Geruch: Babypuder und Moschus, Wundsalbe und Bleistifte.

Ellen und John haben eine neue Wohnung, winzige, aneinandergereihte Zimmer, schachtelförmig und nach nassen Kartons riechend. In den Ecken sind Wasserflecken, wie Schwitzflecken in einem T-Shirt, und durch die schmutzigen Fenster fällt gelbliches Licht in die Räume. Aus dem Schlafzimmer sieht man nichts, nur die hochragende Mauerwand des Nachbarhauses, die das Licht versperrt. Ein marmorierter, welliger Linoleumboden zieht sich durch die ganze Wohnung, und mit Ausnahme eines verschossenen, fleckigen Läufers, der früher zu Hause im oberen Flur lag, gibt es keine Teppiche. Als Ellen uns die Wohnung zeigt, deutet sie lustlos auf Bad, Schlafzimmer und Küche. Ich gehe schnell hinter ihr her, um nicht an die durchgelegene Matratze und die statt Türen aufgehängten Laken denken zu müssen. Aber Peggy drängelt in jedes Zimmer, sieht in Schränken nach, prüft den Wasserdruck, begeistert sich lautstark für die trostlose Küche, als hätte sie die Absicht, die Wohnung selbst anzumieten. »Ist ja toll«, sagt sie. »Ihr habt's ja gut getroffen.« Das muntert Ellen ein bißchen auf, und sie führt uns das Klapptischchen vor, das meine Mutter für Benjy geschickt hat, und daß, wenn der große Tisch für Gäste ausgezogen ist, immer noch genug Platz in der Küche bleibt.

Als John nach Hause kommt, umarmt er Peggy und küßt sie auf die Wange, aber da Ellen und ich beim Spülen gerade in ein Gespräch vertieft sind und übers Töpfchengehen fachsimpeln, ignoriere ich ihn. Peggy ist diejenige, die sich am meisten um ihn bemüht, mit ihm durch die Wohnung geht und sich dann mit einem

Glas Wein ins Wohnzimmer setzt, während er ihr erzählt, daß er beim Vorsprechen war und unbedingt Tanzen und Singen lernen muß. Ich beobachte Ellen, die die Hände ins Seifenwasser getaucht hat, und versuche, ihren Blick zu erhaschen. Ich finde es paradox, daß John über Sprech- und Tanzunterricht redet, während sie in dieser pißfarbenen Wohnung leben. Aber Ellen erzählt weiter von der Frau, die ihrem Sohn Bonbons gab, um ihn trockenzukriegen, und daß der sich drei Tage lang weigerte, Pipi zu machen, als die Bonbons weg waren.

Später sitzen Ellen, Peggy und ich im Wohnzimmer, und John zieht sich zum Fernsehen ins Schlafzimmer zurück. Der Fernseher ist laut; wir hören ihn deutlich, und Benjy versucht einzuschlafen. Aber Ellen achtet nicht darauf. Sie hat sich die Haare ganz kurz schneiden lassen und trägt einen Kapuzenpulli, der ihren Busen betont. Sie sieht toll aus – wie ein Fotomodell –, nur ihre Zehen sind schmutzig, und sie fummelt beim Reden daran herum. Aber ich finde, sie klingt gut. Inzwischen sind wir bei unserem Hauptthema angelangt – Schwangerschaft – und richten uns auf ein endloses Gespräch darüber ein. Wenn alles gut geht und Ellen mitmacht, beschließe ich, werde ich das Thema Psychiater noch einmal zur Sprache bringen.

»Habt ihr auch schon Sodbrennen?« frage ich. »Sodbrennen ist das Schlimmste. Paßt auf, wenn das erst anfängt.«

»Das Beste ist«, sagt Ellen zu Peggy, »du hast immer Salzletten am Bett und ißt gleich morgens welche – bevor du dich hinsetzst. Ach, und die Kopfschmerzen. Die sind furchtbar, und man darf ja auch nichts dagegen einnehmen. Nicht mal Aspirin.«

»O Gott, und später erst«, füge ich hinzu. »Wenn einem die Knöchel umknicken und man sich im Bett nicht mehr umdrehen kann.«

»Hört sich ja toll an, Leute.« Peggy lacht.

»Halb so schlimm«, meine ich. »Du siehst ja. Wir trauen uns, es noch mal zu machen.«

Ellen dreht den Fuß um und zupft an einem abgestorbenen Hautstückchen. Ihre Sohlen sind rissig und voller Schwielen.

Gegen Mitternacht kriegen wir alle Hunger.

»Es ist nicht viel da«, sagt Ellen, während wir ihr in die Küche folgen. Als Ellen das Licht anmacht, huschen die Kakerlaken unter die Fußleisten, aber Ellen und Peggy marschieren einfach hinein, barfuß, die Säume an ihren Nachthemden rascheln. Ich male mir aus, wie ich Jim davon erzähle, aber ich weiß nicht, was mich daran mehr stört: die Tatsache, daß die Kakerlaken so zahlreich sind oder daß Ellen sich so an sie gewöhnt hat, daß sie das Wettrennen über den Boden gar nicht mehr bemerkt.

Plötzlich fällt mir auf, daß der Fernseher immer noch läuft. »Benjy ist aber brav«, sage ich zu Ellen. »Der schläft ja bei jedem Krach.«

»Wetten, daß John da drin auch schläft«, sagt Ellen. »Jeden Abend nickt er vor dem Fernseher ein. Ich manchmal auch, und dann bleibt der bis zum Morgen an.«

»Du solltest mal bei uns sein«, sage ich. »Wir sind die ganze Nacht auf und sehen Rob zu, wie er schreit.« Aber noch während ich das sage, fällt mir ein, daß es gar nicht mehr stimmt. Rob schläft jetzt durch und spielt sogar still für sich, wenn er aufwacht.

»Was läuft denn so spät noch?« fragt Peggy, und Ellen und ich lachen sie aus. Wenn Peggy mal unter Schlaflosigkeit leiden sollte, würde sie aufstehen und über Meeresspinnen lesen, statt den Fernseher einzuschalten.

»Spätfilme«, sagt Ellen. »Ich glaube, er kennt alle Filme, die jemals gedreht wurden, auswendig.« Ich sehe sie an und frage mich, ob das ein abfälliger Kommentar über John ist, aber sie kauert bereits vor dem Backofen, in der Hand ein brennendes Streichholz.

Peggy und ich sitzen am Tisch, während Ellen Mais-Chips, Knoblauchsalz und eine Pfanne vom Regal nimmt. Es gibt keine Küchenschränke – nur an den Wänden befestigte Holzbretter. Auf einigen Regalen stehen Cheerios, Haferflocken und Rosinen. Jede Packung steckt in einer Plastiktüte, die oben mit einem Drähtchen verschlossen ist. Ich will etwas dazu sagen, sie fragen, warum oder wann sie das gemacht hat. Aber der Anblick der Drahtverschlüsse, die sich wie Arme ergeben hochrecken, macht mir Angst: Ist das eine Marotte oder nicht? Ist mit Ellen wirklich alles in Ordnung?

Mir fällt auch auf, daß Ellen vor Gebrauch alles ausspült und danach wieder. Ich versuche, Peggy darauf aufmerksam zu machen, aber sie will wissen, wie es während der Schwangerschaft mit der Liebe ist. Ellen zuckt bloß die Schultern, ohne uns anzusehen, und so erzähle ich ihnen einen Witz, den ich mal gehört habe, über drei Babys, die sich von Bauch zu Bauch unterhalten. Das eine will einen Klempner, weil da so viel Wasser ist. Das zweite will einen Elektriker, weil es kein Licht gibt. Das dritte will etwas, womit es den Maulwurf packen kann, der immer wieder den Kopf reinsteckt.

Niemand lacht. Plötzlich merke ich, daß der Fernseher ausgeschaltet worden ist.

Wir machen die Chips auseinander, die vom geschmolzenen Käse zusammengeklebt sind und sehen zu, wie der Käse Fäden zieht und reißt.

»Das ist ja lecker«, sagt Peggy, aber Ellen weicht unseren Blikken immer noch aus.

Langsam und bedächtig nimmt sie große Tassen vom Regal, spült sie aus und stellt sie säuberlich nebeneinander auf die Anrichte. Sie macht für jede von uns eine Tasse nach Pfefferminz riechenden Tee und will ihre eigene Tasse gerade heben, als John fragt: »Was ist denn das? Ein Damenkränzchen?« Er steht komplett angezogen und hellwach in der Küche, obwohl ich ihn nicht hatte hereinkommen hören. »Was kocht ihr denn?« fährt er fort. »Riecht ja gut.«

Die leere Chips-Pfanne steht auf zwei Untersetzern mitten auf dem Tisch. Während unseres Gesprächs über Wadenkrämpfe und Still-BHs haben Ellen, Peggy und ich sogar noch die Käsereste aus der Pfanne gekratzt.

»Kein Problem«, sagt Ellen und steht auf. »Ich mach dir welche.«

Peggy und ich wechseln einen kurzen Blick, und ich betrachte Ellens Rücken, als sie Chips, Salz und Käse wieder hervorholt. Als John sich an den Tisch setzt, werde ich mir plötzlich meiner Nacktheit unter dem Stoff bewußt und winkle die Knie an.

»Hast du denn schon Pläne, was du deinen Schwestern im Big Apple New York alles zeigen willst?« fragt er Ellen.

»Ich hab mir schon verschiedene Sachen überlegt«, sagt Ellen, »aber ich hab noch nicht endgültig entschieden.« Sie dreht sich um, lehnt sich an ihren Herd und sieht uns, wie in Erwartung eines

Urteils, nacheinander an. »Ich dachte, wir könnten vielleicht aufs Empire State Building rauf. Wißt ihr noch, wie damals als Kinder? Das war, als ich gerade in die Sonntagsschule gekommen war und dachte, wir wären bloß noch ein paar Stockwerke vom Himmel entfernt. Ich glaubte wirklich, daß sie das Empire State Building nur deshalb nicht höher gebaut hatten, weil der liebe Gott das nicht so gern gehabt hätte.« Nach kurzer Pause fährt sie fort: »Aber jetzt wirkt es gar nicht mehr so toll. Mit dem World Trade Center daneben. Und dann dachte ich, das ist eher was für Touristen, also dachte ich, wir könnten doch einfach ein bißchen rumlaufen. Und ich dachte mir, Beth ißt doch so gern, da könnten wir mit ihr doch irgendwo interessant essen gehen, aber ich hab mich nicht recht entscheiden können, wo. Ich wußte ja nicht, ob du schon mal kubanisch gegessen hast?« fragt sie, und sieht mich an, redet aber gleich weiter. »Und bei Peggy wußte ich auch nicht. Ich meine, es gibt ja nicht viele Meerwasserbecken in Manhattan. Die Staten-Island-Fähre ist ja auch nichts Umwerfendes. Aber ich dachte, vielleicht ein Museum oder eine Galerie. Wir könnten doch ins Museum of Modern Art gehen.«

»Wann wart ihr denn das letztemal in New York?« fragt uns John.

»Als ich ungefähr sieben war«, sage ich. »Als Ellen dachte, sie könnte mit dem Lift in den Himmel fahren.«

»Das muß gut organisiert werden«, sagt John, als Ellen ihm die Käse-Chips hinstellt. »Das muß man doch richtig planen. Holst du mal den Stadtplan von New York?« Ellen verschwindet einen Augenblick im Schlafzimmer und kommt mit einer zerfledderten Straßenkarte wieder. »Also«, sagt John und breitet die Karte auf dem Tisch aus. »Wie wär's, wenn wir als erstes ins Museum gehen, bevor es so voll wird. Okay?« Ellen nickt, die Augen auf John gerichtet, und die beiden beugen sich über den Plan, zeichnen eine Route nach, machen Sternchen an den Stellen, wo wir anhalten oder ein Weilchen bleiben sollen. Über ihren Köpfen sieht Peggy mich skeptisch an, und ich zucke die Achseln.

Später legen Peggy und ich uns im Wohnzimmer schlafen. Wir einigen uns, daß die erste Nacht ich die Couch bekomme und sie die zweite. Obwohl die Wohnung überheizt ist, mache ich den Schlafsack oben fest zu.

»Sie ist doch ganz in Ordnung«, sagt Peggy im Dunkeln.

Ich erwähne, daß sie dauernd alles ausspült. »Glaubst du wirklich, hier gibt's Mäuse?«

»Bitte nicht.« Sie lacht. »Ich schlafe auf dem Boden.«

Dann hören wir aus dem Schlafzimmer Geräusche. Es ist offensichtlich, daß John und Ellen sich lieben. John ist ziemlich geräuschvoll – er ächzt und stöhnt. Ellen hören wir überhaupt nicht.

Als wir anderen am nächsten Morgen aufwachen, ist John schon weg. »Er hat ganz vergessen, daß er ja zu tun hat«, sagt Ellen verlegen. »Er hat, glaub ich, Proben und einen Vorsprechtermin, nehm ich an. Oder so was.«

»Macht nichts«, meint Peggy. »Wir können den Ausflug auch ohne ihn machen.«

»Ich weiß nicht«, murmelt Ellen. »Ich glaub nicht, daß wir das mit Benjy alles schaffen. Es ist ein bißchen schwierig, ihn rumzuschleppen.«

Peggy wirft mir einen kurzen, inständigen Blick zu. »Ich bin nicht unbedingt hergekommen, um die Stadt zu besichtigen«, sage ich zu Ellen. »Ich bin gekommen, um euch zu sehen. Mir ist es egal, wenn wir bloß in der Wohnung rumsitzen.«

Schließlich gehen wir mit Benjy in einen Park. Obwohl es noch früh ist, ist die Luft kalt und diesig, und die Skyline hebt sich wie eine Fata Morgana gegen den grauen Hintergrund ab. Unter unseren Füßen liegt eine Mischung aus Kaugummi- und Strohhalmpapierchen, Lutscherstielen und Bierdosen und ein paar plattgetretenen Rasenflecken. Ellen trägt einen Skipulli und enge Jeans, und in ihren Augen bilden sich Muster – Schattierungen von Blau. Die Leute drehen sich nach ihr um, aber sie merkt es nicht.

Während Benjy in dem hartgefrorenen Sandkasten buddelt, sitzen wir drei auf einer Bank und unterhalten uns über alles mögliche, bis Ellen mich fragt: »Hilft Jim manchmal im Haushalt?«

»Beim Kochen nicht«, sage ich. »Aber beim Abwaschen und Staubsaugen und Abstauben. Er hat eine niedrigere Toleranzschwelle für Schmutz als ich. Und Rob badet immer er.«

Peggy erzählt, daß Will kocht und, seit sie schwanger ist, auch das Bett macht und staubsaugt.

Ellen erzählt uns, daß John sie fragt, was sie denn den ganzen Tag mache, wieso sie Geld ausgebe und wieso so viel. Oft würde er sagen, er ginge eine Stunde weg, und käme dann erst spät abends wieder. Sie sagt, er habe Benjy noch nie gebadet, und wenn Benjy bei Nacht weint, sei sie diejenige, die aufsteht.

»Wohin geht er denn?« fragt Peggy. Ellen zuckt die Achseln. »Hast du ihn mal darum gebeten, dir mehr zu helfen?« erkundigt sich Peggy.

»Ja. Dann macht er es eine Zeitlang«, antwortet Ellen. »Aber dann hört es wieder auf. Und ich will auch nicht dauernd fragen. Ich hab das Gefühl, damit nerve ich ihn.«

»Na, dann nerve ihn doch«, sage ich beharrlich. »Es ist doch auch sein Kind. Er soll auch was tun.« Ellen klammert die Arme fest um sich und bemüht sich offensichtlich, nicht in Tränen auszubrechen. »Ellen«, sage ich, »was ist denn? Ist alles in Ordnung? Was ist denn los?«

Ellen dreht achselzuckend das Gesicht zur Seite. Peggy macht eine unbeholfene Handbewegung vor ihr, als hätte sie Angst, Ellen anzufassen. »Weißt du«, sagt sie, »Will hilft auch nicht so viel. Ich meine, er sagt immer, er muß lernen. Ich glaube, Männer sind eben so. Sie merken erst, was los ist, wenn man sie mit der Nase draufstößt. Sie meinen, das Geschirr würde sich von selbst abspülen. Oder ihre Tätigkeit sei so wichtig, daß man zufrieden sein soll, wenn man die gleiche Luft wie sie atmen und das Bett machen darf. Aber man muß sie irgendwie erziehen. Früher hat Will, während ich Essen gekocht habe, Zeitung gelesen und sie dann einfach im Wohnzimmer liegen lassen, damit ich sie aufräume. Ich hab ihn hundertmal gebeten, die Zeitung wegzuräumen, wenn er damit fertig ist, und ihn darauf hingewiesen, daß das ja wohl nicht zuviel verlangt wäre, weil er sich ja entspannte, während ich kochte. Aber er hat's nie kapiert. Also hab ich die Zeitung in lauter kleine Fetzen zerpflückt und ihm ein Zeitungsomelette zum Frühstück gemacht. Das fand er wirklich hübsch. Erst als er einen Bissen gebackene Zeitung im Mund hatte, hat er's begriffen.«

Ellen schnieft leise. »Du nervst ihn doch nicht, wenn du ihn bittest, im Haushalt zu helfen«, sage ich. »Du behauptest nur deinen Standpunkt.«

»Aber es kommt mir nicht so vor«, sagt Ellen. »Sooft ich John um etwas bitte, sagt er, ich sei dominant. Er meint, das kommt davon, daß ich in einem so weiblich dominierten Haushalt aufgewachsen bin.« Ellen hebt den Kopf und sieht uns an. »Er sagt, wir sind in dem Glauben aufgewachsen, wir könnten alles haben, was wir nur wollten, und Frauen seien nur dazu da, zu Hause zu hokken und darauf zu warten, daß die Männer ihnen alles bringen, was sie haben wollen.«

Verblüfft starren wir Ellen an. Nach einer Pause sagt Peggy: »Aber, Ellen, du glaubst doch nicht im Ernst, daß wir so erzogen sind, oder?«

Zu meiner Überraschung scheint Ellen es noch einmal zu überdenken. Dann nickt sie. »Na, überlegt doch mal«, sagt sie. »Gab es irgend etwas, das ihr wirklich wolltet und nicht gekriegt habt?«

»Nein«, sagte ich. »Aber ist das so schlimm?«

»Na also, und wer mußte dafür arbeiten? Wer mußte denn für euch das Geld verdienen?«

»Ellen, damals ging's doch höchstens mal um ein neues Stofftier. Es ist ja nicht so, daß Dad jahrelang schuften mußte, um Geld zu verdienen.«

»Es ist, wie wenn man als Sportler trainiert«, sagt Ellen. Ihre Augen sehen glasig aus, als wiederholte sie etwas, das sie schon einmal gedacht oder gehört hat. »Oder ein Musikinstrument lernt. Manchmal tut es weh. Manchmal hat man keine Lust, oder es ist langweilig. Aber im Endeffekt wird man ein besserer Mensch.«

Peggy wirft mir einen Blick zu, als wollte sie sagen: Hältst du das für möglich?

»Und deshalb sollte ich John nicht um Mithilfe bitten«, sagt Ellen mit einem hartnäckigen Ton in der Stimme. »Ich darf nicht mehr so egoistisch sein und erwarten, daß mir jemand alle Schwierigkeiten abnimmt. Ich darf nicht mehr glauben, das Leben müßte immer leicht sein und es sei die Aufgabe der anderen, es mir leicht zu machen.«

»Ellen, um Himmels willen«, sage ich, aber Ellen hört es nicht oder ignoriert mich einfach.

»Wißt ihr, manchmal denke ich mir, John sollte sich mehr um Benjy kümmern«, fährt Ellen fort, »oder nachts mal für ihn aufstehen, aber dann merke ich, daß ich wieder in meine alten Verhaltensmuster zurückfalle. Mich nicht auf mich selbst verlasse. Wie damals, als ich klein war und immer Mama oder eine von euch oder Dad da war, wenn ich keine Lust mehr hatte. Ich mußte nie etwas selbständig machen. Egal was.« Ellens Stimme steigert sich fast zu einem Schreien, als sie sagt: »Egal was«, und Peggy wirft mir einen kurzen, ängstlichen Blick zu.

»Ellen«, sage ich und lege die Finger auf ihren Arm. Aber Ellen springt auf und klammert ihre Arme noch fester um sich. »Ellen, Ellen«, sage ich zärtlich und versuche, ihren Blick zu erhaschen. »Was ist denn los?«

»Ich will kein Baby mehr«, schreit sie. »Ich kann ja nicht mal das versorgen, das ich schon habe!«

»Doch, das kannst du«, sagt Peggy besänftigend. »Du machst das prima.«

Benjy steht ein paar Schritte von uns entfernt und guckt her, in der Hand einen sandigen Strohhalm.

»Du kannst immer noch abtreiben lassen«, sage ich zu ihr. »Es ist noch nicht zu spät.«

Ellen hört auf zu weinen, sieht mich an und lacht. Sie lacht immer lauter, bis sie wieder weint, das Gesicht in den Fäustlingen vergraben, und Peggy sich über sie beugt. Während meiner Schwangerschaften habe ich mir jedesmal den letztmöglichen Zeitpunkt für eine Abtreibung gemerkt. Nicht, daß ich abtreiben will. Ich will es bloß wissen. Ich habe Angst, daß Ellen wieder außer sich gerät, hinfällt und nach Luft schnappt. Aber Peggy redet ihr immer noch leise zu, schiebt sie vorwärts und führt sie zum Rand des Parks hin. Ich hebe Benjy auf die Hüfte und folge den beiden.

Als wir wieder in der Wohnung sind, bringt Ellen Benjy zu Bett, während ich meine Sachen im Koffer ordne und Peggy liest. In der ganzen Wohnung herrscht eine stickige Hitze, als würde sie gleich aus Fenstern und Türen platzen.

»Wieso hast du das gesagt?« fragt Peggy unvermittelt.

»Wäre doch möglich, oder?« frage ich. »Ich dachte, man kann in den ersten drei Monaten jederzeit abtreiben lassen.«

»Ich weiß. Aber ihr geht's doch darum, wenn etwas schwer ist, dann sollte sie es tun. Ziemlich überdreht, findest du nicht?« Peggy klingt unsicher, als hätte Ellen sie davon überzeugt, daß wir als Kinder verwöhnt wurden.

»Klingt ziemlich extrem«, sage ich. »Ich finde, ab und zu nachts mal durchzuschlafen wird ja nicht gleich ihre moralische Integrität zunichte machen.«

»Glaubst du wirklich, daß John sie derartig manipuliert? Daß er ihr sagt, sie müsse wie ein Sportler trainieren?«

Ich will gerade bejahen, Peggy und mich selbst überzeugen, daß John ganz einfach ein Faulpelz ist und Ellen zwingt, ihn von vorne bis hinten zu bedienen, während er sie vollquatscht, was für einen Gefallen er ihr damit tut. »Ich weiß nicht«, sage ich schließlich. »Ich weiß wirklich nicht.«

Am anderen Ende der Wohnung liest Ellen Benjy eine Geschichte vor. Ihre Stimme hebt und senkt sich, aber ich kann die Worte nicht verstehen. »Was sollen wir tun?« fragt Peggy.

Meine unmittelbare Reaktion ist, unsere Eltern anzurufen und sie um Rat zu fragen. Aber dann fällt mir wieder ein, daß Ellen gesagt hat, immer hätten wir auf unsere Eltern zurückgreifen können. »Wir sollten mal mit ihr reden«, sage ich. Ich warte, und als ich Ellens Stimme nicht mehr höre, gehe ich durch die Wohnung hinüber; ich habe vor, Ellen zumindest zu bitten, einen Psychiater anzurufen, mit einem Spezialisten darüber zu sprechen, wie sie es sich nach der Geburt des Babys etwas leichter machen kann. Als ich durch die Küche komme, bemerke ich auf dem Tisch einen Zettel, zwinge mich aber, nicht hinzusehen. Ellen und Benjy sind eingeschlafen; ihr Kopf liegt auf ihrem Arm, das Buch aufgeschlagen auf dem Kissen. Sie sieht aus, als sei sie mitten im Satz eingenickt. Über dem Bett hängt ein Kruzifix. Ach, so ist das; davon hatte ich keine Ahnung. Aber ich glaube nicht, daß das was ändert. Sie könnte trotzdem abtreiben, wenn sie wollte.

Auf dem Weg zurück ins Wohnzimmer bleibe ich stehen und lese den Zettel. Es ist ein Gedicht von Ellen, ein Liebesgedicht für John. Die Ränder sind mit zarten Blumen und herzförmigen Blättern geschmückt. Beim näheren Hinsehen stelle ich fest, daß Staubblätter und Blütenstempel Johns und Ellens Initialen darstellen, in so winziger Druckschrift, daß es wie eine Schattierung aussieht. Unwillkürlich habe ich das Gefühl, Ellen habe den Zettel absichtlich dort liegenlassen, damit Peggy und ich ihn finden, lesen und begreifen, wie unverbrüchlich sie an John als ihren Retter glaubt und daß der Lebensstil, den er ihr bietet, für sie der richtige ist.

Später erscheint John mit drei anderen Leuten, die Arme beladen mit Tüten voller Lebensmittel. »Ellens Schwester Beth«, sagt er und deutet mit einer Kopfbewegung auf mich. »Wendy, Peter, Tiffany.«

Von Wendy und Peter hat Ellen mir schon erzählt – sie wohnten im ersten Jahr nach der Hochzeit bei Ellen und John. Wendy trägt einen langen, bedruckten indischen Rock und eine Trachtenbluse ohne BH drunter. »Du siehst Ellen ein bißchen ähnlich«, sagt sie. Dann fügt sie lächelnd hinzu: »Ich hab was zum Trinken mitgebracht«, und holt eine Viereinhalb-Liter-Karaffe Wein aus einer Tüte.

»Unser trautes Gespräch mit John können wir uns jetzt wohl abschminken«, flüstert Peggy, als ich ins Wohnzimmer komme.

»Ich möchte wissen, ob er sich schon gedacht hat, daß wir mit ihm reden wollten«, sage ich. »Es sieht beinahe so aus, als hätte er sich Leibwächter mitgebracht.« Benjy fängt an zu weinen, und die Schlafzimmertür geht auf.

»Hallo, El«, sagt Peter.

John gibt Anweisungen und sagt Tiffany und Wendy, was sie vom Küchenregal oder aus dem Kühlschrank holen sollen. Tüten rascheln, und Dosen schlagen gegen die Anrichte. Ich weiß nicht, wie Ellen es findet, aber an der Art, wie Peggy dasitzt, merke ich, daß sie sich über dieses Eindringen in unser Familientreffen ärgert.

Als Ellen mit Benjy auf dem Arm ins Wohnzimmer kommt, ist ihre Wange vom Schlafen ganz faltig. »Schh, schh, schh«, summt sie Benjy ins Ohr, obwohl er gar nicht mehr weint.

»Macht er etwa heute Abendessen für uns?« fragt Peggy.

Ohne eine Antwort dreht Ellen uns den Rücken zu und wiegt Benjy hin und her.

»Wir sollten ihm sagen, er soll aufhören«, sage ich. Meine Mutter hat uns Geld gegeben, damit wir fein essengehen können.

»Schh«, sagt Ellen und hält Benjys Kopf an ihre Schulter. »Schh.«

Wendy kommt mit dem Wein und ein paar Plastikbechern herein und setzt sich im Schneidersitz auf den Boden. Sie erzählt uns von Bianca Jagger und Ed Albee und Julia, während Peter und Tiffany steif nebeneinander sitzen. Sie läßt keinem Raum, sich an der Unterhaltung zu beteiligen, und auf ihren Wangen entstehen zwei rote Flecken. Schließlich sagt John, wir sollten uns alle im

Kreis auf den Boden setzen, und stellt mehrere Schalen mit vielfarbigen Pasten vor uns hin, die nach Knoblauch riechen. Auf einigen Speisen liegt ein öliger Film. Als Wendy ein Pitabrot zerrupft und es in das klebrige Zeug steckt, sagt Peggy: »Ich hol uns Gabeln.«

»Man soll es eigentlich mit den Händen essen«, sagt John. »So.« Er schaufelt etwas auf das Brot und verzehrt es.

»Mit Messer und Gabel essen, das ist, wie wenn man per Dolmetscher Liebe macht«, sagt Wendy.

Peggy sieht zu mir herüber, und ich weiß, daß sie sich gerade noch das Lachen verkneift.

Peter und Tiffany sitzen, wie um einander Sicherheit zu geben, mit aneinandergepreßten Knien da. Gleich nach dem Essen verabschieden sie sich, und die Stimmung ändert sich, so daß ich mich eingesperrt fühle. Der Gegend um Ellens Wohnung herum traue ich nicht, sonst würde ich Peggy fragen, ob sie mit mir spazierengeht.

Während Peggy und ich abwaschen, fragt sie mich, ob ich Hämorrhoiden, Krampfadern oder Schwangerschaftsstreifen hätte, und ob man bei mir einen Dammschnitt, einen Einlauf oder Ultraschall gemacht hätte. Im Wohnzimmer geht der Plattenspieler an.

»John scheint nicht zu glauben, daß man dieser Wendy das Verwöhntsein abgewöhnen müßte«, flüstert Peggy.

»Schau mal«, sage ich und deute ins schaumige Spülwasser. »Mit ›Joy‹ spülen, das ist, wie wenn deine Hände im Schaumbad Liebe machen.«

»Schh«, zischt Peggy und lächelt.

Als wir wieder ins Wohnzimmer kommen, sitzen John und Wendy über ein Manuskript gebeugt da, und Benjy liegt schlafend auf Ellens Schoß. Ellen hat dunkle Ringe unter den Augen und beobachtet die anderen aufmerksam, wie ein Hund, der auf ein vertrautes Wort wartet. Peggy wirft ihnen einen kurzen Blick zu, nimmt sich meine Zeitschrift und schnippt fragend damit, was so viel heißt wie: Darf ich die lesen?

Ich nicke. Ich bin nervös, weil ich kein Kind ins Bett zu bringen, keine Hausarbeit zu erledigen habe. Ich überlege, ob ich Jim anrufen soll, aber das scheint jetzt schwierig, mit all den Leuten in Hörweite. Trotzdem verspüre ich ein gewisses Heimweh und wüßte gern, wie wohl alles klappt während meiner Abwesenheit. Im Moment, beim Anblick von Ellens Gesichtsausdruck, während Wendy einen Satz erst mit der einen Betonung, dann mit einer anderen probiert, gäbe ich alles darum, weit weg zu sein, zu Hause, im Bett bei Jim, mich mit ihm über all dies zu unterhalten als eine Sache, die überstanden ist, und ihn auf seine frotzelnde, aber sympathische Art sagen zu hören: »Na, du kennst ja Ellen.« Doch fällt mir ein, daß ich ja aus mehr als einem Grund hierhergekommen bin: nicht nur, um nach Ellen zu sehen, um meiner Mutter über ihre seelische und körperliche Gesundheit Bericht zu erstatten, sondern auch, weil sie meine Schwester ist und wir beide gleichzeitig schwanger sind. So wie wir durch unsere Vergangenheit unlösbar miteinander verbunden sind, wird uns nun unsere Gegenwart als Frau und unsere Zukunft als Mutter verbinden. Weil Ellen, meine kleine Schwester, der Grund für mein Kommen ist und nicht ihr Mann, stehe ich auf, als Ellen ihr Söhnchen hochnimmt, und folge ihr ins Schlafzimmer. Benjy ist eingeschlummert, mit dem Gesicht an ihrem Hals, so wie auch Rob schläft. Ellen deckt ihn mit einem Laken zu und betrachtet ihn einen Moment, bevor sie sich über ihn beugt, um ihm einen Kuß zu geben. Dann flüstert sie: »Gute Nacht«, so wie wir es früher immer sagten, wenn wir als Kinder beieinander schliefen – loslassen, eindämmern und Gute Nacht. Als sie aufsteht, stelle ich mich neben sie und betrachte den reglos schlafenden Benjy.

»Völlig hinüber«, flüstere ich.

»Wünschst du dir nicht auch manchmal, so schlafen zu können?« fragt Ellen. Wortlos sehe ich sie an.

Als wir herauskommen, sind John, Peggy und Wendy in eine Unterhaltung vertieft. Obwohl Ellen gerade dabei ist, mir zu sagen, daß Benjy wahrscheinlich durchschläft, weil er nur einen kurzen Mittagsschlaf gehalten hat, hören wir es beide, als John vernehmlich sagt: »Was mir am meisten Sorgen macht, ist nicht, ob ich die Rolle kriege oder nicht. Sondern ob ich die Freiheit habe, herumziehen zu können. Einfach einpacken und dahin gehen, wo es Arbeit gibt.«

Wendy beugt sich vor, wie um dadurch Peggy von ihrer Aufrichtigkeit zu überzeugen, und sagt: »Es ist schon schwer genug, verheiratet zu sein und eine Bühnenkarriere zu haben. Aber mit Kindern bringt man es zu gar nichts.«

Ellens Gesichtsausdruck erinnert mich an damals bei dem leichten Erdbeben, als wir plötzlich merkten, daß das Gerumpel nicht einfach von einem vorbeifahrenden Lastwagen stammte. Die Gewürze waren vom Regal gerutscht, und der Oregano war verschüttet. Ellen und ich hatten den Berg von Gewürzen auf dem Küchenboden meiner Mutter angeschaut und ein und denselben Gedanken gehabt: Wie konnte das passieren? Wie hatte das bloß passieren können? Aber jetzt sieht Ellen mich nicht an, nicht einmal, als ich ihren Arm berühre.

»So ein Quatsch«, sage ich.

Peggy sieht her, dann wendet sie sich wieder zu John. »Das ist doch bloß eine Ausrede«, sagt sie. »Es gibt keinen Grund, weshalb einen eine Familie von dem abhalten sollte, was man gern tun möchte.« Aber Ellen hat sich schon umgedreht und geht langsam wieder in ihr Zimmer. Als sie die Tür zumacht, ist kein Ton zu hören.

John und Wendy scheint Ellens Abgang nicht zu stören. Statt dessen belegt John uns im Wohnzimmer mit Beschlag und erzählt von einem Buch über Metereologie, das er gerade liest, um mehr über die Rolle zu erfahren, die er spielt. Er erklärt uns Gewitter, Wirbelstürme und Tiefdruck und leiert Wolkenformationen herunter, warum ein Regenbogen entsteht und wie ein Jetstream verläuft. Peggy gähnt. Hinter Ellens Tür ist nichts zu hören. Als Wendy endlich geht, küßt sie John auf den Mund und umarmt Peggy und mich.

In dieser Nacht schlafe ich auf dem Fußboden. »Peggy«, frage ich. »Was machen wir denn nun?«

»Schlafen. Aufstehen und von hier abhauen, bevor ich John umbringe.«

»Meinst du, er hat ein Verhältnis mit Wendy?«

Ich höre, wie Peggy den Schlafsack zurechtrückt und sich im Dunkeln umdreht. »Sah ganz danach aus«, gesteht sie schließlich. »Aber diese Wendy würde sich wahrscheinlich an alles ranmachen, was sich als männliches Wirbeltier erweist.«

»Zu ihr ist er jedenfalls viel netter als zu Ellen.«

»Mir scheint, zu allen ist er netter als zu Ellen.«

»Also, was sollen wir machen?« Fast will ich Peggy sagen, daß ich Angst habe, daß ich überzeugt bin, Ellen schafft es nicht mit einem zweiten Baby, wenn John ihr nicht hilft. Aber dann fällt mir ein, daß Peggy schon als Kind immer die Vernünftige war, die alles Schritt für Schritt durchdachte, die Tatsachen abwog und dann die beste Lösung fand. Ihr war nie ganz wohl, wenn sie mit Gefühlen konfrontiert wurde, und bei einem Streit ging sie oft einfach aus dem Zimmer oder stand mit fest an den Körper gepreßten Armen da, wenn eine von uns in Tränen ausbrach.

»Ich weiß nicht«, sagt Peggy schließlich.

»Du weißt nicht? Wie wär's, wenn wir mit John reden? Meinst du nicht, wir sollten ihm sagen, daß uns Ellens Verhalten merkwürdig vorkommt?«

»Und was dann?« fragt Peggy. Gleich darauf beantwortet sie ihre Frage selbst. »John wird sagen, das einzige, was mit Ellen nicht stimmt, ist, daß wir da sind. Daß sie wegen uns in ihr altes Rollenverhalten zurückfällt und erwartet, daß alles für sie gemacht wird. Daß es ihr wieder gutgeht, sobald wir weg sind. Wenn wir versuchen, ihm zu sagen, er soll mehr im Haushalt helfen, dann kriegen wir eine ellenlange Predigt zu hören, wie verwöhnt wir sind. Außerdem weiß ich nicht, wie wir mit ihm reden sollen, ohne daß Ellen was merkt, und wenn sie es erfährt, verzeiht sie's uns nie. Ich würde die Kommunikationskanäle lieber offenhalten. Dann kann sie zu uns kommen, wenn sie jemals einsieht, was der für ein Idiot ist.«

»Also, sollen wir mit Ellen reden?«

»Worüber? Beth, der hat sie doch völlig umgarnt. Sie meint, je härter das Leben, um so besser für sie; wie sollen wir ihr helfen, indem wir es ihr leichter machen? In ihren Augen sind wir doch sowieso schon die Bösewichte – zumindest stehen wir repräsentativ für das schreckliche Schicksal, das sie ereilt hätte, wenn sie John nicht geheiratet hätte.«

»Aber wieso findet sie unser Schicksal denn so schrecklich?«

»Keine Ahnung«, sagt Peggy. »Wir können nur hoffen, daß ihr mal ein Licht aufgeht.« Peggy spricht es nicht aus, aber wir denken es beide: bevor es zu spät ist. »Dann können wir ihr helfen«, fährt sie fort. »Ob sie nun die Ehe weiterführen will oder nicht, wir können erst was machen, wenn sie uns drum bittet. Das gleiche gilt für den Psychiater wegen der postnatalen Sache. Sie wird erst dann Hilfe suchen, wenn sie erkennt, daß sie ein Problem hat.«

Ich will noch etwas zu der Abtreibung sagen – daß Ellen und John es machen sollten, wenn beide das Baby nicht wollen. Statt dessen sage ich: »Unsere Kinder werden immer gleich alt sein.«

Peggy gibt keine Antwort.

Die Hitze liegt drückend auf mir, und ich stelle mir vor, wie die Mäuse im Dunkeln auf dem Fußboden kratzen. Wenn es nur schon morgen wäre und ich nach Hause fahren könnte. Dann höre ich John wieder ächzen und schnaufen. Die Küche fällt mir wieder ein, und wie ich den Oregano aufgekehrt und die Gewürze wieder hingestellt habe.

ELLEN Im Frühjahr war ich dann dick, häßlich und plump. Eingesperrt in meine Schale, dachte ich an Schnecken, die ihr Gehäuse wechseln, feststeckende Schildkröten. Seit Benjys Geburt, seit ich aus der Klinik zurück bin, waren meine Gedanken wie weggesogen. Ich spürte sie schattenhaft, aber sie entkamen mir, noch bevor ich sie fassen, in den Tunnel zwängen, in Worte kleiden konnte.

»Meinst du, diesmal geht alles gut?« fragte John.

Ich schüttelte den Kopf. Ich wußte die Antwort wirklich nicht. Ich wußte nicht, warum es überhaupt geschah.

John kam, John ging weg. Gegenstände zerbrachen, schlugen leck, splitterten ab. Der Verkehr ächzte und blökte. Ich sagte nie etwas, beklagte mich nie. Bald, dachte ich, wäre das Baby draußen, mein Körper wieder normal, die Prüfung überstanden. Der Tag damals mit dem Elch fiel mir wieder ein; die Luft war klar wie blankpoliertes Glas, Geräusche wanderten rasch und zielsicher. Das war das Versprechen, und nur da mußte ich noch durch: durch Smog, Hitze, Einsamkeit und Leere. Wenn ich nicht klagte, wenn ich lernte, über alles zu triumphieren, dann würde John zurückkommen, und wir würden aus der Stadt wegziehen. Er würde mir zeigen, daß er mich wieder liebte.

Es fiel schwer, ans College zu denken, wo ich in der alten Remise am Fenster gestanden und den Rehen zugeschaut hatte, die die Köpfe ins Gras steckten. Jetzt war ich ringsum von Nachbarn umgeben, Benjy zog an meinen Beinen und klammerte sich an meine Knie. Tag und Nacht kletterten Gestalten auf der Feuerleiter herum und streiften mit den Schultern an Ziegel und Fenster. Manchmal konnte ich sie sehen, ein andermal stellte ich sie mir bloß vor – die Gesichter schwarz, halb glänzend im Mondlicht, oder weiß, im Schatten zusammengedrängt, wo sie Joints herumreichten und lachten. Würden sie raufgehen? Oder runter? Manchmal standen sie auf unserem Absatz, nur Zentimeter von unserer Küche entfernt, das metallene Echo der Stiefel und dieses nicht enden wollende Gelächter. Herein oder hinaus. Wenn sie wollten, würde ein Stoß genügen, und sie wären in der Küche. Die Feuerleiter, der Eingang. Ich würde die Prüfung bestehen. Ich konnte nirgendwo hin. Draußen und drinnen, lauter Babys.

Im Sommer würden Gebäude, Beton, Bäume und Gras in brütender Hitze aufgeheizt dastehen und geduldig abwarten. Schon jetzt glich ich ihnen, die Säfte flossen träge, die Uhr lief ab. Ich stand am vorderen Fenster und sah hinaus, ein Gedicht wehte durch meinen Kopf – gefühlvoll, aber entwurzelt. John stand auf, duschte, und ich machte ihm Frühstück, die leblosen Bäume und apathischen Häuser vor Augen. »Was machst du denn heute?« fragte er. »Unternimm doch mal was!«

»Ja. Okay«, sagte ich möglichst ohne Anstrengung. Ich mußte meine Kräfte aufsparen. Der Sommer war noch lang. Die Säfte flossen langsam.

Benjy verschüttete seine Milch, setzte sich hin und schmierte Muster auf den Boden. Später rutschte er darin aus und fiel hin. »Siehst du?« meinte ich. »Siehst du, was passiert?« Er weinte.

Draußen verdickte sich der Smog wie Wackelpudding. Ich konnte nicht mehr bis zu den Geschäften, den Markisen an der Straße oben sehen. Wörter klopften an Türen und Fenster, und ich sagte: »Okay. Ich laß euch rein.« Ich öffnete die Wohnung, Löcher, durch die die Welt hereinfallen konnte. Benjy wickelte die Händchen in den Saum meines Nachthemds und heulte in allen Tönen, aber die Wörter waren zu schnell, zu schmutzig, sie stießen und schoben. »Schon gut, schon gut«, sagte ich zu ihnen. »Beruhigt euch.« Sie kamen, sprangen über die Seiten wie hektische Athleten, vom Licht aufgeschreckte Kakerlaken.

Auf der Feuerleiter zerbrach eine Flasche. Benjy war mit dem Kopf an meinem Fuß eingeschlafen. Ich konnte das Marihuana riechen, den Schweiß, den Sand. Ich wußte schon, wenn sie hereinwollten, würden sie kommen. Ich war machtlos. Ich konnte es nicht beeinflussen. Ich lachte, während ich die Wörter spielerisch in Zeilen fügte, sie zusammentrieb wie Schafe zum Scheren, als der erste ans Fenster kam und sich, ohne Beine, nur Arme und Gesicht, hereinlehnte.

»He«, sagte er. »Hast du Grateful Dead da?« Und dann: »Laß nur. Ich schau selber nach.«

Er kam durchs Fenster, und seine Jeans waren hinten durchgescheuert, so daß das fischigweiße Fleisch seines Hinterns herausschaute. Benjy bewegte sich an meinem Fuß, aber ich durfte ihn jetzt nicht anfassen; ich wußte nicht, was ich anstellen sollte, damit er still war und nicht auffiel. Dann kam der nächste herein, hangelte sich durchs Fenster, er hatte grinsende Zähne wie Klaviertasten, hielt sich an der Rolloschnur fest und landete auf den Füßen wie ein Fallschirmspringer. »He«, sagte er.

Ich wagte nicht, mich zu rühren. Vielleicht war ich verschwunden, meinen Gedanken gefolgt, aufgesaugt worden. Dann waren sie zu dritt und bewegten sich um mich herum, kramten in den Schallplatten, öffneten Schubladen, sahen in Kühlschrank und Schränken nach. Ich wandte den Kopf nicht. Benjy wachte auf und heulte.

»Scheiße«, sagte der eine. Ich rührte mich nicht. Ich versuchte nicht, mir vorzustellen, was nun passieren würde. Weit weg war eine Sirene zu hören. Kam aber nicht her. Ich war verschwunden. Sie nahmen sich Brot, Mayonnaise, Erdnußbutter und die Küchenmesser. Sie schnappten sich eine Flasche Wein, die wir uns aufgespart hatten, und stöberten nach einem Korkenzieher herum.

»Wo ist er?« fragte einer von ihnen.

Ich konnte nicht antworten. Ich wußte es nicht.

Zwei waren in der Küche, und der eine stand vor mir, sein Bekken direkt vor meinem Gesicht. Er hatte die Hände voll – Erdnußbutter, Messer, Weinflasche. Benjy stieß mit den Füßen und ruderte mit den Armen und wollte in meinen Schoß schwimmen. Ich spürte etwas Kaltes zwischen den Beinen, als ob ich Eis gepinkelt hätte.

Benjys Fuß traf den Kerl am Schenkel. »Verdammt«, sagte er. Er war jung, vierzehn oder dreizehn. Sie hatten die Erdnußbutter genommen.

Die anderen waren im Schlafzimmer. »Schau mal da«, hörte ich. Sie kamen mit dem geschnitzten Holzbuddha, Räucherstäbchen, Kerzen und Streichhölzern wieder herein. Sie sahen erst mich an, dann die Sachen in ihren Handkuhlen, dann wieder mich. »Was ist das für ein Mist?«

Ich zuckte die Achseln und sah weg. John machte sich lustig

über diese Sachen, die Steigbügel, mit denen ich in mich selbst zurückklettern konnte. Damit wanderte ich in den Höhlen umher, auf der Suche nach den verschwundenen Wörtern. Sie warfen alles wild durcheinander auf den Küchentisch.

Es waren noch andere Sachen im Schlafzimmer: meine Schreibmaschine, meine Tagebücher, meine Armbanduhr, meine Gedanken, mein Leben. Da waren unser ungemachtes Bett und Benjys Wiege, meine Bücher, meine Kissen, all meine Sachen. Ich stand nicht auf. Ich wollte es nicht sehen. Ich hörte etwas zu Boden fallen, Gelächter, dann Stille. Nach einer Weile kamen sie wieder. Sie kicherten und grinsten. »Danke«, sagten sie, und einer schwenkte das Glas mit Erdnußbutter in der Luft. Ich hörte sie vergnügt glucksen, die Füße auf der Feuerleiter. Benjy klammerte sich an mich und rief laut: »Mami! Mami!«

Ich saß da und erwartete, daß alles verschwand. Von meinem Platz aus hatte sich nichts verändert, aber ich merkte am Geräusch des Motors, daß die Kühlschranktür offenstand und kalte Luft ins Zimmer strömte. Ich versuchte zu fliehen. Ich konnte nirgends hin. Ich setzte Benjy auf die Couch und sah zu den Platten und dem Plattenspieler hinüber. Alles war in Ordnung. Die ›Grateful-Dead‹-Platte war abgelaufen, unschuldig und verlassen sah sie aus auf dem Plattenteller. Ich steckte sie in die Hülle. Im Sommer verbiegen sich die Schallplatten ja. Ich machte das Küchenfenster zu und verriegelte es. Aber eigentlich war es sowieso egal.

Ich ging ins Schlafzimmer. Sie hatten nichts geklaut, rumgeschmissen oder durcheinandergebracht. Die Schreibmaschine stand noch da. Meine Tagebücher waren da. Sogar das Kleingeld – Pennys und Fünfcent-Stücke – lag noch auf der Kommode. Vor dem hinteren Fenster befand sich ein verlassener Innenhof. Ich schloß auch dieses Fenster, legte das Buch, das ich vorhin gelesen hatte, beiseite und bezog Benjys Bettchen frisch. Dann machte ich unser Bett. Oder fing damit an.

Die Laken waren naß. Klebrig. Große Pfützen. Da wußte ich, was sie getan hatten. Ich hatte es an den Fingern, es war, wie wenn man eine Leiche findet oder etwas Schimmeliges oder einen Käfer im Essen. Als ich aufschrie, rannte Benjy zu mir und fing an zu weinen, aber ich konnte ihn nicht anfassen. Meine Finger unters Wasser, unters kochend heiße Wasser halten; ich konnte nicht einmal reiben, weil ich nicht wollte, daß eine Hand die andere berührte und es sich ausbreitete. Vielleicht war es auch an meinen Kleidern, also zog ich sie aus, warf sie in die Wanne, drehte das kochend heiße Wasser auf und steckte auch die Laken hinein, die ich an den Ecken festhielt. Benjy stand heulend an der Badezimmertür. Überall war Rauch, Dampf und Feuchtigkeit. War es etwa auch an ihm? Ich hätte ihn auch in die Wanne gesteckt, aber als ich seinen Arm packte, riß er sich los und schlug mit dem Kopf gegen die Tür.

»Mami weh«, sagte er und japste zwischen den Wörtern. Ich hielt ihn fester, immer fester, und wir saßen lange zusammen vor dem Badezimmer auf dem Fußboden. Ich schloß die Augen, und alles verlangsamte sich, ordnete sich zu einem System – Pläne, Ideen, der nächste Schritt eines Fußes vor dem anderen. John würde sagen: »Warum hast du das Fenster aufgemacht? Du dumme Kuh. Das hast du nun davon.« Meine Mutter würde sagen: »Schmeiß ihn raus. Na, los. Schmeiß ihn raus oder geh.« Beth würde mich nur mit knisterndem Blick anstarren und langsam immer mehr zurückweichen. »Wenn die Flut verebbt«, würde Peggy mir prophezeien, »bleibt das Strandgut liegen.«

»Essen, Mami«, sagte Benjy.

Dann kamen Hitze, Abgase und Ruß. Um mich herum war es heiß. Die anderen waren weg. Die Wörter waren gekommen, in mich eingedrungen und wieder verschwunden. Drinnen boxte das Baby gelangweilt. Alles andere war gar nicht geschehen. Das Fenster war zu, verriegelt. Die Schallplatte war weggeräumt. Ich wrang die Bettücher aus und trug sie zum Trockner hinunter.

Aber die Lebensmittel waren weg. Ich zwängte Benjy in sein Strandhöschen, seine watteweiche Haut, die Fältchen an Ellbogen und Knien schauten noch heraus. »Wohin gehen die Männer, Mami?« fragte er.

Ich sagte ihm, es sei gar nichts gewesen, wir würden nicht mehr dran denken, uns nicht mehr daran erinnern.

»Männer zeigen ihre Gefühle nicht«, hatte mir meine Mutter mal gesagt. Ich konzentrierte mich auf einen Fuß, dann auf den anderen.

Als wir hinausgingen, kam der Schmutz herein. Es war nicht nur Smogluft, sondern Sand, der sich dick auf unsere Gesichter legte.

Nach einem Häuserblock blieb Benjy stehen und sagte: »Tragen.«

»Ich kann nicht«, sagte ich zu ihm. Aber als er sich nicht rührte, mußte ich es tun. Mein Rücken drückte warnend. Er setzte sich vorn drauf, hopste auf dem Baby herum, schmiegte sein Gesicht an meines und atmete den schützenden Raum zwischen uns ein. Ich rieb meine Lippen gegen Hals und Bäckchen – samtig, seidenglatt.

Im Laden setzte ich ihn in den Einkaufswagen, wo er den Vorbeigehenden zuwinkte. Mayonnaise, Erdnußbutter, Brot. Supermärkte haben Stimmungen, je nach Wetter, und dieser Laden war düster, verdrossen und deprimiert.

Auf dem Nachhauseweg sagte Benjy: »Tragen«, und ich balancierte ihn wieder und klemmte die Einkäufe unter den anderen Arm. Hitze an meinem Rücken. Nichts im Briefkasten, und Benjy legte sich auf den Boden und rieb mit den Händen im Schmutz, als ich sagte, er müßte selber die Treppe hochsteigen. Schließlich mußte ich ihn alleinlassen; im Unterleib spürte ich Krämpfe. Ich mußte es aufs Klo schaffen. Ich ging langsam, krampfte die Muskeln zusammen und sagte immer wieder: »Komm doch, Benjy. Noch ein Schritt. Und noch einen.«

Meine Beine waren naß, als ich es, mit Benjy zwischen den Knien verhakt, gerade noch ins Badezimmer schaffte. Er überlegte kurz, dann steckte er den Daumen in den Mund und lehnte den Kopf an meine Schenkel.

Als sich meine Eingeweide wieder umdrehten, wußte ich, daß es eine Kontraktion war. Mir war klar, daß es noch zu früh war und ich dachte, es würde wieder vergehen, mein Körper belog mich, foppte mich, machte mir etwas vor. Noch eine Prüfung. Ich würde sie bestehen. Während des folgenden Schmerzschubes schloß ich die Augen, schwankte hin und her, dachte an die Bewegung der Meereswogen, wie sie sich höher und höher türmten, mich aber mit hochhoben und auf den Himmel zuschleuderten.

Ich saß auf der Couch, die Beine unter mir überkreuzt, um die Kissen nicht naßzumachen. Gleich würde es aufhören. Benjy umklammerte mich mit Armen, Beinen und Daumen, die Hitze drückte gegen die Scheiben. Die Stimmen waren verschwunden. Dreck an den Fenstern. Wir waren eingekleistert, verschüttet, begraben. Kein Ton war zu hören, niemand kam. Als die nächste Kontraktion kam, war sie so stark, daß die Elektrizität flimmernd aufflackerte. Ich dachte ganz fest daran: Wenn der Strom anblieb, würde das Baby nicht kommen.

Aber dann war er weg, das ganze Haus stieß seinen letzten Atemzug aus, und ich merkte, daß die Jungen diesmal leise herkamen, sich um den Fensterrahmen sammelten, um alle gleichzeitig hereinbrechen zu können – Zähne, Hände, Füße, Köpfe, dunkle Handflächen, Zigaretten in die Hemdsärmel gerollt. Unter mir wurde es feuchter; es breitete sich aufs Bett aus, wo sie es wieder taten, während Buddha, die Hände überm Kopf, lachend zusah. An der Wand weinte der Heiland. Ich fürchtete mich nicht. Fürchtete mich nicht.

BETH Ellen zieht ihr Nachthemd bis ans Kinn hoch und entblößt beide Brüste. »Guten Morgen, guten Morgen«, sagte sie monoton. »Guten Morgen, rechte Brust. Guten Morgen, linke Brust.« Sie packt eine ihrer Titten und beginnt zu pumpen. »Was gibt's denn heute zum Frühstück, mein Mäuschen?«

»Ist ja gut«, sagt ihr Arzt und nimmt sie an beiden Handgelenken, damit sie losläßt.

»Ist ja gut? Nur Mut. Keine Sorgen. Guten Morgen!« Ellen lächelt zu ihm hoch und schießt ihm einen Strahl Milch auf die Vorderseite seines gelbgestärkten Kittels.

»Na, na, Elly«, säuselt er. Ich sehe, wie seine Knöchel weiß werden, während er versucht, Ellens Hände von ihrer Brust wegzuziehen. »Sehen Sie mal, Elly. Sie haben Besuch. Wissen Sie, wer das ist?«

Das hier ist ein neuer Arzt in der Parade von Leuten, die während der vergangenen Tage hier durchmarschiert sind. Ellen ist so ziemlich auf alles untersucht worden, auf den Rat eines Nachbarn meiner Eltern, der plastischer Chirurg ist. Am zweiten Abend, als wir alle damit beschäftigt sind, schreiende Kinder zu beruhigen, einen Schichtdienst für Einkäufe, Mahlzeiten und Besuche bei Ellen zu organisieren, sagt Peggy: »Sie braucht aber doch keine Nasenoperation. Sie braucht einen Nervenarzt.«

»Was wissen *die* denn schon?« fragt mein Vater gereizt. »Soll das so was wie eine Wissenschaft sein, oder schnüffeln die bloß rum, bis sie einen potentiellen Bösewicht finden, und sagen dann: ›Die Mutter war's?‹« Mein Vater stand an der Küchenanrichte und machte sich noch einen Drink; wir alle sahen die beträchtliche Whiskymenge in seinem Glas. Keiner sagte etwas.

»Mütter haben ja immer unrecht.« Meine Mutter seufzte. »Wieso kommt eigentlich nie jemand auf die guten alten Hausmittel, wie zum Beispiel gesunde Ernährung und ausreichend Schlaf?« Meine Mutter saß gekrümmt auf einem Küchenhocker. Seit Ellen im Krankenhaus ist, hat sie am Telefon Stellung bezogen, vor sich stapelweise Notizblöcke und neben sich einen Berg Schreibstifte. Die Papiere sind vollgekritzelt mit Einkaufslisten, Uhrzeiten, Nachrichten von Freunden, Ratschlägen und Hinweisen des Nachbarn. »Sie hat während ihrer gesamten Schwangerschaft überhaupt nie Fleisch gegessen«, sagte meine Mutter. »Ich bin sicher, das Baby hat ihrem Körper alles Protein entzogen.«

Peggy verließ wortlos das Zimmer, warf mir jedoch einen Blick zu, wie wenn sie sagen wollte: Komm mit. Ich folgte ihr nicht. Ich war zu erschöpft.

Heute vormittag in Ellens Krankenzimmer fragt Ellens Arzt: »Wer ist denn Ihr Besuch?« Er ist ein anerkannter Psychiater, den das Krankenhaus geschickt hat. »Kennen Sie sie?« fragt er.

»Ja.«

»Können Sie mir sagen, wer es ist?«

Ellen entblößt ihre Brust und fragt: »Ellen! Hast du das Baby schon gefüttert?«

»Nein, nein, Elly. Sie sind doch Ellen. Das ist Ihre Schwester.«

Ellens besondere Art, die Welt, ihre eigenen Belange und Perspektiven zu verzerren, hat etwas Bedrohliches, Entnervendes. Es ist, als würde sie an einem Wundschorf herumkratzen, unter dem Furchterregendes liegt, etwas, das ich gar nicht sehen will. Trotzdem beruhigt mich das Zusammensein mit ihr. Es ist eine Möglichkeit, von zu Hause zu fliehen, wo Peggy und meine Mutter sich nicht einigen können, ob wir wirklich Dessertgabeln brauchen, wo über die Lautstärke des Fernsehers gestritten wird, wo immer ein hungriges, weinendes, schmutziges Baby ist, und wo wir uns immer noch bei Kerzenlicht zum Abendessen versammeln. Doch mehr noch als das liegt eine gewisse Sicherheit in ihrer körperlichen Gegenwart, in der Erkenntnis der Grenzen und verschiedenen Ausformungen ihrer Geisteskrankheit und in dem Wissen, daß ich nicht bloß die Hand ins Loch des Weißen Kaninchens gesteckt habe; ich bin vollkommen drin, folge jeder Fußspur, jeder Fährte, jedem Hinweis beim Versuch, meine kleine Schwester zurückzuerobern.

Ich antworte Ellen mit der Wahrheit, versuche, sie mit Hilfe der kleinen organisatorischen Details, die sie hinterlassen hat, zurückzulocken, sie wissen zu lassen, daß wir uns um alles Nötige kümmern, was es uns auch kostet. »Ja«, sage ich, »dein Baby hat heute morgen was gekriegt.« Als meine Brust zuckt, überlege ich, ob ich nachsehen soll, ob es auch aus meinen Brüsten tropft. »Sie hat etwa hundert Milliliter Milch getrunken. Aus dem Fläschchen. Als ich weg bin, hat sie geschlafen.«

»Hast du auch was gegessen?« fragt Ellen und greift wieder nach ihrer Brust. Der Arzt zieht ihr energisch das Nachthemd nach unten und schubst ihre Hand weg. »Die wollen mich hier nicht essen lassen«, murmelt sie und zupft an der Bettdecke. »Und jetzt tun mir die Brüste weh.«

»Hat sie das schon einmal gemacht?« fragt mich der Arzt.

Was gemacht?, will ich ihn fragen. Was von allem? Und was ist es denn genau, was sie macht? Ich zucke die Achseln, und der Arzt verschränkt seufzend die Arme vor dem Bauch. Dann fängt er an, Fachjargon mit mir zu reden – Medikamente, Dosierungen, mögliche Reaktionen und Nebenwirkungen. Ellen formt lautlos Wörter, faßt sich in den Mund, holt sie heraus, und ich kann mir denken, was sie sagen will: daß die Ausführungen des Arztes bedeutungslos sind; es ist eine Mauer, mit der er sich davor schützen will, für Ellen, für mich, für die Szene, deren Zeuge er war, ein Gefühl zu empfinden.

»Was meinen Sie, warum sie sich für Sie hält?« fragt er.

Die ganze Familie hat schon mit diesem Fragespiel der Ärzte angefangen. Abends ziehen wir Will immer damit auf, daß Ärzte Fragen immer mit Gegenfragen beantworten, daß sie wissen wollen, warum *wir* uns für einen Test interessieren, warum *wir* glauben, Ellen hätte ein Problem mit der Ernährung. Statt einer Antwort ignoriere ich den Arzt und setze mich an Ellens Bett. »Dem Baby geht's gut«, versichere ich ihr. Ellen starrt mich mit herunterhängendem Unterkiefer an. Ich komme mir vor wie ein Buch, in dem sie nach Antworten sucht. Ich traue mich nicht, mit der Wimper zu zucken.

»Keks«, sagt Ellen mit starrem Blick. Neben mir sieht der Arzt auf seine Uhr.

»Könnten Sie ihr vielleicht einen Keks besorgen?« frage ich.

Der Arzt runzelt die Stirn. »Ich habe auch noch andere Patienten«, sagt er und nimmt seinen Klemmblock zur Hand. »Ich seh mal nach, ob ich eine Schwester finde, die ihr einen Imbiß bringen kann.«

Als er geht, macht er die Tür nicht ganz zu, und die Geräusche eines Fernsehers und anderer Patienten dringen herein. »Ich muß mal, ich muß mal«, ruft jemand.

Während ich Ellens Nacken reibe, massiert sie meinen. Als ich ihr übers Haar streiche, bürstet sie meines, und ich denke wieder an den Tag, als Ellens Baby Anne geboren wurde: als alles angefangen hat.

Ellen bekam ihr Baby, als ich schon zu schwanger war, um nachts schlafen zu können; ich saß im Schaukelstuhl und versuchte zu erraten, wie spät es war. Ich bemühte mich, nicht an Wehen und an Neugeborene, die nicht schlafen wollen, zu denken, und konzentrierte mich auf die Möglichkeit einer vorzeitigen Entbindung. Als das Telefon klingelte, wurde es gerade hell, und ich wußte, sobald ich es läuten hörte, daß ich auf diesen Anruf gewartet hatte. Die ganze Nacht hatte ich das Gefühl gehabt, daß etwas passierte – ein nervöses, unbestimmtes Gefühl. Es waren noch sieben Wochen bis zu meinem Termin, zu früh, als daß eine von uns dreien schon entbinden könnte, aber ich hoffte, daß es eine gute Nachricht war.

»Ellen hat ihr Baby bekommen«, teilte mir meine Mutter mit. »Ein kleines Mädchen.«

Jim stand schon nackt in der Wohnzimmertür, im Gesicht hatte er dunkle Bartstoppeln. »Was?« fragte er. »Was ist los?« Als ich es ihm sagte, wünschte ich mir, das wäre alles. Ich hatte mir gerade ausgerechnet, daß ich zweieinhalb Wochen zu früh dran sein könnte, ohne mir Sorgen machen zu müssen. Noch bevor ich erfuhr, wie es ihrem Baby ging, beneidete ich Ellen dafür, daß sie nicht mehr schwanger war.

Jim holte sich seinen Bademantel, während meine Mutter mir den Rest erzählte. Ellen hatte die Einkaufstüten in die Wohnung hochgetragen, als ihre Fruchtblase platzte. Sie versorgte die Lebensmittel, setzte sich auf die Couch und wartete auf die Wehen, aber es kam nichts. Nur Wasser. Dann Blut. Ellen saß da. Obwohl es nicht eigens erwähnt wurde, wußte ich, daß John nicht da war. Ellen saß auf der Couch, während es dunkel wurde, aber sie machte kein Licht an. Als schließlich die Straßenlampen angingen, merkte sie, daß sie Blut verlor, nicht Wasser, und rief ihre Hebamme an. Wegen eines Unfalls, der ein Verkehrschaos verursachte, brauchte die Hebamme eine Dreiviertelstunde, bis sie bei Ellen eintraf, und fand sie auf dem Sofa sitzend mit einem Handtuch zwischen den Beinen, neben sich den schlafenden Benjy. Ellen wirkte ruhig, erzählte aber etwas von Embryos, die auf ihrem Bett wuchsen.

Die Hebamme mußte so tun, als würden sie zum Einkaufen fahren, um Ellen ins Auto zu kriegen. Sie fuhr sie in die Klinik, wo die Ärzte Ellen Pitocin, ein Wehenmittel, gaben, einen Katheter setzten, eine Ultraschalluntersuchung machten und ihr eine Sauerstoffmaske aufsetzten. Inzwischen hatte die Hebamme John aufgetrieben, und Ellen ließ alles mit sich geschehen. Bei hohen Pitocin-Gaben zeigte das Baby Anzeichen von Schwäche, wenn die Dosis jedoch reduziert wurde, setzten die Wehen aus. Schließlich besprachen sich die Hebamme, die Ärzte und John miteinander, und man beschloß, einen Kaiserschnitt zu machen. Die Hebamme berichtete über Ellens »Geschichte« und den Zustand, in dem sie sie in der Wohnung angetroffen hatte, und man einigte sich darauf, Ellen nichts von dem Eingriff zu sagen. Sie betäubten sie einfach, schlitzten sie auf und holten das Baby heraus. Es sei ein Bikinischnitt, sagten sie ihr, als sie aufwachte. Und es sei ein Mädchen.

Meine Mutter sagte, vor ein paar Minuten habe John angerufen und berichtet, erst habe Ellen sich aufgeregt, aber dann habe sie sich beruhigt. Das Baby sei auf der Intensivstation. »Für alle Fälle«, hatte John gemeint. Sie war klein – etwa vier Pfund –, und sie befürchteten, daß ihre Lunge noch nicht ausreichend entwikkelt war. Sie hieß Anne. Ellen, sagte er, sei mit dem Baby auf der Intensivstation für Neugeborene, sitze in einem Schaukelstuhl neben dem Brutkasten und singe Wiegenlieder. John versicherte meiner Mutter, daß es Ellen jetzt gut gehe und er gut für sie sorgen würde.

Die Ärzte glaubten anscheinend, Ellen sei ganz in Ordnung, denn nach zwei Wochen wurde sie mit dem Baby entlassen. Irgendwie schaffte sie es durch die nächsten zwei Monate – inzwischen kamen mein Baby Michael und Peggys Susan zur Welt –, bevor sie wieder umkippte.

Und dann drehte Ellen völlig durch, und John wußte überhaupt nicht mehr ein und aus. Als er bei meinen Eltern anrief, weinte er so, daß sie kaum verstehen konnten, was er sagte. Erst, sagte meine Mutter, dachte sie, das Baby wäre gestorben. Als sie begriff, was los war, sagte sie zu John, er solle in einem Krankenhaus anrufen, mit einem Psychiater sprechen und sagen, er würde Ellen bringen. Sie gab ihm die Anweisung, die Kinder bei befreundeten Nachbarn zu lassen und den Nachbarn zu sagen, in welche Klinik sie gefahren seien. John sagte zu allem ja und amen, hatte es aber wohl nicht gehört oder begriffen, denn als meine Eltern fünf Stunden später in der Wohnung ankamen, waren Ellen und John und die Kinder immer noch da.

Sofort begann der Streit. Ellen saß auf der Couch und versuchte, ihre Verkrampfung zu lösen und etwas zu sagen, während John meine Mutter eine arrogante Kuh schimpfte und meine Mutter John einen egoistischen Kerl nannte. In dem ganzen Durcheinander übergab sich Ellen auch noch, und mein Vater schleppte John auf den Flur hinaus, um »mal über alles zu reden«, während meine Mutter Ellen säuberte, ihre Kleider einpackte, ein paar Babysachen zusammensuchte und eine ambulante Krankenschwester auftrieb, die mit ihnen nach Hause fuhr. Meine Mutter behauptet, sie wüßte nicht, was auf dem Flur vor sich gegangen sei. Anscheinend konnte John nicht erklären, weshalb er Ellen nicht in ein Krankenhaus gebracht hatte. Er wußte nicht, was ihr Verhalten ausgelöst hatte. Er wußte selbst nicht recht, was er nun machen sollte, behauptete jedoch felsenfest, Ellens Zustand würde sich unter der Aufsicht ihrer Eltern verschlimmern. Als sie sagten, sie würden Ellen trotzdem mit nach Hause nehmen, weigerte sich John, mitzukommen. Er sagte, Ellen sollte ruhig wissen, daß sie gegen seinen Willen weggebracht wurde. Ich habe den Verdacht, er rechnete damit, daß sie sich weigern und darauf bestehen würde, bei ihrem Mann zu bleiben. Aber anscheinend wußte sie gar nicht recht, was vor sich ging. Sie gab John einen Kuß und sagte: »Also, dann bis später.« Im Flugzeug schaute sie aus dem Fenster und ignorierte meine Eltern, als sie sie dazu bewegen wollten, Anne zu stillen. Schließlich hatten sie Ellen in die Klinik eingeliefert.

Wir haben beschlossen, mit Ellen nicht über John zu sprechen. Wir rufen ihn alle abwechselnd an und versuchen, ihn zum Kommen zu überreden. Mit meinen Eltern will er nicht sprechen, aber mit mir verbringt er eine Stunde am Telefon, sagt, er sei ein Versager, er habe alles versaut, er wolle sich umbringen. Meistens weint er. Aber hierherkommen will er nicht, er sagt, er könne uns nicht gegenübertreten. Nachdem er diesen Monolog beendet hat, sage ich zu ihm, darum ginge es doch überhaupt nicht, das sei doch vorbei, und er müsse einfach kommen. Ellen fragt andauernd nach ihm, und das hält doch keiner von uns aus.

Als ich Jim sagte, ich würde nach Hause fahren, um mich um Ellens Baby zu kümmern, wandte er ein, daß das Baby doch einen Vater habe, der durchaus in der Lage sei, es zu versorgen. Er fragte mich, wie ich mich fühlte, ob ich vielleicht mit der Psychiaterin sprechen wolle, worauf ich explodierte und ihm sagte, Ellen sei die Kranke, nicht ich. Ich wies ihn darauf hin, daß Ellen ihre Familie um sich brauchte, die sie versorgte, und Jim meinte, er brauche seine Familie auch um sich. Schließlich einigten wir uns darauf, daß Jim mitkommen sollte. »Da haben wir's«, sagte er. »Das ist unser Urlaub für die nächsten dreihundertfünfundsechzig Tage.« Seit wir bei meinen Eltern sind, haben wir kaum Gelegenheit gehabt, miteinander zu reden. Abends, wenn ich zu ihm in Ellens schmales Bett steige und hoffe, daß er seine Arme um mich legt, stöhnt er bloß, als hätte ich ihn aus dem Schlaf geweckt. Nachts liege ich oft wach und fühle, wie diese Reise einen Abstand zwischen uns gebildet hat, und nehme es mir für den nächsten Tag vor – mich zu bemühen, mit ihm allein zu sein, mich zu bemühen, ihn zu fragen, wie es ihm geht, spazierenzugehen oder gemütlich zusammen was zu trinken. Aber jeder Morgen schlägt wieder zu wie ein Wirbelsturm, mit schreienden Kindern, schmutzigen Windeln, hektischem Planen und einem Wirrwarr von Erwachsenen, von denen jeder andere Termine und Pläne hat. Wenn ich Jim dann schließlich bemerke, mit Rob auf einem Arm und einer Tasse Kaffee in der anderen Hand, während er versucht, Zeitung zu lesen, ärgere ich mich bloß über ihn, weil er nichts tut, nichts vorplant und die ganze Reise hierher nur gemacht hat, um mich durch seine Anwesenheit daran zu erinnern, wie sehr er sich aufopfert.

Jetzt, in der Klinik, läßt Ellen die Hand sinken und fragt: »Funktioniert das Telefon?«

»Ja.«

»Hat John angerufen?«

»Wir konnten ihn noch nicht erreichen. Aber ich bin sicher, er ist bald hier.«

»Ist bald hier, altes Tier, Mond, Mama, Moneten. Hat er Einkaufsgeld gehabt? Hast du vielleicht Geld?« Ellen sieht sich im Zimmer um. »Siehst du irgendwo meine Handtasche? Hoffentlich hab ich die nicht verloren.«

Nach einer Weile sinkt sie an der Bettkante zusammen; sie sieht mutlos aus. Dann fängt sie plötzlich energisch an, ihre Schuhe anzuziehen.

»Jetzt muß ich aber los«, sagt sie und steht auf.

»Wohin?« frage ich und stehe auch auf.

»Ich muß doch nach dem Baby sehen.« Ellen marschiert den Korridor entlang, ihre Silhouette stanzt ein Loch in das helle Sonnenlicht, das durchs Fenster kommt. Ein paar Zentimeter ihres dünnen Knöchels sind zwischen Nachthemd und Schuhen zu sehen, und das Haar steht ihr wirr vom Kopf ab.

»Immer sind sie unterwegs, nicht wahr?« fragt eine Pflegerin, die neben mir an der gegenüberliegenden Seite des Korridors steht. Ellen gelangt ans andere Ende und probiert am Türgriff. Als die Tür nicht aufgeht, läßt sie sich auf den Boden fallen.

»Hier. Ich hab Ihnen Kekse mitgebracht«, sagt die Pflegerin und schiebt mir eine Handvoll Oreos hin.

Ich setze mich neben Ellen auf den Boden, und wir halten das Gesicht an die Metalltür und spüren die Kälte eindringen. Wir ziehen die Knie an die Brust und lehnen uns gegen die Tür. Im Schatten unter dem Fenster meine ich plötzlich, das Sonnenlicht fiele im gleichen Winkel wieder aus dem Gebäude heraus. Bald schon wird die ganze Klinik im Schatten liegen. Trotzdem scheint hier ein sicherer Ort zu sein, ein friedliches Fleckchen, vor Veränderungen geschützt.

»Wo ist John?« fragt Ellen und streichelt die Tür. »Wo ist Benjy? Wo ist das Baby?« Dann lacht sie und singt: »Oh, wo, oh, wo ist denn mein kleiner Floh?«

»Mach dir keine Sorgen«, sage ich und berühre sie. »Wir kümmern uns um dich und die Kinder. Du brauchst dir keine Sorgen zu machen.«

Aber wir anderen schon. Wir machen uns Sorgen, organisieren, planen, arbeiten, nur um die Lücke zu füllen, die Ellen hinterlassen hat. Zu allem Überfluß ist Michael auch noch erkältet. Rob wacht nachts auf und schreit. Ich kann mich nicht mehr erinnern, wie es war, nachts durchzuschlafen, morgens im Bett zu liegen und langsam aufzuwachen. Ich weiß nicht mehr, wie es war, auszugehen, ohne zurück sein zu müssen, oder beim Essen zu sitzen, ohne aufstehen zu müssen. Verglichen damit ist es in der Klinik so friedlich, und ich stelle fest, daß ich Lust hätte, zu Ellen ins Bett zu schlüpfen, Lithium, Stelazin, Valium und Thorazin zu mampfen und durch Träume wie durch Türen ein und aus zu wandeln.

Mit einem Tröpfchen Speichel im Mundwinkel dreht Ellen sich zu mir um und starrt mich an. Ihre Backenknochen stehen weiter hervor als sonst, ihre Augen glänzen. Dann wirft sie die Arme um mich, packt mich mit einer Umarmung, die verzweifelt wirkt, klammernd, erstickend. Aber anstatt mich losreißen zu wollen, lasse ich mich gegen sie sinken und breche in Tränen aus.

Arm in Arm gehen wir den Korridor entlang zurück, und ich spüre, wie schmal Ellens Taille ist, wie weit ihre Hüftknochen hervorspringen. In ihrem Zimmer angelangt, setzt Ellen sich hin, streift bedächtig ihre Schuhe ab und stellt sie nebeneinander ans Bett. »Ist noch ein Keks da?« fragt sie. Als ich ihr einen hinhalte, öffnet Ellen den Mund. Ich lege ihn auf ihre Zunge, und sie schließt den Mund um den ganzen Keks. Sie schiebt ihn in eine Backentasche, wo er ihr das Gesicht verzerrt, bis sie ihn kaut und hinunterschluckt. »Weg ist er«, sagt sie und macht den Mund weit auf. Zwischen ihren Zähnen sitzen Schokoladenkrümel.

Ellen steht auf, zieht den Bettüberwurf glatt und schüttelt das Kissen auf. Dann legt sie sich auf den Rücken, zieht die Bettdecke hoch bis an die Brust und legt die gefalteten Hände darauf. Sie schließt die Augen, leckt ein paar Krümel von den Zähnen und seufzt.

Sobald sie eingeschlafen ist, gehe ich, verspreche ich mir selbst. Zu Jim hatte ich gesagt, ich wäre eine Stunde weg, und jetzt sind es schon fast zwei. Aber es dauert nur noch ein paar Minuten; Ellen ist offensichtlich müde.

»Wie wär's mit einer Kopfmassage?« frage ich sie.

»Hmmm.«

Ich kauere mich ans obere Ende des Bettes, streiche Ellen das

Haar von der Stirn aufs Kissen und fange an, ihr Schultern und Nacken zu reiben. Die Tür ist jetzt fest geschlossen, und im Zimmer ist es vollkommen still.

»Hat das Baby schon was gekriegt?« murmelt Ellen.

»Alles okay«, sage ich ruhig.

Ellen legt seufzend die Hand auf ihre Brust. Ein Schnarchen verfängt sich in ihrem Hals. Als ich aufstehe, rührt sie sich nicht. Ich beuge mich über sie, um sie auf die Stirn zu küssen und flüstere: »Ich liebe dich, El.« In der friedlichen Stille des Zimmers betrachte ich die Schlafende, und mir fällt wieder ein, daß sie mir erzählte, nach Annes Geburt hätte sie spüren können, wie ihre Hormone verrückt geworden seien. »Ich bin mal oben, mal unten«, sagte sie zu mir. »Ich kann es nicht kontrollieren. Es ist, wie wenn du auf einer Wippe sitzst und die andere Person mehr wiegt.« Wenn ich an das Chaos zu Hause denke, die gereizte Stimmung, schreiende Babys und Jims düstere, anklagende Blicke, dann weiß ich genau, was Ellen gemeint hat.

Inzwischen werden sie sich alle über meine Abwesenheit aufregen. Gab es unterwegs etwa einen Unfall? Gibt's wieder Probleme mit Ellen? Michael wird das Fläschchen verweigern und Theater machen. Aber ich kann meine Beine nicht in Bewegung setzen. Offensichtlich gibt es im Haus meiner Eltern nichts, was mich dazu motivieren könnte, von Ellens Bett wegzugehen. Ihr Atmen ist ein vertrautes Lied.

Doch dann geht die Tür auf, und Johns Gesicht schaut herein. Geräusche dringen herein wie das nach dem Tiefschlaf erwachende Bewußtsein: der Krach einer Ratesendung, das Geklapper der Wägelchen auf dem Korridor, die gedämpften Stimmen der Ärzte und Pflegerinnen. Jemand pfeift. Und jemand ruft: »Ich hab Hunger. Ich hab Hunger. Ich hab Hunger.«

ELLEN Wenn ich zurückblicke auf den Sommer, in dem Anne geboren wurde, auf die Zeit in der Klinik, auf die folgenden Monate, dann kann ich nicht genau feststellen, an welchem Punkt die Normalität aufhörte und der Wahnsinn begann. Vielleicht hatte sich irgendeine Linie aufgelöst, war irgendein Stoff ausgefranst, aber es geschah so subtil, daß ich keinen Anfang entdecken konnte. Nun kommen mir die Medikamente wie Taschenlampen vor, die in einem dunklen Tunnel auf mich gerichtet wurden. Ich bewegte mich im Dunkeln voran, wohl wissend, daß die Taschenlampen da waren. Allmählich sah ich die Dunkelheit dünner werden und dann den festen Lichtkegel. Und schließlich war ich so nah dran, daß die Lichter mich blendeten und ich gar nichts mehr sehen konnte.

Nur wußte ich damals, daß jemand da war – ein unsichtbar Anwesender, dessen Stimme mir gut zuredete, mir Anweisungen gab, dessen Gesichtszüge aber verborgen blieben. Natürlich gehörten diese Gesichter den Ärzten. Sie saßen hinter dem Flimmern der Medikamente, die durch mein Blut jagten und die Leitungen wieder zusammenschalteten, und stellten mir Fragen. Ich antwortete mit Geschichten – Anekdoten aus meiner Vergangenheit, Geschichten von meiner Zukunft, Erzählungen, die winzige Details des jeweiligen Raumes, der jeweiligen Begebenheit aus meiner Erinnerung mit dem Gedanken oder Gefühl verbanden, das durch die Medikamente losgelöst worden war und nun lose und ziellos wie Staub in meinem Gehirn umhertrieb.

Beim Erzählen dieser Geschichten spürte ich, daß mein Leben etwas Ganzes war, daß ich zurückgehen und hier und da Perlen auflesen und auffädeln konnte und daß dabei etwas Erkennbares herauskam – eine Halskette, ein Armband, ein sich wiederholendes Farbmuster –, das erklärte, warum ich in einer Nervenklinik war, wo mich meine Familie mit erschrockenen, erwartungsvollen Augen anstarrte und Ärzte die zufälligen Geschichten aufzeichneten, die ich erzählte.

Wenn ich allein war, lag ich auf dem Bett und spürte die Medikamente – sah diese unermüdlichen Vögel, die einst am Himmel über meiner Wohnung Figuren getanzt hatten, nun choreographische Rhythmen in meinem Kopf vollführen. Allmählich erkannte ich den Unterschied zwischen Wachsein und Schlafen. Statt der Vögel stellte ich mir ein altmodisches Telefonfräulein vor, das aus einem über und über mit blinkenden Lämpchen geschmückten Schaltbord einen Draht zog und die Verbindung wiederherstellte. Hallo. Ihr Anruf kann jetzt durch. Die Botschaften des einen Teils meines Gehirns wurden von einem anderen korrekt empfangen.

Meistens kamen mir die Leute damals wie elektrische Strömungen vor – eine Veränderung in den Luftvibrationen, auf die ich so empfindlich reagierte, als wäre meine Haut weggebrannt worden. Meine Familie war mir auf emotionaler Ebene vertraut, etwa so, wie ein Baby seine Mutter kennt, ohne einen Namen oder eine Bezeichnung für sie zu haben. Sie kamen, und ich konnte sie fühlen, so wie ich an der Art, wie das Sonnenlicht durch mein Zimmer wanderte, die Zeit verstreichen fühlte. Irgendwie war es, als wollten sie alle etwas aus mir heraussaugen – die Genesung, eine Erklärung für meinen Zustand, ein Dankeschön für einen mitgebrachten Leckerbissen. Ich war weit entfernt davon zu begreifen, was man von mir wollte, was man von mir erwartete, und konnte sie nur anstarren. Besonders bei Beth kam es mir vor, als beobachtete ich jemanden, eingesperrt in einen gläsernen Raum, dem langsam die Luft abgesaugt wurde. Wenn sie auf Besuch kam, bewegten sich ihre Arme und Beine ruckartig, ihr Mund formte Wörter, aber es gab noch eine andere Botschaft, etwas Unterschwelliges, das sie mir begreiflich machen wollte. Ich erinnere mich, daß ich sie einmal umarmte – wir haben seitdem nie mehr darüber gesprochen. Wir saßen auf dem Fußboden und aßen Kekse, und die Schokolade und der Zucker hatten mich zurückversetzt in die Kindheit, als ich mit Beth in unserem Klubhaus kauerte, das wir uns aus zwei Stühlen und einem dazwischengespannten Leintuch gebastelt hatten. Aber als ich im Klinikkorridor zu ihr hochsah, hatte sie die Augen einer uralten Frau. Ich konnte den Anblick nicht ertragen und umarmte sie, um die wilden, selbstbewußten Augen von Beth als Kind zurückzuholen, die mich bei unseren Phantasiespielen stundenlang herumkommandiert hatte. Ich umarmte sie, weil ich diese Augen nicht mehr sehen wollte; sie verschreckten die Vögel, die über den Horizont flüchteten und meine Hoffnung, die alten Muster könnten wiederhergestellt, die Leitungen wieder verbunden werden, mit sich nahmen.

Sie alle – Beth, Peggy, meine Eltern – sagten, sie liebten mich. Sie saßen da, standen herum, gingen auf und ab, starrten vor sich hin oder gingen mir aus dem Weg, und bekannten, daß sie mich liebten; sie sagten es flehentlich, daß sie mich liebten; sie beteuerten, daß sie mich liebten; aber ihre Worte waren wie Gesandte, kleine Heerscharen, dazu abgeordnet, in die inneren Gefilde meines Geistes oder meiner Seele zu marschieren, um den Feind zu finden, der meinen Verstand gestohlen hatte, und ihn zu bekämpfen. Immer gab es etwas, das ich als Gegenleistung erbringen mußte.

Alle außer John. John kam jeden Tag, seine Haut roch nach frischer Luft und Blättern, die Sonne war noch in seinem Haar gefangen, seine Augen waren klarer, glücklicher. Anfangs stand er mit dem Rücken zu mir am Fenster, und ich betrachtete die Konturen seines Körpers genau und stellte fest, daß ich an der Art, wie die Kleider über seinem Körper hingen, klar sehen konnte, welcher Muskel verspannt oder entzündet war. Ich beobachtete ihn von weitem, aus der Nähe, von innen und von außen; ich kannte ihn und wußte, was kommen würde. Er sagte mir nicht, daß er mich liebte, er verlangte nichts von mir, nicht einmal Verzeihung. Und es war besser so.

Als er es mir gestand, begriff ich, daß ich es bereits die ganze Zeit gewußt hatte. Bei jeder Lüge hatte ich gewußt, daß er bei Wendy war und all das machte, was John und ich nicht machten – sie gingen ins Kino, tranken danach Kaffee und analysierten die Vorstellung, die Regie und die Kameraführung. In der Woche vor Weihnachten spazierten sie in der Stadt herum und bewunderten die Lichter, tauschten Geschichten über ihre Kinderzeit aus, fuhren mit der U-Bahn zu einem Park oder einem Kaufhaus, wo Lichter wie verzauberte Kerzen an Hunderten kahler Bäume hingen. John hatte mir immer erklärt, für ihn hätten Feiertage einen bitteren Beigeschmack – sie erinnerten ihn an die Sauftouren seines Vaters, an die in letzter Minute gekaufte Pralinenschachtel, das letzte in der Reihe beleidigender Symbole zwischen seinen Eltern. Feiertage, hatte er mir gesagt, sollte man besser ignorieren.

Die Vögel schwirrten über den Himmel, verbanden sich, trennten sich, verbanden sich von neuem. Von den Medikamenten bekam ich einen ganz trockenen Mund, und meine Augen verschwammen. Ich lebte in einer Welt aus Watte, ein Baumwollkäfer, umgeben von weichem Weiß.

»Wendy, die Regisseurin«, sagte John als Antwort auf eine Frage, die ich gar nicht gestellt hatte. Diese Ausflüge waren ihre Idee, lagen auf ihrer Route; sie las ihn bloß auf und zwang ihn, mitzukommen. Er fühlte sich dabei unwohl, bloßgestellt – nicht nur wegen mir, sondern auch, weil es stimmte, was er gesagt hatte; er war wirklich der Ansicht, Feiertage sollte man besser ignorieren. Aber ob Wendy sich nicht um seine Gefühle scherte oder ob sie dachte, sie könnte ihn einer Art Immersionstherapie unterziehen, er mußte jedenfalls mit. Wenn er sich weigerte, schmollte Wendy, sah ihn wütend an oder zog über ihn her, indem sie ihn als Pantoffelheld und Schlappschwanz bezeichnete. Und dann das Miteinanderschlafen, sagte er. Auch danach hatte ich ihn nicht gefragt. Damit war es genauso. Sie rutschten einfach so hinein, oder er wurde da hineingezogen, widersetzte sich zwar nicht körperlich, aber geistig. Denn sexuell, sagte er, habe er sich von ihr nicht angezogen gefühlt. Nicht wirklich. Sein Interesse an ihr war beruflich, intellektuell und kreativ. Aber einmal, als er schwach wurde und sich überrumpelt fühlte, war es passiert, und danach wäre es ihm dumm vorgekommen, sich zu widersetzen. Es hatte ja schließlich zwischen uns nichts geändert. An seinen Gefühlen für mich. So drückte er sich aus.

Und dann weinte John, und ich schloß die Augen und hielt ihn fest, sperrte die Welt der Medikamente aus, die Klinikwelt, meine Eltern und Schwestern. Ich verbarg mein Gesicht vor dem allem, denn nie hatte mich jemand so sehr gebraucht wie John, und wir merkten beide, als wir da auf dem Bett lagen, daß wir um ein Haar dieses Geschenk verloren hätten, unsere Beziehung, die wir pflegen und schützen mußten. Schließlich verebbte Johns Schluchzen, und wir lagen zusammen da, die Gesichter dicht nebeneinander auf dem Kissen, und ich betrachtete ihn, während er schlief. Damals fühlte ich mich ganz leer, ruhig und friedlich.

BETH Am Tag nach Johns Ankunft versammeln wir uns alle im Wohnzimmer, jeder ist mit etwas anderem beschäftigt. Will und Jim sehen sich ein Baseballspiel im Fernsehen an, mein Vater blättert in Zeitschriften, und ich lege Wäsche zusammen und staple sie auf dem Boden. Meine Mutter sitzt in ihrem Sessel und starrt neben ihrem Strickzeug ins Leere.

Nach dem Spiel fragt Jim: »Möchtest du spazierengehen?«, und ich nicke und packe die Wäschestapel in den Korb, während Jim Michael in den Babytragesack setzt und Robs Windel prüft.

Draußen ist die Luft wieder grau und trübe; Neuengland hat sein Versprechen eines erträglichen Sommers typischerweise nicht eingelöst. Obwohl der Teich kein stehendes Gewässer ist, sieht das Wasser schwer und schlammig aus, wie betäubt von der Feuchtigkeit. Vor zwei Tagen hatten wir die Jungen auf einen Waldspaziergang mitgenommen, und ein starker Wind hatte versucht, die kräftigen Blätter von den Bäumen zu reißen. Aber heute scheint das Wetter stabil zu sein, und wir halten uns mit Rob im Sportwagen auf den Wegen; die hohe Luftfeuchtigkeit nimmt uns fast den Atem.

Seit John da ist, haben sich alle zurückgezogen. Während wir vorher als Team arbeiteten, meine Mutter und ich als die anerkannten Wortführer, hat sich nun jeder in sein Schneckenhaus zurückgezogen und wartet ab, was geschieht. Meine Eltern tun so, als erwarteten sie von John, daß er Direktiven gibt, aber ich habe den Verdacht, daß sie seinen Vorstoß zum Anlaß nehmen würden, ihn zu demütigen und auszugrenzen. Er weiß, daß er in unserer Familie unerwünscht ist, aber er wird nicht ewig den Mund halten können. Wenn er erst einmal seine Meinung sagt, werden meine Eltern ihm den Aufenthalt unerträglich machen, und er wird gehen.

Als ich das zu Jim sage, schüttelt er den Kopf. »Wenn er geht, meinst du nicht, daß Ellen, sobald sie kann, zu ihm zurückkehrt?« fragt er.

»Wieso sollte sie?« erwidere ich.

Jim nimmt eine Hand vom Wagen, wischt sich die Stirn und trocknet seine Hand am Tragesack ab. »Weil er ihr Mann ist«, sagt er.

»Aber meine Eltern würden sie nie weglassen.«

»Was geht das denn deine Eltern an?« fragt Jim und fügt hinzu: »Wann haben deine Eltern Ellen je an dem hindern können, was sie sich in den Kopf gesetzt hat?«

»Und was ist mit den Kindern? Sie kann doch nicht mit den Kindern zu ihm zurück.«

»Warum nicht?« fragt Jim. »Wer soll sich denn sonst um sie kümmern? Deine Eltern fangen doch bestimmt nicht noch mal mit kleinen Kindern an. Und seine Mutter will sie nicht. Außerdem, meinst du nicht, daß Kinder zu ihren Eltern gehören?«

Nach einer Weile erwidere ich: »Nur wenn die Eltern in der Lage sind, sich um sie zu kümmern.«

Wir halten auf einer Brücke über einen trüben Bach an, wo Jim Rob aus dem Wagen hebt und Zweige und Tannennadeln für ihn sammelt, damit er sie ins Wasser werfen kann. Er kauert sich neben Rob, hält die kleine Faust in seiner Hand und stößt sie vorwärts, dabei ruft er: »Los«, und Rob wirft das Stöckchen fort. Dann gehen sie auf die andere Straßenseite und sehen zu, wie die Zweige unter der dunklen Brücke hervorkommen. Es ist derselbe Bach, in dem Ellen und ich mit unseren Puppen schwimmen waren und wo sie einmal ihr Stoffpferd verlor und dann selbst hineinfiel und total durchnäßt versuchte, es zu retten. Einen kurzen Moment hatte sie gezappelt, unfähig, mit Armen und Beinen unter sich Halt zu finden, und ich hatte mir vorgestellt, ich würde einfach dastehen und zusehen, wie Ellen ertrank. Das Pferdchen war bereits gegen einen Stein gespült worden und außer Gefahr, zu sinken oder wegzutreiben, aber Ellen kämpfte mit dem Wasser und schlug es mit den Fäusten. Wahrscheinlich dauerte es nur den Bruchteil einer Sekunde, denn Ellen selbst hatte keine Angst und weinte auch nicht. Sie hatte einfach ihr Pferdchen eingesammelt, es ausgewrungen und war nach Hause gegangen, ihre Hosenbeine hinter sich herschlappend.

Während ich Jim und Rob beobachte, die über die Brücke hin und her rennen, erscheint mir ihr Spiel ebenso weit weg wie Ellen, als sie das Pferdchen mit einem Ausdruck von praktischer Resolutheit auswrang. Die Szene im Wohnzimmer, wo ein Raum voller Erwachsener den Kontakt miteinander tunlichst vermied, erschien mir ebenfalls weit weg zu sein, eher eine Erinnerung an früher, als eine Situation, in der ich gerade noch gewesen war. Vielleicht liegt es an meiner Erschöpfung oder Anspannung, aber ich fühle mich von Gegenwart und Zukunft genauso losgelöst wie von der Vergangenheit.

»Gib ihn der Mami«, sagt Jim.

Rob zieht einen großen Ast zu mir herüber und sagt: »Spielen, Mami. Spielen.«

»Mami ruht sich aus«, sage ich, zu müde, mich zu bewegen, aber ich bemerke den Blick, den Jim mir zuwirft.

Ohne stehenzubleiben, schleppt Rob den Ast noch ein Stückchen her und läßt ihn vor mir fallen. »Spielen, Mami«, wiederholt er, und so hebe ich den Ast auf, vorsichtig den Zweigen ausweichend, und tue so, als könnte ich ihn nicht hochheben.

»Ich schaff's nicht«, sage ich zu ihm.

»Daddy. Helfen, Daddy«, drängt Rob, und wie drei Superhelden hieven wir den Ast hoch und werfen ihn über das Geländer in die Strömung, wo er sich sofort seitwärts dreht und im Tunnelloch steckenbleibt.

»Schnell, Daddy«, sagt Rob. Jim bleibt einen Augenblick neben mir stehen, und ich spüre seine Fingerspitzen an meinem Arm. An Jims Körper gekuschelt, starrt Michael mich mit dem hellen, nachsichtigen Blick eines Neugeborenen an.

Während Rob sich auf der anderen Straßenseite zwischen die Stäbe des Geländers lehnt und vergeblich nach dem steckengebliebenen Ast Ausschau hält, stehen Jim und ich nebeneinander und sehen ins Wasser. An den Ufern entlang liegen Äste in allen Größen, im Unterholz und zwischen den Steinen festgeklemmt. Das Gefühl von Distanz taucht wieder auf, und ich merke, daß ich während des Ästchenspiels ein paar Minuten davon frei gewesen war.

»Ich muß wieder nach Hause«, sagt Jim. Er zählt die Gründe auf: die Arbeit, die zusätzliche Belastung für seinen Partner, das Bedürfnis, einiges am Haus zu erledigen. Eine Woche sind wir schon hier, und es hat sich nichts geändert. Außer daß John angekommen ist. »Ich will, daß du auch mitkommst«, sagt er. »Laß uns nach Hause fahren. Hier können wir doch nichts tun.«

»Aber es geht ihr noch nicht besser«, sage ich und merke im gleichen Moment, daß das als Argument nicht ausreicht. Ellen wird es vielleicht nie mehr besser gehen.

»Wieso ist das dein Problem?« fragt er und schüttelt gleich darauf den Kopf, als wüßte er meine Antwort bereits. »Kannst du alles streichen«, sagt er. »Ich muß zurück. Ich hab einen Job. Und ich will, daß du mitkommst. Ich will, daß du mitkommst und in unserem Heim lebst, mit mir und mit unseren Kindern.«

Während wir wieder den Hügel hinaufgehen, kommt es mir unwirklich vor, daß ich je von zu Hause weggegangen bin, geheiratet und Kinder gekriegt habe. Trotz der Streitigkeiten erscheint mir die Beziehung zwischen Peggy, Ellen und mir schwierig und klar zugleich, wie Schwerkraft oder magnetische Anziehungskraft. Selbst Dinge wie das Wetter, die Krone von Schornsteinen auf dem Haus oder die Ehe meiner Eltern scheinen mir von dieser starken und doch zerbrechlich konstruierten Beziehung abzuhängen. Wenn ich Ellen entgleiten lasse, werden die Auswirkungen verheerend sein, wie den Mond zu verlieren oder aus der Umlaufbahn zu geraten.

Gleichzeitig weiß ich aber, was es für Jim bedeutet, mir klipp und klar zu sagen, daß er nach Hause fahre und wolle, daß ich mitkomme. Ich verstehe, was es uns kosten wird, wenn ich mich weigere und darauf bestehe, hierzubleiben. Obwohl ich es Jim nicht übelnehme, daß er das Thema zur Eskalation bringt, fühle ich mich gefangen, in die Enge getrieben, unfähig, mich zwischen meinen beiden Familien zu entscheiden.

Ich bin ihm immer noch eine Antwort schuldig, als wir in die Auffahrt einbiegen und meine Eltern an uns vorbeifahren. Keiner von beiden scheint uns gesehen zu haben. John ist bestimmt wieder da. Jetzt sind meine Eltern mit einem Besuch bei Ellen an der Reihe.

Unterhalb der Garage bleiben wir außer Blickweite des Hauses einen Augenblick stehen und sehen auf den Teich, auf die Reihe dichtbelaubter Äste, die sich über ihm erheben. Jim legt den Arm um mich, und ich schmiege den Kopf an seine Seite und vergrabe das Gesicht im Tragesack. Sogar durch den Stoff durch kann ich

Graphit und Babypuder riechen – vertraute, tröstliche Gerüche. Aber ich kann mir nicht vorstellen, jetzt wegzugehen, bevor es nicht eine Entscheidung, eine Veränderung, ein Anzeichen gibt, ob Ellen nun für immer in der Klinik bleiben muß, ob ihr Zustand sich bessern wird oder ob sie sogar geheilt werden kann.

»Ich will noch bis Vaters Geburtstag bleiben«, sage ich. »Dann komm ich nach Hause.« Bis zum Geburtstag meines Vaters sind es nur noch drei Tage. Jim nickt bloß. Er zieht den Arm von mir weg, nimmt Rob an der Hand, und wir gehen zusammen den Hügel hinauf ins Haus.

Jim reist am folgenden Tag ab, und kaum ist er durch die Flugzeugtür verschwunden, habe ich das Gefühl, daß sich meine Familie verändert. Ihre Erwartungen an mich werden größer, und ich merke, wie sehr ich mich, solange er da war, auf Jim verlassen habe. Obwohl wir nicht viel Zeit füreinander hatten, war etwas Beruhigendes an dem Anblick, wie er sich im Licht des Schranklämpchens auszog, Michael auf dem Arm hatte oder mitten im Chaos um ihn herum Rob etwas vorlas. In einer relativ ruhigen Minute nach dem Abendessen versuche ich, ihn anzurufen, aber er ist nicht zu Hause. Im Laufe des Abends werden Peggy und Will immer gereizter miteinander. Will erzählt einen Witz über einen Mann, dem im Rahmen einer Geschlechtsumwandlung die Hälfte des Gehirns entfernt wurde, und Peggy macht ein finsteres Gesicht. Obwohl Will es eigentlich besser wissen müßte – wahrscheinlich wollte er uns bloß aus unserer Apathie aufrütteln –, ist Peggy nicht zu besänftigen. Schließlich geht sie wütend schlafen; Will und ich bleiben zurück und sehen schweigend aneinander vorbei. Nach einer etwas peinlichen Pause steht Will auf und versucht, seine Verlegenheit zu verbergen, während er seiner Frau nach oben folgt.

Zum ungefähr fünften Mal versuche ich, Jim zu erreichen. Als sich niemand meldet, lege ich mich aufs Bett und starre an die Decke, zu erschöpft und entmutigt, um zu weinen.

Stundenlang liege ich wach und mache mir Gedanken, wo Jim wohl ist, stelle mir vor, er hat eine Affäre, frage mich, ob er wohl deshalb nach Hause mußte, um sich mit einer Frau zu treffen, mit der er in den Monaten vor unserer Abreise ein Verhältnis hatte, oder ob er in irgendeiner Bar sitzt und sich mit einer kurvenreichen Geschäftsfrau unterhält, die weder Kinder noch Schwestern hat. Auch als ich es mir ausrede, daß Jim womöglich mit einer anderen Frau zusammen ist, werde ich die Vorstellung nicht los, daß er irgendwo bei Freunden ist und sich amüsiert und seine Freiheit genießt, weit weg von mir und meiner Familie. Es ist schon weit nach Mitternacht, als ich aufstehe, um ihn ein letztes Mal anzurufen. Ich gehe nach unten, um meine Eltern nicht zu wecken, und sehe John im Lichtschein vom Innenhof her am Küchentisch sitzen und nervös eine Tasse hin und her drehen. Er stellt die Tasse hin, hält sich mit beiden Händen an den Stuhlbeinen fest und schaukelt nach hinten. Obwohl ich kein Geräusch mache, dreht er sich zu mir um, und selbst im schwachen Licht sehe ich die Überraschung in seinem Gesicht. Er stellt den Stuhl wieder auf alle vier Beine zurück und schiebt mir eine Sitzgelegenheit hin.

»Na«, sagt er. »Willst du dich hersetzen?«

»Ich wollte gerade Jim anrufen.«

Er sieht mich nachdenklich an, dann sagt er: »Du bist die einzige, der ich trauen kann.« Als ich nicht antworte, spricht er weiter, erzählt mir, daß er meinem Vater gestanden hat, mit einer anderen Frau geschlafen zu haben, jetzt aber weiß, was er will: Ellen. »Bis morgen«, sagt er, »wird dein Vater es deiner Mutter gesagt haben. Dann bin ich hier erst recht ein Ausgestoßener.« Ich antworte nicht, weigere mich, ihn wegen der Gefühle meiner Mutter ihm gegenüber zu bemitleiden. »Ich will Ellen«, sagt er. »Ohne sie geh ich hier nicht weg.« Wieder wartet er auf eine Antwort, bevor er hinzufügt: »Ich will ganz einfach normal sein. Weißt du: aufstehen, zur Arbeit gehen, schlafen gehen. Vorwärtskommen. Ich weiß, ich hab Fehler gemacht. Aber ich bin bereit, sie wiedergutzumachen.«

Gerade als ich etwas darauf sagen will, ihm klarmachen, daß er über Ellen spricht, als wäre sie ein Kind oder sein Eigentum, steht John auf, stellt seine Kaffeetasse in den Ausguß und geht nach oben.

Als ich wieder in mein Zimmer komme, brummelt Rob im Schlaf, dadurch wacht Michael auf; ich klopfe ihm ein bißchen auf den Rücken, und er beruhigt sich wieder. Nach Jims Abreise ist Anne bei mir gelandet; ich bin jetzt für sie zuständig. Obwohl ich ihre Anwesenheit eigentlich übelnehmen wollte, ist sie ein stilles, schläfriges Baby, das einnickt, noch bevor es ausgetrunken hat. Sie ist anders als Michael und Peggys Baby Susan, die beide aktiv, energisch und munter sind. Mit zweieinhalb Monaten ist Anne immer noch rot und faltig und zu klein für ihre Haut. Ihre Ärmchen sind wie bei einem Schneemann – unproportionierte Zweige am Körper. Sie schläft nachts durch und tagsüber meist auch, und wenn sie wach ist, liegt sie in der Wiege und starrt ins Leere, anstatt zu weinen, damit man sie auf den Arm nimmt. Mehr als einmal haben wir sie sogar schon völlig vergessen. Nicht vernachlässigt, keinesfalls, aber ihre Bedürfnisse sind so minimal – sie hat kaum Hunger und macht selten naß –, daß wir in dem Durcheinander, um alles andere unter Kontrolle zu behalten, schlicht vergessen, daß sie im Haus ist. Als ich mich nun in der Stille über sie beuge, erkenne ich, daß ich Benjy die besondere Aufmerksamkeit übelnehme, die er von uns allen bekommen hat, die bevorzugte Behandlung und zusätzliche Fürsorge, die wir ihm auf Kosten der anderen Kinder zuteil werden ließen. Aber eigentlich waren alle von der Krise der Erwachsenen betroffen. Von Benjy und Rob, die beinahe unzertrennlich geworden sind und Seite an Seite stundenlang daumenlutschend auf der Couch sitzen und fernsehen, bis zu Anne, die aussieht, als wollte sie, bis das Schlimmste vorbei ist, Winterschlaf halten, haben alle die Wellen von Ellens Abtauchen ins Dunkel gespürt. Doch als ich mich schließlich ins Bett lege, geht von dem Atmen der Babys um mich herum etwas Beruhigendes, Tröstliches aus. Hinter ihren Seufzern höre ich die Stimmen der Sommergeister wispern, aus den Fenstern rufen: »Pegg-iiie!« und dann die Antwort: »Bethy! Ellen!« Es dauert lang, bis ich endlich einschlafe.

An Vaters Geburtstag telefoniere ich gleich morgens mit Jim, und er sagt, er sei zum Essen immer ausgegangen, weil er abends zu müde zum Kochen sei. Alles ist durcheinander, sagt er. »Ich hab wahnsinnig viel Arbeit, der Rasen müßte unbedingt gemäht werden, und im Garten steht meterhoch Unkraut.«

»Keine Sorge«, sage ich zu ihm. »Wenn ich nach Hause komm, jäte ich.« Gleichzeitig frage ich mich, mit wem er wohl essen war.

Sein Partner ist verheiratet und würde keine drei Abende hintereinander mit ihm ausgehen. Allmählich bevölkert sich die Küche, alle bemühen sich, leise zu sein, damit ich reden kann, aber es gibt kein ungestörtes Plätzchen, keine Möglichkeit, ihn so nebenbei zu fragen, mit wem er die Abende verbracht hat.

»Und wie geht's dir?« fragt er. »Wie geht's Ellen?«

»Ganz gut«, sage ich. Mehr kann ich dazu jetzt nicht sagen.

»Küßchen für die Kinder«, sagt er, und wir machen Schluß.

Kaum habe ich aufgelegt, sagt Peggy: »Er ist in der Klinik«, und ich weiß, daß sie John meint. »Da ist Kaffee«, fügt sie hinzu.

Will kommt in Jeans und Flanellhemd in die Küche, und ich merke, daß ich an ein ganz anderes Bild von ihm gewöhnt bin – den bleichen, überarbeiteten Assistenzarzt, der meistens in einem verwaschenen OP-Overall auftaucht. »Er ist in der Klinik«, sage ich.

»Vielleicht behalten sie ihn gleich da«, sagt Will, während er sich Kaffee einschenkt. »Vielleicht nehmen sie uns alle zusammen zum Sondertarif für Gruppen.«

»Kommt, wir hauen einfach ab nach Florida und legen uns an den Strand«, sage ich. Aber Will ist bereits hinter einer Zeitung verschwunden, und Peggy macht sich mit Schokolade und Zucker für den Guß auf Vaters Geburtstagskuchen zu schaffen. Jetzt erst fällt mir ein, daß ich mich gar nicht um die Reservierung für den Heimflug gekümmert habe. Aber ich kann mich nicht dazu überwinden: aufzustehen, die Telefonnummern herauszusuchen, mich mit noch mehr Organisation und Planung zu beschäftigen. Außerdem graust es mir bei der Vorstellung, mit zwei Kindern allein zu reisen. Unvorstellbar, daß ich Jim ohne mich habe abreisen lassen.

»In der Klinik«, sagt Peggy. »Du meine Güte. Willst du wissen, was er zu mir gesagt hat?«

»Eigentlich nicht«, sage ich, aber Will läßt die Zeitung sinken und blickt erwartungsvoll auf.

»Erinnerst du dich, wie Ellen uns sagte, sie würde heiraten?«

Ich erinnere mich. Es war während der Osterferien, und als meine Mutter mich am Bahnhof abholte, sagte sie, Ellen hätte Neuigkeiten. Sie sagte es fast beiläufig, erwartete aber, daß ich begeistert war. Aber als wir zu Hause ankamen, sagte Ellen gar nichts. Schließlich war es meine Mutter, die mir sagte, Ellen würde heiraten. Sie hatte sich in die Vorbereitungen gestürzt, ohne zu wissen, wann Ellen heiratete oder wen überhaupt. Jetzt begreife ich, daß meine Mutter sich seit ihrem eigenen Hochzeitstag, an dem ihre Mutter ihr so schmerzlich gefehlt hatte, auf die Hochzeit ihrer Töchter gefreut hatte. Sie wollte natürlich eine Wiederholung ihres eigenen Hochzeitstages und ließ dabei ganz außer acht, daß Ellen sich für Dinner im Country Club, Küchengeräte als Hochzeitsgeschenk und Silberbesteckmuster nicht interessierte. Aber damals erkannte ich den Traum meiner Mutter nicht, und Ellen auch nicht.

An jenem Abend, als die Osterferien begannen, lagen wir drei Mädchen gemütlich in der Wohnküche herum, hatten die Keksdose vor uns stehen, und von der laufenden Spülmaschine war die Luft ganz feucht und warm. Die Gläser klinkten zart aneinander, und ab und zu summte die Heizung.

»So was«, hatte Peggy gesagt. »Hätte ich ja nie gedacht, daß du mir zuvorkommst.«

Ellen zupfte ein paar Fusseln von ihrem Pulli. »Es überrascht einen«, sagte sie. »Unverhofft kommt oft. Ein Glückstag.«

Heute, am Geburtstag meines Vaters, dreht Peggy sich vom Herd weg und tröpfelt Schokolade in ein Glas mit kaltem Wasser, um zu prüfen, ob sie schon fest wird. »John sagte heute, er hätte sich unter Druck gesetzt gefühlt, Ellen zu heiraten. Von uns. Von ihrer Familie.«

»Unter Druck gesetzt?« frage ich.

»Unter Druck gesetzt. Er sagte, auf einmal hätte Mama angerufen und ihn Sachen wegen der Hochzeit gefragt. Du hättest ihm telefonisch gratuliert, und er hätte gar nicht gewußt, wovon du redest.«

»Dieses Arschloch.«

»John meint«, fährt Peggy fort, »wir alle, einschließlich Ellen, hätten plötzlich einfach beschlossen, sie würden heiraten. Er behauptet, er liebte sie, aber er wußte nicht recht, auf was er sich da einließ, und so sagte er sich eben: ›Warum nicht?‹ Er findet, wir sollten ihm zugute halten, daß er bei der Stange geblieben ist, auch als er herauskriegte, daß Verheiratetsein viel schwerer ist, als er dachte.«

»Meine Güte«, sage ich und frage mich, ob Peggy das gleiche denkt wie ich: daß John recht hat und Ellen sich die Verlobung eingebildet und uns davon erzählt hat und uns mitgezogen hat in ihre Phantasie, bis John schließlich auch mitmachte.

»Ich kann's nicht glauben, daß er das gesagt hat«, sage ich und hoffe, daß Peggy auch der Meinung ist, es sei absurd. Aber Peggy antwortet nicht, sieht nicht von ihrer Kocherei auf.

Als John zurückkommt, sind wir alle in der Küche. Peggy schlägt den Kuchenguß auf und erzählt Will gerade, das Rezept sei von meiner Großmutter und müsse immer in der Familie bleiben. Während sie spricht, fällt mir auf, daß die Nachricht von Ellens Krankheit ebenfalls in der Familie geblieben ist. Obwohl wir alle drei zu Hause sind und Freunde von uns immer noch in der Gegend leben, haben wir uns nicht die Mühe gemacht, sie anzurufen oder zu besuchen. Lediglich meine Mutter trifft sich mit ihren Freundinnen und erzählt ihnen einfach, Ellen sei im Krankenhaus.

Nachdem er zweimal die Tür zugeschlagen hat, bis sie ins Schloß fällt, trampelt John in die Küche. Er schenkt sich eine Tasse Kaffee ein, gibt Milch dazu und stellt die Tasse auf die Anrichte, um umzurühren. Der Löffel klappert gegen den Rand. Währenddessen sehen wir anderen ihn schweigend an.

»Ich hab mit ihrem Arzt gesprochen«, sagt John. An seiner Stimme und seinen Augen merkt man, daß John geweint hat. Als er uns berichtet, was der Arzt gesagt hat, schnappt er nach Luft und sieht nervös um sich, vermeidet aber unsere Blicke. Mit halbem Ohr hören wir seinen Ausführungen über die Theorien dieses Arztes zu Medikamenten, Therapie, Ruhe und Pflege zu. John ist Neuankömmling und hat nur die Diagnose eines Arztes gehört, während wir anderen bereits mit Psychiatern, Neurologen, Geburtshelfern, Urologen, Psychologen, Hämatologen und einem Haufen anderer Spezialisten gesprochen haben. Mit der maximalen Summe medizinischen Wissens haben wir festgestellt, daß keiner wirklich eine Ahnung hat, was die Ursache von Ellens Problem ist, wann es sich bessert oder was genau man dagegen tun kann. In gewisser Hinsicht war diese Unsicherheit hilfreich; dadurch konnten wir weiterhin das tun, was wir für das Beste halten – Ellen selbstgebackene Plätzchen bringen, ihr den Rücken massieren, neue Kleider kaufen oder Geschichten erzählen. Der Arzt, den John gesprochen hat, ist der Meinung, daß man Ellens Problem medikamentös unter Kontrolle bringen kann. Er sagt, sie kommt sicher bald wieder ins Lot.

»Ich will sie in eine Klinik in unserer Nähe verlegen lassen«, sagt John abschließend. »Der Arzt meint, sie kann ruhig reisen. Aber nachdem ihr«, sagt er mit dem Blick auf meine Mutter, »die Einweisungspapiere unterschrieben habt, muß ich euch um euer Einverständnis bitten.« Mir fällt sofort auf, daß John nicht »Erlaubnis« sagt.

Lange rührt sich keiner. Dann schiebt mein Vater seinen Stuhl zurück, und meine Mutter dreht den Wasserhahn zu. Sie werfen sich einen Blick zu, aber es ist Peggy, die das Wort ergreift.

»Warum?« fragt sie. »Wozu?«

Johns Antwort ist kaum zu verstehen, weil er die Kaffeetasse an den Mund hält. »Das haben wir doch schon besprochen«, sagt er. »Ich glaube, daß ihr keinen guten Einfluß auf Ellen habt.« Er stellt seinen Kaffee mit einem Knall auf den Tisch zurück, als habe er die Entfernung falsch eingeschätzt. »Ich glaube, ihr wollt unsere Ehe zerstören, und ich glaube nicht, daß Ellen das will. Ich weiß sogar sicher, daß sie es nicht will.«

Mein Vater steht am Küchentisch, seine Hände sind auf beiden Seiten des halbvollen Frühstückstellers zu Fäusten geballt. Er scheint den Tränen gefährlich nahe, und ich muß an ihm vorbeisehen, mich darauf konzentrieren, wie sein Haar über den Ohren geschnitten ist, um nicht in Panik zu geraten.

»Kommt nicht in Frage«, sagt er mit einer Stimme, die ich bei ihm noch nie gehört habe. »Da kannst du warten, bis du schwarz wirst. Sie bleibt da, wo sie ist.«

In der darauffolgenden Stille ist es, als wären wir alle in einer Schale oder Rüstung eingesperrt – im gleichen Zimmer, aber unfähig zur Kommunikation. Es dauert eine Weile, bis ich merke, daß das Wasser wieder läuft und meine Mutter weiter eifrig Töpfe und Pfannen abspült.

»Es ist bloß eine Formalität«, sagt John. »Juristisch gesehen, brauche ich eure Erlaubnis nicht. Schließlich bin ich ihr Mann.« Die Feststellung hat etwas Drohendes, aber bevor wir antworten können, hat John sich umgedreht und ist hinausgegangen.

»Beth«, sagt Peggy, »könntest du vielleicht den Kuchen fertigmachen?« Dann ist auch sie aus der Küche geflohen, Will dicht auf den Fersen.

Den Rest des Tages gehen wir einander erfolgreich aus dem Weg. Wenn die Geburtstagsparty für meinen Vater nicht gewesen wäre, hätten wir vielleicht Freunde besucht und das schweigende Verhaltensmuster durchbrochen, das uns seit Ellens Einlieferung in die Klinik in der Nähe des Hauses gehalten hatte. Statt dessen versammeln wir uns bei vorgezogenen Gardinen im Wohnzimmer und lauschen dem Wind, der jetzt nach Regen riecht. Ein Ast schlägt ans Fenster, und meine Mutter sagt: »Dagegen müssen wir was tun«, als meinte sie den Ast, antwortete auf das vorangegangene Gespräch oder kommentierte einen flüchtigen Gedanken. Mein Vater bestreicht die Kräcker mit Käse und reicht die Platte herum. Es gibt nur exotische, stark riechende Käsesorten, und Peggy fragt: »Und was ist mit Cheddar? Velveta?« Mein Vater schüttelt den Kopf und schnalzt mit der Zunge. Als er meiner Mutter die Platte hinhält, streckt er den Arm aus, als hätte er Angst, ihr nahezukommen.

John steht am Kaminsims, starrt in die Feuerstelle und reibt mit dem Finger über den Rand seines Bierkruges. Kurz nach der Szene in der Küche kam er nach oben, wo ich Michael gerade trockenlegte, und fragte, ob ich auf Anne aufpassen könnte. Dann fuhr er mit Benjy im Taxi weg und war den Rest des Tages verschwunden.

Als er wiederkam, fragte niemand, wo er gewesen war. Ich glaube, wir nahmen alle an, er sei bei Ellen gewesen, da an dem Tag niemand sie besucht hatte.

»Morgen soll's wolkig werden«, sagt Peggy.

»Meint ihr, der Braten ist durch?« fragt meine Mutter. Alle sehen John an, wie er wohl reagiert. Jeder von uns weiß, daß er Vegetarier ist, und ich habe den Verdacht, meine Mutter hat sich extra für Rindfleisch zum Abendessen entschieden, um ihn zu provozieren. Aber John rührt sich nicht.

Mein Vater packt seine Geschenke aus, lauter symbolische Sachen, ziemlich gedankenlos am Vortag oder so gekauft. Meine Mutter schenkt ihm einen Pullover, Socken und mehrere T-Shirts.

»Ich konnte dich einfach nicht mehr sehen«, sagt sie. »Du siehst aus wie ein Penner.«

Ohne eine Antwort nimmt mein Vater sein Glas mit in die Küche, um sich nachzuschenken. Als er zurückkommt, hält ihm John ein Päckchen hin und sagt: »Alles Gute zum Geburtstag.«

Meine Mutter läßt ihr Strickzeug in den Schoß sinken. Will vergißt, seinen Keks zu kauen. Peggy hört auf, das verstreute Geschenkpapier einzusammeln, und setzt sich mit gefalteten Händen hin.

»Das wäre aber nicht nötig gewesen«, sagt mein Vater.

»Es ist von uns beiden«, erwidert John.

Vorsichtig löst mein Vater das Klebeband, macht die Schleife ab und zieht ein Doppelalbum der ›Schönsten Lieder von Caruso‹ aus dem Papier. Als wir klein waren, spielten meine Eltern abends, wenn wir im Bett waren, oft Caruso-Platten. Dann hörte ich den Gesang und das andächtige Schweigen meiner Eltern. Ich lag im Dunkeln und versuchte mir vorzustellen, was meine Eltern ohne uns wohl machten, wie sie überhaupt ein Leben leben konnten, an dem wir nicht teilhatten. Irgendwann mußte Ellen John von dieser Erinnerung erzählt haben.

»Danke«, sagt mein Vater. Es wäre jetzt naheliegend gewesen, die Platte aufzulegen, aber er behält sie auf dem Schoß. Nach einer langen Pause fummelt er nervös mit den Fingern, bewegt ruckartig den Kopf, als wollte er einen unangenehmen Gedanken vertreiben, und sagt dann: »Ich hab mit Ellens Psychiater gesprochen, und er meint, es wäre nicht gut für Ellen, wenn man sie jetzt verlegen würde.«

Ich rechne damit, daß John nun aufbraust und meinem Vater sagt, er habe unrecht. Aber John sieht nur lächelnd zu Boden, als wäre er mit den Gedanken ganz woanders.

Die Stimmung beim Abendessen ist verkrampft – gedehntes Schweigen und ebenso gezwungene Versuche einer Unterhaltung. Schließlich ist es Will, der das Gespräch in Gang bringt, indem er uns erzählt, was für Dummheiten die Leute manchmal mit sich angestellt haben, die in die Notaufnahme kommen. »Ich meine jetzt nicht Unfälle«, sagt er. »Ich spreche von abgrundtiefer menschlicher Dummheit.«

Während des Essens hat meine Mutter die ganze Zeit auf ihren

Teller gestarrt und nur ab und zu mit der Gabelspitze an einem Bissen herumgestochert. »Ich glaube, es wäre für uns alle am besten«, sagt sie, »wenn du gehst.«

Für den Bruchteil einer Sekunde denke ich, sie meint Will.

»Ja, du«, fährt sie fort und sieht John ins Gesicht. »Du magst ja Ellens Mann sein, aber ich bin ihre –«

»Na«, unterbricht John meine Mutter, »endlich sind wir uns mal einig.«

»Ich kenn doch meine Tochter«, schreit meine Mutter. »Ich weiß, wann sie leidet, und ich seh genau, daß sie mit dir nicht glücklich ist.« John verläßt bereits das Eßzimmer, aber meine Mutter folgt ihm, immer noch mit der Gabel in der Hand. Wir können ihre Stimme auf dem Flur hören, auf der Treppe und dann oben, aber John scheint ihr nicht zu antworten.

Mein Vater nimmt sein Weinglas, trinkt einen Schluck und stellt es wieder hin. »Habt ihr noch was von diesen – äh, flüssigen Erfrischungen?« fragt er.

Peggy und ich wechseln einen Blick quer über den Tisch. Mein Vater war schon vor dem Essen sichtlich angeheitert.

»Dann essen wir jetzt den Kuchen, was meint ihr?« fragt Peggy. Sie steht auf und nimmt den Teller meines Vaters mit beiden Händen.

»Gut«, sagt Will. »Ich helf dir.«

Während Peggy und Will sich in der Küche zu schaffen machen, beobachte ich meinen Vater, der sein Weinglas in der Hand hält und auf die fettigen Fingerabdrücke starrt, die die Außenseite verschmieren. Als Peggy und Will wieder hereinkommen, tragen sie einen mit brennenden Kerzen besteckten Kuchen und eine Schüssel mit Eis, das von Pfefferminzstreifen durchzogen ist.

»*Happy birthday to you*«, singt Will, und wir anderen stimmen zögernd ein. Mein Vater starrt auf den Kuchen, auch als er direkt vor ihn gestellt wird.

»Worauf wartest du?« fragt Peggy. »Oder überlegst du dir gerade einen besonders langen Wunsch?«

Mein Vater schüttelt den Kopf. »Ich finde, wir sollten auf eure Mutter warten.« Die einzigen Geräusche oben kommen von Benjy, dessen Stimme schrill und hysterisch klingt, weil man ihn aufgeweckt hat.

»Dad, die Kerzen brennen gleich runter«, sage ich. »Dann haben wir das ganze Wachs auf dem Kuchen.«

Fast verzweifelt wiederholt mein Vater: »Ich finde, wir sollten auf eure Mutter warten.«

»Dann blasen wir doch die Kerzen aus und zünden sie wieder an, wenn sie da ist«, schlägt Will vor.

»Das sieht aber läppisch aus«, sagt Peggy. »Vielleicht sollten wir einfach neue drauftun.«

»Ich ruf sie«, sage ich, aber in diesem Moment ruft meine Mutter oben an der Treppe nach mir.

Weder im oberen Stockwerk noch im Erdgeschoß brennt Licht im Flur, und ich taste mich durch die Dunkelheit nach oben; dabei wünsche ich, ich wäre mit Jim zusammen abgereist. Ohne zu wissen, weshalb ich herzitiert werde, ärgert es mich, daß ausgerechnet ich vom Eßtisch weggerufen werde. Jetzt hat man mich um einen Gefallen zu viel gebeten, habe ich eine Verantwortung zu viel für meine Familie übernommen.

John und meine Mutter sind in meinem Zimmer, Benjy steht an Johns Arm gelehnt, seine Äuglein sind schläfrig trübe. Benjy ist, wie ich sehe, vollständig angekleidet und hat sogar eine Jacke an. Die halbwache Anne hängt schlaff in Johns Armen, als wollte sie mitten aus einem Traum heraus ihren Blick auf sein Gesicht zentrieren. Meine Mutter steht mit dem Rücken zu John an meiner Kommode und streicht mit den Fingern über Ellens Muschel mit den Haarspangen, die seit über zehn Jahren da liegt.

»Sie fahren alle ab«, sagt meine Mutter. Ihre Stimme ist kalt vor Zorn und unterdrückten Tränen. Ich werfe John einen kurzen Blick zu, in der Hoffnung, daß er ihre Feststellung bestätigt, aber er sieht zu Boden und läßt Anne seinen Finger mit dem Fäustchen packen. Als meine Mutter weiterspricht, kommen ihre Worte abgehackt heraus, als wüßte sie noch gar nicht, wohin die Sätze führten oder folgte ihnen nur zögernd. »Ich finde, es ist im Interesse aller, wenn John geht«, sagt sie. »Und John findet, daß es Ellen nicht hilft, in unserer Nähe zu sein.« Ich sehe wieder zu John hinüber, aber er ist immer noch mit Anne beschäftigt. »Er bringt Ellen in eine Klinik in New York«, sagt sie, die letzten zwei Worte voller Verachtung aussprechend. »Anscheinend hat er das heute alles arrangiert. Jedenfalls würde er Benjy gern mitnehmen, aber er meint, mit beiden Kindern schafft er es nicht. Und ich bin sicher, daß ich ein Neugeborenes nicht allein versorgen kann.«

Sie hält inne, und ich begreife, daß ich mir den Rest selbst ausrechnen soll. Noch bevor ich Zeit habe, zu reagieren, sagt meine Mutter: »Alles übrige kannst du ja mit ihm besprechen.« Sie läuft aus dem Zimmer, und ich höre, wie sie die Tür zu ihrem Schlafzimmer hinter sich zuknallt.

»Soll ich etwa hierbleiben?« frage ich John ungläubig. John sieht immer noch nicht hoch oder macht Anstalten, mir zu antworten. Er hat seinen Finger in Annes Handfläche gebohrt, aber nun ist ihr der Kopf zur Seite gerollt, und ihre Augen haben einen glasigen, abwesenden Ausdruck. »Darf ich nach Hause?« fragt Benjy. »Fährt Mami nach Hause? Fährt Baby Anne nach Hause?« Er flüstert fast, als wollte er uns nicht auf sich aufmerksam machen.

»Ich muß aber morgen nach Hause«, sage ich. »Ich hab Jim gesagt, ich komme am Tag nach Daddys Geburtstag.« Während ich es sage, merke ich erst, wie dringend ich nach Hause will, diesem Haus mit seinen neuen Wunden und offenen Narben entkommen.

»Es ist wahrscheinlich bloß für eine Woche, bloß bis ich Ellen untergebracht habe«, sagt John. »Dann komm ich und hol sie. Oder du kommst und besuchst Ellen.« Er sagt es, als würde ich eine ganz andere Person besuchen als dieses Gespenst, das ich während der letzten zwei Wochen täglich gesehen habe, als würde ich eine Ellen besuchen, wie sie war, nicht die Marionette in der Nervenklinik. »Oder du könntest Anne mit zu euch nehmen«, sagt John. »Ich wette, Jim würde liebend gern ein kleines Mädchen um sich haben.«

Benjy sieht an mir hoch, den Daumen im Mund. »Mami kommt nach Hause?« fragt er fast unhörbar. Die drei hocken auf Ellens Bettkante. Der Kontrast, den ihre Anwesenheit in diesem Zimmer bildet, ist für einen Augenblick überwältigend, beängstigend. Ich habe das Gefühl, als könnte ich das Gespräch nicht in diesem Zimmer führen, Entscheidungen über die Gegenwart nicht da treffen, wo so viel Vergangenheit um mich herum ist. Außerdem ist da noch Anne, die wie ein Spüllappen oder ein altes Kleidungsstück über Johns Arm hängt. Anders als Michael, der immer getragen werden möchte, ist es ihr offensichtlich egal, wo sie ist, und es scheint fast, als wollte sie bloß hingelegt und in Ruhe gelassen werden.

»Fährst du heute abend noch?« frage ich.

Als hätte ich damit mein Einverständnis gegeben, steht John auf und übergibt mir Anne. Sie wiegt fast nichts in meinen Armen. »Na ja, ich glaub schon«, sagt John. »Ich will die Gastlichkeit ja nicht allzusehr strapazieren«, fügt er hinzu. »Weil es ja nicht im *Interesse aller* ist.« Er sieht mich lächelnd an, aber ich weiche seinem Blick aus. »Okay, Kumpel«, sagt er zu Benjy. »Gehen wir.« Er lehnt sich über das Baby und gibt mir einen Kuß auf die Wange. »Danke für alles, was du für uns getan hast«, sagt er. »Ehrlich, wir hätten's nicht geschafft ohne dich.«

Mit Anne an der Schulter, gehe ich hinter John und Benjy die Treppe hinunter. Die anderen sitzen immer noch im Eßzimmer, der Kuchen steht unberührt vor meinem Vater auf dem Tisch.

»Kommt Mama auch runter?« fragt Peggy, als sie mich vorbeigehen sieht.

»Ich weiß nicht«, sage ich zu ihr und gehe John hinterher.

»Sollen wir den Kuchen essen?«

»Was fragst du mich denn?« schnappe ich zurück.

Johns Koffer stehen fertig gepackt im Hauseingang. Ich möchte wissen, wann er sie gepackt und dort hingestellt hat.

»Gibt's noch irgendwas, was ich über Anne wissen sollte?« frage ich.

John lacht. »Du kennst dich doch viel besser mit Neugeborenen aus als ich«, sagt er. Ich stelle fest, daß ich mich wahrscheinlich auch mit Anne viel besser auskenne als er. Heute abend ist das erste Mal, daß ich Anne auf seinem Arm gesehen habe.

»Wohin fährst du jetzt? In die Klinik?«

John schüttelt den Kopf. »In ein Motel, glaub ich«, sagt er.

»Ach, komm, das muß doch nicht sein.«

»Wirklich?« Er dreht sich um und sieht mich an, aber ich zucke bloß die Achseln. Ich werde mich hüten, ihn zum Dableiben einzuladen.

»Wie kommst du denn hin?« frage ich. »Soll ich dich hinfahren?« Ich spreche nicht weiter, weil mir einfällt, daß ich ja jetzt für drei Kinder verantwortlich bin. »Soll ich mal fragen, ob Will oder sonst jemand dich hinbringt?«

John schüttelt den Kopf. »Ich hab schon ein Taxi gerufen«, sagt er. »Deine Mutter meinte, vielleicht braucht sie heute abend das Auto, also darf niemand es nehmen. Trotzdem, sie war so nett, mir die Nummer der Taxifirma rauszusuchen.« Kurz darauf küßt mich John noch einmal auf die Wange. »Wir warten an der Einfahrt«, sagt er.

Im Eßzimmer räumen Peggy und Will das restliche Geschirr ab. Mein Vater ist verschwunden, und der unberührte Kuchen mit den Kerzenstummeln steht immer noch mitten auf dem Tisch.

»Der hält sich, meinst du nicht?« fragt mich Will.

»Ich weiß nicht«, sage ich. Peggy starrt mich an, die Hände beladen mit Besteck und Servietten.

»Wo ist denn John hin?«

»In ein Motel. Er reist morgen früh ab und bringt Ellen in eine Klinik in New York.« Peggy steht stocksteif da, und ich drehe mich halb um, so daß sie Annes Gesichtchen sehen kann. »Schau mal, was er dagelassen hat«, sage ich. »Schau mal, was ich zu Daddys Geburtstag gekriegt habe.«

»*Was* hat er?« fragt Peggy, aber in dem Moment klingelt das Telefon.

»Beth«, ruft mein Vater aus dem Wohnzimmer. »Telefon.«

Noch bevor ich abhebe, weiß ich, daß es Jim ist. »Hast du die Tickets reserviert?« fragt er. »Das Unkraut ist jetzt drei Meter hoch und schreit nach dir.«

»Ich weiß nicht«, sage ich. »Ich meine, ich weiß nicht, wann ich komme.«

Nach einer Pause fragt Jim: »Du meinst, du weißt noch nicht, mit welchem Flug?«

»Ja.«

»Du kommst aber doch morgen?«

Peggy ist ins Wohnzimmer gekommen, um Susan zu stillen. Obwohl sie den Kopf gesenkt hält und ihr Baby ansieht, weiß ich, daß sie sich aufregt.

»Äh ja«, sage ich. »Ich meine, ich hab noch nicht reserviert. Aber ich hab schon vor, morgen zu kommen. Falls ich einen Flug kriege. Ich ruf dich morgen früh an.«

»Im Büro, okay? Während du weg warst, hab ich geschuftet wie ein Pferd. Ich war jeden Morgen um sieben im Büro.«

»Ich hab eine Überraschung für dich«, sage ich und rücke Anne ein wenig an meiner Schulter zurecht.

»Ich hab auch eine für dich«, sagt er.

»Was denn?« frage ich, und er lacht.

»Wenn ich's dir sage, ist es doch keine Überraschung mehr.« Aber ich rate hartnäckig weiter, bis er lachend zugibt, daß er das obere Badezimmer gemacht hat und daß bis auf die Toilette, die morgen geliefert wird, alles funktioniert.

»Wie es aussieht, wird immer noch eine Überraschung sein«, sage ich zu ihm. Verbesserungen am Haus sind mir im Augenblick egal. »Jetzt muß ich dir aber meine Überraschung auch verraten.«

»Nein. Ich mag Überraschungen. Ich will es jetzt gar nicht wissen.«

»Ich muß es dir aber sagen«, sage ich. »Es ist vielleicht eher eine Mitteilung als eine Überraschung.«

Ich merke, daß Jim Schlimmes schwant, daß er sich innerlich wappnet. Aber als ich ihm sage, daß ich Anne mit nach Hause bringe, ist er verblüfft. Schließlich sagt er: »Warum hast du mich denn nicht gefragt? Meinst du nicht, ich hätte bei so einer Entscheidung auch ein Wörtchen mitzureden?«

Ich versuche, ihm zu erklären, daß es eigentlich keine Entscheidung gab, es meine einzigen Alternativen waren, mit dem Baby bei meinen Eltern zu bleiben oder mit ihr nach Hause zu fliegen. Aber seit Jims Abreise scheint zu viel passiert zu sein; mein kompliziertes Verhältnis zu meiner Familie ist anscheinend zu schwer zu erklären. Also sage ich nur beschwichtigend: »Sie ist ein unglaublich einfaches Baby. Sie weint nie.«

»Wir hätten es doch besprechen sollen«, wiederholt Jim.

»Was hättest du denn gesagt?«

»Ich weiß nicht«, gesteht er. »Aber jetzt ist es ja sowieso egal.«

Als ich auflege, dreht sich Peggy sofort zu mir um; sie sieht mich erwartungsvoll an und macht den Mund auf, um mich zu fragen. Ich weiß, daß sie die ganze Geschichte hören will: Was oben passiert ist, wo John hingegangen ist, und wie lang ich Anne behalten werde? Aber ich lasse sie links liegen und gehe am Eßzimmer vorbei, wo mein Vater nun allein vor seinem Weinglas und der Flasche dasitzt, in mein Zimmer. Dort halte ich Anne im Arm, lasse sie auf meinem Bauch einschlummern und habe ein Gefühl wie damals am Weihnachtsnachmittag: froh, der fieberhaften Geschäftigkeit meiner Familie entkommen zu sein, und zufrieden mit einem neuen Geschenk oder einer Puppe. Ich will über diese friedlichen Minuten nicht hinausdenken an die Zeit, wo ich mein Zimmer verlassen, mich mit meiner Familie auseinandersetzen und zu Jim nach Hause fliegen muß. Ich will bloß die Zeit anhalten und für immer hierbleiben.

ELLEN Ich erinnere mich, daß ich im Klinikbett lag, aufstand und auf dem Korridor spazierenging und versuchte, nicht in andere Zimmer zu gucken, oder in einem Streifen Sonnenlicht stand, der alles Fließende verloren hatte und sich steif über den Boden bewegte, bis er nicht mehr zu sehen war. Ich wanderte mit ihm, aber ich konnte nicht verschwinden oder die Wände hochklettern, mich zurückziehen, mich auflösen. Obwohl ich noch nichts von der Schreibtafel wußte und davon, wie ich Szenen emotionslos wiedererschaffen konnte, fühlte ich mich genau so, als die Medikamente zu wirken begannen. Ich fühlte mich wie eine staubige, schwarze Schiefertafel, auf der jeder Sinneseindruck mit der gleichen zweidimensionalen Unparteilichkeit ankam; die Ärzte, die Medikamente, die Sonnenwärme, der Geschmack des Klinikessens, das Kichern und Stöhnen der anderen Patienten, die Eltern und Besucher – alles schlug im gleichen Winkel auf meiner Oberfläche auf, blieb an der Oberfläche liegen und wurde immer in der gleichen Handschrift dort eingeritzt.

Kurz vor Ende dieses Klinikaufenthalts kam meine Mutter und strich sich mit der Hand über die Augen und starrte auf irgend etwas weit Entferntes in einer Zimmerecke, wo sie etwas sah, das nicht mehr existierte. Ihr Gesicht zuckte und verschloß sich, und ich versteckte mich hinter meinen gefalteten Fingern. Aber ich konnte meine Ohren nicht gegen die ungesagten Worte verschließen, gegen die stummen Stimmen. Damals hatte ich keine Ahnung, was zu Hause vor sich ging. Ich wußte es nicht, weil niemand es mir ausführlich erzählt hatte, aber ich sah es ihren Gesichtern an, ihren Handbewegungen. Man schrie mir die Botschaften zu, aber ich verstand die Worte nicht. Ich hatte meine Kinder vergessen. Dinge existierten nur, wenn ich sie vor mir hatte.

Schließlich löste meine Mutter ihre Arme und griff über die Bettkante, tastete nach meiner Hand, wollte, daß ich sie anfaßte, sie spürte. Ihr Gesicht war erst verklärt, dann verwirrt und wütend, und ich versteckte mich davor, zog mir das Nachthemd über den Kopf, um die Falten und Runzeln meines eigenen Körpers sehen zu können, meine funktionierenden Schweiß- und Schleimdrüsen zu riechen, das salzige Wasser meiner Achselhöhlen und Brüste zu schmecken.

Ich fühlte, wie sie die Arme um meine Pyramidenform und den Kopf an meine Hand legte. »Oh, Ellen«, flüsterte sie. »Ist ja gut. Ich bin ja hier, Liebling. Ich bin ja hier.« Sie umarmte mich wieder, drückte mir mein Gesicht tiefer in meine Arme und sagte dann: »Bitte, werde doch gesund. Wir werden alles tun, was wir können. Aber du mußt mithelfen. Du mußt es versuchen.« Dann war sie weg.

Es gab einen Tag, eine Reihe von Tagen, einen ganzen Zeitabschnitt, der sich in meiner Erinnerung vermischt und als ununterbrochene Kette von Ereignissen darstellt. Ich lag reglos auf dem Bett und redete mir ein, ich würde Dinge berühren, würde sie zum ersten Mal bewußt befühlen. Es war morgens, bevor die Frühstückstabletts den Essensgeruch in die Korridore trugen, und mein Zimmer hatte immer noch den letzten hauchdünnen Anflug von Schlaf. Ich erkannte ihn als etwas Vertrautes, wußte, daß ich schon einmal in diesem Zimmer aufgewacht war. Aber ich spürte den Unterschied, spürte, wie die Medikamente allmählich Wirkung zeigten. Allmählich entstand ein Begreifen über die Gegenstände im Zimmer hinaus. Ich begann zu verstehen, daß ich *woanders* war, da wo ich nicht hingehörte, und daß etwas nicht stimmte. Mit mir.

Und dann war Beth bei mir, und das Begreifen trat ein paar Schritte zurück. Es war mir unverständlich, daß Beth vor dem Frühstück schwer atmend ankam, als wäre sie gejagt worden. Und dann fragte sie mich als erstes: »Ist John hier?«

Sie konnte in jede Ecke sehen. Die Möbel waren an die Wände gerückt. Wo hätte John denn sein sollen?

»Ach Gott, ich hatte schon Angst, er wäre hier. Oder ich würde dich verfehlen.« Sie setzte sich an die Bettkante, beugte sich vor und legte die Hände auf meine Arme. »Hör mal zu«, sagte sie. »Du reist heute ab. John bringt dich nach Hause. Zurück nach New York. In eine andere Klinik. Du mußt aber nicht mit. Nicht, wenn du sagst, du willst nicht. Du brauchst nur zu sagen, du willst hierbleiben, bei uns. Willst du hierbleiben, Ellen?«

Ich starrte sie an. Unter ihren Augen sah ich Bilder; es war vielleicht nur die Reflexion meines Gesichts, eine optische Täuschung. Aber ich betrachtete es eingehend und antwortete nicht auf ihre Frage.

»Ellen, du willst doch nicht mit ihm gehen, oder?« Wörter schwammen in meinem Kopf herum, versuchten, einen Satz zu bilden, eine Antwort auszuformen. Aber es war viel komplizierter, verworrener als das Ja oder Nein, das Beth erwartete. Es war alles da: was John mir bedeutete, was sie mir bedeutete und meine Eltern und Peggy. Bevor ich etwas sagen konnte, war Beth verschwunden, vom Bett gesprungen, aus dem Zimmer. Die Tür schwang hinter ihr. Im nächsten Moment war sie mit zwei Pflegerinnen und einem Arzt wieder da, die sich alle zu mir herunterbeugten. »Ihre Schwester möchte mit Ihnen spazierengehen«, sagte der Arzt. »Wir wollen mal sehen, wie Sie es draußen schaffen.« Die Pflegerinnen wurden geschäftig, tätschelten mir die Schulter, zogen mich an und ich ließ mich wie eine Gliederpuppe hängen, als sie mir den Klinikkittel auszogen und mir die Haare bürsteten. Der Arzt zischte Beth etwas zu, eine Reihe von Sätzen, die mit »Nicht« begannen.

Sie nickte. Ihr Blick lag auf ihm. Aber ihre anderen Sinne waren auf mich gerichtet.

Draußen hingen dicke, regenschwere Wolken fast bis auf die Baumkronen, und die Auffahrt war mit Pfützen gesprenkelt. Das plötzliche Gefühl von Freiheit in der frischen Luft rief mir die Atmosphäre in meinem Zimmer wieder in Erinnerung, das Gefühl, als warte etwas darauf, daß ich es begriff, wie ein »Ach so«, das sich einstellt, wenn man die letzte Zeile eines Gedichts gelesen hat. Um mich herum waren Bäume, Tiere, Pflanzen und Himmel erfüllt mit Lebewesen, die sich flüsternd, lauschend und starrend vorbeugten. Stumm rief ich nach Beth, wollte, daß sie stehenblieb oder langsamer ging und mir das erklärte, was ich nicht verstand, nicht ausdrücken konnte. Aber sie wandte sich nicht um.

Wir gingen hinter der Auffahrt querfeldein, wo stachelige Zweige nach uns griffen und uns unverständliche Dinge zuriefen. Beth hörte sie nicht. Ich folgte ihren Fußstapfen, hielt die Hände hoch, um die Zweige abzufangen, die sie mir, ohne hinzusehen, weiterreichte. Auf einmal blieb sie stehen und legte sich auf die Tannennadeln. Ich setzte mich ihr gegenüber. Dann zupfte sie hastig ein paar Kletten von ihren Schnürsenkeln. Und plötzlich fing sie an zu weinen.

Ich lebte in einem Kokon, einem Ei, einer Luftblase, unberührbar, unerreichbar, wo die Medikamente alles abschmetterten – Hitze, Kälte, Hochgefühle und Niedergeschlagenheit. Beths Schultern zuckten, und die Schluchzer fielen zwischen ihre Knie. Dann hörte sie auf und sammelte ein paar Handvoll Erde und Tannennadeln auf. »Weißt du noch, wie wir immer in den Wald gegangen sind und ganze Städte aus Ästchen und Tannennadeln gemacht haben?« wollte sie wissen. »Alles war da – Lagerfeuer, kleine Hütten, sogar Wiegen für die Babys. Weißt du noch?«

Sie räumte zwischen uns Platz frei, kehrte alles weg bis auf den blanken Waldboden und begann, eine Stadt zu bauen. Ich sah zu, wie sie Y-förmige Stöckchen in die Erde steckte und behutsam einen Zweig darüberlegte. Tannennadeln kamen obendrüber. Ich erinnere mich, daß wir die Tannennadeln damals immer behaglich und schützend fanden. Wir hatten gar nicht daran gedacht, daß der Wind hindurchblasen oder daß es hineinregnen könnte. Ganze Stunden hatten wir schweigend im düsteren Wald verbracht, Häuschen aus Tannennadeln gebaut, waren auf allen vieren kreuz und quer herumgekrochen, hatten passende Steinchen als Stühle gefunden, Eichelköpfchen als Schüsseln oder Waschbottiche und Blätter als Zudecken.

»Sag mir doch, was du willst«, sagte Beth. »Ganz ehrlich. Nicht, was du meinst, daß ich hören will oder was John will.«

Ich sah sie an, dann die Tannennadeln, die säuberlich aufgeschichtet in ihrer Hand lagen. Ich wußte nicht, was ich wollte und was nicht. Alle Antworten waren gleichzeitig da, aber keine war vollständig ausformuliert.

»Ach Scheiße«, sagte Beth und wischte die Stadt mit dem Unterarm weg.

Wir gingen quer übers Feld zurück, stachelige Zweige griffen nach unseren Beinen, und die hohen, sonnenfarbenen Grashalme durchfeuchteten uns die Hosen. Meine Füße versanken im Morast, gelangten dann an eine trockene Stelle hinauf und wieder in den Schlamm. Ich sah nicht hinunter. Wir gingen nebeneinander her, stolperten gegeneinander, wenn sich der Untergrund veränderte, als suchten unsere Körper die Berührung. Als wir an der Auffahrt wieder auf ebenen Boden gelangten, konnte ich fühlen, wie Beths Gedanken anfingen, in die konzentrischen Kreise ihres übrigen Lebens auszustrahlen. Während sie bereits wegdriftete, fühlte ich mich von einem Strudel angesogen und mußte mich an Beth festhalten, meinem Anker. In letzter Minute, an den Stufen vor der Klinik, ergriff ich ihre Hand und hielt sie fest. Mehr als alles andere wollte ich bei ihr bleiben – mit ihr weggehen oder sie bei mir behalten. Aber ich konnte nicht sprechen, konnte meinen Wunsch nicht in Worte fassen.

»Ellen«, sagte sie.

Und ich bekräftigte es: »Ellen.«

Und dann ergriff mich der Strudel. Da waren Landschaften, die gleichermaßen vertraut und fremd waren. Da waren Leute, die mich von Hand zu Hand weiterreichten, im Kreis herum und hinunter ins Zentrum des Strudels. Ich war passiv. Mein Bestimmungsort war mir gleichgültig.

Vieles aus den folgenden zwei Wochen ruht immer noch in einem Teil meines Gehirns verborgen; es sind Bruchstücke von Informationen, die ein anderer Teil von mir als gefährlich oder irrelevant eingestuft hat. Vielleicht ist es auch von den Medikamenten aufgefressen worden. Aber selbst wenn ich jetzt etwas sehe – ein gelbes Taxi mit seitlich aufgemaltem Schachbrettmuster, eine altmodische Dampfheizung, deren ursprünglich robustes Metallgehäuse durch die dicke, rissige Hülle des bunten Anstrichs leuchtet – oder den überhitzten, billigen, öligen Geruch überfüllter öffentlicher Räume einatme, kehrt der Traum in Bruchstücken oder Wellen zu mir zurück. Ich konnte nicht beurteilen, was geschah. Ich hatte keine Ahnung, welches Risiko John einging, indem er mich wieder nach Hause brachte. John offensichtlich auch nicht.

Ich befand mich in einer Klinik in New York City, wo Jungen, Mädchen, Männer und Frauen auf den Korridoren am Geländer festgebunden waren, wo das Personal den Blick starr geradeaus hielt und sich weigerte, uns, die Insassen, die Patienten, das Strandgut anzusehen, das von einem Ende des Korridors zum anderen und wieder zurück trieb. Ich erinnere mich noch an die Beleuchtung dort, ein gelbliches, böses Licht, das alle gespenstisch aussehen ließ und den Augäpfeln einen ekligen, bernsteingelben Ton verlieh. Es gab viel zu viele Patienten, und in einigen seltener benutzten Korridoren waren Klappbetten aufgestellt, in denen oft nackte Menschen lagen – Greisinnen und Greise, die an die Decke starrten und durch altersgraue Lippen von verlorenen Kätzchen oder weggelaufenen Söhnen und Töchtern nuschelten. Ich weiß noch genau, daß John bei mir war und stundenlang an meinem Bett saß und mir versprach, es würde alles wieder gut werden, mein Zustand würde sich bessern. Und dann, glaube ich, besserte sich mein Zustand tatsächlich. Jedenfalls so weit, daß ich wieder wußte, wer ich war, John erkannte, einfache Fragen beantworten konnte und die Ärzte zufrieden mit mir waren. Ich wurde entlassen. Daran erinnere ich mich kaum, außer an den Gang den Korridor entlang, frei von den Fesseln; dabei fiel mir besonders auf, daß die anderen angebunden waren. Mir war, als sähe ich zum ersten Mal, was da vor sich ging. Dann war da eine Tür, und ich hatte Angst, körperliche Angst, hindurchzugehen, als könnte die Temperatur auf der anderen Seite zu heiß oder zu kalt sein. Und dann standen wir vor einem Gebäude, das vertraut war wie etwas, das ich mir einmal vorgestellt hatte, in und auswendig kannte, aber nicht wußte, warum. Benjy hüpfte vor uns auf der Treppe herum und ließ das Treppenhaus mit einem Dröhnen wie dem Echo eines Herzschlags erzittern. John blieb vor einer Tür stehen, schloß auf und trat zurück, um mich durchzulassen. Er sah verschreckt und triumphierend aus. »Zu Hause«, sagte er.

In dem Traum gab es keine Zukunft und keine Vergangenheit, nur die unverrückbare, vernünftige Gegenwart. Ich stellte fest, daß eine Belohnung darin enthalten war, in diese Kette von eierschalenfarbenen Räumen zurückgebracht zu werden, und ließ mich mit John und Benjy im Schlepptau hindurchtreiben. Ich faßte jeden Gegenstand an, bestätigte seine Existenz und seine Plazierung. Als ich neben einem Stubenwagen stehenblieb, lehnte sich Benjy an mich; an seinem Daumen glänzte Speichel.

»Baby Anne?« fragte er mich.

»Sei still«, sagte John.

Aber ich hatte keine Ahnung, was sie damit meinten. Benjy

fing an zu weinen, und John stellte sich zwischen uns und legte mir die Hände auf die Schultern. »Du bist müde«, sagte er.

Er führte mich in ein Zimmer, wo mich ein ungewöhnlich groß und kühl anmutendes Bett willkommen hieß. Er drückte beide Arme an meine Seiten und küßte mich auf die Stirn. Irgendwo außer Sichtweite weinte Benjy immer noch, aber ich verstand es nicht als eine Botschaft, auf die ich reagieren sollte. Es war, wie der tropfende Wasserhahn, ein Hintergrundgeräusch. Als ich die Augen schloß, spürte ich immer noch Johns Kuß; dann setzte der Traum aus.

Zwei weitere Wochen lang gab es keine zeitliche Kontinuität; alles geschah durcheinander, es war eine Tausendstelsekunde, senkrecht aufgehäuft, während ich allmählich lernte, zwischen Traum und Wirklichkeit zu unterscheiden. Oftmals fand ich mich plötzlich allein wieder und hatte nur das vage Gefühl, daß die Tür zugegangen war. Dann versuchte ich, sie zu öffnen, das Geräusch zu wiederholen, um zu sehen, ob es mir bekannt vorkam, aber sie war immer verschlossen oder klemmte, ließ sich nicht öffnen. Manchmal bekam ich Angst, der Rest der Welt wäre ausgelöscht und in unablässig summende Hintergrundgeräusche verwandelt worden; dann rannte ich ans Fenster, um mich davon zu überzeugen, daß zumindest die Straße noch da war. Ab und zu fürchtete ich, die Szenen vor dem Fenster wären nur Videos, von einem gelangweilten, bösartigen Peiniger abgespielt, aber allmählich lernte ich, anhand des Verkehrs auf der Straße die Tageszeiten zu unterscheiden, die Gesichter und das Treiben auf den Gehwegen zu erkennen und sogar die wechselnden Farben der Hemden und Röcke, der Haut- und Haarfarben der Kinder aufzunehmen, die sich zwischen die geparkten Wagen duckten, wohl um die fahrenden Autos zum Fangenspielen zu animieren. Das Leben auf der Straße wurde mein erster Tunnel zurück zur Realität.

Sechs Stockwerke über der Straße voller Stadtverkehr und unbeaufsichtigter Kinder, die in der Stoßzeit mit den Autofahrern russisches Roulette spielten, begann ich mit dem verwirrenden Prozeß, zu begreifen, daß außerhalb des Traumes noch etwas anderes vor sich ging. Anders als mit Beth am letzten Tag in der Klinik, wo ich nur eine unbestimmte Ahnung hatte, daß mir etwas entglitten war, löste sich die Illusion nun stückweise, wie ein fertiges Puzzlespiel, das plötzlich auseinanderzufallen beginnt. Dieser Prozeß war verwirrender als die Psychose selbst gewesen war, denn als sich die Zeit zu lockern und aufzuwickeln begann, behaupteten sich die Erinnerungen als sowohl vergangene, wie auch gegenwärtige Erlebnisse, und ich fing an, über Dinge nachzudenken, die nicht zu mir zu gehören schienen: Bilder von Beth, die mit dem Unterarm eine Tannennadelstadt wegwischt, und von meinen Eltern, die aufeinander zugehen und von einander abrükken, als hätten sie entdeckt, daß sie zwei gleichpolige Magneten waren. Ich mußte mich hinlegen und in die vollkommene Leere an der Zimmerdecke starren, während mir der Kopf wehtat und die Chronologie der Dinge verschwamm. Eine unterschwellige Strömung durchzog dies alles: Ich begriff, daß ich einen furchtbaren, irreparablen Fehler begangen hatte. Aber ich konnte mich nicht mehr daran erinnern, was es war, und deshalb nicht versuchen, es wiedergutzumachen.

John stellte Mahlzeiten für mich zusammen, deren Düfte durch die Wohnung zogen und sich wie warme Decken über mich legten. Aber ich konnte die Lawine der Gedanken nicht so weit ordnen, um zu essen.

»Du mußt aber«, sagte er. »Schau mal, wie mager du bist«, dabei hielt er mir meinen Arm vors Gesicht. Tatsächlich sah er skelettartig und krank aus, und ich mußte der Verbindung bis zu meiner Schulter folgen, um glauben zu können, daß er zu meinem Körper gehörte.

»Bin ich gestorben?« fragte ich ihn.

Sein Lächeln überwältigte mich. Es war eine Ewigkeit her, daß er gelächelt hatte.

»Offensichtlich nicht«, erwiderte er.

»Was hab ich denn gemacht?«

Ich konnte sein Gesicht nicht sehen, als er antwortete, denn er umarmte mich und versuchte, mich zum Essen in eine sitzende Position hochzuziehen. »Du bist in die Tiefe gesprungen«, sagte er, »und 'ne Weile in der Versenkung verschwunden.«

Ich war nicht in der Verfassung, Metaphern zu verstehen, und nahm es wörtlich. Aber sogar in diesem buchstäblichen Sinn begriff ich, daß ich »weg vom Fenster« gewesen war.

Allmählich stellte ich fest, daß die Tage nach einem gewissen Muster abliefen. John und Benjy verschwanden nicht einfach. Sie standen auf, frühstückten zusammen und brachten mir ein Tablett mit Essen. Benjy saß an meinem Bett und erzählte mir von seinem Kindergarten, in dem es ein Klettergerüst gab, während John in der Wohnung herumhantierte. Dann packte er Benjy in seine Kleider, beide gaben mir einen Abschiedskuß und gingen los. John schloß immer noch hinter sich ab, aber ich machte mir selten die Mühe nachzusehen. Ich starrte an die stille, schweigsame Decke oder kniete am Fenster und sah den Kindern zu.

Dort am Fenster wurde mir dann auch klar, was ich falsch gemacht hatte. Es fing an, als ich beobachtete, wie eine fast kahlköpfige Frau sich abmühte, mit einem Sack Lebensmittel bepackt am gegenüberliegenden Haus die Eingangstür aufzukriegen. Schließlich drehte sie sich um und sagte etwas zu einem blonden Mädchen, das herkam und ihr aufmachte. Es war eine harmlose Begebenheit, aber ich ließ sie mir immer wieder durch den Kopf gehen und fragte mich, weshalb sie ein mißtönendes Dröhnen in Gang gesetzt hatte. Ich erkannte das Gefühl als etwas, das Bruchstücke der Vergangenheit zurückbrachte, aber die meisten Erinnerungen kamen als bloße Informationsschnipsel, bei denen ich mir unsicher war, ob sie etwas mit mir zu tun hatten. Auf die Wucht, mit der dies in mein Bewußtsein knallte, war ich nicht vorbereitet. Körperlich fühlte es sich an, wie von einem rasenden Auto angefahren zu werden.

Ich hatte eine Tochter. Ein Baby. Und ich hatte keine Ahnung, wo sie war.

Diese Erkenntnis kam mir morgens, kurz vor zwölf. Ich hatte mein Zeitgefühl wieder so weit erlangt, um zu wissen, daß John erst Stunden später nach Hause kommen würde; ich hatte absolut keine Ahnung, wohin er tagsüber ging. Bisher war es mir egal gewesen. Ich rannte zwischen den aneinandergereihten Zimmern hin und her auf der Suche nach einem Hinweis auf meine Tochter, etwas, das mir verraten würde, was mit ihr geschehen war. Ich sah unter Kissen und zwischen Buchseiten nach, öffnete die Kühlschranktür und stöberte in Schubladen. Ich weiß nicht, ob ich Anne suchte oder nur einen Hinweis auf sie. Ich mußte einfach suchen. Ich fand ihre Kleider, die mir aber nicht weiterhalfen.

Ich konnte mich nicht erinnern, was sie gehabt hatte, also wußte ich auch nicht, was fehlte.

Irgendwann am frühen Nachmittag begriff ich, daß ich meine Tochter ermordet hatte. Selbst als ich diese Information zuließ, mich zwang, sie zu akzeptieren, brachte dies keine Bilder von diesem Ereignis zurück; ich wußte nicht, ob ich sie nun ertränkt hatte, erstickt, aus dem Fenster geworfen oder in irgendeiner Mülltonne hatte verhungern lassen. Keins der Szenarios zündete den Funken des Wiedererkennens, aber ich wußte, daß ich sie umgebracht hatte, und begriff, daß mein Verstand sich weigerte, diese Information zu bestätigen. Die Erinnerung an die Fakten war von den Medikamenten zersetzt oder hinter Schloß und Riegel gesperrt worden.

Irgendwann fielen mir beim Anblick des Telefons meine Eltern ein, und ich erkannte meine zweite Schuld, die mich wie ein Nachhall der ersten traf. Ich war tatsächlich zu Hause gewesen. Ich hatte Peggy, Beth, meine Mutter und meinen Vater tatsächlich gesehen. Und aus irgendeinem unerfindlichen Grund hatte ich sie ohne Abschied verlassen.

Ich verbrachte den Rest des Tages am Fenster und sah den blonden Mädchen zu, die Spiele erfanden, bei denen viel gerannt und geschrien wurde. Während sie spielten, betrauerte ich den Tod meiner eigenen Tochter und begann eine Verbindung zu meiner Nemesis auf der anderen Straßenseite zu spüren, der fast kahlen Frau, die ihr Fenster offen ließ, um Lärmpegel und Ausgelassenheit ihrer Herde von Töchtern überwachen zu können.

Als John und Benjy nach Hause kamen, kniete ich in der Dämmerung immer noch an der Fensterbank und sah zu, wie auf der Straße Scheinwerfer auftauchten und wieder verschwanden. Es dauerte noch ein paar Stunden, bevor sich die Verbindung zwischen Kopf und Zunge wiederherstellte; die Medikamente trugen die Befehle schwerfällig und planlos von Synapse zu Synapse. Aber schließlich lag ich mit dem Rücken zu John im Bett und spürte hinter mir seine zuckende Erektion.

»Wie hab ich das Baby denn umgebracht?« flüsterte ich. »Ich finde, ich sollte es erfahren.«

»Meinst du Anne?« fragte er. Ich nickte ins Kissen. »Beth hat sie«, sagte er. »Erinnerst du dich? Ich hab's dir doch gesagt.« Einen Augenblick stellte ich mir Beth mit der geprügelten, blauen Leiche meiner Tochter vor. »Jim und Beth versorgen sie so lange, bis du dich besser fühlst. Im Moment ginge das doch nicht mit beiden Kindern. Aber sobald du sagst, du schaffst es, können wir sie wiederhaben.«

Zum ersten Mal seit meinem Sprung in die Tiefe weinte ich, und zum ersten Mal seit meinem Wiederauftauchen aus der Versenkung schliefen wir miteinander.

Ich muß immer noch an die Zeit am Fenster denken, wo ich die jüngste Vergangenheit allmählich hereinangelte wie einen großen, kräftigen Fisch, den man foppen, ermüden, überlisten mußte. Der zweite Schritt meiner Genesung war die Freundschaft mit Crystal, der kurzhaarigen Mutter der blonden Sirenensippe, die die Straße beherrschte. Am Fenster sitzend dachte ich mir Gedichte aus, erfand Bilder aus den Mustern der Fensterreihen an den Wohnhäusern in unserer Straße und dem Flug der Stadtmöwen. Unter meinem Fenster wogte das Menschengewühl auf und ab; jeder war auf dem Weg irgendwohin. Mit der Zeit lernte ich sie kennen, wußte, wer verheiratet war, wer allein lebte, wer die Fenster geschlossen und wer sie geöffnet hielt und sich einredete, das, was hereinkam, wäre Blumenduft oder der Klang von Gelächter.

Crystals Fenster stand immer offen. Sie saß wie ich stundenlang am Fensterrahmen, sah hinaus und wieder hinein, betrachtete etwas auf ihrem Schoß. In jenen Tagen war sie mein einziger menschlicher Kontakt. Das Telefon klingelte nie, und ich wußte nichts von dem Riß, der entstanden war, als John mich mit nach Hause nahm, und wie aus dieser Kluft eine Kampflinie geworden war, als meine Familie entdeckte, in was für einer Klinik ich gewesen war. Ich wußte nur, daß alles sanft dahinfloß und John zufrieden aussah, während er mich zum Essen drängte. Benjy saß gern bei mir auf dem Bett, und wir verzehrten schüsselweise gebuttertes Popcorn oder Schokoladeneisbecher. Keiner von beiden erwähnte je Anne, und ich nahm an, sie würde einfach auftauchen, wenn ich sagte, jetzt würde ich es schaffen. Ich glaubte, an irgendeinem Zeichen würde ich erkennen, wann es so weit war.

Ich begegnete Crystal etwa zwei Monate nach meiner Rückkehr. Inzwischen schloß John die Tür nicht mehr ab, und ich putzte die Wohnung selbst und ging manchmal sogar bis zum Laden, obwohl ich mich nicht traute, hineinzugehen und die Rituale des menschlichen Umgangs und Einkaufs zu vollführen. Wir begegneten einander beim Verlassen unserer Häuser, und Crystal fiel mir auf, weil sie wieder einmal im gleichen Moment das gleiche machte wie ich. Sie trug ein langes, unförmiges Kleid, es hätte auch ein Bademantel sein können, und ihr Kopf war frisch geschoren, so daß nur kurze, feine Haarstoppeln auf ihrem Schädel standen.

»Hallo«, rief sie, als sie merkte, daß ich sie anstarrte. Ich war zu verlegen für eine Antwort, aber sie kam herüber, blieb stehen und sah mich an, als wartete sie darauf, daß ich etwas sagte. Vor kurzem hatte ich mich im Spiegel betrachtet und wußte, daß ich immer noch Form und Farbe des Todes hatte. »Ich heiße Crystal«, sagte sie schließlich und streckte mir die Hand hin. Ihre Stimme erinnerte mich an Kristall, in ihr reflektierte viel mehr, als sie sagte.

»Ellen«, erwiderte ich.

»Deinen Mann hab ich schon kennengelernt«, sagte sie lächelnd. Dann erzählte sie mir noch mehr, was ich nicht wußte. Sie sagte, John sei Geschäftsführer eines Restaurants, das ein Freund von ihm eröffnet hätte. An Wochenenden gäbe es dort Talentshows, und John führte mit Schauspielschülern Sketche auf.

Ich wunderte mich, daß ich nie darauf gekommen war, John zu fragen, wohin er ging und woher unser Geld kam. Es war nicht so, daß ich einfach das eine oder andere vermutet hätte. Ich hatte eben nicht darüber nachgedacht. »Das wußte ich nicht«, gab ich zu. »Daß John in einem Restaurant arbeitet.«

Crystal zeigte sich unbeeindruckt. »Ich weiß auch das meiste nicht, was mein Mann so treibt«, sagte sie fröhlich, »aber eins sag ich dir, kaputt schuftet er sich nicht, um für mich Geld zu verdienen.«

»Ich war krank«, sagte ich.

Sie sah mich wieder aufmerksam an und nickte, als verstünde sie Art und Ausmaß meiner Krankheit. Ich fragte mich, ob John es ihr wohl gesagt hatte.

»Kommst du mit rauf?« fragte sie, auf das Gebäude hinter sich deutend, und ich nickte bejahend.

Crystals Haus war eine Kopie von unserem, aber ohne die frische Farbe an den Wänden und die schmucklosen Treppenabsätze. Auf den Fluren staute sich ein Geruch von Kochdämpfen und etwas anderem Durchdringendem, und ich mußte daran denken, wie gut John sich um unser Haus kümmerte. In dem Moment vermißte ich ihn sehr und bereute, ihm so viel Kummer bereitet zu haben. Ich war froh, Gesellschaft zu haben.

Während wir hintereinander die Treppe hinaufgingen, erzählte mir Crystal von sich. Ihr Mann, sagte sie, sei Alkoholiker. »Manchmal kommt er heim, manchmal nicht«, erzählte sie mir in beiläufigem Ton, als ob es ihr egal wäre. Sie hatte sieben Kinder: vier mit ihrem Mann zusammen, eins aus ihrer früheren Ehe und zwei aus der ihres Mannes. Lauter Mädchen. Ihre Eltern waren reiche Anwälte, die auf Long Island lebten, was sie mit dem dortigen Akzent aussprach, aber nicht wußten, wo sie war, und nicht einmal, daß sie Enkelkinder hatten. Sie hatte ihren Namen in Crystal geändert – nur so, ohne Familiennamen –, damit ihre Mutter, falls sie in einem Anfall von Schuldgefühl oder Sentimentalität versuchen sollte, ihr nachzuspüren, eine kalte Fährte vorfinden würde.

Als wir in der Wohnung waren, kamen nacheinander ihre Töchter herein und starrten mich mit riesigen, dunkelbraunen Augen an. Sie sahen sich alle so ähnlich, es war kaum zu glauben, daß sie unterschiedlich alt waren und verschiedene Eltern hatten. Den ganzen Nachmittag gingen sie im Zimmer ein und aus, verlangten etwas zu trinken, beklagten sich übereinander, wollten ihr alles mögliche erzählen. Sie kamen mir vor wie Gezeiten, und Crystal erinnerte mich an das Meer – unerschütterlich, unverrückbar und konstant. Der Anblick all dieser weiblichen Wesen hatte etwas Beruhigendes. Es war die gleiche Energie wie zu Hause mit Beth und Peggy. Auch fühlte ich mich dadurch meiner eigenen Tochter näher und gewann etwas von der Substanz zurück, die ich brauchte, um sie zurückzufordern.

Crystal war der ärmste Mensch, den ich je im Leben getroffen hatte. Aber sie wußte sich zu helfen, um nicht in die Falle zu geraten. Sie kaufte Stoffreste und machte ihren Töchtern sieben identische Kleider in verschiedenen Größen. Samstags kaufte sie kistenweise Gemüsereste vom Wochenmarkt und sortierte sie nach den gerade noch genießbaren Sachen, die sie für sich behielt. Alles übrige putzte und schnitt sie zurecht, packte es in alte Supermarkttüten und verkaufte es an Familien in der Nachbarschaft. Sie hatte immer etwas zu tun für ihre Kinder – Spiele mit Puppen aus Pappmaché oder Makkaroni auf Bindfäden aufziehen. An den Nachmittagen, die ich dort verbrachte, fädelten und falteten und klebten wir oder putzten und sortierten Gemüse. Und wir unterhielten uns.

Dan und Crystal waren seit beinahe acht Jahren verheiratet. Sie äußerte sich nie abfällig über ihn, sondern zählte nur Tatsachen auf. Dan war Alkoholiker. Er war wegen Drogenbesitzes schon mal im Gefängnis gewesen. Einmal hatte er viel Geld gehabt und ihr ein Motorrad, einen Backofen und ein Goldarmband gekauft. Dann war das Geld weg, und jemand war gekommen und hatte das Motorrad und den Ofen wieder mitgenommen. Das Armband hatte sie aber versteckt, um es für ihre älteste Tochter aufzuheben, wenn sie mal heiratete.

Einmal war sie mit den vier Jüngsten zum Einkaufen gegangen. Die anderen hatte sie in der Obhut der Ältesten gelassen, die fast vierzehn war. Die drei hatten im Hofdurchgang gespielt, als Dan nach Hause kam, aber er hatte sie nicht bemerkt. Nach ein paar Minuten hörten sie ihn in der Wohnung herumbrüllen, und dann fing er an, mit Sachen um sich zu werfen und zu weinen. Sie versteckten sich im Hofdurchgang, bis Crystal aus dem Bus stieg, und rannten zu ihr, um ihr zu erzählen, was los war. Crystal ließ die Kinder draußen warten und ging mit den Einkäufen allein hinein.

»Er dachte, ich hätte ihn verlassen und die Kinder mitgenommen«, sagte Crystal. »Bloß weil ich nicht da war, als er heimkam. Als er rauskriegte, daß ich nur einkaufen gewesen war, wurde er sauer, weil ich ihn blamiert hatte.«

»Es war doch nicht deine Schuld«, sagte ich.

Crystal sah mich eine Weile nachdenklich an, dann sagte sie: »Er drängte mich in eine Ecke. Ich hielt immer noch die Einkäufe fest und hatte Angst, die verdammte Tüte würde unten aufgehen und irgendwas würde zerbrechen. Dann prügelte er mich windelweich.«

Ich wartete und wußte nicht, was ich sagen sollte. Crystal starrte mich an, und ich begriff, daß das ihr Geheimnis war: Außer mir und den Mädchen wußte niemand, daß Dan sie geschlagen hatte.

Danach war Dan weggegangen, und die Mädchen schlichen herein. Crystal war gegen eine Flasche gefallen, die zerbrochen war und ihr eine klaffende Wunde am Arm zugefügt hatte. »Überall war Blut«, sagte sie. »Und die Kinder standen rum und sahen mich an, als wäre ich grade vom Mars gefallen.«

»Was geschah, als er zurückkam?« fragte ich.

Crystal schüttelte den Kopf. »Nichts«, erwiderte sie.

Spontan stand ich auf, umarmte Crystal und drückte sie ganz fest. Ihre Knochen waren scharf und unnachgiebig wie ein Bettgestell, und während ich sie umarmt hielt, fühlte ich das nächste Stadium meiner Genesung. Meine Emotionen kehrten zurück, schossen plötzlich hervor wie Wasser aus einem Hahn, und wir hielten einander weiter umarmt. Ich weinte, weil alles mir wieder einfiel. Dann traten wir einen Schritt zurück, sahen uns an und schütteten uns aus vor Lachen.

Von da an betrachtete ich Crystal als Schwester und fragte sie Sachen oder beobachtete sie, um von ihr zu lernen, eine Frau zu werden. Zum ersten Mal hatte ich das Gefühl, erwachsen zu werden. Jeden Tag erzählte ich ihr, bis mir der Mund wehtat, dann ging ich nach Hause, wartete auf John und sprach mit ihm, bis mir der Kiefer wehtat und meine Augen brannten. Er verdiente in dem Restaurant gutes Geld, brachte es zur Bank, und obwohl wir alle Rechnungen pünktlich bezahlten und am Essen nie knauserten, berichtete er mir jede Woche, wie unser Konto wuchs.

»Sag das mal deiner Mutter«, meinte er dann immer, aber ich sprach nie mit meiner Mutter. Mein Wahrnehmungsprozeß war immer noch lückenhaft, so daß ich nicht ganz begriff, daß ich sie oder Beth oder eine von ihnen hätte anrufen können. Es war Crystal, die die Leere ausfüllte.

Als ich eines Morgens aus dem Fenster blickte, sah ich Crystal vor einer ihrer Töchter knien, die weinte. Selbst vom sechsten Stock aus konnte ich die Schwellung in Crystals Gesicht erkennen. Ich rannte die Treppe hinunter und warf die Arme um sie, aber ihr Körper war steif und kalt.

»Beim drittenmal ist Schluß«, sagte sie.

»Was?«

»Der Scheißkerl, wenn der mich noch einmal anfaßt, schneid ich ihm die Eier mit 'ner Zickzackschere ab.« Sie sagte es mit ihrer glockenhellen Stimme, und es war keine Drohung. Es war eine Feststellung.

Um sie abzulenken, lud ich sie und die Mädchen zu einer Autofahrt ein. Ich durfte eigentlich nicht fahren, solange ich Medikamente nahm, aber seit das Wetter so schön war, brachte John Benjy zu Fuß in den Kindergarten, und so blieb der Wagen immer auf dem Parkplatz hinter dem Haus stehen.

»Würdest du fahren?« fragte ich sie. Einen Augenblick hielt ich den Schlüssel zwischen uns hoch und spürte ihre Fragen, ihr Erstaunen. Ich überlegte mir, ob ich lügen sollte, aber dann wurde mir klar, daß es zwischen uns nur die Wahrheit geben sollte. Also erzählte ich ihr kurz die Geschichte. Es klang alles so harmlos, und ihr Gesicht hatte den gleichen besorgten Ausdruck, als hätte ihr jemand von seinem Unfall oder seiner lebensgefährlichen Krankheit erzählt. Als ich fertig war, nahm sie den Schlüssel und umschloß meine Hände einen Augenblick mit ihren. Dann lächelte sie. »Ab geht die Post«, rief sie, und die Mädchen trampelten die Treppe hinunter; im düsteren Treppenhaus leuchtete ihr Haar wie Phosphor auf.

Wir hatten kein bestimmtes Ziel, und so kreuzte Crystal durch die Vorstadtviertel und fand an jedem der stattlichen, herausgeputzten Häuser etwas auszusetzen. Sie redete über jedes in einem Ton, als würde sie eines Tages tatsächlich in so einem Haus wohnen, und ich spürte bei dem Spiel ihr Bedürfnis nach Unabhängigkeit, die Sehnsucht nach einem Leben jenseits von Dan und der Dreizimmerwohnung. Wir spielten das Spiel nun täglich, und ich machte auch mit und genoß das Gefühl, mein eigenes Heim aussuchen, umbauen oder ablehnen zu können. Ab und zu, wenn niemand zu Hause zu sein schien, trauten wir uns auch hinein, und dann trampelte die ganze Bande im Haus herum, spähte durch Fenster und drang in Küchengärten ein. Nur einmal, als wir vor einer Backsteinvilla standen, rückte sie mit der Frage heraus, ob ich mit ihr zusammenziehen würde. Ich schüttelte den Kopf. Ich wollte John nicht verlassen. Ich erzählte ihm allerdings auch nie von unserem Spiel, von unseren Ausflügen und wie Crystal und ich den Tag verbrachten. Ich hatte das Gefühl, mein erster Schritt hin zur Unabhängigkeit wäre, ihm etwas zu verschweigen.

Mir war klar, daß wir Benzin verbrauchten, aber da war nichts zu machen. Crystal war blank, und ich hatte kein eigenes Bargeld. Es dauerte kaum eine Woche, bis John entdeckte, daß wir das Auto benutzt hatten.

»Du weißt doch, daß du nicht fahren darfst«, sagte er. Er stand vor mir am Küchentisch, und unwillkürlich fiel mir wieder Crystals geschwollenes Gesicht ein, das inzwischen kränklich gelb wurde.

»Ich fahr gar nicht. Crystal fährt.«

In der nachfolgenden Stille machte mir John klar, daß ich zu dumm war, die Idiotie dieses Arguments zu begreifen. Zum ersten Mal fühlte ich mich von ihm nicht geschützt, sondern unterdrückt und erstickt. »Daß das nicht wieder vorkommt«, sagte er.

»Ich bin doch gar nicht mehr krank«, beteuerte ich, aber wir sahen einander nicht an. Es war eine fast fühlbare Kälte im Raum, die sogar Benjy bemerkt haben mußte. Er kam hergerannt und legte mir die Hand auf den Mund, hüpfte dann zu John, packte ihn an der Hand und wollte ihn zu mir herüberziehen.

»Vergiß es«, sagte John. »Die Antwort ist nein.«

Benjys Hand lag auf meinem Mund, aber ich hatte sowieso nicht die Absicht zu antworten. Statt dessen tastete ich mich noch einmal durch den Tag zurück bis zu dem Gefühl, als Crystal mich gefragt hatte, ob ich mit ihr leben wollte. Mit der Villa im Hintergrund schien mir alles möglich. Ich fühlte mich gesund genug, Entscheidungen zu treffen, mein Leben in die Hand zu nehmen. So wollte ich mich weiterhin fühlen und John überzeugen, daß es möglich war. Ich wußte, daß ich als erstes die Medikamente absetzen mußte, um John zu zeigen, daß ich sie nicht mehr brauchte. Dann müßte ich das Auto nehmen und selbst chauffieren, um zu beweisen, daß ich dazu fähig war. Dann würde ich meine Tochter wiederbekommen.

Ich lauerte eine Woche, zehn Tage lang, bis John den Ersatzschlüssel aus Versehen auf seiner Kommode liegenließ, als er mit Benjy in den Park ging. Zehn Minuten später saßen Crystal und ich im Wagen.

»Nichts wie weg«, sagte Crystal.

Zehn Tage lang hatte ich meine Tabletten in den Ausguß geschüttet und mit heißem Wasser nachgespült. Ein Summen schien in der Luft zu liegen, durch das alle meine Sinne verschwommen und träge wurden. Ich fuhr langsam, achtete auf Crystals Gesicht ebenso wie auf die Straße, um an ihrem Ausdruck ablesen zu können, wie ich die Sache machte. Sie hatte eine lächelnde Maske aufgesetzt, hielt sich aber mit einer Hand am Armaturenbrett fest.

»Gut machst du es«, versicherte sie mir. »Ganz toll.«

Wir fuhren zu einem unbewohnten Haus mit Garage und einem Gästeschlafzimmer im oberen Stock. Schweigend schlichen wir die Außentreppe an der Garage hinauf ins Schlafzimmer.

Der Raum war mit hellen, fröhlichen Blumenmustern und antiken Möbeln ausgestattet. Es gab eine wunderschöne Kommode mit Aufsatz, geschnitzten Mahagonifüßen und Messinggriffen und einen passenden Frisiertisch mit einem Spiegel aus geschliffenem Glas. Obwohl alles an seinem Platz war – Handtücher und Toilettenpapier im Bad, das Bett bezogen –, war das Zimmer offensichtlich unbewohnt.

»Na, so was«, sagte Crystal und schaute unter die Tagesdecke. »Ein Bett mit frischen Leintüchern, in dem niemand schläft.«

Ich wußte, wie sie sich fühlte. Es war, als wären wir plötzlich klein genug, eins dieser putzigen viktorianischen Puppenhäuser zu bewohnen.

Crystal sah sich neugierig weiter um, bewunderte den mit Zedernholz ausgelegten Wandschrank und die Glasdose mit Duftseifchen, während ich am Fenster stand. Das Zimmer erinnerte mich an die alte Remise, wo ich immer aus dem Fenster zugesehen hatte, wie der Nebel wie Farbe zwischen die Äste der Bäume sickerte. An beiden Enden des Tages waren die Rehe zum Äsen an den Waldrand gekommen, und ich hatte beobachtet, wie sie stehenblieben, die Köpfe hoben und mit riesiggroßen Ohren horchten, ob Gefahr drohte. Ich dachte an den Elch, an die Umrisse seines Geweihs vor dem blauen Himmel und an das Geräusch, das das Gras beim Kauen an seinen Zähnen machte. Plötzlich kam es mir so vor, als wäre alles vollkommen schiefgegangen. John habe mich im Stich gelassen und ich mich selbst auch. Ich hatte mich in die falsche Richtung führen lassen, und haltlos begann ich zu weinen.

»Komm wir gehen«, sagte Crystal.

Als wir in unsere Straße kamen, taten wir wieder beide gleichzeitig dasselbe – wir lugten unter dem Autodach hervor, um zu sehen, ob unsere Männer zu Hause waren. Ohne daß ich ein Anzeichen dafür entdeckte, wußte ich, daß John da war und das fehlende Auto bemerkt hatte.

»Kommst du noch mit hoch?« fragte Crystal, doch ich schüttelte den Kopf. »Soll ich dir meine Zickzackschere leihen?« fragte sie, und wir lachten beide unsicher.

Crystal begleitete mich vom Parkplatz bis an die Haustür und beugte sich vor, um mich auf die Wange zu küssen. Sie nahm meine Hand und drückte etwas hinein – eins von den Duftseifchen aus dem Haus.

»Viel Glück«, sagte sie. Die Seife hatte die Form einer Schildkröte.

Als ich nach oben kam, gab ich John die Autoschlüssel, sagte aber nichts, außer, daß ich meine Tochter zurückhaben wollte. Daß es nun Zeit sei.

BETH Hier ist die neue Ellen. Sie trägt einen schwarzen Rollkragenpullover, schwarze Stiefel und Designer-Jeans. Sie lehnt lächelnd vorn am Auto und sieht aus, als würde sie gerade etwas sagen, einen Witz erzählen, als der Auslöser gedrückt wird. Das Bild erinnert mich an Fotos von uns dreien als Kinder, als wir uns für meine Mutter aufstellten und so taten, als wären wir Fotomodelle.

Das Foto lag einem Brief von meiner Mutter bei. Seit drei Monaten habe ich von Ellen keine direkte Nachricht bekommen. Anne ist jetzt fast sechs Monate alt, winzig, aber ganz entzückend, doch Ellen macht sich nicht die Mühe, anzurufen und sich zu erkundigen, wie es ihrer Tochter geht. Ich werde sie jedenfalls nicht anrufen. Ich lege das Foto vor Anne auf den Boden und sage: »Das ist deine Mami.« Anne beugt sich neugierig vor und winkt. »Tante Ellen«, sage ich zu Michael, der zwischen mir und dem Foto hin und her schaut, als suchte er eine Ähnlichkeit zwischen Ellen und mir.

In ihrem Brief schreibt meine Mutter, Ellen und John seien in eine größere Wohnung umgezogen. Benjy gehe an fünf Tagen in der Woche in den Kindergarten, und Ellen habe einen Job als Kassiererin im Unibuchladen. Meine Mutter findet es sehr beeindruckend, daß Ellen arbeiten und gleichzeitig Mutter sein kann. Daß Ellen nur für eines ihrer Kinder Mutter ist, erwähnt sie nicht. Dreimal in der Woche hat Ellen das Auto und John viermal. Ellen kann einkaufen fahren, schreibt meine Mutter, wenn sie was braucht. Sie muß in »dieser Gegend« nicht mehr mit ihren Babys an der Straßenecke stehen und auf den Bus warten. Meine Mutter benutzt die Pluralform von »Baby«. »John scheint wirklich reifer geworden zu sein«, fährt meine Mutter fort. »Und Ellen klingt großartig. Meine einzige Sorge ist, daß sie ihre Medikamente abgesetzt hat. Sie will sich auch nicht psychiatrisch behandeln lassen. Aber sie sagt, John und sie würden jetzt beide die Symptome kennen, und wenn was passiert, rufen sie sofort Hilfe.«

Auf dem Foto sehe ich, daß Ellen zugenommen hat. Sie sieht gut aus, gesund und glücklich. Ich würde es meiner Mutter gern glauben, daß Ellen jetzt vernünftig ist und ihre eigenen Symptome beurteilen und für ihre Gesundheit sorgen kann. Aber irgend etwas an ihrem Gesichtsausdruck auf dem Foto beunruhigt mich: Wie kann sie so glücklich sein, so unbeschwert lächeln? Hat sie denn schon vergessen, was war? Glaubt sie wirklich, sie ist gesund, und wenn ja, warum hat sie sich dann nicht gemeldet? Warum ist sie nicht gekommen, um ihre Tochter zurückzufordern?

Ich wickle den Brief um das Bild, stecke ihn in den Umschlag und lege das Ganze in meine Kommodenschublade. Im Moment beunruhigt mich die Vorstellung, Ellen könnte wieder ausflippen, nur im abstrakten Sinn. Es ist schließlich schon einmal passiert, und sie hat sich wieder erholt. Aber der Gedanke, Anne zu verlieren, läßt mich nicht los. Jeden Morgen ist mein erster Gedanke, Ellen könnte anrufen und sagen, unsere Zeit mit Anne sei vorbei. Wenn ich abends schlafen gehe, nehme ich es Ellen übel, daß sie uns noch ein Kind aufgeladen hat und sich nicht mal die Zeit nimmt, anzurufen und zu fragen, wie es ihrem Baby geht. Gleichzeitig bin ich froh, daß wir Anne wenigstens noch einen Tag haben.

Obwohl Jim und ich Anne mehr im Arm halten, uns mehr Zeit nehmen, mit ihr zu spielen, ihr Spielsachen zu zeigen, uns mit ihr abzugeben, ist es nicht so, daß wir sie mehr lieben als die Jungen. Eher als wäre sie ein Familienmitglied mit einer lebensgefährlichen Krankheit, die sie uns jederzeit wegnehmen könnte. Und tatsächlich wäre Anne fast gestorben. Niemand von meiner Familie fragt nach Anne, wenn sie anrufen, und so habe ich ihnen auch nichts davon erzählt, daß unser Kinderarzt sagte, Anne sei am Rande des Todes gewesen, als er sie zum ersten Mal untersuchte. Was wir für die Eigenschaften eines braven Babys hielten, waren in Wirklichkeit Anzeichen für mangelnden Überlebenswillen. Der Kinderarzt nannte es »Entwicklungsrückstand«. Mit zwei Monaten wog Anne nur wenig mehr als bei ihrer Geburt. Aber im Laufe der Monate, die sie bei uns war, bekamen wir sie bis auf Stufe zehn der Gewichtstabelle. Entwicklungsmäßig ist sie immer noch hinter Michael, aber das liegt daran, daß sie zu früh geboren wurde, und der Arzt meint, das wird sie aufholen. Ich habe meiner Familie auch nie gestanden, daß mir der Kinderarzt geraten hat, Anne zu stillen, obwohl ich darauf schon von selbst gekommen war. Zwei Wochen nach unserer Heimkunft entwöhnte ich Michael ganz, aber Anne stille ich immer noch. Wenn ich mit allen drei Kindern einkaufen gehe, denkt jeder, die beiden jüngeren wären Zwillinge. Es ist zu kompliziert zu erklären, und so stimme ich einfach zu. Ich lasse sogar gelten, daß Anne mir ähnlicher sieht als Michael.

Trotzdem, drei Kinder zu haben ist ein Alptraum. Der Streß selbst beim Erledigen kleiner Dinge erschöpft mich. Solange sie Mittagschlaf halten, nutze ich die Zeit, das Frühstücksgeschirr zu spülen, das Bad zu putzen und den Windeleimer auszuleeren, und wenn sie dann aufwachen, bin ich schlapp und meine, den Rest des Nachmittags nicht durchstehen zu können. Wenn Jim nach Hause kommt, stehe ich am Herd und koche, Anne in der Trage auf dem Rücken und die beiden Jungen auf dem Fußboden. Rob quält Michael, indem er ihm die Spielsachen wegnimmt.

»Hallo, du Schöne. Was kochst du denn da?« fragt Jim.

»Hör bloß auf«, schnappe ich und drehe unwillig den Kopf weg, weil Anne mit den Fäusten an meinen Haaren reißt.

Jim kniet sich vor Rob auf den Boden hin und sagt: »Hallo, du eines Kleines.« Dann beugt er sich mit Rob im Arm zu Michael hinüber und lächelt in sein aufgeregtes Gesicht. »Hallo, du zweites Kleines«, sagt er. Er steht wieder auf und gibt Anne ein Küßchen. »Hallo, du drittes Kleines.« Er nimmt Anne mit, um sich umzuziehen, und Rob läuft ihm hinterher. Ich höre ihre Stimmen leiser werden, während sie sich erzählen, was am Tag alles los war.

Als sie zurückkommen, macht Jim sich ein Bier auf, versucht, meinen Blick aufzufangen, und fragt: »Wie war's denn heute?«

»Ich hab Mami gespielt«, unterbricht ihn Rob.

»Wie üblich«, sage ich. »Hektisch. Manchmal wünsche ich mir –«

»Du hast Mami gespielt?« fragt Jim.

Ich drehe mich um und sehe, daß Jim Rob auf seinen Schoß gezogen hat.

»Ich hab Daddy gespielt«, sagt Rob.

»Du hast Daddy gespielt?«

»Ich hab Jungs gespielt.«

Ich nehme die Pfanne vom Herd und gehe aus der Küche, aber keiner kommt nach. Hinter mir schaltet Jim das Radio ein, hebt Anne hoch und hüpft mit ihr in der Küche herum. Dann packt er die beiden anderen Kinder und tanzt mit ihnen im Kreis, geht in die Knie und wirbelt sie herum, und Rob verschluckt sich vor Lachen. Als Jim ihn absetzt, bedrängt er ihn: »Weitertanzen, Daddy. Weitertanzen.«

»Könntest du den Tisch decken?« übertöne ich die Musik. »Bitte?«

Einen Augenblick ist es still in der Küche, und ich stelle mir vor, wie sie verschwörerische Blicke wechseln. In dem Moment hasse ich Ellen, hasse Jim und die Kinder. Aber mehr noch hasse ich mich selbst und wünschte, woanders oder jemand anders zu sein. Ich fühle mich unfähig, mit der Situation, in die ich mich hineinmanövriert habe, fertigzuwerden.

Vorm Schlafengehen zeige ich Jim das Foto von der neuen Ellen. »Sie sieht prima aus«, sagt er.

Beide betrachten wir das Bild und fragen uns, ob sie denn wirklich gesund genug aussieht? Als Jim hinausgeht, um nach den Kindern zu sehen, betrachte ich Ellens Bild weiter und bemerke, daß sie mit nur einem Kind Zeit hat, sich zu frisieren, sich nett anzuziehen und Make-up aufzulegen. Sie scheint eine Vitalität auszustrahlen, an die ich selbst mich nur vage erinnern kann. Je länger ich das Foto betrachte, desto mehr rede ich mir ein, daß es ihr inzwischen egal ist, daß wir Anne haben.

Als Jim zurückkommt, habe ich mich bereits hingelegt, und er setzt sich einen Augenblick an die Bettkante und sieht mich prüfend an. »Hast du Ellen angerufen?« fragt er.

»Wieso sollte ich?«

Er seufzt. Seit ich Anne mitgebracht habe, ist es jeden Abend das gleiche. »Du weißt doch, daß wir sie nicht ewig behalten können«, hat er mir gesagt. »Sie ist nicht unser Baby.« Jim behauptet, er mache sich Sorgen über meine Bindung zu Anne, er habe Angst, ich würde verzweifeln, wenn ich sie wieder hergeben muß. Aber ich merke, daß auch er bei seinen nächtlichen Gängen aufs Klo in ihr Zimmer schleicht und sie jede halbe Stunde hoffnungsvoll auf nasse oder schmutzige Windeln untersucht und daß er sie neben Michael legt, um Arme und Beine der beiden zu vergleichen.

»Nur um zu fragen, wie's ihr geht«, sagt er matt.

»Sie kann mich doch anrufen«, gebe ich bissig zurück. »Wenn's ihr gut genug geht, daß sie einen Ganztagsjob annehmen kann, dann ist sie ja wohl in der Lage, das Telefon zu benutzen.«

Jim legt sich neben mich und hält bewußt Abstand. »Ich glaub nur, daß es allmählich zu viel für dich ist. Für uns beide. Die ganze Verantwortung für drei Kinder, dazu die Unsicherheit. Es wäre schon gut, wenn wir ungefähr wüßten –«

»Sie kann ja anrufen«, wiederhole ich. »Wenn sie jetzt so verdammt gesund ist, dann kann sie sich ja wohl denken, wie man ein Telefon benutzt.« Jim seufzt noch einmal und dreht sich herum.

Spät nachts wache ich auf und betrachte Jim, der neben mir liegt und tief schläft. Seit Wochen haben wir uns nicht mehr geliebt. Bis wir endlich im Bett sind, bin ich erschöpft und will allein sein, wünsche mir sehnlichst viel Platz um mich herum, damit ich mich richtig ausstrecken kann. Jim bittet mich schon gar nicht mehr darum. Abends verkriechen wir uns nach den Gesprächen über Anne auf unsere jeweiligen Betthälften, und morgens verläßt Jim fluchtartig das Schlafzimmer, als fürchte er, ich könnte ihn anfassen. Jetzt aber, als ich ihn schlafend betrachte, erinnere ich mich an früher, wo wir uns einfach umarmten, wenn wir nebeneinander in der Küche standen, und wo ich immer an seiner Schulter einschlief. Ich kann nicht anders und berühre sanft sein Gseicht, dabei hoffe ich fast, er würde aufwachen, damit wir uns lieben können.

»Hah!« schreit er erschrocken auf, und ich entschuldige mich rasch und ziehe die Hand weg. Gleich ist er wieder eingeschlafen, sein Gesicht entspannt und sorglos.

Eine Stunde später bin ich immer noch wach und schleiche in Annes Zimmer, nehme sie aus ihrem Bettchen hoch und wiege sie an meiner Brust, als ob sie geweint hätte. Um mich herum ist es still im Haus, doch sogar in der Stille zwischen den einzelnen Sekunden spüre ich, wie die Zeit vorbeirauscht. Ich bin ungefähr eine Stunde im Schaukelstuhl eingenickt, als ich, die Arme wie einen Kokon um Anne geschlungen, verwirrt und verkrampft aufwache.

Als ich am nächsten Morgen wach werde, ist Jim schon zur Arbeit gegangen. Beim Anziehen betrachte ich eingehend das Foto der neuen Ellen und komme zu dem Schluß, daß es Zeit ist, mich wieder in Form zu bringen. In einem Anfall von resolutem Enthusiasmus rufe ich im Sportzentrum an und melde mich für einen Wasseraerobic-Kurs an. Ich erkundige mich sicherheitshalber auch gleich, ob es dort einen Babysitter gibt.

»Gibt es eine Beschränkung, wie viele sie deichseln kann?« frage ich. »Ich komm nämlich mit einer ganzen Bande.«

Die Frau am anderen Ende der Leitung lacht. »Wenn Sie sie deichseln können, kann sie das auch«, meint sie.

Rob versuchte gerade, Anne mit dem Wellholz plattzuwalzen. Ausstechformen tanzen über den Fußboden, und Michael hat eine davon im Mund, mit der scharfen Kante an seiner Zunge. Wer sagt denn, daß ich sie deichseln kann? frage ich mich. Aber ich bin fest entschlossen, mal aus dem Haus zu kommen, besser auszusehen und Jim zu zeigen, daß ich kompetent, begehrenswert und unabhängig sein kann.

Der Kurs besteht hauptsächlich aus Frauen, alten Damen mit Körpern, die wie Brotteig an ihnen herunterhängen. Manche im Kurs können nicht einmal schwimmen und kriegen einen angstvollen Blick, als wir die Füße vom Schwimmbadboden heben sollen. Nur eine Frau in meinem Alter ist dabei, und die ist schwanger. Der einzige Mann heißt Bud. Die Abkürzung von Herman, erklärt er mir, den Vornamen Herman habe er nämlich noch nie gemocht. Bud hat einen Körper wie ein Kissen, einen Bürstenschnitt und mehligweiße Haut. Er betrachtet den Kurs als geselliges Zusammensein und erzählt mir flüsternd, während die Lehrerin Befehle brüllt, er sei am Meer aufgewachsen, und als sein Chef ihm riet, Sport zu treiben, sei ihm deshalb gleich Schwimmen eingefallen. Wie ich mir schon dachte, ist Bud »im Verkauf tätig«.

»Ich wußte ja nicht, daß da nur Frauen sind«, sagt Bud beim Hampelmannhüpfen. Bei allen wippen die Brüste, auch bei Bud. Mit einem Blick, in dem sich Lüsternheit und Humor vermischen, sagt er: »Ich weiß, der Kurs ist das richtige für mich, weil ich Herman heiße. Versteh'n Sie? Her-man. *Ihr* Mann.«

»Ha, ha, ha« erwidere ich und ärgere mich sofort, überhaupt etwas gesagt zu haben.

»Und jetzt feste treten«, befiehlt die Lehrerin. Wir halten uns alle an der Wand fest und treten, so fest wir können. Einige Frauen versuchen es, ohne dabei Haar oder Gesicht naßzumachen. Ich halte mein Gesicht ins Wasser, drehe mich und atme, als würde ich wirklich schwimmen. Bud streckt den Kopf weit aus dem Wasser und paddelt wie ein Hund auf der Stelle, aber als er mich sieht, imitiert er mich. Sooft ich nach oben komme, um Luft zu holen, ist mir sein Gesicht wie ein Spiegel gegenüber. Als er Wasser von seinen Lippen bläst, erwischt es mich im Gesicht. Ich versuche, die Augen geschlossen zu halten. Ich atme zur anderen Seite hin.

»Herman«, sagt Bud. »Versteh' n Sie?«

Ich halte die Luft an, neige den Kopf und schlage wie besessen aufs Wasser ein. Aber als ich hochkomme, lächelt Bud mich an.

Beim Abendessen sagt Jim, er fände es schade, daß wir nicht mehr ins Restaurant essen gehen. Er würde gern mal wieder mit mir ins Kino gehen oder Freunde besuchen. »Uns ruft ja auch keiner mehr an«, klagt er. »Weil wir immer absagen müssen.« Während er ißt, hat er Anne auf dem Schoß, der kleine Finger seiner linken Hand steckt in ihrem Mund.

»Und wer soll auf all die Kinder aufpassen?« möchte ich von ihm wissen. »Besonders auf Anne?« Anne ist immer noch zierlich, und bei Fremden mag sie nicht essen.

»Ich weiß«, sagt Jim. »Trotzdem, ich find's schade.«

»Wir können uns ja was holen und zu Hause essen«, schlage ich vor. »Oder ins Autokino gehen.«

»Stimmt«, sagt er, zieht Anne die Hand weg und schneidet sich das Fleisch in mundgerechte Stückchen, wie für ein Kind. Bevor er weiterißt, steckt er seinen Finger wieder in Annes Mund. »Aber das ist nicht das gleiche.«

In der nächsten Schwimmstunde läßt uns die Lehrerin zehn Bahnen schwimmen. Als ich gerade anfangen will, hält Bud mir seine Schwimmbrille hin und fragt: »Könnten Sie mir damit mal helfen?« Die Bademütze hat er bereits aufgesetzt und müht sich mit den Fersenriemen seiner Schwimmflossen ab. Es ist doch bloß Wasser, hätte ich fast zu ihm gesagt.

»Dazu braucht man lange Nägel«, sagt er. »Das ist das einzige, was ihr Mädels uns voraushabt. Lange Nägel.«

Nachdem er die Flossen angelegt hat, richtet er sich auf, ohne auf das Gelächter des Bademeisters zu achten. Ich gebe Bud seine Schwimmbrille, und er sagt: »Warten Sie mal, ich will nur sehen, ob sie auch dicht ist.« Er hüpft ins Becken, hält das Gesicht unter Wasser und sieht dann zu mir her. Seine Schwimmbrille ist beschlagen. »Ich mag solche Kurse«, sagt er. »Da trifft man nette Leute. So wie Sie.« Ich steige ins Wasser und will mich gerade abstoßen. »Ich mach da jetzt einen Kurs an der Uni«, fährt er fort. »Die haben ein gutes Programm. Es ist ein Sexkurs. Damit man versteht, was man sich nicht zu sagen traut über Sex. Wissen Sie? Was einen verlegen oder schüchtern macht. Das hier zum Beispiel. Ich mein, ich hätte nie gedacht, daß ich mit 'nem Mädel, das ich kaum kenne, über Sex reden könnte.«

Ich frage mich, ob ich deshalb in den Genuß komme, Buds Ausführungen über Sex lauschen zu dürfen, weil ich weder schwanger noch uralt bin. »Ja«, sage ich und stoße mich ab, um eine Bahn zu schwimmen. Als ich wieder zum flachen Ende komme, hält mich Bud hinten am Badeanzug fest.

»Die ist undicht«, sagt er.

Während ich ihm die Schwimmbrille in Ordnung bringe, erzählt er weiter: »Das ist nämlich wichtig. Es laufen doch so viele Mädels rum mit diesen superknappen Shorts und Tops ohne Träger und Ärmel! Die streifen im Bus ganz dicht an einem vorbei, und dann weiß man gar nicht, soll man da jetzt was machen oder nicht?«

»Und was machen Sie dann?« frage ich neugierig und gebe ihm die Schwimmbrille zurück.

»Ich mach einen Kurs«, erwidert er triumphierend. »Ich befrei mich von allen meinen Hemmungen.«

Ich schwimme meine Bahnen zu Ende und stelle fest, daß ich schneller bin als Bud mit seinen Flossen. Ständig habe ich das Bild von Ellen in ihren Designer-Jeans und Stiefeln vor Augen und verspreche mir, daß ich das auch schaffen werde.

Der folgende Tag ist einer von diesen richtig schönen Herbsttagen. Alle Ahornblätter haben sich gelb verfärbt, und auf den grünen Rasenflächen liegt ein goldener Teppich. Ich weiß, daß das, was man in der Luft riechen kann, Verfall ist, aber ich finde den Geruch aufregend; er weckt Erinnerungen an den ersten Schultag und neue Bücher. Es ist warm genug, um die Kinder mit nach draußen zu nehmen, während ich das Laub aufsammle. Rob hilft mir mit seinem kleinen Rechen, und ich erlebe einen von diesen Augenblicken, an die ich hoffentlich später zurückdenken werde, wenn ich mich erinnere, wie es war, Kinder großzuziehen – ein kurzer Moment absoluter Harmonie.

Wir machen einen großen Laubhaufen, und Rob und ich springen drauf. Ich erzähle ihm, daß das Blattwerk im Frühling wiederkommt, und halte ein Blatt gegen die Sonne, um Venen, Arterien und Skelett zu betrachten. Wir sehen zu, wie es den Himmel durchbricht, als ich es erst in die eine, dann in die andere Richtung wirble. Als Rob es mir nachmacht, brummt er wie ein Motor: »Brrrmm, brrrmm.« Wir rechen noch einen Haufen zusammen und springen drauf, dann setze ich mir beide Babys auf den Schoß. Sie hauen nach den bunten Formen, und Michael nimmt das glatte Holzende des Rechenstiels in den Mund. Anne hat eine schiefe Krone aus Blättern auf dem Kopf, und ihr Haar leuchtet in den Farben der Sonne. Als ich die Kinder mit hineinnehme, haben sie von der frischen Luft und dem Gelächter ganz leuchtende Bäckchen.

Während sie Mittagschlaf machen, läutet das Telefon. Ich spiele einen Augenblick mit dem Gedanken, nicht abzuheben, aus Angst, es wäre Bud, der meine Nummer vielleicht vom Sportklub bekommen hat. Aber dann wird mir klar, daß das Klingeln aufhören muß, bevor es die Kinder weckt. Sobald ich es knacken höre, weiß ich, daß der Anruf von Ellen kommt, und ertappe mich bei der Hoffnung, sie würde sich verrückt anhören oder Anne nicht erwähnen.

»Wie geht's dir denn?« fragt sie, als wäre gar nichts dabei, daß wir seit drei Monaten nicht miteinander gesprochen haben. Bevor ich eine Antwort geben kann, sagt sie: »John kommt am Freitag vorbei, um Anne abzuholen.«

Das ganze Gespräch dauert keine zwei Minuten. Wahrscheinlich sieht sie dabei auf die Uhr, denke ich mir. John hat ihr bestimmt gesagt, sie soll es kurz machen.

Als Jim schließlich nach Hause kommt, ist mir immer noch nicht zum Weinen zumute, weil ich überzeugt bin, daß es einen Ausweg gibt. »Gibt es denn da keine Gesetze?« frage ich.

»Anne ist ihre Tochter«, sagt er.

»Können wir sie nicht für untauglich als Mutter erklären lassen?«

»Dann käme sie zu John.«

»Also, der ist ja völlig untauglich.«

Jim sieht mich lange nachdenklich an. Schließlich sage ich: »Vergiß es.«

Am Donnerstag fühle ich mich buchstäblich zweigeteilt. Einerseits will ich dasitzen, nichts tun und in dumpfer Apathie versinken. Andrerseits bin ich aktiv, schaffe Ordnung und beschließe, Annes Sachen in Papiertüten zu packen, weil Ellen bestimmt vergessen würde, einen Koffer zurückzuschicken. Ich werfe alles, was wir für Anne gekauft haben, hinein, denke dabei aber nicht: »Da hast du!«, sondern eher: »Da, siehst du, siehst du?«

Abends, als die Kinder schon schlafen, sitzt Jim, die Füße auf dem Geländer und die Arme verschränkt, auf der Veranda. Ich sitze neben ihm, und obwohl wir schweigen, sind wir einander so nahe wie schon lange nicht mehr. Lange sehen wir dem Regen zu, wie er so heftig herunterströmt, daß es aussieht, als würde er den Glanz von den Straßenlampen abwaschen, und wie er unten an der Regenrinne hektisch auseinanderstiebt.

Als wir klein waren, versammelte sich die ganze Familie oft auf der mit Fliegengitter bespannten Veranda, um zu sehen, wie der tosende Wind die Blätter aufwirbelte, und zu spüren, wie die Luft elektrisiert knackte. Keiner rührte sich, faßte den anderen wegen der Feuchtigkeit nicht an, doch die Luft war flüssig und besaß Leitvermögen. Es war, als wären wir alle zu einem Körper verschmolzen, mein Vater in der Mitte, Ellen und ich auf der einen Seite, Peggy auf der anderen. Meine Mutter saß neben uns auf dem Liegesofa, den Blick auf den Teich gerichtet. Und dann ging das Gewitter los. Es waren meistens kurze, heftige Gewitter, die Äste losrissen, das Vogelbad überfluteten und oft den Strom unterbrachen. Im Dunkel unserer eigenen Veranda erzähle ich Jim von diesen Gewittern, wie Ellen sich enger an mich schmiegte und ich mich an meinen Vater lehnte, wie der Regen etwas nachließ und der Blitz den Garten zerriß.

Jim tippt mit den Fingerspitzen leicht auf meinen Handrükken. »Wir haben es doch von Anfang an gewußt«, sagt er sanft. »Wirklich. Wir wußten doch, daß Ellen früher oder später anrufen würde.« Von drinnen ist ein Kinderschrei zu hören. Und dann wieder nichts, nur der Regen.

»Was ist, wenn wir uns weigern, sie zurückzugeben?« frage ich.

Jim nimmt die Füße vom Geländer und schlägt die Beine übereinander. »In ein paar Wochen«, sagt er, »wird das alles als Schnee runterkommen.«

Wie zur Bestätigung ertönt langes, leises Donnergrollen.

»Ein Gewitter«, sagt Jim.

Und ich antworte: »Na, toll. Hoffentlich wachen die Kinder nicht auf.«

Ich spüre seine Hand flüchtig über meine streichen. »Jetzt weiß ich, wer Angst vor Gewitter hat«, sagt er.

»Ich nicht«, beteuere ich. Trotzdem sehne ich mich danach, in ihn hineinzukriechen, mich in ihm einzuhüllen und alles andere auszusperren.

Als das Gewitter grollend näherkommt, rauscht der Regen heftiger durch die Dachrinne, und im ersten grellen Blitzstrahl sehen wir, wie das Wasser um die Autoreifen aufgewühlt wird und über den Rasen wieder zurück in die Abflußrinne strömt.

»Ellen ist so flippig, sie hat's wahrscheinlich vergessen«, sage ich, aber Jim antwortet nicht. Als wir schlafen gehen, lege ich Anne zu uns ins Bett. Wir wissen, daß das zu einer Unsitte werden kann, aber Jim sagt nichts. Anne stößt mit dem Fuß gegen die Matratze, bis sie einschläft. Wir lauschen ihrem Geboxe, jeder von seiner Betthälfte aus.

Es ist schon spät am Vormittag, als draußen vor dem Haus ein roter Wagen vorfährt. Seit dem Frühstück stehen Annes Kleidertüten wartend auf der Veranda. Ich trete hinaus, Anne an meiner Schulter, um John diesen Anblick – Mutter mit Kind – zu präsentieren, den er für Ellen mitnehmen soll.

Aber als die Autotür aufgeht, steigt Ellen aus. Wieder trägt sie ihre Stiefel über die Hosenbeine gezogen, nur daß die Hose diesmal schwarz ist und der Pullover strahlend weiß, was ihre Haut wie frischen Schnee aussehen läßt.

»Euer Haus ist ja riesig«, sagt sie. Ich bin immer noch so verblüfft über ihren Anblick, daß mir nichts einfällt; sie wirft mir einen kurzen Blick zu und sieht dann zur Seite. »Ich meine, es ist hübsch«, fügt sie hinzu.

»Danke«, sage ich und merke sofort, daß es förmlich und steif klingt. Aber noch bevor ich etwas sagen kann, schlurft Ellen quer über den Rasen auf mich zu, ihre Stiefel durchpflügen das in der Nacht frisch gefallene Laub. Ich verwünsche Jim, weil er nicht hier ist, um mir zumindest über die nächsten zehn Minuten beizustehen. Obwohl er es angeboten hat, habe ich in der Annahme, John würde kommen, abgelehnt und gemeint, ich würde es allein schaffen. Aber jetzt kommt mir seine Abwesenheit wie die schlimmste Feigheit vor.

»Sie ist gewachsen«, sagt Ellen und streckt die Arme aus.

»Ellen, es ist drei Monate her. Was dachtest du denn, was sie tut?«

Ellen legt den Kopf schräg, um Anne ins Gesicht zu sehen, während sie sie auf dem Arm hält, und Anne greift glücklich nach den schweren silbernen Ohrringen, die von Ellens Ohren baumeln.

»Hier sind ihre Sachen«, sage ich und bücke mich nach den Taschen, damit Ellen meine Tränen nicht sieht. Als ich mich aufrichte, sehe ich etwas in Ellens Gesicht, einen hinter dem sorgfältig aufgelegten Make-up gefangenen Ausdruck. Ellen sieht entsetzt aus, und obwohl ich gute Lust hätte, ins Haus zu gehen, die Tür hinter mir zuzumachen und Ellen mit ihrer Angst alleinzulassen, so wie sie mich mit meiner Traurigkeit allein fertigwerden läßt, frage ich, ob sie vielleicht das Haus besichtigen möchte. Als sie nickt, wende ich mich abrupt ab, um dem dankbaren Blick in ihren Augen auszuweichen.

Mit Michael auf dem Arm führe ich Ellen durchs Haus, und sie folgt mir, Anne fest an sich gepreßt; unsere Schatten an den Wohnzimmerwänden sind exakte Duplikate. Schließlich landen wir in der Küche, und Ellen setzt sich Anne auf den Schoß und starrt sie unentwegt an, dabei umfassen ihre Finger das Baby um die Mitte wie äußere Rippen. Ich lehne mich an den Herd, beobachte die beiden und wünsche mir nichts sehnlicher, als daß dieser Augenblick schnell vergeht und Ellen abfährt. Doch solange sie hier ist, ist Anne auch hier. Beim Gedanken an ihre Abreise fühle ich mich einsam und verlassen, trotz Jim und der beiden Jungen.

»Also«, sagt Ellen.

»Wie geht's dir?« frage ich sie.

Ellen erzählt ein bißchen von ihrem Job – wie herablassend die Studenten sie behandeln und daß sie sich überlegt, ein paar Kurse zu machen und vielleicht später die Abschlußprüfung abzulegen.

»Anne ist allergisch gegen Kuhmilch«, sage ich zu ihr. »Und sie braucht ein Vitaminpräparat.«

»Okay«, sagt Ellen bekümmert.

»Weißt du eigentlich, daß sie beinahe gestorben wäre?« frage ich. »Der Arzt sagte uns, sie hätte einfach beschlossen, das Leben sei zu schwer für sie.«

Ellen setzt Anne richtig hin und hält sie näher an ihre Schulter. »Na«, sagt sie, »dann haben wir ja was gemeinsam.«

Als Anne sich hin und herwindet, um mein Gesicht zu sehen, stelle ich noch andere Gemeinsamkeiten fest. Anne hat Ellens Augen und Ellens Locken: Bilderbuchhaar, das immer noch babyblond ist, so wie Ellens Haar früher war. Als Ellen Anne auf den Boden setzt, bringt Rob dem Baby eine Papptafel mit Reißzwekken, und Ellen und ich beobachten Anne und passen auf, bis der Moment kommt, an dem ein Eingreifen nötig wird. Lange beschäftigen wir uns nur damit: Anne zu beobachten. Als ich zu Ellen hinübersehe, ist ihr Gesicht tränenüberströmt. Einen wunderbaren Augenblick lang rede ich mir ein, sie würde deswegen weinen, weil sie vorhat, Anne bei mir zu lassen, oder zumindest, weil es ihr leidtut, wie sehr Annes Verlust mich schmerzen wird.

»Beth«, sagt sie, »ich bin wieder schwanger.«

Wohl zum ersten Mal im Leben verspüre ich eine totale, unkontrollierbare Wut. In dem Moment könnte ich Ellen umbringen, sie mit eigenen Händen erwürgen. »Ach, Ellen, wie konntest du nur?« bringe ich endlich atemlos hervor. Und dann, mit zum Kreischen gesteigerter Stimme, will ich wissen: »Wie konntest du nur?« Meine Stimme versetzt allen drei Kindern einen Schrecken und hat ein unmittelbares Schreikonzert zur Folge. Ich drehe mich zu Ellen um, schon liegen mir Schimpfwörter auf der Zunge, aber bei ihrem Anblick – sie weint genauso heftig wie die Kleinen – halte ich inne. Auf dem Weg aus der Küche und die Treppe hinauf packe ich einen Stuhl und schleudere ihn auf den Boden; es ist mir egal, daß dadurch ein Kaktus umkippt.

Ein paar Minuten später, vom Schlafzimmer aus, höre ich Ellen die Kinder besänftigen und ganz natürlich in die beruhigenden Rhythmen der Mutterrolle schlüpfen. Unser Bett ist nicht gemacht, und ich packe ein Kissen, halte es gegen den massiven Klumpen von Wut in meinem Bauch und atme den Geruch von Jims Haar und meinem auf dem Kissenbezug ein. Diesmal kann ich Ellen unmöglich verzeihen, kann die Schuld nicht John, ihrer Krankheit oder mir selbst zuschieben. Es sieht so aus, als wäre Ellens verantwortungsloses Tun eine bewußte Entscheidung und sie hätte beschlossen, die ganze Familie wieder in Aufruhr zu stürzen, ein Kind zu bekommen, das die Welt als ungastlichen Ort erleben wird, und sich selbst in den dunklen Schacht des Wahnsinns fallen zu lassen. Ich halte es einfach nicht mehr aus – mich mit Ellen und ihren neuen Problemen auseinanderzusetzen, mir über meine eigenen Gefühle klarzuwerden. Gefangen in meinem eigenen Heim, suche ich nur noch nach einem Ausweg, um endlich einmal allein zu sein.

Als ich schließlich nach unten komme, hat Ellen Rob vor einen umgestülpten Topf gesetzt und mit einem Holzlöffel bewaffnet. Begeistert haut er mit schrecklichem Getöse darauf, und die Kleinen betrachten ihn fasziniert. Der Stuhl ist wieder aufgestellt, die Kaktuserde in den Topf zurückgeschaufelt.

»Ich hab's nicht absichtlich getan«, sagt Ellen leise. »Ich meine, ich hab nicht gewußt, was ich tat. Absolut nicht. Beth, ich wußte ja nicht mal, wo ich überhaupt war, oder wo Anne war, gar nichts.«

Ich überlege, ob ich sie fragen soll, wieso John keine Verhütung benutzt hat, aber ich weiß jetzt schon, daß mich ihre Antwort nur noch wütender machen würde: Er ist dafür nicht zuständig. Ohne sie anzusehen, stecke ich nacheinander meine Sachen in den Turnbeutel und mache mich für den Kurs fertig. Nach einer Weile sagt sie: »Willst du es? Willst du mein Baby?« Der bittende, kindische Ton in ihrer Stimme läßt mich erschaudern, als wäre mir gerade jemand mit dem Fingernagel am Rückgrat hochgefahren.

»Ellen, ich werd mit den Kindern, die ich habe, gerade mal so fertig«, sage ich zu ihr und sehe ihr in die Augen. »Der Punkt ist doch der: Warum wirst du dauernd schwanger, wenn du keine Kinder mehr willst?«

Sie starrt mich eine Weile mit offenem Mund an, als sähe sie die Idee, eine Familie zu haben, zum ersten Mal in diesem Licht. »Ich hab meine Kinder doch lieb, Beth«, flüstert sie schließlich. »Wirklich. Ich hab sie doch lieb.«

Ihre Antwort verblüfft mich. Obgleich ich mich nie wirklich gefragt habe, ob Ellen ihre Kinder liebt oder nicht, habe ich immer angenommen, daß sie sie zumindest oberflächlich gesehen als Last betrachtet. Oder sie überhaupt nicht bemerkt. Aber im Innersten habe ich nie in Frage gestellt, daß Ellen das gleiche Gefühl für ihre Kinder hat wie ich auch. Etwas an Ellens Gesichtsausdruck sagt mir, daß sie zum ersten Mal wirklich begreift, sich wirklich eingesteht, wieviel ihr ihre Kinder bedeuten.

»Das weiß ich doch«, sage ich zu ihr. Ich weiß, ich sollte hinzufügen, daß ihre Kinder sie auch liebhaben, aber das kann ich nicht. Nicht, wenn Anne hier vor meinen Füßen sitzt, ihre Anwesenheit hier ist so selbstverständlich, die Sonne in ihrem Haar so sehr Teil des Lichts in meinem Heim. »Ich hab jetzt Schwimmkurs«, sage ich schließlich. »Ich nehme die Jungs mit; versuch doch, ein bißchen zu schlafen. Anne ist sicher reif für ihren Mittagsschlaf.«

Ellen folgt mir bis an die Tür, wie ein Hund, der sich auch mit ins Auto zwängen will. Als ich wegfahre, steht sie vor dem Haus und sieht mir nach und schirmt sich mit einer Hand die Augen ab. Ich habe das verwirrende Gefühl, daß wir gerade Plätze getauscht haben – sie bleibt mit Anne in meinem Haus, und ich kehre zu John in die von Kakerlaken wimmelnde Wohnung zurück.

Während des Schwimmkurses sehe ich auf die Uhr und überlege, ob Ellen wegfährt, solange ich nicht da bin, ob es Monate, vielleicht sogar Jahre dauern wird, bis ich Anne wiedersehe. Bud geht mir mit einem Schwall rassistischer Witze auf die Nerven, und als der Unterricht zu Ende ist, fragt er: »Wie wär's mit einer Tasse Kaffee?« Er trägt ein ziemlich knappes Badehöschen, das halb unter seinem Bauch verschwindet.

»Koffein hab ich aufgegeben«, erwidere ich.

»Dann gehen wir Eis essen. Das haben wir uns verdient«, sagt er und geht neben mir her, mit den Flossen auf die Fliesen klatschend.

»Ich hab meine Kinder dabei«, sage ich.

»Toll. Dann haben wir ja eine Ausrede.«

Ausrede wofür, will ich fragen, aber Bud schlappt schon in die Männerumkleide. »Wir treffen uns dann draußen«, ruft er.

Als ich mit Umziehen fertig bin, wartet Bud schon; sein nasses Haar steht ihm senkrecht vom Kopf ab. Ich merke, daß ich keine besondere Lust habe, nach Hause zu gehen, mir nicht vorstellen kann, dort zu sein, ob mit oder ohne Ellen, und mir nicht denken kann, wie es ist, mit Jim und den Jungen ohne Anne in der Küche beim Abendessen zu sitzen, wo Ellen gesessen und mir gesagt hatte, daß sie wieder ein Kind erwartet. Wenn ich doch zurück muß, möchte ich eine andere sein, eine, die in der Lage ist, mit meinem völlig veränderten Leben fertigzuwerden. Während ich Buds Wagen zur Eisdiele folge, kratze ich mit dem Fingernagel Rillen ins Lenkrad und denke, hier könnte ich doch umdrehen oder hier, und der würde mich nie finden. Er weiß ja nicht mal meinen Familiennamen. Aber ich drehe nicht um. Mein Auto quillt über mit Zeug: Extrawindeln, eine Schachtel mit Feuchttüchern, ein Gewirr bunter Beißringe, ein Parkzettel. Ich denke: Auf was hab ich mich da bloß eingelassen?

Als wir haltmachen, nimmt Bud Rob auf den Arm, trägt ihn hinein, setzt ihn auf einen Hocker am Tresen und dreht ihn herum, bis er lacht. Dann bestellt er für Rob eine Clown-Eistüte und patscht einladend auf einen Hocker. »Da hat der Hintern Platz«, sagt er. Ich setze mich mit Michael auf dem Schoß hin. »Das geht auf meine Rechnung«, sagt Bud übertrieben laut. »Heute essen wir mal, als gäb's so was wie Kalorien nicht.«

Bud bestellt eine Kreation namens ›Midnight Express‹, die aussieht, als wäre ein Eimer Eiskrem drin, dazu noch Dekoration, Soße und kandierte Nüsse. Robs Eis besteht aus einer umgedrehten Eistüte mit Weingummi als Augen und Mund. Als ich ein Kaffee-Eis mit einfachem Schokoüberzug bestelle, gluckst Bud: »Kaffee. Ich mag Kaffee. Nicht zu hell und nicht zu schwarz.« Er sagt es so laut, daß alle es hören können, tätschelt mir die Hand und sagt verschlagen: »Jetzt hab ich Sie doch zum Kaffee eingeladen.«

Ich kann mir denken, was jetzt passieren wird. Er wird mich mit dem Arm streifen, dann mit dem Bein. Er wird Rob auf den Schoß nehmen und mit Michael ›Guck-Guck‹ spielen. Dann wird er fragen: »Hätten Sie abends vielleicht mal Zeit?«

Bud beugt sich über seinen ›Midnight Express‹, als würde der tatsächlich davonzischen. Er ißt so hastig, daß es aussieht, als würde er das Eis mit dem Löffel aufschlagen. Rob matscht auf der Suche nach weiteren Bonbons in seinem Eis herum, ungeachtet des cremigen Wasserfalls, der sich über sein Hemdchen ergießt.

»Bringen Sie die Kinder jedesmal zum Unterricht mit?« fragt Bud.

»Bis jetzt schon«, sage ich. »Das ist am einfachsten.«

Als er Michael ansieht, denke ich, jetzt kommt das ›Guck-Guck-Spiel‹.

»Sie halten ihn vor sich hin wie einen Schild«, sagt er. »Wovor haben Sie Angst?«

»Vor gar nichts«, sage ich und konzentriere mich darauf, Rob sauberzumachen. »Jetzt müssen wir aber gehen«, füge ich hinzu, ohne den Kopf zu heben. »Sie müssen jetzt Mittagsschlaf machen.«

Als ich meinen Geldbeutel hervorhole, sagt Bud: »Es geht wirklich auf meine Rechnung. Und keine Verpflichtungen.« Ich mache einen Augenblick mit den Geldscheinen zwischen den Fingern herum, und mir fällt ein, daß ich das Geld zum Tanken brauche. »Sparen Sie's auf für schlechte Zeiten«, sagt Bud und streckt die Hand aus wie ein Polizist; dann widmet er sich wieder seinem Eis.

»Das hat Spaß gemacht«, sage ich schließlich. »Wir sollten es mal wiederholen.« Ich warte, daß er antwortet, daß er fragt, ob ich abends mal Zeit hätte.

»Zu viele Kalorien«, sagt er. »Schlecht für die Figur.«

Als ich zu Hause ankomme, liegt Ellen zusammengerollt schlafend auf der Couch, Anne eng an sie geschmiegt. Vom Geräusch der Tür wacht das Baby auf und sieht mich fragend an. Sie scheint wissen zu wollen, ob sie dieser Wärme trauen kann, ob diese Fremde so sicher ist, wie sie scheint. Absichtlich knalle ich die Tür zu, und Ellen wacht auf. Ihr Blick ist mit dem ihrer Tochter identisch, auch sie erwartet, daß ich Sicherheit von Gefahr unterscheiden kann, daß ich ein allumfassender, vertrauenswürdiger Zufluchtsort bin.

»Wir haben Clown-Eis gekriegt«, plappert Rob Ellen vor. »Ich hab mein' Clown ganz gegessen«, sagt er hartnäckig, um ihre Aufmerksamkeit zu erregen. »Ich hab mein' Clown ganz aufgegessen.« Ich nehme meine ganze Energie zusammen, um von Ellens starrem Blick loszukommen und mich nach oben zu schleppen, wo ich allein sein kann.

ELLEN Die Fahrt zu Beth, den Wagen zu beschaffen, sogar die Erkenntnis, daß ich schwanger war – alles schien sich zu einer sorgfältig konstruierten, symbolischen Reise zusammenzufügen. Es war kein Traum wie die Fahrt von der Klinik nach Hause, wo ich nicht unterscheiden konnte, was real war und was nicht. Das hier war eine Reise, auf der ich Straßenkarten lesen, Wegweiser verstehen konnte und die ganze Strecke zu Beth zurücklegte, ohne mich zu verfahren, und wo mir die Bedeutung dessen, was ich tat, trotzdem bewußt war. Ich war noch nie im Leben allein so weit gereist. Monatelang war ich nicht einmal in der Lage gewesen, Auto zu fahren, einzukaufen, zu tanken oder eine öffentliche Toilette zu benutzen. Und nun traf ich plötzlich selbständig Entscheidungen.

Es war diese klare Feststellung, die Freiheit, selbständig fähig zu sein, meine Tochter wieder zurückzuholen, die mir half, mich auf neue Bereiche meines Lebens zu konzentrieren. Die Straßen waren von Anfang an hoch, breit und gepflegt, und der Wagen fuhr sich geschmeidig, wie ein Tier, reagierte sensibel auf meine Nervosität und gehorchte meinen Wünschen. Ich wollte mir etwas gönnen und machte beim ersten Burger King halt; ich genoß das Ritual, einen Whopper, Pommes frites und Coke zu verzehren, und ließ mir das fad schmeckende Fleisch schmecken, als wäre es eine Mahlzeit aus Hostien und geweihtem Wein. An den Tankstellen verweilte ich an den Zapfsäulen, genoß den scharfen Benzingeruch, das beißend kalte Metall an meinen Händen, den Kontakt des weichen, schäbigen, auseinanderfallenden Gummischrubbers auf meiner harten Windschutzscheibe. Ich kaufte mir spontan ein paar Schokoriegel und aß sie während der Fahrt, brach Stückchen von einem Knusperriegel ab, saugte die Schokolade mit der Zunge weg und zerdrückte den aufweichenden Knusperreis an den Zähnen. Mit mäßigem Erfolg stellte ich das Radio auf möglichst viele verschiedene Sender ein und schnappte ein bißchen Gospel auf, Bruchstücke von Rock und Fetzen von Nachrichtensendungen. Bei jedem Sender machte ich das Programm nach, sang, predigte, sagte Regen an, Schwermut und Krieg. Die Landschaft um mich herum hatte sich herausgeputzt, präsentierte die abgeernteten Herbstfelder im schönsten Kleid, die Heiterkeit der Vergewaltigten und Verlassenen, eine Weide, auf der krähenähnliche Vögel grasten, ein geheimnisvoller Wald zurechtgestutzter Tannen und halbnackter Eichen und die gezackten Umrisse großer und kleiner Städte. Mir war, als sei ich schon erwachsen zur Welt gekommen, alles war neu, alles konnte ich genießen. In alles war ich verliebt.

Seither hat mir ein ganzes Heer von Ärzten in abgewandelter Form immer wieder diese Fragen gestellt: Was dachte ich, was fühlte ich, was erwartete ich? Irgendwo gab es eine Antwort darauf, aber sie lag unter der Freude begraben, so ganz allein dahinzubrausen. Den Ärzten erzähle ich einfach, daß ich gedacht hätte, Beth würde sich freuen, mich zu sehen, ich würde das Wochenende dort verbringen, und sie wäre bestimmt dankbar, das zusätzliche Kind loszuwerden, endlich von der Verantwortung frei zu sein. Schließlich hatte ich ihr Anne ja nicht geschenkt. Ich war selbst nicht in der Lage gewesen, für das Baby zu sorgen. Was ich erwartete, war eine Tochter, die aussah wie eins von Crystals Kindern, die mir wie ihre Töchter um die Knie krabbeln und mich mit den gleichen ergebenen Augen anschauen würde. Was ich fühlte, war nur Freude und Aufgeregtheit, aber das lag daran, daß ich unterwegs war, daß ich gesund genug war, die Reise machen zu können. Mit Anne oder Beth hatte es nichts zu tun.

Obwohl ich keinen Hunger hatte und der Tank halbvoll war, hielt ich an einer Tankstelle mit Lebensmittelladen am Rand irgendeiner Stadt an. Ich war bei Dunkelheit losgefahren, in den Stunden zwischen Nacht und Morgen, und inzwischen war es mitten am Vormittag. Mehr als drei Viertel der Strecke zu Beth hatte ich hinter mir. Ich tankte voll und putzte die Windschutzscheibe; dabei stand ich in der bleichen, aber kräftigen Sonne und spürte ihre Wärme wie einen Arm um meine Schultern liegen. Ich mußte an John denken und was er in letzter Zeit alles für mich getan hatte und wie fest entschlossen ich war, gesund zu werden, um ihm zu zeigen, daß ich so stark und unabhängig sein konnte, wie er mich haben wollte.

Ich ging hinein, um mich ein bißchen umzusehen, schlenderte durch die Gänge, schwelgte in der Fülle der Auswahl- und Kaufmöglichkeiten, der intensiven Atmosphäre. Ich war satt, hatte aber Lust auf etwas zum Naschen. Schließlich entschied ich mich für Barbecue-Kartoffelchips, bezahlte und stellte mich draußen hin, um den Verkehr zu beobachten, die leicht dahinfliegenden Reisenden, die keine Ahnung hatten, wie schwer eine simple Fahrt die Straße hinunter sein konnte, wenn man um den Verstand gekommen ist.

Die Gründe für meine Unwissenheit: Früher hatte ich einmal Medikamente nehmen müssen, die meine Periode gleich von Anfang an abgewürgt hatten. Ich hatte keine Ahnung von den Nebenwirkungen der Medikamente, die ich in letzter Zeit eingenommen hatte. Es war John, der mit den Ärzten gesprochen, die Rezepte abgeholt und sich über die Nebenwirkungen informiert hatte. John hatte mich gepflegt, und ich hatte es genausowenig hinterfragt wie die Mahlzeiten, die er mir servierte, welchen Beruf er sich aussuchte und daß er Anne weggegeben hatte. Er hatte mir empfängnisverhütende Schwämmchen besorgt, und ich hatte sie benutzt, ohne mir über ihre Wirksamkeit Gedanken zu machen. Mein Körper schien unwichtig, wie von mir abgetrennt. Ich hatte Vertrauen in alle Entscheidungen, die John traf.

Ich hatte keine Ahnung, wann es Zeit für meine Periode war. Vielleicht dachte ich, die Medikamente hätten sie wieder ausgetrocknet oder ich hätte sie gehabt und es ganz vergessen. Ich war so oft schwanger gewesen, mein Körper hatte so viele Veränderungen durchgemacht, daß das Auftauchen der Monatsblutung mir jetzt unerwartet und fremd war. Erst als ich in der anämischen und doch starken Sonne stand und Instant-Kartoffelchips aß, die mit Salz und Geschmacksverstärkern verschwenderisch bestreut waren, begriff ich es. Innerhalb von einer Sekunde wechselte es von der eventuellen Möglichkeit zur absoluten Sicherheit über. Bis heute weiß ich nicht, ob ich es fühlte, ob ich es bereits die ganze Zeit gewußt und im Unterbewußtsein beschlossen hatte, jetzt sei es Zeit, den Zaubertrick rauszulassen, oder ob ich eine Botschaft von Gott im Himmel oder dem »Gott der Körper« erhalten hatte. Doch wußte ich ohne jeden Zweifel, daß ich schwanger war.

Die letzten hundert Meilen bis zu Beth führte ich Selbstgespräche, plapperte einfach drauflos, um ein mögliches Absacken in den Wahnsinn zu verhindern, und überzeugte die Dämonen, die in meinem Kopf lauerten, daß ich fähig war, die Situation zu meistern, und daß sie keine Macht mehr über mich hatten. Ich erlaubte mir nicht, das Entsetzen zu fühlen, das mich erwartete, zu überlegen, was ich nun tun sollte, mir vorzustellen, es John zu sagen oder irgendwelche zukünftigen Schritte zu planen. Ich konzentrierte mich ganz darauf, Beths Haustür zu erreichen. Ich wußte, ich brauchte Hilfe.

Aber als ich ihr sagte, daß ich schwanger war, konnte ich spüren, wie sie zurückwich, als sei das Baby ein Ausschlag, ein Abszeß, etwas Ansteckendes. Sie wollte mich nicht berühren, und dann ging sie weg. Während ihrer Abwesenheit übte ich ein, was ich ihr unbedingt sagen wollte, wiederholte es immer wieder, flüsternd und schreiend, um den Wahnsinn in Schach zu halten: »Darf ich übers Wochenende hierbleiben, bei dir?« Ich hielt Anne fest, ganz dicht über die Stelle, wo ihr winziges Geschwisterchen heranwuchs, und stellte mir vor, wie das Baby, wie beide Babys es mit mir wiederholten: »Dürfen wir übers Wochenende hierbleiben, bei dir?« Ich fühlte mich auf alles unvorbereitet, hatte Angst vor Menschen, Orten, Situationen, die draußen vor Beths Haustür auf mich lauerten. Ich konnte nicht weg. Es stand zu viel auf dem Spiel, als daß ich mich wieder auf die Autostraßen hätte hinauswagen können. Die vielen Meilen, die auf dem Weg zu Beth vorbeigezischt waren, kamen mir wie eine immense Strecke vor, wie wenn man versucht, durch Zeitzonen zu reisen.

»Darf ich übers Wochenende hierbleiben, bei dir?« fragte ich sie, als sie mit dem Turnbeutel unter einem Arm, dem Kleinen unter dem anderen und an der Hand Rob hinter sich her ziehend, zur Tür hereinkam. »Darf ich übers Wochenende hierbleiben, bei dir?« Meine Stimme klang schrill, hoch, viel zu laut. Es waren die Babys, die da mit mir flehten.

Bei meiner Frage stieß Beth einen Seufzer aus. Sie seufzte, als wäre ihr damit der letzte Atemzug entwichen, als hätte ich Unmögliches verlangt, ihr das Äußerste zugemutet. Ihr die Pest ins Haus gebracht. »Ja«, sagte sie. »Kein Problem.« Aber sie wollte mich nicht anfassen, mir nicht in die Augen sehen.

Was ich dann fühlte, erwartete, dachte? Erleichterung. Mehr

nicht. Ich hatte John ein Versprechen gegeben, und er hatte es an meine Mutter weitergegeben: daß wir wußten, wie wir den Beginn der Träume, des Wahnsinns erkennen und damit umgehen konnten. Ich wußte, ich konnte nicht weg. Aber das Entsetzen in mir wuchs, es war eine schwarze, rollende Masse wie eine Gewitterwolke, überwältigender als wildgewordene Pferde, schön wie die Flut in einer Vollmondnacht, die sich hilflos entfesselt gegen den passiven Strandwall wirft. Beth machte weiter mit ihrer alltäglichen Arbeit, räumte Töpfe und Pfannen auf, wechselte Windeln und verteilte Graham-Kräcker. Ich beobachtete sie, sah genau hin, wie sie es schaffte, das Chaos in Schach zu halten, indem sie sich an eine simple Routine hielt. Sie riß sich zusammen, das sah ich an ihrem Gesicht, ihren Händen und an der Art, wie sie die Füße bewegte. Aber es funktionierte. Außerhalb der bedächtigen Rituale, mit denen sie sich um Haushalt und Kinder kümmerte, zogen sich die Gefahren und Bedrohungen zurück und verschwanden.

Und dann verstand ich die Antwort. Sie war klar und deutlich wie die Lösung einer Rechenaufgabe, und jeder Schritt bis zum Ende war absolut plausibel. Ich würde abtreiben, den Fötus ohne Wissen von John oder meiner Eltern verschwinden lassen. Wie Beth konnte auch ich Dinge, die unangenehm waren oder mir nicht ins Konzept paßten, ganz einfach auflösen. Es kam nur darauf an, alles in Ordnung zu halten.

Was ich fühlte? Dachte? Fröhlichkeit. Ekstase. Und Zufriedenheit. Ich war sicher, damit bewies ich, daß ich endlich für mich selber sorgen konnte.

In dieser Nacht bei Beth ging ich in Annes Zimmer, um zu sehen, wie meine Tochter schlief. Wenn sie dort gewesen wäre, glaube ich, dann wäre vielleicht alles anders gekommen. Aber Beth und Jim hatten sie rausgenommen, sie zwischen sich in ihr eigenes Bett gelegt. Ich dachte mir, daß sie dort genauso fest schlief wie in meinen Armen oder im Gästebett neben mir. In Annes Zimmer waren die Kleider und Spielsachen schon eingepackt, geordnet, aufgeräumt. Es war, als ob sie nie dagewesen wäre. Die Ordnung hatte ihre eigene Bedeutung, ihre eigenen doppeldeutigen Aussagen, aber inzwischen ist viel passiert. Damals war mir nicht klar, daß ich die Symbole nicht zu deuten wußte.

BETH Als Ellen fragt, ob sie übers Wochenende dableiben kann, bin ich völlig fühllos, unfähig einen Gedanken zu Ende zu denken. Wenigstens, rede ich mir ein, bedeutet es, daß Anne noch eine Nacht da ist, und willige ein. Und so bleibt sie, eine Überraschung für Jim, der erwartet, mich beim Heimkommen hysterisch oder verzweifelt vorzufinden. Noch bevor er sich umzieht, hat er die Stimmung getestet und verstanden; er bietet mir Tee an, fängt mich in der Küche ab und sagt: »Das finde ich keine gute Idee.«

Seufzend überlege ich, wie ich ihm am leichtesten erklären kann, wie es dazu gekommen ist und was ich über Ellen erfahren habe.

»Versuchst du etwa, sie von John fernzuhalten?« fragt er. »Ist etwas passiert?«

»Sie sagt, sie ist so erschöpft«, fange ich an. Dann halte ich inne und denke an den Blick in Ellens Augen. »Sie ist wieder schwanger«, bricht es aus mir heraus. »*Wieder* aus Versehen. Außerdem bin ich mir gar nicht sicher, ob es ihr gutgeht. Ob sie es schafft mit Anne. Ich will die beiden bloß noch ein Weilchen miteinander beobachten.«

»Scheiße«, zischt Jim. »Verdammte Scheiße.« Meinem Blick ausweichend, reibt Jim mit dem Finger an einem Fleck auf dem Herd herum. Dann sieht er mich kurz an. »Wenn was nicht stimmt mit ihr, dann gehört sie nicht hierher, sondern in die Klinik. Wenn du wirklich denkst, es gibt ein Problem, dann sollten wir jetzt sofort John anrufen, und entweder soll er kommen und sie holen, oder wir bringen sie in eine Klinik. Aber bei uns kann sie nicht bleiben. Nicht bei den Kindern. Wirklich, Beth. Überleg doch mal.«

Statt dessen denke ich an die Alternative: nach nebenan zu gehen und Ellen zu sagen, daß wir sie einweisen lassen. Daß wir gleich alle ins Auto hüpfen und die nächste Nervenheilanstalt ausfindig machen.

»Wenn es ihr gutgeht«, fährt Jim fort, »finde ich, sollte sie so bald wie möglich abfahren. Das macht es dir doch nur noch schwerer, uns beiden, wenn es sich so hinzieht. Anne ist ihr Kind. So oder so wird Anne uns verlassen. Wenn Ellen wieder in die Klinik muß, dann sollte Anne bei John sein. Das verstehst du doch, oder?« Ich nicke, weiche aber seinem Blick aus. »Also, was ist jetzt eigentlich los?« fragt er. »Glaubst du, sie ist in Ordnung oder nicht? Was willst du machen?«

»Ich weiß nicht«, sage ich und merke plötzlich, daß ich weine. Was ich will, ist, daß Jim eine Lösung findet, mich in den Arm nimmt und mir verspricht, daß alles besser wird, und dann einfach abwarten, was kommt. Aber als er nichts sagt, bitte ich ihn eindringlich: »Kann sie nicht noch ein bißchen bleiben? Nur eine Nacht? Ich hab ihr schon gesagt, daß es geht, und dann könntest du ja sehen, was du denkst. Ob du meinst, daß alles in Ordnung ist.«

Jim dreht sich um und geht ohne ein Wort aus der Küche, aber meiner Meinung nach ist er einverstanden. Ellen kann bleiben.

Abends machen wir alle eine Fahrt aufs Land. Ellen sitzt mit den Kindern hinten, still zwischen die Kindersitze eingeklemmt. Mir fällt nichts ein, was ich zu Ellen sagen könnte, und Jim und ich haben seit dem Zwischenfall in der Küche kein Wort gewechselt. Wir sind vorsichtig aneinander vorbeigegangen, jeder dem Blick des anderen ausweichend. Sooft ich Jim ansehe, wirft er mir ein knappes, aufgesetztes Lächeln zu, wie um zu sagen: »Alles in Ordnung«, und ich starre wieder nach draußen, wo sich der Himmel ganz plötzlich verfinstert hat und die Scheinwerfer vor uns den Weg bahnen.

Wir halten an einem Rasthaus an, einem langgestreckten Blockhaus, das aus nur einem Raum besteht. Innen ist es mit Kunstholzpaneelen ausgekleidet, und quer durch den Raum verläuft eine gelbe, kunststoffbeschichtete Theke. Nachdem wir die Kindersitze der beiden Jungs an den Bänken in einer Nische festgeklemmt haben, setzen Jim und ich uns wie Bücherstützen an beide Enden. Ellen zieht sich am Tischende einen Hocker her und hält Anne mit einem Arm auf dem Schoß fest, während sie mit den Fingern an der Linoleumbeschichtung kratzt.

»Hast du Hunger?« frage ich sie, um das Schweigen zu brechen.

Jim hat Michael die Hand auf den Rücken gelegt und sieht schweigend aus dem Fenster. »Die haben hier guten Kuchen«, fahre ich fort. »Selbstgemacht.«

Ellen nimmt die Speisekarte und studiert sie eingehend. Sie hat ihr Haar zu einem Pferdeschwanz zusammengebunden und trägt jetzt ein rotes Flanellhemd, und ihre Wangen leuchten in einem flammenden, fiebrigen Scharlachton. Als sie plötzlich aufsteht und mit Anne auf die Toilette zugeht, überlege ich, ob ich ihr folgen soll. Aber als ich Jim frage, zuckt er nur die Achseln, ohne mich anzusehen. Als die Bedienung kommt, bestellt er Kuchen mit Schlagsahne, eine Tasse Kaffee für sich und Tee für Ellen und mich. Dann sind wir wieder allein. Ich sehe angestrengt auf Jims Hände, die mir beruhigend und vertraut erscheinen. Sein Ehering ist so verkratzt, daß er ganz matt wirkt.

»Wir sind schon lang verheiratet«, sage ich zu ihm. Seine Finger zucken, aber er antwortet nicht. »Kommt es dir nicht lang vor?«

»Ich weiß nicht. Manchmal schon.« Ein paar Minuten vergehen, dann nimmt Jim einen Schluck Kaffee und sagt: »Erinnerst du dich an Roger Adamec? Er hat sich vor einem halben Jahr scheiden lassen. Letzte Woche bin ich ihm zufällig begegnet, und er hat mir erzählt, wie es ist. Wie schwer es ist, sich seiner Tochter gegenüber einfach normal zu verhalten. Das Zusammensein nicht zu einer Art Festtag oder so zu machen.«

Ich warte, daß Jim weiterredet, ohne eigentlich mehr darüber wissen zu wollen, wie Scheidung ist oder warum er sich für das Thema interessiert. Aber etwas an dem Gespräch scheint mir passend – nicht, daß ich mich von Jim trennen will, aber ich wußte, es würde kommen, in den letzten paar Monaten habe ich einen solchen Dialog auf uns zukommen sehen.

Schließlich sagt Jim: »Ich glaub, es ist ziemlich trostlos für ihn, abends in ein leeres Haus zu kommen. Trotzdem, er sagt, er ist inzwischen ziemlich viel mit anderen Frauen ausgegangen.«

Jims Kommentare hinterlassen eine kleine Kerbe der Angst in meinem Magen, und ich bin froh, als Ellen wieder an ihren Platz zurückkehrt und dadurch das Gespräch beendet. »Wir haben Tee für dich bestellt«, sage ich zu ihr. »Aber du kannst auch Kuchen haben.«

»Weißt du noch den Abend, als du für die Einstufungstests gebüffelt hast?« fragt Ellen. »Wie du auf einmal ganz schlimm geweint hast und gar nicht mehr aufhören konntest? Und dann hast du Nasenbluten bekommen und dein ganzes Zimmer mit Blut bekleckert?« Ellen lächelt, als ob das eine angenehme Erinnerung für sie wäre. »Ach, die Einstufungstests«, sagt sie, redet aber nicht weiter. Jim scheint mir etwas sagen zu wollen, aber da kommt die Bedienung und stellt ihm ein Stück Apfelkuchen mit Eis obendrauf hin.

»Mensch, das sieht aber gut aus«, sage ich.

»In der Küche ist noch mehr«, meint er.

»Ich mach grade eine Diät«, erwidere ich. Es ist ein altes Spielchen zwischen uns, aber Jim lächelt nicht. »Nimm doch auch«, muntere ich Ellen auf.

»Ich weiß nicht«, sagt sie und dreht ihre Gabel unschlüssig hin und her. »Ich glaub nicht.« Jim sieht mich fragend an und deutet mit dem Kopf zu Ellen hinüber, aber ich wende mich ab. In diesem Augenblick ertrage ich den Anblick der anderen nicht – diese resignierte Traurigkeit auf Ellens Gesicht, die gleichmütig schlafenden Jungs, Anne, die die Bewegung von Jims Gabel von seinem Teller zum Mund verfolgt, selbst Jim, der immer noch seinen Gedanken über Scheidung, Ausgehen mit anderen Frauen und ein normales Leben mit seinen Kindern nachzuhängen scheint.

Ellen sieht aus dem Fenster. Obwohl wir unsere Gesichter doppelt sehen können, die Reflexionen vom Schein der Linoleumplatte, die Lichter auf dem Parkplatz, weiß ich, daß Ellen auf etwas weiter Entferntes starrt. Das Restaurant liegt auf einem langgestreckten Hügel, und wir können die Lastwagen hören, die mit röhrendem Getriebe herannahen und beinahe menschlich aufseufzen, wenn sie die Höhe erreicht haben und wieder abwärts fahren. Schneeregen hat eingesetzt, der dichte, schwere Niederschlag ist eine Mischung aus Schnee und Wasser. Einige der größeren Sattelschlepper fahren auf den Parkplatz vor dem Restaurant, als wollten sie vor der Hinunterfahrt noch tief durchatmen. Aber Ellen bemerkt die Lastwagen nicht und denkt auch nicht daran, wie tückisch die Straßen nun werden. Statt dessen zerrupft sie mit der einen Hand ihre Serviette, rollt die Fetzen zwischen den Fingern zu Kügelchen und läßt sie verstohlen auf den Boden fallen. Trotz der Tatsache, daß ich Ellen oder Jim durch leichtes Seitwärtsrücken berühren könnte, trotz des Drucks von Robs Köpfchen an meinem Arm fühle ich mich furchtbar einsam.

Ellen merkt, daß ich sie ansehe, und lächelt. »Ich hab gerade an was gedacht«, sagt sie. »An Weihnachten.« Jim kratzt mit seiner Gabel auf dem Teller herum, sieht aber nicht auf. »Weißt du noch, wie wir dachten, Katzen und Hunde könnten an Heiligabend sprechen? Und unsere Stofftiere würden lebendig? Und wie wir einmal *beide* gleichzeitig Rentierhufe auf dem Dach gehört haben?« Der Blick in ihren Augen ist flehend und hoffnungslos.

Ich lege meine Hand auf Robs Kopf. »Ja, Ellen«, sage ich.

Als eine Gruppe von Männern in der Nische hinter uns Platz nimmt, knallen ihre Stiefel laut auf den Boden, und die Bänke fangen an zu wackeln, so daß Rob aufwacht.

»Ein Sauwetter«, sagt einer der Männer, und die anderen nikken zustimmend.

»Der Paß ist das ganze Jahr über schlimm«, meint jemand.

Jim wirft mir einen kurzen Blick zu; er weiß, daß die Heimfahrt gefährlich wird.

»Man gewöhnt sich dran«, sagt die Bedienung.

Rob sieht verdattert umher, dann faßt er sich und fragt: »Wo is' mein Kuchen?«

Die Bedienung leiert die Kuchensorten für die Männer herunter, und Rob besteht darauf, daß er »Peeking-Kuchen« haben will.

»Es heißt Pekan«, verbessert ihn Jim. »Das schmeckt dir bestimmt nicht. Da sind Nüsse drin.«

»Nein!« schreit Rob, als ich ihn aus seinem Autositz befreie. »Peeking-Kuchen!«

Ellen fragt: »Wie wär's denn mit Apfelkuchen mit Eis, so wie dein Daddy?« Und Rob ist sofort einverstanden. »Als ich klein war, da war Apfelkuchen mit Eis mein Lieblingsessen«, fährt Ellen fort. »Das durfte ich mir am Geburtstag immer zum Frühstück wünschen.« Ellen bekam zum Frühstück nie Apfelkuchen mit Eis, aber Rob ist begeistert.

»Hast du dein' Geburtstagshut aufgehabt?« fragt er.

Die Männer in der Nische nebenan unterhalten sich über Steigungsgrade, Straßenzustand und Autobahngeschichten.

»Haben sie dir ›Happy Birthday‹ gesungen?« will Rob wissen. »Habt ihr Spiele gemacht?«

Ich nehme Ellen Anne ab und schaukle mit dem Baby auf dem Schoß sanft hin und her. Wir sind beide wie hypnotisiert vom Anblick der auftauchenden und verschwindenden Scheinwerfer, die sich im dichter werdenden Schneeregen widerspiegeln, während Ellen für Rob eine Geburtstagsparty erfindet. Sie erzählt ihm von Blinde Kuh, Schnitzeljagd, Sackhüpfen und Wünsch-Dir-Was. Es klingt wie eine Kombination sämtlicher Geburtstagspartys, zu denen sie je eingeladen war. Als ich Robs anbetungsvolle Miene nicht mehr ertragen kann, sage ich schließlich: »Wann war denn das alles, Ellen? An welchem Geburtstag?« Aber sie redet einfach weiter.

Vor den Fenstern sind wie am anderen Ende eines Fernrohrs ein paar leuchtende orangefarbene Lichter und die geparkten Lastwagen zu sehen. Bei einigen Sattelschleppern läuft der Motor, die Abgase verdampfen in der Nacht wie der Atem eines Riesentiers.

»Wenn wir raufkommen, dann kommen wir auch wieder runter«, sagt einer der Fahrer. Er steht mit einer Coladose und einem Glas voll Eis mitten im Raum.

Wenn ich die Bilder in meinem Leben im Geiste Revue passieren lasse, dann staune ich, wie viele davon Ellen enthalten. Auch nachdem sie weg war, als sie heiratete, schien sie in unauslöschlichen Augenblicken meines Lebens immer präsent zu sein. Manchmal frage ich mich, ob sie damals tatsächlich immer da war oder ob ich sie einfach mit einer bestimmten Art Erlebnis in Verbindung bringe, mit Zeiten, an die ich mich immer erinnern werde, und mir ihre Gegenwart einbilde, auch wenn sie gar nicht da war. Dem eigenen Hang zum Dramatischen, stelle ich fest, hat sie den von John hinzugefügt – die Fähigkeit, sich um jeden Preis in den Mittelpunkt zu rücken. Gegenüber von mir skizziert Jim Grundrisse auf eine Serviette, aber ich habe keine Ahnung, was er dabei denkt. Ellen zeichnet etwas auf ihre Serviette und läßt Rob raten, was die Kritzeleien bedeuten sollen. Rob hat sein Eis stehenlassen und lehnt an ihrer Schulter. Vor Jahren noch hätte ich mir so einen Anblick gewünscht, wo jede von uns sich mit den Kindern der anderen wohlfühlt. Aber jetzt will ich Ellen aus dieser Szene auslöschen, mich ungezwungen mit meinem Mann unterhalten, mit meinem Sohn Spiele machen und ihm Geschichten erzählen. Nur für einen Augenblick will ich ein Familienleben ohne Ellen und ihre Probleme.

Als wir den Krach hören, reagieren die Lastwagenfahrer als erste. Alle stehen auf und sehen gleichzeitig zum Fenster hinaus. Der eine mitten im Restaurant hält immer noch seine Coladose in der Hand. »Mein Gott«, sagt er. »Oh, mein Gott.«

Eine Zeitlang ist kein Ton zu hören, es ist ein Tableau von Fremden, Familie und Kindern, die dastehen und in die flache Dunkelheit der großen Fensterscheiben starren. Dann stöhnt einer von den Fahrern: »Menschenskind.«

Mit diesen wenigen Ausrufen können wir uns alle ein eigenes Bild machen, uns die Karambolage vorstellen, die sich irgendwo nicht weit von uns ereignet hat. Während unser Kaffee kalt wird, stirbt vielleicht gerade jemand. Dann sprechen die Fahrer eine Weile gedämpft untereinander und versuchen, einen Plan aufzustellen, und wir warten ab. Mir wäre es lieber, sie gingen hinaus und würden nachsehen, was passiert ist, und uns vielleicht später, wenn alles geregelt und unter Kontrolle ist, sagen, wie es ausgegangen ist.

Fünf Minuten später geht die Tür auf, und eine grauhaarige Frau, den Kopf teilweise bedeckt mit einem Skianorak und einem Regenmantel, tritt ein. »Ich muß telefonieren«, sagt sie. »Wo ist Ihr Telefon?« Die Bedienung deutet auf den hinteren Teil des Restaurants, und die Frau macht einen Schritt vorwärts. »Wo ist es?« fragt sie. »Ich seh es nicht.« Das Telefon ist nur ein paar Meter von ihr entfernt, aber die Bedienung muß sie hinführen, sie Schritt für Schritt hinlenken. Dann bleibt die Frau stehen und sieht den Apparat an, als wüßte sie nicht mehr, wie man ihn bedient. Schließlich dreht sie sich zu uns um. »Kann mir jemand fünfundzwanzig Cents leihen?« fragt sie. »Es ist ein Unfall passiert.«

Alle kramen in ihren Taschen, bis Jim ihr schließlich eine Münze bringt, sie in den Schlitz wirft und fragt: »Den Krankenwagen?« Als die Frau nickt, wählt er die Nummer für sie und reicht ihr den Hörer. Er kommt wieder und stellt sich neben mich; ich kann spüren, wie sein Körper zittert und heftig geschüttelt wird, als wäre ihm kalt, und lehne mich an ihn.

Rob blättert die Liste des Musikautomaten auf unserem Tisch durch und fragt: »Können wir Musik machen?« Alle drehen sich zu ihm um, als er wieder umblättert und sagt: »Ich will... das da.«

Als die Frau aufhängt, sieht sie uns der Reihe nach an, als wären wir Ausstellungsstücke in einem Museum. Sogar Rob und Anne betrachtet sie so und den schlafenden Michael in seinem Autositz. Einen Augenblick habe ich Angst, sie würde gleich etwas tun, uns bedrohen, uns irgend etwas antun.

»Wir brauchen Hilfe«, sagt sie.

Jim und die Fahrer folgen ihr nach draußen, während die Bedienung sich auf die Bank neben unserer Nische kniet; sie legt beide Hände an ihr Gesicht und späht hinaus, dabei dreht sie den Kopf zur einen, dann zur anderen Seite. Schließlich geht sie hinaus und bleibt kurz vor der Tür stehen. Als sie zurückkommt, setzt sie sich ungefragt zu uns.

»Ich seh überhaupt nichts«, sagt sie. Sie steht auf, brüht frischen Kaffee und schenkt uns je eine Tasse ein. »Das muß auf der Westseite passiert sein«, meint sie. »In die Richtung sind sie gegangen.«

Ellen steht an der anderen Seite des Restaurants ans Fenster gelehnt, hat die Arme um sich geklammert und bewegt lautlos die Lippen. Irgendwo draußen kauert Jim am Rand der Autobahn, der achtlosen Geschwindigkeit der vorbeifahrenden Autos und Lastwagen ausgesetzt. Ich male mir aus, wie er umgekippte Wagenladungen hochgiftiger Substanzen umlädt oder einen Sattelschlepper erklimmt, der ihn gleich überrollen wird. Bitte, komm zurück, versuche ich ihm zu übermitteln. Geh kein Risiko ein; das ist es schließlich nicht wert.

Als Ellens Stimme vernehmbar wird, ist Michael inzwischen aufgewacht, und alle drei Kinder hämmern mit den Fäusten auf den Tisch. Die Restaurantbeleuchtung wirkt zu grell, und der Kaffeegeruch ist unerträglich geworden. Ellen murmelt etwas von Herumwirbeln, Auf- und Abweben und Mißgeschicken.

Die Bedienung blickt zwischen mir und Ellen hin und her und beginnt einen Monolog über die Unfälle, die sie schon gesehen hat, wo einmal direkt vor dem Haus ein Reh angefahren wurde, und von dem Frontalzusammenstoß vor ein paar Jahren. Sie trägt eine Armbanduhr; während sie spricht, sehe ich die ganze Zeit darauf, auf die dicken Zeiger, die sich Sekunde für Sekunde vorwärtsbewegen, bis zehn Minuten vergangen sind, dann fünfzehn und dann dreißig. Die Erkenntnis, daß es so zu Ende gehen könnte – daß Jim da draußen bereits tot sein könnte –, beginnt zu wachsen.

»Dreißig Meilen im Umkreis gibt's nur einen Krankenwagen«, sagt mir die Bedienung. »Ansonsten muß man ganz zurück bis in die Stadt. Dort ist dann auch das Krankenhaus«, sagt sie. »Wenn's ganz schlimm ist.«

Ellen steht gegen das Fenster gepreßt und starrt uns verängstigt an. Nach einem Moment absoluter Stille japst sie wie eine Ertrinkende und fängt an, nach Luft zu ringen; jedesmal, wenn sie Luft holt, wird ihr Atem schneller und flacher. Ihre Haut ist ausgebleicht, und ihre Augen scheinen hervorzutreten, als sie sich in ihre Backen krallt, wo die Fingernägel sichtbar helle Spuren hinterlassen.

»Um Gottes Willen«, sagt die Bedienung und sieht mich entsetzt an, damit ich etwas unternehme.

Rob erstarrt und hört auf, die Musikautomatenliste hin und her zu blättern. Sein Blick ist auf Ellen geheftet, und ich kann beinahe sehen, wie sich ihr Anblick in sein Gedächtnis eingräbt – ein Bild, so klar wie dasjenige, das ich von Ellen habe, wie sie nach unserem Familienfoto auf dem Rasen nach Atem ringt. In seinem Gesichtsausdruck spiegelt sich nicht Erschrecken, sondern Schock. Ich weiß, gleich wird er in Tränen ausbrechen, zu mir rennen und sein Gesicht vergraben und hoffen, daß ich den Anblick auslöschen kann – Ellen mit zurückgeworfenem Kopf, offenem Mund und weißen Schaumbläschen, die sich an ihren Lippen bilden. Als er sich an mich wirft, seine verkrampften Fingerchen sich fester in meine Kleider zu krallen versuchen, wünsche ich mir nur noch, ich könnte ihn hochheben, meine Kinder aus dem Restaurant tragen, ins Auto steigen und Jim suchen, ohne mich noch einmal umzusehen. Doch ich schiebe Anne der Bedienung hin, löse Robs Hände und umarme ihn hastig. Ich weiß nicht, was ich sagen soll – ich kann nicht erklären, was mit Ellen los ist, mir fällt nicht mal eine plausible Lüge ein.

»Ist ja gut, Ellen«, sage ich sanft. Ich bin überrascht, wie viel Kraft nötig ist, um ihr die Arme herunterzudrücken, weg vom Gesicht. Ihr Körper zuckt unter Krämpfen, ihr Kopf peitscht von links nach rechts, ihr Haar streift über mein Gesicht. »Ist ja gut«, wiederhole ich immer wieder, während ich versuche, sie an mich zu drücken und mit meinem ganzen Körper das Zappeln zu beruhigen. Hinter mir ist die Bedienung wieder zu sich gekommen und benutzt Anne als Ablenkung, indem sie Rob über sein Schwesterchen ausfragt. »Zwillinge«, sagt sie fröhlich. »Ist ja toll für dich, daß ihr Zwillingsbabys habt. Möchtest du mal meine Riesenspülmaschine sehen? Und wie wär's mit einem Schokokrapfen, extra für dich? Nicht für die Babys. Extra für dich.«

Endlich entspannt sich Ellens Körper, und sie sinkt neben mir zusammen, aus dem Keuchen wird Seufzen und dann ein Wimmern, das sich anhört wie »Huh-huh-huh.« Sie fällt schlaff gegen mich hin und zieht uns mit ihrem Gewicht beide zu Boden, aber als ich sie hinlegen will, packt sie mich so fest, daß ich mich über sie kauern muß. Ihr Blick wirkt immer noch verschwommen und verängstigt, und mir wird klar, daß der Anfall vielleicht noch nicht vorbei ist – daß wir den Krankenwagen eventuell für Ellen brauchen. In dem Moment fällt mir Jim ein, der vielleicht selbst Hilfe braucht, und ich fange an zu weinen.

»Daddy!« schreit Rob von der anderen Seite des Restaurants her. Jims Anblick draußen vor dem Fenster ist wie ein zum Leben erwecktes Bild aus einem Bilderbuch, so völlig überzeugt war ich, daß er tot oder verstümmelt wäre. Die Bedienung und ich stehen nebeneinander, unsere Oberschenkel berühren die Tischplatte, und sehen zu, wie Jim eine Frau am Arm aufs Haus zu führt. Beim Eintreten bleiben sie gleichzeitig stehen, und ich bemerke, daß die Frau jünger als ich ist und blondes Haar hat, das irgendwie hochgesteckt war, ihr nun aber in Strähnen um den Hals hängt. Sogar im Licht wirkt ihre Haut überschattet. Jim sagt ihr etwas ins Ohr und versucht, sie vorwärtszuschieben, aber sie rührt sich nicht. Als er neben mir steht, spüre ich die Kälte von seinem Körper ausstrahlen. Unsere Handrücken berühren einander leicht, und ich verklammere unsere Finger ineinander. Seine Hände sind eiskalt, aber ich spüre, wie die Temperatur sich zwischen uns ausgleicht.

Ellen ist immer noch am anderen Ende des Raumes, steht aber jetzt aufrecht da, mit seitlich herunterhängenden Armen, und starrt die Frau an, horcht zu ihr hinüber, als ob die Frau etwas sagt, das sonst niemand hören kann.

»Ellen –«, will ich gerade zu Jim sagen, aber er sieht sie nur kurz an, bevor er uns berichtet, was passiert ist. Er spricht leise, wie um es vor der Frau geheimzuhalten. Während er spricht, verharrt sie da, wo er sie stehengelassen hat, und starrt vor sich auf die gelbbezogenen Hocker.

»Ein Lastwagen hat sie seitlich gestreift«, sagt er. »Ihr Mann und ihr kleiner Junge sind im Auto eingeklemmt.«

Um uns den Rest zu erzählen, dämpft Jim seine Stimme noch mehr. Was sie nicht wissen, ist, ob der Mann und der Kleine noch am Leben sind, wie lang der Krankenwagen und der Abschleppwagen brauchen und ob es überhaupt noch einen Sinn hat.

»Vielleicht brauchen wir den Krankenwagen für Ellen«, sage ich zu ihm.

Jim sieht wieder zu Ellen hinüber und dann zu mir. »Die Familie dieser Frau ist in *Lebensgefahr*«, sagt er zu mir. »Ich bin sicher, daß Ellen überlebt.«

Plötzlich kommt die Frau wieder zu sich und geht rasch auf die Toilette zu; ihre Stöckelabsätze klappern über den Fußboden. Die Bedienung sieht ihr nach und folgt ihr bis an die Tür. Nach einer Weile beginnt sie, von einem Fuß auf den anderen zu wippen und Anne etwas ins Ohr zu murmeln. Ihr Gesicht hat sie in den Hals des Babys vergraben, aber es scheint, als beobachtete sie uns.

»Ellen?« sage ich, aber Ellen reagiert nicht.

Jim wirft wieder einen kurzen Blick zu Ellen hinüber, löst dann seine Hand aus meiner und steckt sie in die Manteltasche. »Ich glaub, ich muß wieder raus«, sagt er, rührt sich aber nicht.

Rob klammert sich an Jims Bein, und beide Kleinen starren ihn an. Jim streicht Rob mit den Fingerspitzen über den Kopf. »Wir haben noch kein Lebenszeichen, weder vom Vater noch vom Sohn«, sagt er. »Aber ich glaube, sie atmen noch.« Nach einer Weile sagt er, es sei ja ganz schön kalt, als die Frau von der Toilette kommt. Sie steht da und starrt das Telefon an.

»Die andere Frau ist ihre Schwiegermutter«, fährt Jim fort. »Sie will aber nicht reinkommen.«

Nachdem Jim gegangen ist, verschwindet die Bedienung mit

Anne hinterm Backofen und fängt mit ihrer leisen, kindlichen Stimme an zu singen. Rob hält sich an einem der Hocker fest und schaut erwartungsvoll zur Tür, als würde Jim umkehren und wieder hereinkommen.

Lange sieht die Frau Rob an. Ihre Kleider hängen an ihr herunter, als hätte sie sie nur flüchtig übergeworfen, und ihr Gesicht ist rot und rauh. Sie steht verlassen und irgendwie unnahbar da. Dann geht sie plötzlich auf einen Hocker zu und setzt sich. Die Bedienung stellt ihr ungefragt einen Kaffee hin, dann einen Krapfen auf einem zusammengefalteten Geschirrtuch. »Die Teller sind alle in der Maschine«, sagt sie und wippt Anne an ihrer Schulter auf und ab. »Ich hoffe, es macht Ihnen nichts aus.«

Die Frau antwortet nicht. Sie ißt den Krapfen nicht und rührt auch den Kaffee nicht an.

»Es wird alles wieder gut«, tröste ich sie, aber sie blickt nicht auf.

Ich sitze mit dem Rücken zur Tür, als der Fahrer, der ihren Wagen gerammt hat, hereinkommt. Ich fühle die kalte Luft und höre, wie die Tür zuknallt. Sofort verändert sich die Atmosphäre im Raum. Wir waren vorher schon ganz still – nur das Summen der Neonröhren und das Geklapper der Spülmaschine war zu hören –, aber jetzt wird die Stille lauter. Der Fahrer lehnt, die Hände auf dem Rücken, an der Wand und sieht die Frau durchdringend an. Ich kann sein Gesicht kaum sehen, weil er eine Mütze mit heruntergeklappten Ohrenschützern trägt, die sein Gesicht seitlich verdecken. Er hat die Füße von sich gestreckt, als wollte er die Hauswand abstützen.

»Ich konnte da gar nichts machen«, sagt er, und als sie nicht antwortet: »Ich hab getan, was ich konnte.«

Die Frau erwidert nichts. Die Bedienung streichelt Annes Hinterkopf und sieht abwechselnd von einem zum anderen. Der Fahrer macht eine leichte Bewegung und stellt die Füße unter sich zusammen. »Sie waren es doch, Sie sind über den Mittelstreifen raus«, sagt er, »auf meine Seite.« Er wartet einen Augenblick ab, dann geht er hinaus, lautlos die Tür hinter sich schließend.

Die Frau sagt, zu niemand Bestimmtem: »Ist doch egal.«

Ellen betet ihr quer durch den Raum nach: »Ist doch sowieso egal.« Ich halte Michael im Arm und stehe ganz nah bei Rob, so daß ich seinen Kopf an meinem Oberschenkel spüren kann, aber es nützt nichts, es zerstreut mein Gefühl nicht, abgeschnitten zu sein. Mein Bedürfnis nach Jims Rückkehr wird fast körperlich, es ist wie die Sehnsucht beim Fliegen nach festem Boden unter den Füßen.

Draußen vor dem Fenster steht der Fahrer mit dem Rücken zum Restaurant und steckt die Hände in die Hosentaschen. Er schiebt sie ganz tief hinein, als hätte er darin etwas vergraben, dann wendet er die Schultern in den Schneeregen hinaus. Er macht einen Schritt zur Seite, tritt unschlüssig auf der Stelle und setzt sich schließlich in Bewegung. Kurz darauf macht er kehrt und geht zum Parkplatz hinüber auf die wartenden Lastwagen zu. Er bewegt sich zielstrebig vorwärts, aber als er den ersten Sattelschlepper erreicht, bleibt er plötzlich stehen und berührt ihn und streicht mit den Fingern über die Seite. Ich sehe, wie er durch die Scheiben späht und Reifen, Motorhauben und Türen anfaßt. Schließlich klettert er in ein Führerhaus. Dann steigt er wieder aus und in ein anderes. Erst denke ich, er will vielleicht einen Laster stehlen, um zu fliehen, aber dann begreife ich, daß er die Motoren abstellt. Nacheinander stellt er bei allen Sattelschleppern die Motoren ab.

Ellens Schultern hängen vornüber, und ihre Finger nesteln am Saum ihres Hemdes herum, das sie aus ihren Jeans herausgezogen hat. Sie starrt auf den Hinterkopf der Frau, und ich bemerke eine freie Hautstelle zwischen dem Kragen der Frau und ihrem Haar und sehe, daß ihre Ohrläppchen immer noch rot sind. Sie sitzt, mit dem Kopf über die Kaffeetasse gebeugt, vollkommen ruhig da, in sich selbst zurückgezogen wie eine Schnecke. Ihre Fingernägel sind lang und rosa angemalt. Der kleine ist abgebrochen, und auf ihrem Handrücken ist ein Kratzer, der geblutet hatte. Das Blut ist getrocknet und verkrustet. Das ist es, was sie ansieht. Den Schnitt auf ihrem Handrücken. Ich wundere mich über die menschliche Fähigkeit, solche Szenen durchzustehen, etwas Minute für Minute auszuhalten, bis es vorbei ist, vorüber. Im Moment will ich nur noch eins – zu Hause sein, mit Jim im Bett liegen und das Geschehene im Gespräch mit ihm in eine Perspektive rücken.

Als Ellen meine Hand packt, fahre ich mit einem Aufschrei hoch, so daß die Frau und die Bedienung hersehen.

»Kann man abtreiben lassen, ohne es seinem Mann zu sagen?« fragt Ellen laut. »Weiß das jemand hier?«

Als die Frau zu schluchzen beginnt, versuche ich, Ellen meine Hand wegzuziehen. Aber ich komme nicht von ihr los. Ich kann nicht loslassen.

ELLEN Die großen Fragen drehen sich jetzt alle um das, was ich von der Fahrt zur Klinik noch weiß; es sind Quizfragen: Wer war da? Erinnern Sie sich, ob Sie Schmerzen hatten? War man nett zu Ihnen? Selbst die Ärzte hier, die es eigentlich wissen müßten, suchen in der Klinik jemanden, dem sie die Schuld in die Schuhe schieben können.

Vielleicht gab es ja jemanden. Ich hatte ja nichts, womit ich dieses Erlebnis vergleichen konnte, keine Erwartungen, wie es sein würde. Ich begriff das Problem, die Lösung war klar, es mußten gewisse Schritte unternommen werden. An Schmerzen dachte ich nicht.

Auf der Heimfahrt von Beth entrollten sich die Straßen vor mir, die Reise dehnte sich aus, während die Straße hinter mir zu einem winzigen Punkt verschwand, eine Illusion von Perspektive. Während der ersten Hälfte der Reise wehrte sich Anne gegen den Autositz und jammerte, aber allmählich tauchte sie ein in die schwere, berauschende Luft des Fahrzeugs, die Aufhebung der Zeit, das Zwischenstadium ohne Denken und Planen, wo das Leben sich wie ein Heer gut ausgebildeter Soldaten selbst ordnet.

Abends, nachdem ich mit Anne zu Hause angekommen war, gingen wir in ein neu eröffnetes Restaurant, das dem gleichen Mann gehörte wie das Café, in dem John arbeitete, und John erklärte uns anschaulich, wie man das Gebäude aus einer Lagerhalle in einen offenen, widerhallenden Raum verwandelt hatte, mit Farnpflanzen und hölzernen Ventilatoren, die sich, Opfer eines unermüdlichen Tanzes, gemächlich im Kreis drehten.

Wenn ich diese Erinnerung rückblickend mit einigen anderen vergleiche – Heiligabend in der eiskalten Telefonzelle am Haymarket Square zu stehen, Benjy im Schein der Straßenlampe in unserer Eisenbahnwohnung zu stillen, John beim Zusammenstellen bunter, verschieden großer Bauklötze zu beobachten, mit denen er eine Rollenliste aufstellte – dann denke ich, daß ich John noch nie so sehr als Familienvater erlebt hatte wie bei diesem

Abendessen. Sein Gesicht war an diesem Abend anders, und er sah mich an, als hätte er ein Geheimnis, das ich mit ihm teilte. Ich wußte, er war glücklich, daß seine Familie wieder vollständig beisammen war: Er hatte das Gefühl, etwas überstanden, einen Erfolg errungen zu haben. Wir tranken Bier, es war laut im Restaurant, und Benjy informierte sein Schwesterchen über die Einzelheiten unseres Zusammenlebens – wo sie schlafen würde, wie es bei ihm im Kindergarten war, über die Leute in unserem Haus. Johns Gesicht strahlte mich die ganze Zeit über den Tisch an, und er erzählte mir haarklein, was während meiner Abwesenheit alles passiert war. Sein Bericht war so vollständig, daß er mir sogar erzählte, daß Wendy mit einem älteren Mann verlobt war, einem reichen Geschäftsmann, der in einer Art Penthousewohnung lebte und irgendwie nichtssagend war. Aber nach dem, was John sagte, war der Kerl ganz in Ordnung. Er liebte Wendy; sie schien richtig glücklich mit ihm. Sie würden ganz traditionell heiraten – Wendy im Hochzeitskleid. John griff über den Tisch nach meiner Hand, als er mir das sagte, wie um mich zu erinnern, daß wir wenigstens in diese Falle nicht getappt waren. Wir konnten immer voll Stolz auf unseren individuell gestalteten Hochzeitstag zurückblicken.

Dann redete ich. Es tat gut, ihm von dem Ausdruck auf Beths Gesicht zu erzählen, als sie an jenem Morgen mit Anne auf dem Arm die Treppe heruntergekommen war. Wir umarmten uns alle drei, Anne in der Mitte. Jim stand auf der Veranda und konnte den Blick gar nicht von Anne abwenden. Ich hatte keine Ahnung, während ich einen Schritt nach dem anderen aufs Auto zuging, weshalb ich das Ganze eigentlich tat.

»Aber sie ist doch unser Baby«, sagte John.

»Aber sie kennen sie besser als wir.«

»Beth ist wie deine Mutter. Sie hat einen besitzergreifenden Instinkt wie ein Magnet. Sie zieht Dinge an sich und läßt nicht mehr los. Egal was. Alles. Du siehst ja, wie materialistisch sie ist. Wenn du sie nicht dazu gezwungen hättest, hätte sie Anne nicht wieder hergegeben. Sie hätte sie behalten.«

Später fuhren wir nach Hause, und John half mir, die Kinder ins Bett zu bringen. »Sie ist so anders als Benjy, finde ich«, sagte er, und ich nickte zustimmend. Als ich sie im Arm hielt, war es ganz seltsam, so als würde etwas fehlen. Ich dachte, es wäre vielleicht der Gewichtsunterschied zwischen Anne und Benjy, die entsetzliche Leere, die Beth bei sich zu Hause spüren würde, und noch etwas: die einsame Entscheidung, die ich bereits getroffen hatte.

Abends saß ich am Wohnzimmerfenster, während um mich herum und in mir drin meine Familie schlief, und betrachtete die Lichter in Crystals Wohnung. Dan war zu Hause – ein großer, dünner Mann, der gar nicht gewalttätig wirkte –, und ich sah, daß er es war, der die Lichter bis nach vier Uhr morgens brennen ließ und, entweder weil er sinnlos betrunken oder einfach nur wild entschlossen war, in den Zimmern hin und her ging. Hinter dem Licht in den Fenstern stellte ich mir vor, wie Crystal und ihre hellhaarigen Töchter übereinandergetürmt auf den drei Matratzen schliefen, die sie sich alle teilten. In Crystals Leben gab es keine Mißgeschicke, dachte ich. Sie hatte mit großer Sorgfalt und Entschiedenheit die Verbindungen zu ihrer Familie abgebrochen, tiefe Gräben zwischen Dan und sich gegraben und ihm den Zugang zu ihrer Liebe genau definiert. Sie wägte jeden Schritt mit der gleichen Konzentration ab, mit der sie die passenden Kleider für ihre Töchter anfertigte – eine Näherin, die ihr Schicksal selbst in die Hand nahm.

Damals, während dieser dunklen Stunden, war alles am rechten Platz, praktisch, funktionierte so, wie es sollte, mit Ausnahme des Babys. Dieses Baby war das letzte Mißgeschick in meinem Leben, und ich würde mich seiner entledigen, damit es für uns alle weitergehen konnte.

Crystal fuhr mich hin, allerdings weigerte sie sich, darüber hinaus etwas zu tun: eine Klinik ausfindig zu machen, einen Bankscheck zu beschaffen und die Formulare auszufüllen. Wir fuhren ganz früh morgens los – an einem Tag, kalt wie mitten im Winter, aber frisch und hell – und lieferten die Kinder im Kindergarten ab. Ich blieb noch eine Weile im Zimmer, während Crystal draußen bei laufendem Motor wartete, und sah zu, wie Benjy auf dem Klettergerüst herumturnte, das mitten auf der Spielfläche stand. Bis vor kurzem hatte er immer in einer Ecke gekauert und sich nicht auf die höheren Stufen des Klettergerüsts getraut, wo ältere, stärkere oder frechere Kinder sich auf den verschiedenen Plattformen etabliert und ihre Vorherrschaft behauptet hatten. Benjy erkletterte die äußersten Winkel des Gerüsts, wo keine Stehflächen waren, keine Königreiche beansprucht werden konnten, und ließ sich ganz oben nieder; unsicher hockte er auf einer Stange und lächelte vor sich hin. Ich durfte Anne nur durch eine Scheibe sehen – das Babyzimmer war abgetrennt –, und sie lag noch so da, wie ich sie verlassen hatte, und grapschte nach einer imaginären Stelle an ihrer Schuhspitze. Als ich sie abgeliefert hatte, hatte sie nicht geweint oder gejammert.

Nun fuhr Crystal, und ich fühlte den Schweiß langsam an meinem Brustkorb hinunterrinnen und feucht an meinen Handflächen kleben. Sie fragte nur einmal: »Bist du dir sicher?«, als wir hinter dem Bürogebäude, einem Backsteinbau, parkten, und ich nickte. Es war nichts Beängstigendes an dem Gebäude, an dem hellen, freundlichen Tag, dem Merkblatt, dem Scheck. Alles schien logisch, wie wenn man die Felder auf einem Brettspiel nachzieht, die einen zum Sieg führen.

Im Aufzug waren noch andere Frauen – junge und alte –, die ihren gegenseitigen Blicken auswichen und zu Boden sahen oder vielleicht auf ihre Bäuche und sich auf der Fahrt nach oben von dem, was da in ihnen – in uns – wuchs, verabschiedeten.

Wer zuerst kam, kam als erste dran, und wir standen alle in einer Schlange vor dem dickverglasten Empfangsschalter, fummelten nervös an den Fläschchen mit unserem Morgenurin herum, befühlten den Umschlag mit Bargeld oder Bankscheck und wischten uns die Hände an den Beinen ab. Nacheinander beantworteten wir die Fragen: Haben Sie das Geld dabei? Haben Sie heute morgen irgendwas gegessen oder getrunken? Haben Sie die ärztlichen Unterlagen bei sich? Dann setzten wir uns im Wartezimmer auf die bunt zusammengewürfelten Stühle, sahen einander immer noch nicht an und beachteten auch die Stapel von Zeitschriften nicht, die alle abgegriffen und gebraucht aussahen und unter denen sich einige bekannte Eltern- und Babyzeitschriften befanden. Die Männer im Raum waren jung, hielten ihre Schwestern, Freundinnen oder Frauen an der Hand und kneteten genervt ihre Finger. Die älteren Frauen – etwa von meinem Alter bis zu den Frauen, die eigentlich zu alt aussahen, um hier zu sein und das vor sich zu haben, was wir vor uns hatten – waren in weiblicher Begleitung. Allein durfte man nicht kommen.

Als ich aufgerufen wurde, stand Crystal auch auf und umarmte mich. Sie sah mich mit einem Blick an, der vieles bedeutete, aber ich verstand ihn nicht. »Ich liebe dich«, sagte sie.

Die Krankenschwester, die mich durch ein Labyrinth von Türen führte, war freundlich und informierte mich ununterbrochen über die aktuellen Tagesnachrichten und das Wetter, vermischt mit Anweisungen, wo ich meine Kleider hinlegen, wie ich den Krankenhauskittel zubinden und meine Füße in die Fußstützen einpassen sollte. Dann erläuterte sie mir im gleichen Tonfall noch einmal die Prozedur.

»Sie weinen ja«, sagte sie, als sie fertig war.

»Bleiben Sie da?« fragte ich sie.

Sie nickte lächelnd. »Das ist gesetzliche Bestimmung«, sagte sie, aber dann nahm sie meine Hand und drückte sie. »Es dauert nicht lang«, versprach sie.

Der Arzt. Ich erinnere mich weder an seinen Namen noch an sein Gesicht, aber sein Geruch fällt mir wieder ein – er war anders als der Geruch im Raum und in der Klinik. Er roch nach dem Inneren eines Autos, nach Duftwasser, nach Sonnenschein und gebratenem Speck in seiner morgendlichen Küche. Während er sprach, sich die Gummihandschuhe anzog, dies und das zurechtlegte, konzentrierte ich mich auf den Raum, das langweilige Gemälde, die große Fensterscheibe und den wolkenlosen Himmel dahinter und auf das Sammelsurium medizinischer Instrumente, deren Bezeichnung oder Verwendungszweck ich nicht kannte, die mir jedoch vertraut vorkamen.

»Hier«, sagte die Schwester und stellte eine Schachtel Papiertücher neben meinen Kopf. »Und die Finger bißchen lockerer lassen. Nicht, daß mir noch das Blut stockt.« Als ich auf ihre Hände sah, konnte ich die Abdrücke sehen, die ich dort hinterlassen hatte.

»Entschuldigung«, sagte ich.

»Schon gut«, und sie nahm wieder meine Hand.

»Jetzt piekst es gleich«, sagte der Arzt und verschwand hinter dem Tuch, das über meine Knie drapiert war.

»Sehen Sie mir ins Gesicht«, wies mich die Schwester an, und ich konzentrierte mich auf ihre Lippen, als sie sagte: »Zählen: sechs, fünf, vier, drei, zwei, eins, fertig. Das ist der schwere Teil«, versicherte sie mir. »Der nächste Teil tut nicht weh.«

Also war es nur die Betäubung, die wehtat, die Nadel, die das Gefühl aus meinem Bauch zog, aber nicht meine Emotionen. Der nächste Teil, das Absaugen des Babys, die eigentliche »Prozedur«, würde nicht wehtun, sagte sie. Es tat aber doch weh, ein Geier, der seinen Schnabel in mich reinsteckte, saugte, schluckte, biß und verschlang.

»Atmen«, befahl die Schwester. »Sehen Sie mich an.« Ich mußte meine ganze Kraft zusammennehmen, um die Augen aufzumachen, ihr Gesicht dicht vor meinem zu sehen, sie zu hören, als sie sagte: »Und jetzt langsamer, tief atmen.« Sie blieb dicht neben meinem Gesicht und atmete mit, so wie damals die Hebamme, bis ich spürte, wie der Sauerstoff in mein Gehirn zurückkehrte. Solange ich nicht geatmet hatte, waren die Ränder des Raumes schwarz geworden, und der Arzt war gegangen.

»Alles in Ordnung?« fragte sie. »Das war's.«

Obwohl ich nicht weinte, strömte Wasser aus meinen Augen, und ich haßte diesen Arzt, dessen Gesicht, Hände und Stimme ich schon wieder vergessen hatte. Sekunden, nachdem es vorüber war, haßte ich das, was ich getan hatte, schon nicht mehr, aber ich wußte bereits, daß ich mich niemals davon erholen würde. Ich wußte, ich würde diese Leere immer spüren.

»Ich weiß«, sagte die Schwester, obwohl ich gar nichts gesagt hatte.

Ich kann ihr nichts vorwerfen, trotz dem, was dann geschah, trotz dem, was sie dann tat. Sie legte einen Summer neben mein Ohr, sah an der Stelle zwischen meinen Beinen nach, wo ich unzeitgemäßes Blut sickern fühlte, und dann berührte sie mich an der Schulter.

»Klingeln Sie, wenn Sie Schmerzen haben oder eine besonders starke Blutung bemerken«, sagte sie. »Ich seh in ein paar Minuten wieder nach Ihnen.«

Dann ließ sie mich allein.

Ich weiß nicht, ob in den anderen Räumen das gleiche vonstatten ging, ob sie in die nächste Kabine mußte, damit die gesetzliche Bestimmung erfüllt wurde, damit immer eine Frau präsent war, um das Endergebnis dessen zu bezeugen, was Männer Frauen antun können und was Mütter ihren Kindern antun können. Aber ich war allein, Blut sickerte zwischen meinen Beinen, neben meinem

Ohr lag ein Summer, und es gab eine Maschine in Form eines Fabrikstaubsaugers. Darin steckte ein durchsichtiger Plastikschlauch, auf dem blasse Blutstreifen zu sehen waren, wie Wasser auf einer Windschutzscheibe, nachdem der Scheibenwischer darübergefahren ist. Inzwischen war es mitten am Vormittag, womöglich hatten an dem Tag schon ein Dutzend Frauen auf diesem Tisch gelegen, und die Überreste unserer Babys waren in dem Behälter der Maschine miteinander vermischt. Bevor man mich aus dem Raum führte, hörte ich die Babys flüstern und wußte, daß zumindest eines davon – meines, oder sogar eine Ansammlung von Kindern, die genügend unzerstörte Körperteile zusammengesammelt hatten, um eine Stimme und ein Gehirn zu bilden – da drin war und mich anflehte, es rauszulassen.

Ich wurde in einen Raum geführt, der einem Wohnzimmer bei Leuten ähnelte, wo man die Möbel nicht anfassen durfte. Da waren Decken, ein Fernseher, eine Kanne mit Saft und Plastikbecher. Da waren ein Teller mit Keksen und eine Packung Ritz-Kräcker. Da waren Frauen, die mit ausdruckslosen Augen an die Zimmerdecke starrten. Eine halbe Stunde war nicht einmal ein Atemgeräusch zu hören. Wir alle horchten, und hinter dem Geplapper des vormittäglichen Fernsehprogramms, dem gelegentlich gedämpften Läuten eines entfernten Telefons konnten wir das lauterwerdende Wispern der abgetriebenen Babys vernehmen. Unsere Blicke trafen sich nie, auch nicht, als wir nacheinander entlassen wurden oder eine Neue hereingebracht wurde, die sich, in der Taille eingeknickt, mit dem übrigen Körper aufrecht zu stehen bemühte. Ich konnte den genauen Wortlaut, den Singsang, das Lied der in der metallglänzenden Maschine gefangenen Kinder nicht genau ausmachen, verstand aber den Tonfall. Sie waren nicht verletzt oder traurig oder anklagend. Sie waren enttäuscht, daß ihre Hoffnungen sich auf diese Weise erfüllt hatten.

BETH Seit über einer Stunde hantieren Peggy und ich nun schon ziellos in ihrer Wohnung herum. Eigentlich bin ich hier, um ihr bei den Vorbereitungen für das Abendessen zu helfen, zur Feier, daß Will die erhoffte Assistenzarztstelle bekommen hat. Aber bisher haben wir es nur geschafft, den Tisch zu decken; wir sehen uns dabei nicht an. Gleich bei meiner Ankunft hat mir Peggy erzählt, sie habe Neuigkeiten von Ellen – einen Brief, in dem Ellen uns anweist, den Kindern keine Weihnachtsgeschenke zu schicken, und wenn wir uns nicht dran hielten, würde sie sie zurückschicken. Ellen hat ihren Kindern gesagt, so etwas wie Weihnachtsmann oder Osterhase gebe es nicht.

Auf dieser Reise habe ich bei meinen Eltern gewohnt, und meine Mutter hat mir erklärt, warum ich glücklich bin. Zu den Gründen rechnet sie einen wunderbaren Ehemann, ein großes Haus und gesunde Kinder. Sie nennt genügend Geld, die Möglichkeit, zu Hause bei den Kindern zu bleiben, und zwei Autos. Obwohl wir darüber nicht gesprochen haben, weiß ich, daß sie es eigenartig und nicht gut findet, daß ich ohne Jim und die Kinder nach Hause gekommen bin. Zwar hat sie recht mit dem, was sie sagt – ich habe gute Gründe, glücklich zu sein –, aber ich kann ihr nicht begreiflich machen, daß die Distanz in den widerhallenden Zimmern in unserem Haus größer geworden ist. Nachts drücken Jim und ich uns an entgegengesetzte Betthälften und füllen den Zwischenraum mit den festen, feuchten kleinen Körpern unserer Söhne aus. Tagsüber gehen wir einander vorsichtig aus dem Weg, als könnte eine Berührung einen Streit entfachen. Wir unternehmen gar nichts mehr gemeinsam, und Jim verbringt die Abende am Telefon mit Kunden, seinem Partner und seinen Freunden, während ich im Halbdunkel im Wohnzimmer sitze und mich frage, ob meine Familie wohl gerade versucht anzurufen. Als ich Jim sagte, ich würde für einige Zeit nach Hause fahren, meinte er nur: »Schön. Fahr nur.« Ich erklärte ihm das mit Will und der Assistenzarztstelle, aber der Anlaß schien ihn nicht zu interessieren. Weder ihm noch Peggy sagte ich etwas von dem Brief, den ich von Ellen erhalten hatte. Ich hatte ihn gespannt geöffnet, in der Hoffnung auf Neuigkeiten, hatte aber nur ein Gedicht von Walt Whitman gefunden, das sie abgeschrieben hatte. Darunter hatte sie *Alles Liebe, Ellen* gesetzt und gemeint, damit hätte sie mir einen Brief geschrieben.

»Es ist nach fünf«, sagt Peggy. »Möchtest du einen Drink?«

»Ja«, antworte ich. »Und ob.«

Als Will endlich nach Hause kommt, erzählt Peggy mir gerade eine lange Geschichte über jemanden, den ich gar nicht kenne, und ich merke, daß ich langsamer trinken sollte, weil mir der Alkohol zu Kopf steigt; ich will aber noch nicht.

Will steht neben mir, unschlüssig, ob er mich umarmen oder mir die Hand schütteln soll. »Kümmert Jim sich um die Kinder?« fragt er schließlich, und ich nicke. Ich weiß, daß Peggy und Will inzwischen Bescheid wissen, daß Ellen Anne vor zwei Wochen wieder mitgenommen hat. Bestimmt wissen sie auch, wie sehr mir das Baby fehlt, aber ich weiß auch, daß wir darüber heute abend nicht sprechen werden. Was Ellen tut, wird behandelt wie Sex oder Menstruation – bei »feinen« Anlässen sprechen wir nicht darüber.

Während Will für uns alle Drinks mixt, herrscht peinliches Schweigen, und ich frage mich, ob irgend etwas im Busch ist, ob während meiner Abwesenheit vielleicht über etwas gesprochen wurde. Bin ich jetzt, wo es Ellen angeblich besser geht, das Gesprächsthema? Ich merke, daß ich keine Worte finde, mit denen ich meiner Familie das Gefühl beschreiben könnte, wie das Haus sich um Jim und mich herum weitet, wie ich lang und tief schlafe und einfach nicht aufwachen will und wie ich die Kleinen anschreie, wenn sie jammern oder auch nur das geringste von mir wollen.

»Also, wie geht's denn so zu Hause?« fragt Will und reicht mir meinen Drink.

Ich zucke die Achseln und sehe zu, wie Peggy ihr Baby über den Kopf hochhält. Mit ihren blonden Löckchen und den blauen Augen erinnert Susan mich an Anne, und ich wende den Blick ab.

»Ziemlich beschissen, nehm ich an«, erwidere ich.

»Gibt's was Neues von deinem Schwesterchen?« fragt er und blickt in sein Glas.

»Nein«, lüge ich. »Kein Sterbenswort.«

Nach einer langen Pause schüttelt Will den Kopf.

Als wir uns zum Essen setzen, biegt sich der Tisch unter den Speisen.

»Sagenhaft«, meint Will. »Ich glaub, es gibt nichts von meinen Lieblingsleckerbissen, was nicht hier wär.«

Während wir essen, betrachte ich Will und Peggy, ihre Gesichter sind offen und gelöst angesichts von so viel Essen und Alkohol. Plötzlich bin ich wütend auf sie, weil Ellen von der Familie so leicht ignoriert, vergessen und übergangen wurde. Nicht bloß die Ellen, die so viel Zeit und emotionale Energie verbraucht hat, die bei unserem letzten Treffen der Mittelpunkt aller unserer Aktivitäten war, sondern die Ellen, die bei unseren Familienzusammenkünften sonst immer dabeigewesen ist. Ellen hat die Familiensymmetrie durcheinandergebracht, das empfindliche Gleichgewicht der Beziehungen zerstört. Für Peggy und Will ist noch alles im Lot. Sie haben einander – das Spiegelbild, mit dem sie sich durch einen kurzen Blick von den Fortschritten in ihrem eigenen Leben überzeugen können. Sie haben immer noch Freunde, Beruf, Kind, auch meine Eltern, die ihr Beziehungsnetz bilden, das sie hält, ihre Grenzen bestimmt und ihre Existenz bestärkt. Aber Ellen ist aus diesem Netz ausgebrochen und hat mich mitgezerrt. Ich erkenne, daß ich von Jim, von meinen Kindern, von der Erkenntnis, daß dort kein Platz mehr für mich ist, weggelaufen bin zurück zu meiner Familie, wo ich immer das Gefühl hatte, willkommen zu sein und hinzugehören. Aber jetzt, während Peggy und Will sich lebhaft unterhalten, wird mir klar, daß ich zusammen mit Ellen in ein schwarzes Loch verschwunden, in ihr Erdloch abgetaucht bin, auf der Suche nach dem Weißen Kaninchen, dem Märchenprinzen oder irgendeiner nebulösen Vorstellung davon, wie das Leben zu sein hat. Und während ich versucht habe, Ellen zu finden, ihren Abstieg in alle möglichen eingebildeten Phantasiegänge und -höhlen aufzuhalten, sind mir meine beiden Familien verlorengegangen.

»Rufen wir Ellen doch an«, schlage ich vor.

Peggy und Will unterbrechen ihr Gespräch und versuchen, keinen Blick zu wechseln.

Ohne auf eine Antwort zu warten, gehe ich in die Küche zum Telefon, und Peggy kommt hinterher. »Hier sieht's ja schlimm aus«, sagt sie und stippt eine Garnele in zerlassene Butter. Ein bißchen Fett tropft auf ihre Bluse, und ich deute darauf, während ich Ellens Telefon läuten höre.

»Ach, egal«, sagt Peggy, betupft den Fleck aber dann mit kaltem Wasser. Ich beobachte Peggy so aufmerksam, daß ich gar nicht merke, wie lang es bei Ellen klingelt. Die Vorderseite von Peggys Bluse ist naß, und sie fragt: »Soll ich mich umziehen, oder ist es egal?«

»Es ist egal«, sage ich zu ihr, und in dem Moment hebt am anderen Ende jemand ab. »Hallo?« sage ich.

»Hallo?«

»John?«

»Ellen?«

»Nein«, antworte ich, »hier ist Beth. Ist Ellen nicht da?«

Da sagt er es mir. Ich sehe die Spiralen des Telefonkabels an, da, wo es verdreht ist und sich auf einmal andersherum windet. Peggy ist hinausgegangen, um sich umzuziehen, und ich bin allein mit dem hartnäckig pfeifenden Teekessel.

Als John nach Hause gekommen ist, sagt er, war es bereits dunkel. Beide Kinder waren im Schlafzimmer und weinten. Ich sehe sie vor mir, beide in einem Bett, Anne in nassen, womöglich schmutzigen Windeln und Benjy, der sie festhält, aber nicht so recht will. Ich kann mir vorstellen, daß es im Zimmer dunkel ist, weil Benjy sich nicht aus dem Bett traut, um das Licht anzumachen, und an die Schalter der Deckenlampe nicht hochreichen kann. Draußen vor dem Fenster verblassen inzwischen die Dächer und Telefondrähte, bis sie ganz verschwinden, die Gegenstände im Zimmer lösen sich ebenfalls auf – die Spielsachen und die Kleiderkommode und die Umrisse des Betts – und lassen sie allein, so erschrocken, daß sie sich beim Weinen nicht zu schluchzen trauen. Und ich stelle mir Anne vor, wie sie in ihrer präverbalen, ungeformten Art von neuem aufgibt und sich gegen ein Leben in Angst und Verlassenheit entscheidet. In ihren Augen habe ich sie ja auch im Stich gelassen – sie in einer Situation alleingelassen, wo sie ignoriert, isoliert und vergessen werden kann.

John hat bereits die Polizei alarmiert. Soviel er erkennen kann, hat Ellen die Kinder zum Mittagsschlaf hingelegt und ist weggegangen. Sie hat sich nicht einmal die Mühe gemacht, sagt er, die Tür hinter sich abzuschließen.

Durch einen Schleier der Benommenheit höre ich John weinen. Der Hörer fällt ihm hinunter, er hebt ihn wieder auf und schluchzt: »Sie hatte eine Abtreibung. Hast du das gewußt? Ellen hatte vor etwa zehn Tagen eine Abtreibung. Sie hat es mir erst gesagt, als es vorbei war. Sie hat mir erst gesagt, daß sie schwanger war, als es vorbei war.« John schluchzt und schreit plötzlich: »Verdammte Scheiße! Verdammte Scheiße!«

Ich wundere mich über meine Fähigkeit, klar denken zu können, zu wissen, was jetzt zu tun ist. »Wir müssen jetzt Schluß machen«, sage ich zu ihm. »Die Polizei versucht vielleicht gerade, dich zu erreichen.«

»Ich kann nicht mehr«, schluchzt er. »Lieber Gott, ich halt das einfach nicht aus.«

»Du mußt«, teile ich ihm mit und lege auf.

Als ich wieder ins Eßzimmer komme, beugt Will sich gerade über den Tisch und schenkt Wein nach. »Hast du sie erreicht?« fragt er. »Was ist passiert? War sie nicht zu Hause?«

Ich berichte, was mir John gesagt hat. Lange sagt niemand etwas. Wir vermeiden es, uns durch das dunstige Kerzenlicht anzusehen. »Wir wissen ja gar nicht, wo sie ist«, sagt Will schließlich. »Vielleicht gibt's eine ganz vernünftige Erklärung.«

Peggy fügt hinzu: »Den Kindern ist ja nichts passiert.«

Will stellt einen Vergleich zwischen gewissen Geisteskrankheiten und Herpes an und erklärt uns, daß beide für lange Zeiträume latent vorhanden und eventuell streßbedingt sein können. Was Ellen betrifft, meint er, sie spricht offensichtlich auf Medikamente an und braucht vielleicht nur eine höhere Dosis.

»Sie hat aber nicht Herpes!« schreie ich. Einen Augenblick stehe ich da und sehe ihnen ins Gesicht; beide warten ab, was ich wohl als nächstes tun werde. Ich greife nach einem Messer und will es in den glänzenden, überladenen Eßtisch rammen, aber beim Anblick von Peggys Gesicht halte ich inne. Sie hat das Messer nicht bemerkt, ist aber in Tränen aufgelöst. Ich lasse das Messer fallen und gehe vor die Haustür.

Draußen ist es so kalt und naß, daß die Feuchtigkeit sich sofort auf meine Haut legt; Wolkenfetzen sind wie oberflächliche Wunden an den Himmel gepreßt. Ich erinnere mich genau an eine solche Nacht vor Jahrzehnten, als mein Vater uns mit eifriger Hast in Handschuhe und Mützen packte und in die Dunkelheit auf die Straße hinaustrieb. Um uns herum standen die düsteren Silhouetten der kahlen Bäume vor dem Himmel. »Hört mal«, befahl er, und sein Atem hinterließ eine Wolke vor seinem Gesicht. Ellen stand zitternd neben mir, und ich spürte, daß sie fast weinte. Es war dunkel und kalt, und die Stimme unseres Vaters war von etwas Unbekanntem erfüllt, das wir nicht identifizieren konnten. Einmal fing Peggy an zu jammern, aber mein Vater brachte sie unwillig zum Schweigen. Und dann hörten wir es – den klaren, melodiösen Laut einer Eule, einen Ton, der aus unserem Inneren zu kommen schien. Fast eine halbe Stunde lang standen wir alle da, bekamen eine Gänsehaut, und die Kälte kroch allmählich durch unsere Körper. Als mein Vater schließlich sagte: »Okay, gehen wir«, war es einen Augenblick lang noch stiller, wie als Echo auf die frühere Anweisung meines Vaters, still zu sein, und wir sahen, wie sich der dunkle Umriß der Eule aus einem Baum in der Nähe löste. Es entstand ein Geraschel im Laub, und dann schwang sich die Eule wieder hoch, war kurz am Himmel zu sehen und verschwand zwischen den Bäumen. Ich war damals bestimmt nicht älter als sechs oder sieben, aber ich weiß noch, daß ich damals dachte, ich würde mich bestimmt immer an diese Nacht erinnern – wie die ganze Familie schweigend dagestanden und der Eule gelauscht hatte. Es war, als ob ich mir damals zum ersten Mal bewußt gewesen wäre, daß wir *tatsächlich* eine Familie waren, daß uns ein starkes Band zusammenhielt. Ich hatte eine dunkle Ahnung, daß sich diese Bindung würde ausweiten müssen, um Platz für Freundschaften, Ehepartner und Kinder zu schaffen. Aber ich dachte nie, daß sie einmal zerreißen könnte.

Doch jetzt, wo ich vor Peggys Haus stehe, wird mir klar, daß es Zeit ist, mich von Ellen zu lösen. Wenn ich versuche, mich an ihr festzuhalten, werde ich nur mit nach unten gezogen. Wenn ich loslasse, wenn Ellen einfach neben das Sicherheitsnetz fällt, das unsere Familie für sie gewoben hat, dann wird sie vielleicht einen Weg finden, ihren eigenen Absturz aufzuhalten.

Will kommt an die Stufen vorm Haus und sagt: »Tut mir leid.« Er steht ganz dicht bei mir, als wollte er mich berühren, tut es aber nicht. Als er wieder ins Haus geht, weiß ich, daß ich ihm eigentlich folgen sollte, aber ich will nur hier draußen stehen und an die Eule denken, die vor dem Hintergrund der kahlen Bäume herabstößt; an Ellen, die nachts aufwachte und fragte: »Beth?« und nach meiner Antwort sofort wieder einschlief. Ich will mich weiter an die Heimfahrt mit dem Schulbus im Nebel von Auspuffgasen und Kaugummi erinnern, an die Vorfreude auf nichts Anstrengenderes, als zu dritt in der Küche zu stehen und Käse oder Kekse zu naschen. Aber sogar bei diesen Erinnerungen nagt die Einsicht, daß Ellen uns das nicht weiter antun kann, an mir. Nicht nur, daß sie weggegangen ist und ihre Kinder in der unverschlossenen Wohnung alleingelassen hat, denn das hat Ellen mit jedem von uns schon getan. In ihrer Krankheit benutzt sie unsere Liebe als Trampolin, schlägt hart auf uns auf, braucht die Berührung und ist wieder weg, provozierend schwerelos, und wir bleiben zurück und fragen uns, wo sie wohl landen wird.

Als ich hineingehe, ist Peggy am Telefon; sie steht mit dem Rücken zu mir und hält sich mit der freien Hand das andere Ohr zu. »Ja«, sagt sie. »Ja. Ach so. Okay.« Dann legt sie, ohne sich zu verabschieden, auf.

»Sie haben sie gefunden«, sagt Peggy und starrt auf die Küchenanrichte. In dem kurzen Moment, bevor sie weiterspricht, ist alles möglich: Ellen kann tot sein, Ellen kann mit einer vernünftigen Erklärung und Entschuldigung nach Hause gekommen sein, Ellen kann einem Unfall oder Überfall zum Opfer gefallen sein. Ich merke, daß ich mir alles wünsche, außer dem, was, wie ich weiß, die Wahrheit ist.

Peggy hält sich wie hilfesuchend an der Kante der Anrichte fest. »Ellen war in einem Einkaufszentrum«, sagt sie. Unsere kleine Schwester stand mitten im Einkaufszentrum, läutete ein Spielzeugglöckchen und erzählte den Leuten, ihre Kinder seien zwar noch ganz klein, glaubten aber schon lange nicht mehr an den Weihnachtsmann. Sie hielt Männer am Ärmel fest und erzählte ihnen, von Haus zu Haus gehen und um Süßigkeiten betteln sei unsicher wegen des Gifts und der Rasierklingen drin, und sie könnte sich gar nicht erklären, wieso der Osterhase Eier legte oder warum alle Truthähne sterben mußten, nur damit die Leute sich besinnungslos vollfressen konnten. Sie fragte die Einkaufenden, wieviel sie verdienten, und meinte, es sei doch eine Schande, daß sie das Geld für Kinderbücher und Truthähne und Lametta und

Eierfarben rausschmissen. Der Polizei erzählte sie, es sei ganz unsicher, spazierenzugehen oder überhaupt auf die Welt zu kommen, weil vielleicht jemand vorhatte, einen umzubringen.

Als Peggy aufhört zu reden, stelle ich mir Ellen vor, wie sie das Spielzeugglöckchen läutet. Wie die Leute näher kommen, in der Annahme, sie verteile Gutscheine oder kostenlose Proben. Und wie Ellen, wenn sie nah genug herangekommen sind, eine Frau am Mantelärmel packt oder sich bückt, um einen Dreijährigen zu fragen, wie denn Rentiere fliegen könnten. Einige erwarten, daß Ellen am Ende ihrer Litanei lächelt und sagt, das mit dem Weihnachtsmann sei eben Zauberei und deshalb könnten Rentiere fliegen; oder sie denken, Ellen könnte erklären, wieso Hasen Eier legten. Eine einleuchtende Erklärung geben, wie Zauberei oder Phantasie oder sogar, daß die Hennen eben aushalfen. Aber dann merken sie, was mit Ellen los ist und weichen zurück, drehen sich um, scharen wie Glucken ihre Kinder um sich und steuern auf ein Spielzeuggeschäft oder ein Restaurant zu – nur um irgendwo schnell etwas tun und vergessen zu können.

Die Polizei brachte Ellen in ein Krankenhaus, wo sie gegenwärtig psychiatrisch untersucht wurde. Peggy sagt: »John will wissen, was er jetzt tun soll.«

In der Stille ist Susans Gurren zu hören, die auf einen Spielzeugclown mit Glöckchen in der Hand patscht, die Kerzen brennen herunter, ein Stuhl knarrt, und Will räuspert sich. Es scheint, als würde der nächste Augenblick, das nächste gesprochene Wort zu einem Akt der Verschwörung gegen unsere Schwester, als würden wir danach alle getrennt, auseinandergerissen und in eine unbekannte, lichtlose Zukunft geworfen. Niemand traut sich, diesen Schritt zu machen. Aber tief drinnen weiß ich, daß jeder von uns für sich eine Entscheidung treffen muß. Wir müssen bestimmen, ob wir unser jetziges Leben weiterhin an Ellen binden und sie durch unsere gegenwärtigen Beziehungen, unsere Fürsorge und unsere Aufmerksamkeit in der Wirklichkeit verankern wollen oder nicht; ob wir immer noch gewillt sind, unser eigenes Leben hinter ihr verschwinden zu sehen wie eine Schiffsleine im unergründlichen Ozean, oder nicht. Ich weiß, daß ich die Wahl habe, und ich habe sie getroffen.

Es ist nach zwei Uhr morgens, als ich bei meinen Eltern in die

Auffahrt einbiege. Ich stelle den Motor ab und bleibe sitzen, halte das Lenkrad fest, als würde ich noch fahren, und sehe durch die Windschutzscheibe. Der Garten liegt im Dunkeln, aber ich male mir aus, wie Bacchus, der Gott des Weines, gerade zwischen den Bäumen hervortritt, das Weinglas in der einen, die Weinrebe leicht hochgehalten in der anderen Hand. Ein Fuß ist vorgestellt, und er sieht zu Boden, lächelt aber in der Vorahnung der Lustbarkeiten, die im Hause stattfinden werden. Doch das Haus, auf das er zugeht, ist dunkel. Meine Eltern sind schon zu Bett gegangen und haben, weil sie es nicht mehr gewöhnt sind, daß eine von uns zu Hause ist, alle Lichter gelöscht. Der Motor ist vollständig abgekühlt, als ich schließlich den Fuß vom Bremspedal nehme.

ELLEN Nach einiger Zeit, wenn ich gewisse Wegmarken passiere, ein bestimmtes Verhalten zeige und Fragen richtig beantworte, werde ich Fotos von meinen Kindern haben dürfen. Im Moment, sagt der Arzt, regen mich die Bilder nur auf. Er sagt, ich bin jetzt eine Schülerin in einem Klassenzimmer, und die Schiefertafel vor mir ist leer. Der Unterricht, sagt er, wird mich vorbereiten, mir die notwendigen Informationen vermitteln, damit ich zurückkehren und es noch einmal versuchen kann. In der Zwischenzeit würden ein Foto, ein Besuch oder ein Brief mich vielleicht nur ablenken und die Richtung verlieren lassen. Die Tafel ist mein Verstand, und alles muß vollkommen weggewischt sein, bevor sie wieder gefüllt werden kann.

Seine Auslöschtechnik ist einfach. Ich starre auf einen leeren Fleck, bis ich dort Bilder sehe, eine Szene, die sich entfaltet, und dann beschreibe ich, was ich beobachte, bis es allmählich, ein Detail nach dem anderen, eine Emotion nach der anderen, immer klarer wird und dann wieder verschwindet. Wir arbeiten meine Vergangenheit durch, reinigen sie von ihrer Schärfe, Beschaffenheit und Eigenart und ersetzen sie durch flache und fröhlich gefärbte Episoden, von denen jede in durchsichtiges Papier gehüllt ist. Wenn wir fertig sind, darf ich meine Kinder wiederhaben.

Zwischen den Sitzungen halte ich mich auf dem Bett in meinem Zimmer auf – es ist ein Zimmer wie im Studentenheim, wie meine Eltern dachten, ich hätte es im College gehabt, statt des Zimmers in der alten Remise mit den rohen Holzdielen und dem offenen Blick auf die kahlen Bäume vor der winterlichen Kulisse, wo die Rehe versuchten, ihren Hunger wenigstens notdürftig zu stillen, während ihre Ohren die Luft nach den Geräuschen von herannahendem Tod, Schmerz und Verderben absuchten. Ich weiß, daß meine Eltern so ein Zimmer wollten: vier Wände, die die Decke in perfekten Winkeln treffen, ein Bett mit Eisengestell, Kommode, Tisch und sogar ein Stuhl mit ausreichender Lesebeleuchtung. Der Bestandteil, den sie vielleicht nicht vorausahnten, ist ein Sitzplatz am Fenster, eigentlich nur ein Mauervorsprung, wo ich sitzen und über den Parkplatz sehen kann, an den hartgefrorenen Feldern vorbei bis ans Ende der Lichtung, den Rand der Wälder von Vermont, die anders heißen, aber genauso beschaffen sind wie die Bäume, die ihre Äste in den New Yorker Himmel ritzten, der so blau war wie ein blaugefrorenes Handgelenk im Winter oder wie das sonnenbeschienene Wasser an dem Tag mit dem Elch, den Äpfeln und dem Hund. In den langen Stunden zwischen einer Nacht und der nächsten betrachte ich die Umrisse dieser Bäume und fülle die Tafel mit Schnipseln – mit dem Lachen der Windharfe auf der Feuerleiter der Wohnung über uns, als eine Brise die zerbrechlichen Teilchen kitzelte; mit der rot-weiß-blauen Decke, in die die Babys gewickelt waren, als man sie mir zum ersten Mal brachte und sie noch durch eine Schnur mit der warmen, dunklen Stelle zwischen meinen Beinen verbunden waren; mit dem Geruch von Johns Kopf auf dem Kissen, und wie er schwächer und kühler wurde, nachdem John morgens aus dem Haus gegangen war.

Ich erinnere mich an die Fahrt zum Einkaufszentrum, als ich mich unterwegs abfragte und wußte, daß es anders war als die anderen Male. Ich träumte nicht; was ich tat, ergab einen Sinn. Die unverschlossene Wohnungstür – eins der abscheulichen Verbrechen auf der Liste der Sünden, die ich begangen habe – schien mir ein Fluchtweg, ein Eingang für die Retter, falls es brannte, ein Ausweg für Benjy, wenn er aufwachte und merkte, daß er bis auf ein halbwegs vertrautes Baby ganz allein war. Monatelang war ich nicht in der Lage gewesen, Lebensmittel zu kaufen, mir selbst so einfache Dinge wie Tampons oder eine Zahnbürste zu besorgen, aber an dem Tag im Einkaufszentrum sah ich noch einmal nach, um mich zu versichern, daß die Kinder schliefen, bevor ich sie alleinließ. Ich hatte passendes Kleingeld für den Bus dabei, wußte, wo ich aussteigen mußte, und hatte mir sogar vor dem Weggehen noch extra die Haare frisiert, Make-up aufgelegt und frische Sachen angezogen.

Ja, ich hatte die Stimmen gehört – keine Wörter, sondern ein unablässiges Flüstern und Murmeln –, die Stimmen der eingesperrten Babys, der zerstörten Kinder. Aber war das so schwer zu verstehen? Oder etwa so ungewöhnlich, nach dem, was ich getan hatte, nachdem ich einem Arzt, dessen Namen und Gesicht in einem Atemzug gleich wieder vergessen waren, erlaubt hatte, das Leben zwischen meinen Beinen abzusaugen? Er war da eingedrungen, wo John gewesen war, um ein Baby zu machen, und hatte eins herausgerissen. Die anderen Frauen, die in dem Plastikwohnzimmer bei Saft und Keksen gesessen hatten, gingen die etwa nach Hause, machten Abendessen, lasen ein Buch, bügelten ein Hemd und machten weiter, als ob nichts geschehen wäre?

Ich hatte eine Botschaft zu übermitteln, eine Information mitzuteilen, etwas aufzudecken, das ich begriffen hatte. Hätte ich Zeit oder Talent dafür gehabt, dann hätte ich es vielleicht in ein Gedicht geflochten, es mit Adjektiven und Adverbien gewürzt und es veröffentlicht. Oder hätte es gemalt, eine Standaufnahme gefunden, die es in allen Schattierungen und Tönungen beschrieb, und das Bild dann vorgeführt. Aber das fiel mir alles nicht ein. Die Botschaft schien mir zu wichtig, mein Talent zu dürftig.

Ich erinnere mich nicht an die Polizeiwache, ans Krankenhaus, an die Dinge, die ich anscheinend tat.

Der nächste Teil der Szene auf der Tafel bestand einfach daraus, daß Beth an meinem Spülbecken stand und ihre häusliche Zauberei vollführte. Es roch nach Erdnußbutter und Thanksgiving, und auf der Anrichte standen ein Teller mit frischgebackenen Plätzchen und eine Schüssel mit Apfelmus. Ich versuchte, mich auf diese Einzelheiten zu konzentrieren, nur auf diese simplen, sicheren Gerüche, aber John weinte und nahm einfach die Hände nicht vom Gesicht. Benjy stand neben ihm, sein Daumen voller Spucke und Schleim, weil er zum Trost daran genuckelt und gleichzeitig geweint hatte. Anne lag in einer Zimmerecke und versuchte, noch lauter und vernehmlicher als die anderen zu schreien. Das gehörte alles zu der Szene. Ich weinte auch, aber ich konnte die anderen nicht berühren, nicht nach ihnen greifen. Ich weiß nicht, warum, aber auf diesem Bild, in diesem Szenario hätten John, Anne oder Benjy zuerst hochsehen und mich berühren müssen. Ich wartete, verhielt mich so still und ruhig wie damals, als wir den Elch sahen, aber sie blieben, wo sie waren, stocksteif und wie festgefroren. Schließlich war es Beth, die auf mich zukam und mich mit einer Geste, so zart wie ein Schmetterlingsflügel, am Arm berührte. »Es ist Zeit«, sagte sie, und ich tastete nach ihrer Hand und umklammerte ihre Finger.

Der letzte Teil bestand darin, die Treppe hinunterzugehen, dieses widerhallende, anonyme Treppenhaus, das so sehr zum Kommen und Gehen während meiner Ehe gehört hatte. In diesem Gebäude war über dem obersten Treppenabsatz eine Dachluke und im Flur gelbes, flackerndes Licht. Ich stand wieder unter Medikamenten und würde bald einschlafen – auf der ganzen Fahrt hierher in die Klinik war ich bewußtlos –, und die Treppe schlingerte vor mir wie tanzendes Plankton auf einer unsichtbaren Flut. Aber ich konnte Beths Hand fühlen, die mich sicher vorwärtsführte. Vorwärts und hinunter. Hinter mir wurde das Weinen schwächer und verschwamm, aber ich blieb nicht stehen. Ich wußte, ich durfte nicht zurückblicken.

BETH Auf der Fahrt Richtung Norden läßt Peggy die Heizung voll aufgedreht und lenkt mit drei Fingern, mit der freien Hand berührt sie ihr Haar an der Schläfe. Ich weiß, daß sie meinen Blick bemerkt, aber sie reagiert nicht.

Der Schnee ist so frisch, daß er am Straßenrand noch gar nicht schmutzig ist, und die blitzenden Eiskristalle leuchten grell und blenden mich. Weil meine Augen tränen, wende ich mich ab und versuche, den Blick auf irgend etwas im Wageninneren zu richten.

Es ist jetzt sechs Wochen her, daß wir Ellen hierher verfrachtet haben – sie kraftlos auf dem Rücksitz schlafend in die Klinik gebracht haben, die meine Mutter und ich ausfindig gemacht haben, nachdem Ellen im Einkaufszentrum zu predigen anfing. Die Anstalt ist in einem alten Gutshof untergebracht, einem schloßartigen Gebäude, hinter dem ein häßlicher, langgestreckter Betonbau aufragt. Ellen ist nun von Flüssen umgeben und von Bäumen eingeschlossen. Sie hat ein eigenes Zimmer mit gelben Wänden und Plakaten in bruchsicheren Plastikrahmen, einem schwarzen Kunstledersessel, dessen dünne Holzbeine wie die Knöchel einer alten Jungfer hervorstehen, und selbstgeknüpften Teppichen; es gibt sonnige Aufenthaltsräume und Gruppenräume und Ruhezeiten.

Es ist erst zwei Tage her, daß meine Mutter angerufen hat, um zu sagen, Ellen habe Besuchserlaubnis, sie selbst sei aber noch nicht imstande; sie wolle Ellen erst nach Weihnachten besuchen, wenn der Schmerz nicht mehr so groß wäre. In zwei Tagen ist Heiligabend, dann sitzen meine Eltern allein im Wohnzimmer und schauen auf die leeren Haken am Kaminsims. Ellen darf noch nicht heim. Peggy und Will bleiben bei sich zu Hause. Und ich habe Jim versprochen, ihm geschworen, daß ich Weihnachten zu Hause sein werde.

»Schon gut«, hat meine Mutter gesagt. »Das ist ganz normal.« Aber jeder kann die Traurigkeit in ihren Augen sehen. In den Wochen, seit Ellen in der Klinik ist, hat meine Mutter nicht mehr angerufen und das wöchentliche Briefeschreiben eingestellt; mein Vater sagt, sie verbringt die meiste Zeit in einer der Kirche angeschlossenen Gruppe von Eltern »schwieriger Kinder«. Wenn man sie fragt, sagt sie, Ellens Einweisung in die Klinik sei »Gottes Wille«, als ob nicht unsere vereinten organisatorischen Kräfte nötig gewesen wären, um für Ellen einen guten Platz zu finden, sie einweisen zu lassen und wieder nach Hause zu fahren, und das alles an einem Wochenende.

John hat die Wohnung behalten, die Kinder im Kindergarten gelassen und arbeitet weiter in seinem Job. Mittlerweile ist er stellvertretender Geschäftsführer und wird in dem dritten Restaurant, das sein Freund bald eröffnet, höchstwahrscheinlich Geschäftsführer werden. Er spricht nicht von der Schauspielerei, erwähnt Ellen nie und informiert uns lediglich knapp über die Kinder. Wir wissen nicht, ob John die Scheidung einreichen wird, ob Ellen weiterhin verheiratet bleiben will.

Solange wir damit beschäftigt waren, einen Platz für Ellen ausfindig zu machen, trieb mich diese Energie vorwärts. Ich mußte dabei überhaupt nichts fühlen. Erst als ich wieder zu Hause bei Mann und Kindern war, stoppte der Adrenalinschub. An seine Stelle ist ein so starkes Gefühl der Benommenheit getreten, daß es mich schon anstrengt, sprechen, das Essen machen und Windeln wechseln zu müssen. Wenn Jim und die Jungen sich geschäftig ihrer allabendlichen Routine widmen, kommt es mir vor, als betrachtete ich sie durch eine dicke Glasscheibe. So gern ich mitmachen möchte, ich kann es nicht. Der Gedanke an das, was ich Ellen angetan habe, läßt mich erstarren und hindert mich, unbeschwert am Familienleben teilzunehmen. Als ich diesmal zu Ellen gefahren bin, brachten Jim und die Jungen mich zum Flughafen. »An Weihnachten bist du wieder da«, sagte Jim und hielt mich in einer neutralen Umarmung fest. Er brauchte das »sonst« nicht hinzuzufügen. Ich wußte, es war da. Ich wußte auch, daß Jim von mir erwartete, bei meiner Rückkehr etwas abgeschlossen und hinter mir gelassen zu haben – wenn ich nichts anderes zu bieten hätte als den Zombie, der sein Leben in den letzten Jahren nur marginal berührt hatte, dann sollte ich lieber wegbleiben.

»Ich versprech's dir«, sagte ich.

Während wir Richtung Norden fahren zu unserem ersten Besuch bei Ellen, seit sie in der Klinik ist, versuche ich, mir Weihnachten vorzustellen, mein erstes Weihnachten ohne Eltern und Schwestern. Ich versuche, mir Heiligabend, den Weihnachtsmorgen mit Jim und Rob und Michael auszumalen – und mit mir als Ehefrau und Mutter von zwei Kindern. Wir werden die Stofftiere zu läppischen Szenen gruppieren, beschließe ich. Und Ringelreihen spielen, bevor wir die Geschenke auspacken. Der Gedanke daran hilft mir, etwas von meinen Ängsten vor dem Besuch bei Ellen zu zerstreuen.

Auf dem Rücksitz liegen, in Einkaufstüten gepackt, die Weihnachtsgeschenke für Ellen. Darin befinden sich die Früchte von Mutters Kreditkarten-Shoppingtouren: Dutzende von Geschenken, in spezielles Geschenkpapier eingewickelt, mit fertiggekauften Schleifen obendrauf, so groß wie Kohlköpfe. Gestern abend sind Peggy und ich vor dem Essen noch einkaufen gegangen. Sie fügte ihre Päckchen dem Haufen für Ellen hinzu, aber ich fand einfach nichts Passendes. Als wir nach Hause kamen, sah ich mich in unserem Zimmer um, nahm ein Kissen in die Hand, die bemalte Muschel mit den Haarspangen, ein altes Taschenbuch, ein verstaubtes Gewirr von silbernen Ohrringen. Ich dachte mir, ich würde Ellen etwas von zu Hause mitbringen, aus unserer Vergangenheit, aber alles kam mir langweilig oder dumm vor. Am Ende habe ich gar nichts mitgebracht.

Gestern nacht im Bett versuchte ich, nicht an Ellen zu denken und wie sie sich am folgenden Tag mir gegenüber verhalten würde. Die Uhr schlug die Viertelstunden, mein Vater schnarchte, und jemand stand auf, um sich ein Glas Wasser zu holen. Ich hörte, wie meine Mutter sich räusperte, ihr Arzneischränkchen öffnete und den Deckel der Aspirinflasche aufschnappen ließ. Dann lief Wasser, ein Becher tippte an den Rand des Waschbekkens, und meine Mutter räusperte sich wieder. Sie flüsterte etwas vor sich hin, und ich stellte mir das kleine Schild vor, das sie in ihrem Arzneischränkchen aufbewahrt: ›Heute ist der erste Tag vom Rest deines Lebens‹. Ich fragte: »Alles okay, Mama?«, und das Flüstern hörte auf. Nach ein paar Sekunden hörte ich sie meinen Vater rufen, hörte, wie die beiden gedämpft miteinander redeten, und dann das sanfte Knarren, als sich eins zum anderen ins Bett legte.

Am Kliniktor angekommen, hält Peggy den Wagen einen Augenblick an und faßt sich mit den Fingerspitzen ans Gesicht, wie um sich Mut zuzusprechen. Obwohl wir nichts sagen, kann ich unsere Gedanken fast hören, und die Fragen: In was für einem Zustand wird sie sein? Wird sie überhaupt mit uns sprechen? Dann legt Peggy den Gang ein, fährt zum Haus hinauf und bleibt stehen. Als sie den Motor abstellt, wirkt alles ruhig, eine unnatürliche Stille. Um uns herum fällt der Schnee mit plumpsenden Geräuschen von den Bäumen. Während Peggy die Tüten vom Rücksitz wuchtet, betrachte ich eingehend das Gebäude. Keine Gitter, keine Schlösser, keine Wachen.

Drinnen werden wir von einer alten Frau begrüßt, die ein gut einstudiertes Lächeln aufgesetzt hat. Der Weihnachtsbaum hinter ihr ist mit Buntpapierringen, bemalten Eierschachteln und mit Alufolie und glitzernden Pailletten beklebten Klopapierrollen behängt. Es ist der Weihnachtsbaum einer Kindergartenklasse.

Wir treffen Ellen in ihre Fensternische gekuschelt an, sie hat die Knie an die Brust gezogen und auf dem Schoß einen Schreibblock. Ihr Haar ist jetzt kurzgeschnitten – seitlich hat man es buchstäblich geschoren, so daß von ihren Locken nur noch ein paar kleine Ringel über der Stirn übriggeblieben sind. Der Haarschnitt ist wohl modisch. Vor ein paar Monaten noch hätte er an Ellen ganz gut ausgesehen. Aber jetzt wirkt er traurig. Will hatte uns schon vorgewarnt, daß Ellen durch die Medikamente vielleicht zugenommen hat und aufgeschwemmt sein würde. Trotzdem bin ich ungenügend auf den Anblick von Ellens Wangenknochen vorbereitet, die in den weichen Wölbungen unter ihren Augen versinken, und auf das aufgedunsene Aussehen von Nacken und Armen. Viel schlimmer sind jedoch ihre Versuche, die Wirkung ihres neuen Körpers zu kompensieren: ein knallgelber orangefarbener Pulli, weite, himbeerrote Hosen, lila Socken und spitze, schwarze Schuhe. Der Endeffekt ist, daß sie verrückter denn je aussieht. Sie starrt mich an, und ihre Augen fahren suchend über mein Gesicht, bis Peggy die Päckchen aufs Bett fallen läßt und sagt: »Ho, ho, ho. Frohe Weihnachten.«

Ellen springt von ihrem Sitz, kramt unter den Geschenken, bis sie ihren Schreibstift findet, und klemmt ihn oben an ihren Block; dann sieht sie wieder zu mir hoch. »Das ist das erste Mal, daß ich ein Zimmer für mich habe«, sagt sie. Sie wartet auf meine Antwort, dann wandert ihr Blick zu Peggy hinüber.

In der Stille höre ich, wie draußen vor dem Gebäude Wasser heruntertropft und irgendwo auf dem Korridor Musik spielt. Schließlich greife ich nach einem Geschenk und schiebe es ihr mit den Worten hin: »Na, los. Pack aus.«

Als Ellen das Päckchen auf ihren Schoß legt, fällt mir auf, daß ihr Ehering fehlt. Es ist keine Linie zu sehen – nur eine kreisförmige, glänzende Hautstelle, die jünger aussieht als der übrige Finger. Ich werfe Peggy einen Blick zu und sehe, daß sie es auch bemerkt hat.

»Na, los«, sagt Peggy.

»Es ist doch noch gar nicht Weihnachten.«

»Na und?« fragen Peggy und ich gleichzeitig.

Ellen sieht mich an, als würde sie sich undeutlich an etwas erinnern, und mir fällt ein, daß wir zu Hause die Geschenke erst auspacken durften, nachdem wir Ringelreihen gespielt hatten und Santa Claus: »Wart ihr auch brav?« gefragt und uns das erste Geschenk gegeben hatte.

»Ist doch egal«, sagt Peggy. »Wir sagen Santa Claus nichts davon.«

Ellen zupft an dem Geschenkband herum. Ganz langsam, als ob es ihr wehtäte, zieht sie die Schleife auf und nestelt am Knoten herum. Peggy und ich beugen uns vor und sehen auf ihre Hände.

»Ich hab gar nichts für euch«, meint sie. »Ich hab keine Geschenke besorgt.«

»Macht doch nichts«, versichert ihr Peggy. Aber Ellen hat das Päckchen schon weggelegt.

»Soll ich euch alles zeigen?« fragt sie. »Es gibt sogar einen Freizeitraum.« Ellen geht uns auf dem Korridor voraus.

»Die besonderen Räume sind alle im Keller«, sagt sie. »Die Büros sind oben. Wie in einem Penthouse.« Sie bleibt stehen, die Hand unschlüssig an den Aufzugsknöpfen. »Wollt ihr die sehen?« fragt sie. »Von da oben hat man eine ganz tolle Aussicht.«

»Okay«, antworte ich.

Ellen zögert und fügt dann hinzu: »Ich glaub, die Büros sind abgeschlossen. Ich glaub, da können wir gar nicht rein und aus dem Fenster gucken.«

»Macht doch nichts«, sage ich.

Während der Aufzug hinunterfährt, sehen wir alle zu, wie die Zahlen aufleuchten und ausgehen. Dann führt uns Ellen wieder einen Korridor entlang in einen schwach beleuchteten Raum, in dem die Geräusche von Spielautomaten aufflackern.

»Sagenhaft«, ruft Peggy aus. »Ich wette, mit Übung kann man da ganz gut drin werden.«

Ellen sieht geheimnisvoll lächelnd um sich. »Schon möglich«, sagt sie.

»Wer am wenigsten Punkte hat, zahlt das Spiel«, sagt Peggy. »Drei Versuche, dann nehmen wir den Durchschnitt.«

Ellen und ich setzen uns an den Tisch neben einem Getränkeautomat, während Peggy spielt. Ellen betrachtet ihre Hände und reibt die nackte Stelle an ihrem Ringfinger, wie um mich darauf aufmerksam zu machen. Ich überlege mir, was ich sagen könnte, und verwerfe alles wieder, als ob ich an einem Schlüsselring nach dem passenden Schlüssel suchte. Auf einmal lacht Ellen. »Es hat dir die Sprache verschlagen«, sagt sie. »*Dir* hat es die Sprache verschlagen.«

»Du bist dran«, sagt Peggy zu Ellen, noch bevor ich antworten kann, und wir stehen um Ellen herum, die eine Münze in die Maschine steckt und auf die blinkenden Lichter auf dem Bildschirm schaut.

»Was ist deine höchste Punktzahl?« fragt sie Peggy.

Peggy wirft mir einen erstaunten Blick zu, bevor sie antwortet.

»Ach, schlappe Sache«, sagt Ellen. »Ein Pappenstiel.« Sie greift hinunter und drückt den Startknopf, ganz auf das Spiel konzentriert. Die Maschine macht Geräusche: *Düüp düüp. Düüp düüp.*

»Schneller!« lacht Ellen. »Los. Links. Ah, gut!«

Peggy und ich beugen uns über sie und schreien: »Zurück. Nein. Zurück. Jetzt. Da rüber.« Fast eine halbe Stunde lang spielen wir immer wieder Pac Man, wechseln uns ab, je nach dem, wer drei von fünf, den besten Durchschnitt oder die höchste Punktzahl bei einem Einzelspiel hat. Am Ende gewinnt Ellen, und als sie sich von der Maschine aufrichtet, strahlt ihr Gesicht vor Glück. »Nicht schlecht!« sagt sie, und wir klatschen ihr nacheinander auf die Handfläche.

Als wir wieder in Ellens Zimmer sind, ist der Himmel fast dunkel, und die Schatten der Geschenke und zusammengeknüllte, leere Tüten liegen wild durcheinander auf dem Bett. Wir stehen herum und warten, daß eine etwas sagt, und ich merke, daß ich gemeint habe, Ellen hier zurückzulassen würde unsere Zukunft formen, unsere Vergangenheit neu definieren und das Ende von irgend etwas bedeuten.

Aber es ist nicht das Ende. Oder besser, es ist das einzig mögliche Ende – daß Ellen die Tüten glattstreicht und zu sauberen kleinen Quadraten zusammenfaltet, daß Peggy ihren einen Handschuh an- und auszieht und daß ich mit der Babyrassel und dem Kartenabriß in meiner Manteltasche herumfummle, in Gedanken bereits bei den Weihnachtseinkäufen für meine Kinder, beim Baumschmücken, bei der Heimreise. Sogar jetzt, wo ich hier stehe und Ellen nicht verlassen will, vermisse ich Rob und Michael und kann es kaum erwarten, nach Hause zu kommen zu Jim. Ich bin mir im klaren darüber, daß sich unser jeweiliges Leben wie die Anziehungskraft zwischen den Planeten auch weiterhin gegenseitig beeinflussen wird, daß die Aktion des einen die Reaktion des anderen nach sich ziehen wird. Obwohl wir die Beziehung, die wir als Kinder zueinander hatten, aufgeben, gehen wir einander nicht verloren oder kündigen unsere Liebe auf. Wohin wir in Zukunft auch gehen werden, in neue Städte, ein neues Heim, neue Strukturen oder Verhaltensmuster – es wird immer ein Tanzen und Kreisen sein, ein Umherirren, eine Flucht ins Dunkel.

»Wir sollten jetzt gehen«, sagt Peggy schließlich. »Sonst wird es Mitternacht, bis wir zurück sind.«

Nacheinander umarmen wir Ellen, wünschen ihr Frohe Weihnachten und verabschieden uns. Als ich sie umarme, schmiege ich mein Gesicht an ihren Hals, und sie lacht und holt Peggy her, und wir wiegen uns zu dritt in einer unbeholfenen Umarmung hin und her.

Als wir über den Parkplatz aufs Auto zugehen, hören wir, wie uns eine Stimme aus einem Fenster nachruft: »Da drüben steht ein Pferd an der Straße. Zehn Punkte für mich!«

»Ich seh eine Katze im Fenster«, antworte ich. »Gewonnen!«

»Quatsch«, ruft Ellen zurück. »Katzen sind hier verboten. Die würden bloß die Beknackten jagen, die hier rumschwirren wie die Eichhörnchen.«

Als wir uns ins Dunkel des Wagens setzen, sagt Peggy: »Eichhörnchen wollen doch auch nur Nüsse knacken.«

Abends rufe ich Jim an. Im Hintergrund schreit Michael wie am Spieß, und Jim spricht halb mit ihm, halb mit mir. »Wie ging's ihr denn?« fragt er und dann: »Wie geht's dir?«

»Mir geht's ganz gut«, sage ich zu ihm. »Und wie läuft es denn bei euch?«

Jim erzählt, daß sie gerade einen Schneesturm haben und daß der Wind pfeift. Ein Fensterladen oder so was ist lose, und der Krach macht Michael Angst. »Sie fürchten sich so, daß sie mich gar nicht rauslassen wollen«, sagt Jim. »Ich kann da jetzt gar nichts machen.«

»Morgen komm ich nach Hause«, sage ich zu Jim. »Du fehlst mir.«

Jim läßt Rob an den Apparat. »Morgen komm ich nach Hause«, sage ich zu ihm. »Dann bauen wir im Garten einen Schneemann.«

»Und ein' Mami-Schneemann und ein' Daddy-Schneemann und ein' Rob und ein' Michael?« fragt Rob.

Ich höre Jim im Hintergrund lachen und lache ebenfalls.

»Ja«, sage ich. »Die machen wir alle.«